KB083475

크로스로드 SF 앤솔로지

드림 플레이어

크로스로드 SF 앤솔로지
드림 플레이어

초판 인쇄 2017년 10월 20일 **초판 발행** 2017년 10월 25일
지은이 리락 · 조나단 · 고장원 · 임태운 · 황태환 · 하요아 · 듀나 · 이덕래
펴낸이 공홍 **펴낸곳** 케포이북스 **출판등록** 제22-3210호
주소 서울시 서초구 반포대로14길 71, 302호
전화 02-521-7840 **팩스** 02-6442-7840 **전자우편** kephoibooks@naver.com

값 16,000원
ISBN 978-89-94519-90-6 03810

크로스로드 SF 앤솔로지

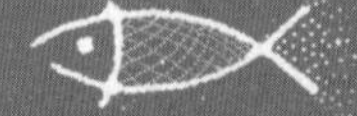

리 락

조나단

고장원

임태운

황태환

하요아

듀 나

이덕래

드림 플레이어

Dream Player

현실성과 재미의 조화로 펼쳐지는 한국 창작 SF의 르네상스

박상준 | 문학평론가, 포스텍 인문사회학부

1

2010년대 중반의 한국문학계에서 SF는 새로운 르네상스를 맞고 있다. 할리우드 블록버스터로 대표되는 대중문화 콘텐츠 분야에서 SF가 차지하는 위상이 막강한 것은 자명한 사실이므로, 앞의 진술을 좀 더 명확히 하면, 우리가 목도하고 있는 것은 한국 창작 SF의 중흥이라 하겠다. 관련 문학상이 세 개나 되고, 발표 지면들이 적으나마 확충되었으며, 무엇보다도 이들의 지속성이 별다른 위험 신호 없이 유지되고 있다. 한국 창작 SF를 쓰는 작가들도 어느 때보다 풍성해졌다. 한 가지 더하자면, 이 모든 상황과 작가들을 뒷받침해 주는 관련 인력들도 강화되었다는 사실을 꼽을 수 있다. 전통적인 애호가들과 아마추어 전문가들 외에 학계와 비평계의 전문 인력들도 추가된 것이다.

한국 창작 SF의 이러한 르네상스는 보다 폭넓은 상황 변화에 힘입은 것이다. 과학문화의 활성화가 그것이다. 출판 시장의 현황이나 각종 대중 강연의 상황을 볼 때, 2010년대 중반은 과학 콘텐츠가 크게 발전했다는 점에서 특징적이다. 이는 다시 셋으로 나눠 볼 수 있다. 성인을 대상으로 하는 읽을 만한 과학 교양서의 종류가 다양해졌다는 사실이 첫째다. 특정 분야를 안내하는 개론적인 책들 외에, 과학의 특정 분야로 관심사를 좁혀 깊이를 더한 책이나 이와는 반대로 과학의 경계에 갇히지 않고 보다 폭넓은 문제의식을 보이는 책들까지 다채롭게 출간되고 있다. 둘째는 전 세계적으로 읽히는 외국 과학교양서의 번역 못지않게 국내 과학자들의 책들 또한 관련 전문가의 주목과 독서 대중의 사랑을 함께 받고 있다는 점이다. 이러한 상황 변화의 바탕을 이루는 또 다른 특징은, 인공지능이나 빅 데이터, 사물인터넷, 빅 히스토리, 중력파 등 과학과 기술의 최근 성과들이 사회 일반에 좀 더 잘 노출되고 있다는 사실이다.

2017년 현재 진행되고 있는 한국 창작 SF의 르네상스는 이렇게 우리 사회의 문화 지형이 예전과는 비교가 안 될 정도로 다양화되면서 과학문화가 활성화된 것을 배경으로 한다. 이러한 사실에 기대어 보면, 한국 창작 SF의 중흥기가 잠시 반짝할 것이 아니라 좀 더 길게 지속되리라고 예측해 보는 것도 가능하다. 이러한 예측은 어떤 면에서 보든 막연한 바람과는 다르다. 지금까지 말한 한국 창작 SF의 긍정적인 환경 및 과학문화의 발전에 더해서, 작품들의 실제가 보이는 특징 또한 발전 가능성을 크게 하고 있는 까닭이다. 크로스로드 SF 앤솔로지 일곱 번째 권인『드림 플레이어』를 두고 이러한 특징을 살펴본다.

2

『드림 플레이어』는 한국 창작 SF 작가 8인의 중단편 모음집이다. 두 가지가 특징적이다.

첫째는, 작가와 작품의 수가 많은 것은 아니지만 작가의 구성 면이나 작품의 갈래 면에서 예상외의 다양성을 보여 준다는 점이다. 21세기 한국 창작 SF의 발전을 이끈 독보적인 작가 듀나와 더불어, 국내외 SF에 대한 지속적인 연구에 더해 근래 비중 있는 창작까지 선보이고 있는 고장원이 한쪽에 자리 잡고 있다. 다른 한편에는 황주호, 리락, 하요아와 같이 웹진 크로스로드를 통해 등장한 신인들이 있으며, 그 중간을 이덕래, 임태운, 조나단 등이 이어 준다. 다소 과장된 감이 없지 않지만 이는 한국 창작 SF의 현재와 미래를 생각게 하는 작가 구성이라 할 만하다.

이렇게 기성 작가와 신인이 함께 할 수 있게 된 것은, 아태이론물리센터APCTP가 발행하는 월간 웹진 크로스로드(http://crossroads.apctp.org)의 SF 꼭지가 10년 넘는 기간 동안 꾸준히 신인들의 등용문 역할을 수행해 온 결과라 할 것이다. 이 글의 서두에서 밝힌 바 한국 창작 SF의 르네상스에 크로스로드가 기여한 가장 큰 공적 또한 바로 이 사실에 있다. 발표 지면을 항상적으로 유지하면서 새로운 작가들이 나설 수 있게 한 것, 크로스로드의 이러한 노력이야말로 한국 창작 SF의 토양이 두터워지는 데 중요한 밑거름이라 하지 않을 수 없다.

『드림 플레이어』의 다양성은 수록 작품들의 갈래적 다양성에서도 확인된다. 스페이스 오페라, 외계인과의 조우, 우주전쟁, 지구 멸망, 평행우주, 디스토피아적 통제 사회, 현실과 가상의 경계 등 SF의 하위 장르적 특징들이 다채롭게 구사되고 있어 읽는 재미를 더해 준다. 한 편 한 편의 작품에서 이러한 요소들이 자연스럽게 활용되고 있다는 점 또한 특기할 만하다. 한국 창작 SF가 중흥기를 맞고 있다 할 때 그러한 판단의 한 가지 근거가 바로 이러한 점에서 찾아진다고 하겠다. 장르규범 위에서 한껏 자유로운 모습을 보이는 작품들이 많아지는 만큼 한국 창작 SF의 소설 세계가 확장되는 까닭이다. 『드림 플레이어』의 둘째 특징을 말하기 전에, 수록 작품들의 다양성을 좀 더 구체적으로 확인해 둔다.

3

넓은 우주를 배경으로 인류의 개척 정신을 보여 주는 것은 SF의 가장 전통적인 하위갈래이자 주요 구성 방식의 하나인데, 이러한 설정을 바탕에 깔고 있는 유형의 최신형에 해당하는 것이 듀나의 「하필이면 타이탄」과 하요아의 「조타수 KK는 복귀하라」이다. 인간이 염력 우주선으로 태양계를 지배하고 있는 상황을 배경으로 하는 「하필이면 타이탄」은 '역시 듀나!'라는 탄성을 자아내는 기발한 상상력의 결과이다. 염력 우주선이라니(!) 말이다. 예측을 불허하는 타이탄의 상황 전개 또한 SF 읽기 특유의 진진한 재미를 더해 준다. 「조타수 KK는 복귀하라」가 제시하는 서프라이즈 호의 이야기도 독자들을 놀랠 만한 요소를 두루 갖추고 있다. 평행우주를 배경으로 하는 이중서사가 사태의 궁금증을 강화하고 해소하면서 읽는 재미를 강화하는 것이다.

조나단의 「다윈과 나」와 황주호의 「충돌」은, 우주를 배경으로 하면서 인류 문명에 대한 큰 이야기를 보여 주는 공통점을 갖는다. 「다윈과 나」는 우주 전투로 시작하되 외계인과의 조우를 통해 인간에 대한 성찰을 유도하는 작품이다. 우주적인 시간이라는 길고도 긴 호흡에서 종의 절멸을 막고자 하는 방법들에 대한 고찰을 통해 현재 우리의 문화·문명을 돌아보게 한다. 「충돌」은 운석 충돌이라는 대재앙의 형식을 통해 선진 우주 문명에 의한 지구 종말을 보여 주는 소설이다. 이러한 큰 이야기를 주인공과 모친의 관계를 통해 조명한다는 점, 전체 이야기를 통해 일종의 매트릭스 공간을 제시함으로써 현실과 실재의 문제를 생각게 한다는 점이 특징적이다.

이상의 작품들과는 달리 이덕래의 「아직은 너의 시대가 아니다」와 리락의 「1984+36」은 작품세계가 우리의 일상으로 좁혀진 상태에서 현실적인 과학적 상상력을 펼쳐 보이고 있다. 「아직은 너의 시대가 아니다」는 인공지능에 의해 변기는 물론 청소기와 사물 인터넷, 게임기 등 다양한 기능을 수행하는 최첨단 변기(라니!) 곧 스마트 토일릿이 가정 설비의 중심이 되어 가는 상황 속에서, 과학기술의 발전에 대한 우려 및 거부와 호의 등 다양한 반응을 보여 준다. 얼핏 보아 대단히 파격적인 발상이지만 히피와 같은 '카리빙 족'을 예견하는 데서 확인되듯 현실의 연장에 해당하는 설득력 있는 상상력으로 우리를 사로잡아 과학기술과 감시의 문제를 생각하게 한다. 「1984+36」은 건물의 벽체들이 거주자의 모든 동향을 감지하는 감시 시스템을 등장시킴으로써 이러한 문제를 좀 더 집중적으로 제시한다. 일종의 스릴러처럼 흥미진진하게 읽히는 현실 정치(의 경향)에 대한 알레고리를 통해서, 과학기술과 결탁된 권력의 전일적인 지배 위협을 경고하는 것이다.

이상의 작품들에 고장원의 「맛의 달인」과 임태운의 「드림 플레이어」가 더해짐으로써 이 앤솔로지의 면모가 한층 풍요로워진다. 하이퍼스페이스 시공간장 원리에 따른 아문亞門 여행으로 은하계 전역이 교통하는 시대를 배경으로 하는 「맛의 달인」은, 성숙한 중견 남성의 시선으로 사람살이의 항상성을 인간관계의 계층적, 미시정치적인 층위에서 통찰해 주는 작품이다. 신체 전부 혹은 일부를 이용한 요리들에 대한 주인공 은하 요리평론가의 이중적인 반응을 통해 문화적 기준의 문제를 생각하게 한다. 「드림 플레이어」는 어떠한가. 물경, 가슴 저리는 사랑 이야기다. 그러면서도 꿈을 저장하고 공유하는 기계 시스템을 바탕으로 인간의 다양한 면면을 형상화하고 있다. 미지를 탐구하는 인간적인 욕망, 연인에 대한 목숨을 건 헌신, 타인의 삶과 현실 너머에 열광하는 세태의 한 면 등등이 그것이다.

4

앞 절에서 보였듯이 『드림 플레이어』의 세계는 매우 다채롭다. 여덟 편의 작품들에 활용된 장르코드들이 다양하고, 상상력과 주제효과 또한 상이하며, 소설 형식도 이질적이다. 그럼에도 불구하고 이들 모두 재미있다는 공통점을 갖는다. 사정이 이러해서 『드림 플레이어』를 펼치는 순간 SF 앤솔로지를 읽는 맛을 한껏 만끽할 수 있다.

물론 재미만 있다면 그다지 매력적일 수 없다. 재미난 콘텐츠들이 부지기수이고 우리들 스스로 재미를 만들어갈 수 있는 장들 또한 널려 있는 세상이지 않은가. 이러한 상황에서도 『드림 플레이어』가 우리를 끄는 것은, 다양한 상상력을 보이는 이들 작품들 모두가 현실성을 띠는 까닭이다. 과학적 상상력을 마음껏 구사하되 작품 세계의 설정이나 사건들의 양상이 우리가 살고 있는 현실의 참된 모습에 닿아 있다는 것, 이것이 앞에서 남겨둔 바 『드림 플레이어』의 둘째 특징이며 최대 장점에 해당한다. 이러한 특징 덕분에 이 앤솔로지는 독서의 여운이 길다. 그저 이야기 전개상의 재미만 있는 작품들은 읽고 난 뒤 남는 것이 없어 허망해지기 쉬운데, 현실로부터 자유로운 방식으로 현실의 문제를 통찰해 보게 함으로써 『드림 플레이어』는 읽는 재미와 더불어 인간과 사회에 대한 의미 있는 성찰까지도 선사해 준다.

크로스로드 SF 앤솔로지 일반의 특징이기도 한 이러한 면모가 2010년대 중반 한국 창작 SF의 르네상스에 기여하는 바가 크다는 사실 또한 밝혀 둔다. 읽고 음미할 만한 내용을 재미있게 읽을 수 있는 방식으로 제시하는 것, 현실성과 재미의 조화를 이룬 작품들이야말로 SF의 밝은 미래를 보장해 준다고 나는 믿는다. 웹진 크로스로드에 거는 기대도 이와 다르지 않다.

차례

서문/해설 | **현실성과 재미의 조화로 펼쳐지는한국 창작 SF의 르네상스** 3

1984+36 | 리락 13

다윈과 나 | 조나단 51

맛의 달인 | 고장원 77

드림 플레이어Dream Player | 임태운 193

충돌 | 황태환 267

조타수 KK는 복귀하라 | 하요아 293

하필이면 타이탄 | 듀나 323

아직은 너의 시대가 아니다 | 이덕래 351

1984+36

리락

웹진 크로스로드에 「원반」과 「1984+36」을 게재하였다. 순문학(비장르문학)과 SF 문학에서 지면을 얻기 위해 활동하고 있다.

호들갑스런 인간들, 무어 볼 게 있다고 시끄럽게 굴까 싶지만, 은근히 따라가서 누구인지 보고 싶은 마음이 없지는 않았다. 연예인인지 뭔지가 동네에 왔다고 옆 가게 박 씨가 소리치고는 사람들이 몰린 쪽으로 뛰어간 후이다. 박 씨가 뛰는 속도를 추산해 보면 분명 여자라는 매력에 이끌린 현상이기는 한데, 그렇다면 허벅지가 보이는 것일까? 혹시 수영복을 입고 왔나? 아니다, 이건 아니다. 나는 경망스런 마음을 부끄러워하며 차라리 인터넷 바다에서, 음…… 예술 사진이나 보자고 했다.

몸매 예술, 비키니, 미인, 여자……. 하지만 검색창에 어느 단어를 입력할까 망설이다가는, 눈에 띄는 뉴스의 타이틀을 클릭하는 것에 주저할 이유가 없었다. '투명망토, 이제 현실에서!'라는 제목이 전두엽의 신경에 콱 꽂혀버린 때문이었다.

일본과 미국의 과학자들이 드디어 투명망토 제작에 성공했습니다. 빛을 굴절시키는 방법의 한계를 극복한 이번 투명망토는 시각의 착각을 대입해 온 기존 방식에서 벗어나…….

기사를 반복해 읽었다. 관련된 원문을 찾아 꼼꼼히 읽고 두뇌에 저장하려 몰두했다. 그러던 중에 불현듯 왁자한 소리와 함께 한 무리의 사람들이 가게 앞으로 오고 있었다. 카메라를 든 남자들이 뒷걸음치며 플래시를 터뜨리다 넘어지기까지 했지만, 그들에게 관심 둘 여유가 내게는 없었다. 화면에 펼쳐진 기사에 감탄하는 것만으로도 흥분은 충분하였다. 망토의 원리를 끼적인 몇 줄 문장이 내게는 나체의 여자보다 황홀한 미인이었다. 그러나 갑자기 '와장창'하며 접시들이 한꺼번에 떨어지는 소리가 들려 왔다. 하지만 그 소리는 가게의 문이 거세게 열릴 때, 끄트머리에 매달린 방울 뭉치가 혼절하며 내지른 소리였다. 나는 화들짝 놀라 문 쪽을 보았다.

"어머. 여기는 이상한 장비들이 많네요. 안녕하세요!"

느닷없이 들이닥친 무리 속에서 그녀는 성큼성큼 다가와 내게 악수를 청했다. 의자에서 일어서긴 했지만 나는 선뜻 손을 내밀지 못하고 있었다. 오히려 그녀를 보는 순간 왈칵, 울음이라도 터뜨리고 싶은 충격에 현기증을 느꼈기 때문이었다. 하필 그녀의 얼굴은 아내의 얼굴과 똑 닮아서 하마터면 '여보'라고 부를 정도였다. 해풍처럼 아내와 아이의 얼굴이 밀려들었다. 아내의 따뜻한 몸을 안고 싶고 아이의 순결한 머리를 쓰다듬고 싶었다. 하지만 나는 기러기 아빠라서 그럴 수 없다. 가슴이 아렸다. 한편 그녀는 손을 거두지 않고 더 힘차게 내밀어왔다.

"안녕하세요. 국회의원 이현정입니다."

"예. 안녕하세요. 예쁘시네요."

가볍게 쥐었던 손을 내려놓자마자 후회가 들었다. '예쁘시네요.'란 말은 왜 튀어나왔을까? 엉겁결에 아내에 대한 그리움이 표출된 까닭일 테지만, 체통을 너무 빨리 방출시킨 것 같았다. 또한 현실에서 보는 이름난 국회의원의 실물이 하필, 아내의 얼굴일까를 생각하니 기분이 요상했다. 박 씨가 기대했을 연예인은 종아리와 허벅지를 드러낸 아가씨가 아닌 기성복 바지를 입은 40대 후반의 아주머니 국회의원이었다. 사람들 틈에서 호기 어린 표정을 감추지 못하는 박 씨는 어떤 점에서는 실망이 컸을 테지만, 내게는 슬플 정도로 아내를 똑딴 그 얼굴이 남처럼 느껴지지 않았다.

"와, 이건 대체 무슨 기계예요. 귀엽게 생겼네요."

그러나 독특한 취향의 여자였다. 왼쪽에 보이는 네모난 기계가 귀엽다며 골똘히 관찰하는 것을 보자니 아내와는 성품인 다른 것 같아 그만 웃음이 나오고 말았다.

"그건, 동공 탐지기라고, 땅속을 파악하는 장비입니다."

그녀는 여러 장비에 눈독을 들였다. 그래 봤자, 둔탁한 쇠붙이일 뿐 알 턱이 없을 터였다. 이국땅에 사는 아내 모습이 뜨겁게 떠올랐다. 우라질, 나는 급격한 천불을 느꼈다. 이놈의 기러기 아빠라는 생활이, 잘 견뎌온 세월이, 아내를 닮은 그녀의 모습을 보자 처참함에 젖어들었다. 한야독작寒夜獨酌, 면벽참선面壁參禪은 언제나 한계였고, 1년에 두 번 외국에서 가족을 만나는 것으로는 인생의 허비임에 틀림없었다. 사람은 사람답게 살아야 한다. 사람은 사회의 동물이며 가족의 생명체이다. 가족은 같이 있어야 가족이다. 사람들 틈에서 몇 사람이 가족도 아닌 그녀의 사진을 찍느라 분주하게 움직거렸다. 그러다 퍼뜩 떠올랐다. 오늘 아침, 직원이 쉬는 날이라는 사실을 잊고 늦잠 잤다는 것을. 세수는커녕 면도조차 하지 않고 나왔는데, 코털이나 없는지 모른다. 두 번째 체통이 무너지는 것 같았다. 지금 거울을 봐도 될까? 그녀는 작고 큰 장비들에 호기심이 타올라 시선을 떼지 못하는데, 나는 모니터 옆 탁상 거울에서 코털을 찾고 있었다.

"어머, 이건 뭐죠? 이것도 컴퓨터인가요?"

부리나케 놀랐다. 하지만 코털을 뽑은 것은 아니므로 견딜만했다.

"예. 그건 수중 음파 탐지장치, 그러니까 물속의 지표나 물고기 등을 탐지한 후 기록하는 장치입니다."

그녀는 '오 그렇군요.'라며 탐지기를 살피더니 곧 고개를 돌려 내 눈을 바로 보았다. 호탕한 소리로 말했다.

"혹시 지구가 반대로 돈다면 이런 장치에서 나비들이 생길 수 있을까요?"

오랜만에 느끼는 서늘함이었다. 평범했던 삶에 차가운 물이 끼얹어지고 시간이 멈춰버린 둔함이 있었다. 썰렁하고 엉뚱한 그녀의 말에 사람들은 분위기를 띄우려 흰소리를 하여 웃었지만, 나의 심장은 허겁지겁 되살아나는 공포와 전율을 분석하고 있었다. 섬광이 머리를 쳤다.

"저를 지지하신다면, 이 정책사항들을 읽어보시고 바람직한 국가가 되도록 많이 응원해주세요. 그럼."

썰물처럼 무리가 빠져나가는 뒷모습에 대고 나는 어색하게 숙여 인사를 하고는 있었다. 소란스러움이 거리 저쪽으로 옮겨가서야 나는 어슬렁어슬렁 가게 밖으로 나갔다. 무심한 듯 사위를 둘러본 후 문을 닫고 돌아와 앉았다. 그녀가 준 정책 홍보 자료를 펼쳤다. 역시 그랬다. 그곳에는 그녀의 글이 있었다.

이철만 선생님. 내일 밤 12시까지 수유동에 있는 '연광정'으로 와 주세요. 오실 때는 장미꽃 한 송이를 들고 오세요. 부탁드립니다.

'지구가 반대로 돈다면 기계장치에서 나비가 생길 수 있을까요?'

그것은 암호였다. 10년 전 나를 은퇴시킨 사건의 피해자인 호백물산 회장과 나만이 알고 있는 그 암호였다.

메모를 암기한 후 쓰레기통에 넣고 조금씩 불태웠다. 눌러쓴 글씨의 흔적이 남지 않도록 나머지 페이지도 모두 태웠다. 물을 붓고 짓이겼다. 보좌관이나 비서를 통하지 않고 직접 접근한 데에는 특별한 이유가 있을 터였다.

***

약속된 장소에 도착하기 전 나는 목적지 주변을 한 바퀴 도는 버릇이 있다. 내 스쿠터에는 탐색장치가 달려있고 내비게이션을 가장한 액정화면과 연결되어 있다. 연광정이 있는 주택가의 골목을 한 바퀴 도는 동안 검은 선팅으로 창을 가린 승용차의 두 사람을 확인할 수 있었다. 의자에 깊숙이 앉은 모양이 액정에 붉은 온도의 형상으로 드러났다. 차의 뒤편 멀찍이에서 그들의 장비를 확인했다. 특별히 장치라 할 만한 것은 인식되지 않았다. 그 차는 연광정 입구가 보이는 길 한쪽에 시동을 끈 채 웅크려있었다. 오토바이를 돌려 가까운 마트로 향했다. 헬멧과 배낭을 벗어 오토바이 안장에 넣었다. 모자와 잠바를 꺼내 머리에 쓰고 입었다. 비닐봉지에 노트북과 장비를 넣었다. 양파 한 단과 대파, 잡다해 보이는 야채를 사 양손에 들고 걸었다. 시커멓게 엎드린 암울한 승용차를 의식하지 않은 채 영업이 끝난 연광정의 마당으로 자연스럽게 들어섰다. 연광정은 대문을 없애 마당이 시원한, 3층 저택을 개조한 한식집이었다. 영업이 끝난 후라지만 어찌된 일인지 마당에는 주차된 차가 한 대도 보이지 않았다.

고요함 속에서 불빛이 환한 유리창 안으로 카운터에 앉은 젊은 여자가 보였다. 문을 열고 들어가 양파를 내리며 잠바 안쪽 주머니에 넣어 둔 장미한 송이를 건네주었다.

그녀는 빙긋이 웃으며 카운터에서 나와 유리문의 자물쇠를 돌려 잠갔다. 그리고는 나를 안내했다. 그녀를 따라 홀을 지났다. 주방으로 난 통로를 통해 2층으로 오르자 좁은 복도를 따라 걸었다. 맨 끝 방에 다다른 그녀가 문을 두드리려 할 때 나는 급히 손을 저었다. 그녀가 소리 없이 문을 열었고 나는 문 사이에 서서 안쪽을 향해 손가락으로 입을 막는 시늉을 보였다. 그리고는 안으로 들어섰다. 커다란 테이블 안쪽에는 이현정 의원이 홀로 앉아 내 행동을 보고 있었다. 나를 안내한 젊은 여자는 문을 닫고 왼편에 앉았다. 나는 야채 속에서 장비와 노트북을 꺼내 연결시켰다. 품에서 수첩과 볼펜을 꺼내 쓰기 시작했다.

'건물 외부에 차량 하나, 2인의 남자. 지금부터 말하지 말고 글로 써 주세요.'

이현정 의원은 곧장 흘림체로 질문을 건네 왔다.

'누군가 도청하고 있나요?'

'잠시만 기다려주세요.'

꺾쇠 화살표를 포함한 댓글을 달아준 후 노트북 프로그램을 구동시켰다. 순식간에 장비는 룸의 모든 파동을 확인했다. 사각형에 별 같은 안테나가 달린 내 장비의 모양은 흡사 트로피와 같은데, 그 장비와 노트북을 연결하면 갖은 열전현상과 광전현상을 찾아낸다. 힘이 모인 곳은 파랗게, 더욱 강한 힘이 모인 곳은 빨갛게 표시되어 화면에 나타난다. 룸은 깨끗했다. 휴- 한숨을 쉰 후 나는 입을 열었다.

"밖에 있는 차에는 특정한 장비가 보이지 않았습니다. 염려 마십시오. 그리고 이곳도 깨끗하네요."

"제가 요사이 집엘 못 가요. 제 딸도 마찬가지죠. 그런데, 이곳은 정말 안전한가요?"

나는 그녀를 안심시키기 위해 장비가 확인한 내용을 알려주어야 했다.

"두 분의 모바일 폰이 두 개씩입니다. 의원님의 모바일 폰 하나는 꺼져 있네요. 그리고 아가씨의 안주머니에 있는 볼펜이 녹음기능이 있군요. 그 외에는 깨끗합니다."

그제야 이현정 의원의 한결 편안한 목소리를 들을 수 있었다.

"옷 안에 있는 녹음기도 찾아내는군요. 밖에 두 사람은 뭐죠?"

"차량의 번호는 개인사업체 번호지만 국가의 일을 하는 위장업체 차량입니다."

"그걸 벌써 확인하셨나요? 그런 건 어떻게 아는 거죠?"

"어려운 이야기는 해 드릴 수 없습니다."

"그 사람들이 저를 추적하는 게 확실할까요?"

"그 점은 의원님이 더 잘 아실 것 같습니다만."

그리고 나는 즉시 질문을 던졌다.

"대체 무슨 일로, 10년 전에 은퇴한 사람을 찾은 겁니까?"

젊은 아가씨는 볼펜 녹음기를 꺼내 탁자에 올려놓았다.

그러나 이현정 의원은 딴소리를 했다.

"나도 요즘 꽤 비싼 장비를 알아보고 있어요. 그 조그마한 장비가 기능이 좋은 것 같은데, 그런 건 얼마나 하나요?"

어제의 활달한 말소리와는 다르게 그녀의 음성에는 깊이 감추어둔 피곤함이 깔려 있었다.

"파는 물건이 아닙니다."

"그렇군요. 참 그리고 선생님 앞에 앉은 아이는 제 외동딸입니다. 그리고 여기는 내 동생이 하는 음식점이에요. 그래서 비교적 안전한 곳이라고 생각했어요. 게다가 요즘 이만저만 의심되는 게 있어서, 벌써 동생이 전문가를 불러 한 번 더 방을 확인했지요. 물론 선생님이 쓰는 장비보다는 못할 테지만."

젊은 아가씨는 내게 자신은 '손채연'이라고 말하면서, 그냥 '채연'이라고 불러 달라 낮추었다. 그런 후에 물었다.

"늦었지만 특별히 드시고 싶은 음식이 있으실까요?"

"그냥…… 짜장으로 할까요?."

두 사람의 표정이 조금 더 편안하게 바뀌는 것 같았다. 웃음기를 머금는 표정이지만, 물론 웃을 정도의 농담은 아니라고 말하는 것 같기도 하였다. 공기가 부드럽게 느껴졌다. 이내 손채연 양은 룸 전화기를 들고 작은 소리로 무어라 말하고 있었다. 내가 입을 열었다.

"제 질문에 답을 안 하셨습니다."

"술을 하시지요? 오늘 오신 것도 인연이라 생각합니다. 첫 대면이니 인연주라도 한 항아리 하셔야지요."

활달한 소리로 바꿔 대답을 피한 그녀는 언제 그랬냐는 듯 즐거운 낯빛으로 바뀌어 있었다. 밖에 두 사람이 진치고 있음을 알면서도 술 마시자는 말을 하는 것을 보면 여느 잔머리의 정치인들과는 달리 통이 커 보였다.

"예전에 호백물산이 기업 유착 권력에 의해 쓰러질 뻔했지요. 그때 이 선생님이 호백을 삼키려는 자들의 거짓 증거를 수집해줬다고 하더군요. 저희도 호백이 권력에 의해 넘어가는 것을 알고 있었어요. 그때 제가 호백을 위해 애썼던 일을 아시지요. 물론 호백을 위해서라기보다 정당한 사회가 되기를 바랐던 것이지만요. 이기진 못했습니다만, 그때부터 호백 회장님과 연을 맺어오고 있습니다."

손채연 양이 테이블 중앙의 유리잔을 내 앞으로 옮겨 물을 채워주었다. 의원의 말은 계속되었다.

"그리고 지금 저와 제 주변 사람들이 아주 이상한 어려움에 처해 있습니다. 어찌어찌 고민을 토로하다 보니 호백 회장님께서 이 선생님을 추천하시더군요."

나는 침묵했다. 호백 회장과 나의 룰이 깨진 것 같았다.

"호백 회장님은 이번 일 때문에 이 선생님이 자신과 연을 끊게 될까 봐 걱정하셨어요. 오늘도 오신다는 것을, 아무래도 위험한 것 같아 오시지 말라고 했어요. 어쨌거나 회장님을 탓하지 않았으면 좋겠어요. 회장님과는 비밀스런 친분관계라고 들었습니다. 제가 끼어든 것에 대해 양해를 부탁드립니다."

그녀는 나를 만나기 위해 말을 준비한 듯싶었다. 호백 측과는 전화, 메일, 팩스를 사용하지 않는다. 10년 전의 사건 이후 그와 나는 1년에 한두 번 해외에서 만나 인연의 끈이나 유지하는 정도였다. 나는 은퇴했고, 은퇴한 삶을 살고 싶었다. 그것을 알면서도 호백 회장이 나를 추천한 데에는 이유가 있을 것이었다. 조금은 마음이 무거웠다.

"아직은 감이 안 잡힙니다만, 이유가 있으신가 보다, 생각하겠습니다."

"이 선생님과 회장님은 자주 만나지는 않지만, 최근 미국법인 보안회사를 이 선생님의 의견으로 세웠다는 말씀을 하시더군요."

"어쩌다 보니 그렇게 되었습니다."

그녀는 길게 숨을 들이켰다.

"호백물산은 모든 사업을 정리해서 미국으로 옮길 예정이더군요. 알고 계시겠지만……."

나는 고개를 끄덕이며 답했다.

"그편이 나을 겁니다."

"혹시 핸드폰이나 스마트폰의 도청이 그리 쉬운 일인가요?"

"글쎄요."

"제 질문이 좀 그런가요."

"글쎄요, 자세한 것은 말씀드리기가……."

나는 어색한 미소를 지었다. 허나 이현정 의원은 멈추지 않았다.

"대포폰 같은 모르는 번호도 도청이 되나요? 크고 괴상한 장비 없이도 도청이 가능하다던데, 사실인가요?"

나는 그녀의 눈을 외면했다. 말하기 싫었다. 다만 비밀과 상식이 같은 내용일 수 있다는 의미는 전하고 싶었다.

"간단하고 심하게 말씀드리자면, 중국의 해커나 제작자들에게 적은 액수만 주면, 누구, 심지어 대통령의 전화기 통화내역도 알 수 있지요. 그러니까, 극단적으로 말해 상상을 초월하는 실력과 장비는 진작부터 세상에 나와 있다고 하겠습니다."

그때 손채연 양의 호기심이 건너왔다.

"괜찮으시다면 자세히 듣고 싶어요."

괜찮지 않았다. 채연 양의 눈빛은 반짝거렸지만 초조하고 가엾은 어린 토끼의 눈망울이었다. 어떤 기대나 희망의 문장을 통째로 듣고 싶어 하는 그런 눈초리였다. 그러나 나는 모두에게 해가 되지 않을 보편적인 진실만을 말해야 했다.

"통신기술, 모바일 프로그램의 발달과 장치의 과학을 시민들은 따라갈 수 없습니다. 비록 사람의 기술이긴 하지만, 가까운 중국의 인구 중에서 프로그램과 장비의 천재들은 음, 보통의 기업과 나라에서는 예상할 수 없는 것들을 만들고 또 판매하고 있습니다. 물론, 다른 나라에도 있기야 합니다만, 개방 후의 중국에서는 천재들이 신기술을 받아들여 가공할 천재가 되었다고 할 수 있습니다. 엄청난 제작비용을 받는 그들은 등록되지 않은 음지의 갑부들입니다. 아쉽게도 한국에는 그런 실력자가 없다는 점이 걱정스런 일입니다."

이현정 의원이 되레 관심을 보였다.

"아하. 그런 정도인가요. 정말 그렇다면 큰일이네요!"

"다행인 것은, 중국의 장비업자들, 프로그래머들은 돈만 주면 만들어줍니다. 그들에게 도덕은 없습니다. 만들어 달라면 만들어 줄 뿐이지요. 하지만 권하진 않습니다. 대부분은 진짜 기술가가 아닌 가짜 기술자에게 사기만 당하고 마니까요. 진짜를 찾기는 어렵습니다."

"혹시, 이 선생님도 만들 수 있나요?"

"그런 실력이 있다면 저도 중국의 음지에서 갑부로 살고 있을 겁니다."

모녀는 말없이 고개를 끄덕이는 것으로 응답을 대신했다. 불안한 표정을 보인 것은 손채연 양이었다. 나는 순간, 팔짱을 끼고 싶은 본능이 일어났으나 얼른 멈추었다. 10년 전까지만 해도 나 또한 특별한 장비를 만들어 주고 많은 돈을 받는 음지의 제작자였다. 하지만 내 장비가 바른 일에 쓰이지 않는 경우에 대한 책임을 지지 않는다는 양심의 가책과 마침 닥쳤던 호백물산의 사건을 핑계로 나는 은퇴를 자청했었다.

그리고 나는 왜 이렇게 말이 많은 오늘의 '나'인가 자괴감을 느꼈다. 이현정 의원과 그녀의 딸이 마음에 든 모양이었고, 그것은 아마도 내가 여자에게 더 약하다는 반증이기도 할 테지만, 사실은 미국에 있는 아내와 딸이 두 사람의 모습에 투영된 때문이라는 판단도 내릴 수 있었다. 또한 10년 만에 맞닥뜨린 비밀스러운 접촉이 흥분을 유발하고 있음이기도 했다. 나는 감상적인 마음을 다잡아야 했다.

"그런데 이런 이야기보다는 원하시는 게 뭔지 성급히 알고 싶네요."

그러나 그녀는 또 말을 돌리고 있었다.

"저도 술이 셉니다. 오늘 한번 겨뤄보시지요."

말려들겠다는 생각이 들었을 때에 밖에서 문을 두드리고 있었다. 손채연 양이 문을 열자 많은 음식이 들어왔다. 그리고 나를 위한 짜장면도 섞여 있었다. 우리는 먹고 마시며 시시껄렁한 보안업계와 과학의 발전에 대해 이야기를 나누었다. 하지만 소주 두 병이 비워지자 의원의 눈동자가 번득거렸다.

"이철만 선생님. 지금부터 내가 하는 이야기를 잘 들어주세요."

"……."

젓가락을 내려놓았다. 삐딱하게 팔짱을 끼고 그녀를 응시했다.

"누군가 나를 보고 있습니다. 내가 하는 말과 행동을 어디선가 지켜보고 있어요. 사무실과 자동차, 집까지 전문가들을 불러 샅샅이 뒤졌지만 발견할 수 없었어요. 하지만 정치인들, 기업인과 나눴던 말을 누가 듣기라도 한 것처럼, 그러니까 다시 말해, 내가 하고자 하는 일이 항상 막힌다는 겁니다. 이건 누군가가 내 입과 문서를 보지 않고는 알 수 없는 일이에요. 그런데 어디에서도 실마리를 찾을 수가 없어요. 이 선생님은 전문가시니까, 제발 찾아내 주시길 바랍니다. 정말 부탁드립니다."

"다른 보안업자를 이미 보셨다면……."

"네. 맞아요. 하지만 아무것도 찾지 못했어요. 사정이 그렇다보니 회장님이 이 선생님을 추천하게 된 겁니다."

"손 놓은 지 오래라 저 또한 마찬가질 겁니다."

그녀는 고개를 저었다.

"회장님 말씀은 달랐습니다. 맡아주세요."

호백 회장이 룰을 깨면서까지 나를 소개한 까닭이 더 있을 것 같았다.

"질문을 드리고 싶습니다만, 의원님 입장에서는 난처할 수도 있습니다. 구체적일 필요는 없지만 어떤 일이 발생했는지 실제 사례를 들어 주셔야 행동 여부가 정해집니다."

"그야 어렵지 않아요. 내 집에서 야당 의원들과 법안 통과를 놓고 여당 의원 누구와 접촉해 이끌어 갈 것인가 이야기한 적이 있어요. 그리고 국책사업과 관련해 몇몇 분들과 집에서 회의를 한 적이 있는데, 마치 우리 중에 배신자가 있듯이, 마치 우리의 이야기를 다 알고나 있다는 듯이, 우리의 계획에 반대되는 계획이 먼저 수립되는 거예요. 정말 이상한 것은, 우리가 뭘 하기도 전에 이미 다른 곳에서 우리보다 먼저 진행 중인 똑같은 일들이 여러 번 있었다는 겁니다. 그래서 나뿐 아니라 여러 사람들이 집과 사무실의 전화기를 바꾸고 도청과 카메라를 의심했지만……."

그녀는 목이 타는지 물을 따라 들이켰다.

"무엇보다 내가 의심하게 된 이유는 어떤 사람들이 내 몸에 대해 수군거리며 웃을 때였어요. 내 몸에 있는 상처는 아무도 모를 텐데, 그들이 내 집에서 훔쳐보지 않고는 알 수 없는 일이에요. 분명 누구인지, 어떤 장치인지 내 집에 있어요. 하지만 보안업체를 불러도 통 찾질 못하니 답답한 일이지요. 게다가 저 아이의 몸에 대해 수군거리는 소리까지 들었습니다. 그때의 육감이, 그때의 소스라침이, 분명 우리를 지켜본 느낌이었어요. 그러니 이 선생님이 해주셔야 해요. 뭐든 찾아내 주셔야한단 말입니다!"

두 여자의 얼굴이 검고 붉게 변하자 룸 안이 어두워진 것 같았다. 그러나 나는 고개를 갸웃거리며 딱딱한 표정을 지었다. 찔러봐야겠다는 생각이 들었다.

"미안합니다만, 흔해빠진 우연과 그저 희롱일 수도 있잖습니까."

"그 정도라면 이 선생님께 부탁할 리 없습니다. 저 아이의 몸에 대해 말했다면 더 무슨 말이 필요하겠습니까? 진행해 주세요. 부탁드립니다!"

공포와 분노와 격정이었다. 성격이나 술김에 나온 발언은 아니었다. 나는 그녀의 치솟은 표정과 앞서 들었던 '육감'이라는 단어에 의미를 두었다. 무엇인가 다르다는 느낌, 딱 잘라 표현할 순 없지만 경험이 쌓여 저절로 아는 느낌, 그런 종류였다. 나는 그녀의 심중을 알만하다 판단했고, 그녀의 분노에서 일을 맡아도 되겠다는 육감을 확인했다. 카메라, 도청기라는 것은 누구든지 노이로제에 빠뜨릴 수 있는 악마적 장치라는 것을 나로서는 타인보다 잘 알고 있기 때문이었다.

"의원님 댁은 어디시지요?"

"에덴 타운 하우스예요."

"그게 어딘가요?"

"북한산 밑자락 승패동에 지어진 타운 하우스를 아시나요?"

"최첨단 주택단지 아닙니까? 언젠가 신문에 나왔던……."

"네. 그렇지요. YOU 건설을 아시나요? 3년 전에 최첨단 주택을 보급하겠다며 두 기업이 출자해서 만들었지요. 국내의 경제를 이끌어가는 SSH와 NEK 그룹이 기술을 공유하여 최첨단 공법의 건설사를 만들었잖아요. 그게 YOU 건설이고 그 YOU건설이 지은 건물이에요.

"굉장히 비싼 집에 사시는군요."

순간 그녀는 언짢은 표정을 지었다.

"있는 돈 다 털어서 들어갔습니다. 그곳에 저와 뜻을 같이하는 사람들이 살고 있어요. 혹시, 나무라시는 건가요?"

직설적인 것은 그녀와 나의 성격이 닮아보였다.

"미안합니다. 그게 아니라, 대기업을 좋아하지 않는 버릇이 있어서 그만, 말에 실수가 있었네요. 정말 미안합니다. 그리고 첨단 주택이란 것 보고 싶네요. 하하, 제가 사과의 의미로 한 잔 따르겠습니다."

마치 아내와의 기억을 떠올리게라도 하듯 비슷한 언성으로 따져 드는 그녀가 맘에 들었다. 가득 채워주었다.

머릿속으로 상황을 정리해 보았다.

호백 회장은 사업가이지만 정치인의 비리를 알고 싶어 하는 입장이고, 나를 통해 몰래카메라 따위를 찾게 되면 추천한 사람으로서 신뢰가 커질 것이다. 게다가 어떤 권세들의 비밀까지 알게 된다면 이득은 더 클 것이다.

그와 내가 연을 맺어오긴 했지만, 한낱 기술자인 나와 정치인들과의 밀접도는 상대적이다. 그러므로 그와 나는 친구의 관계가 아닌 사용자와 도구로서의 관계임을 잊어서는 안 된다. 그렇다면 냉정해야 한다. 정보와 정보의 이해만이 나를 살아남게 할 것이다. 사업과 정치라는 것은 변화무쌍한 생물과 같고, 인간적인 정서로서는 그 생물의 본능 속에서 살아남기 어렵다. 나는 호백 회장의 복수심과 이현정 의원의 혼란 속에서, 행여 나와 가족이 다칠 일이라면 즉시 손을 떼고 벗어날 수 있어야 한다.

하지만 마음은 또 어떠한가. 내 마음은 일을 맡고 싶다. 간만에 느끼는 희열이 살아있는 생명체로 꿈틀거리게 한다. 게다가 다른 업자들이 해내지 못한 난이도가 도전의 욕망을 움켜잡는다. 또한 내 가족을 보는 듯한 이현정 의원과 그녀의 딸이 또 다른 가족처럼 느껴진다.

그리고 이번 일은 단지 몇 가지 장치만 찾아주면 되는 쉬운 일일 수 있다. 그리고 만일, 다른 보안업자들이 찾지 못한 이유가 상상 이외의 장치 때문이라면, 이미 새로운 방식이 적용되어 유통되고 있다는 뜻이고 그런 기술이라면 오히려 알아내야 한다. 숨겨진 기술은 풀어내야 한다.

"호백 회장님 얼굴을 봐서 그리고 의원님이 아닌 온전히 두 여자를 위해 일을 맡겠습니다. 사무실과 차부터 시작하겠습니다."

***

의원 사무실을 찾았다.

책장과 책상, 컴퓨터와 전화, 벽과 천장, 모든 기물을 살핀 후 마지막으로 창틀을 검사했다. 창밖으로는 새 건물을 올리기 위한 터파기 공사가 진행 중이었다. 낡은 의사당은 유물로 남을 테고 최신 건물이 의원들의 일터가 될 것이다. 하지만, 옹골지게 파헤쳐진 땅을 보자니 망연한 감상에 젖어들었다.

자신들을 위해 도장을 찍고 자신들에게 득이 될 정책을 펼치는 빨대 정치와 나눠 먹기식 인사, 공돈처럼 쓰이는 세금, 극복되지 않는 비양심, 지속되는 부정부패, 유착, 정책 하나로 이득 보는 사람들과 죽게 되는 사람들……. 인간 역사 육천 년 동안 변함없는 내용이기에 결국, 인간이 인간을 다스리는 세상을 끝낼 것이라는 성경 예언이 있는지도 모른다는 생각이 들었다.

씁쓸한 마음과 다르게 사무실은 깨끗했다.

이튿날, 타운 하우스의 집에서 손채연 양을 만났다. 허리 가방에 장비를 담고 허리띠에 줄자를 찼다. 노트북을 든 나를 앞세워 그녀는 집 안 구석구석을 안내했다. 우리는 미리 각본을 짜둔 대로 실내 디자인에 관한 이야기를 나누며 자연스럽게 돌아다녔다.

의아한 점이 있었다.

빨간 먹을 쏟아 부은 파동이 모니터에 끊임없이 반복되었다. 예상치 못한 일이었다. 바싹 마른 공기가 폐에 달라붙었다. 붉은 파동은 검색 프로그램을 빨간 도화지로 만들어 버렸다. 심각한 문제였다. 누군가 나를 훤히 보지만, 나는 그들을 찾을 수 없는 당황스러운 상태에 빠진 것 같았다.

초소형 탐지기가 부착된 줄자 끄트머리를 늘였다 줄였다 하며 가구와 제품, 액자, 문틀까지 어색하지 않은 몸짓으로 꼼꼼하게 살폈다. 줄자를 길게 늘려 천장과 바닥을 확인했으나 어떤 장치도 찾아내지 못했다. 장치는 커녕 파동의 실마리를 알 수 없었다.

이튿날 나는 집안의 배선과 자기장의 성립요건을 확인해야 했다. 한편으로는, 건물에 내장된 방식 때문에 이러한 현상이 발생될 수밖에 없다는 판단도 있기는 하였다. 이 건물은 벽 자체에서 열을 내고 식히기도 하는 전기/전자 방식이다. 즉, 가스나 기름보일러가 필요치 않다. 자체 전기로 냉난방 및 요리, 창 여닫기 및 전자제품 사용이 가능하다. 타운 하우스 전체가 그런 방식이라면 내 프로그램은 충분히 오류를 일으킬만했다. 하지만, 오류와는 별개로 육감의 경험에는 귀신의 집에라도 있는 듯 등골이 서늘했다. 건물 밖으로 나가 숲에 앉아 쉬는 척 메모를 했다.

벽면과 천장, 바닥에 세세한 전자 패턴, 특수한 패턴들이 그물처럼 깔려있음. 냉기와 열 자체 발생, 지붕의 태양열 시스템과 숲 언덕의 풍력 시스템은 바람을 에너지를 축적, 친환경 시스템.

구경삼아 동네를 돌아다녔다. 언덕 아래에는 운동기구들과 자연생태 공원이 아름답게 꾸며져 고급스럽다. 이상한 점을 찾기에는 터무니없이 평화로운 곳이었다. 동네 전체가 첨단시설과 친환경 시스템이다 보니 장비가 오류를 일으켰으리라, 생각하고 끝낼 수도 있는 상황이었다.

하지만 사람에게는 느낌이란 게 있다. 이미 이곳 타운 하우스에 사는 사람들은 의심 없이 지낼 테지만, 나는 이곳 안에서만큼은 누군가가 지켜보고 있다는 느낌을 지워낼 수 없었다. 동시에, 타운 하우스 밖으로 나가면 그 느낌은 곧 사라져 버렸다. 육감의 근원을 찾아야 했다.

며칠 후, 나는 이 의원을 만나 설계도를 얻을 수 없느냐고 물었다. 이 의원은 지인을 통해 구할 수 있을 거라며 고개를 끄덕였다. 설계도가 있다면 시스템을 파악하는데 이해가 될 터였다.

누구나 몇 번쯤은, 누군가가 자신을 보고 있다는 느낌을 받아 그쪽으로 고개를 돌려 본 기억이 있을 것이다. 사람은 본능적으로 그러한 육감을 지니는데, 나의 경우는 직업과 상관없이 유달리 발달한 편이었다. 때때로 지인들의 집에서 탐지장비 없이 육감만으로 숨겨진 장치를 찾아내어 사람들을 놀래기도 하였다.

나는 그와 같은 본능의 육감을 떨치지 못했다.

의원 가족을 내보낸 후 리모델링이라는 소문을 냈고, 인테리어 기술자인 냥 행동했다. 실제로 인테리어를 업으로 삼는 친구를 청해 사장님이라고 부르며 공사를 감독하도록 부탁했다. 친구는 직원과 용역을 불러 한 부분씩 기존의 디자인을 뜯기 시작했다. 나의 부탁대로 천장과 창틀을 포함한 내부 전체를 진동 팩과 편광필름에 은박지를 씌워 발라버렸다. 천장에 은박지를 빠짐없이 붙였을 때, 타운 하우스의 관리부에서 점검을 한다며 나왔다. 옆에서 그들과 친구의 말을 엿들었다.

"무슨 공사인지 독특하네요?"

"이거요? 리모델링하려고 임시로 부착한 겁니다."

"대체 어떤 디자인이길래?"

"안의 이미지를 완전히 손보려고요. 전체를 조금씩 바꾸고 일부는 완전 개조해야죠."

"천장에 은박지는 왜 사용하는 거죠?"

"은박포지요. 저건 흡착포 역할과 소음방지, 흠이 나지 않게 보호 하는 겁니다. 비싼 집이라 혹시나 싶어 깔았어요. 나중에 흠 잡히면 안 되거든요. 근데 무슨 문제 있나요?"

"아니요. 문제라기보다는 첨단 건물이라 개조하는 분들이 없거든요?"

"뭐, 취향이 서로 다르니까."

그들은 시큰둥하며 처음 보는 장비로 벽과 바닥을 검사하더니 가버렸다.

그들이 우리를 보고 있다는 느낌을 지울 수 없었다. 친구는 한동안 나와 함께 출근했고, 부탁하는 대로 움직이거나 진짜 인테리어를 한다며 미술가처럼 열을 올리기도 하였다. 때로는 일 없이 미적대다 가기도 했지만, 나를 잘 알기에 아무 질문도 하지 않았다. 그 표정은 듬직했고 고마웠다. 나는 편안하게 일할 수 있었다.

*

그러나 항상 불안했다. 어딘가에서 굉장한 장비로 우리를 보고 있다는 두려움을 포함하여 천천히, 자세히, 지혜롭게 작업해야만 했다.

건물의 입구와 뒤편에 커다란 금속판을 세웠다. 은박포를 바른 모든 벽에 전기선을 붙인 후 바깥의 금속판에 연결했다. 커다란 금속판을 심고 그 선을 연결했다. 이것은 피뢰침이라는 접지와 같은 원리이다. 자기장이든 파동이든, 누군가 어떤 기계가, 어떤 입자를 움직이더라도 접지가 다른 곳에 있다면 그것을 속이게 될 것이라는 착상이었다. 그래야만 했다. 원인을 모르니 불안함을 떨칠 수 없었다.

얼마 후 YOU 건설에서 사람이 나와 현장을 둘러보고 있었다. 무슨 작업인데 벽면에 전깃줄을 깔았느냐 물었다. 친구는 벽이 전기로 이루어진 것 같아 감전될까 봐 접지했다고 말했다.

"그런 거 안 해도 되는데요."

"제가 인테리어 하기 전에 전기공사를 했어요. 위험을 잘 알죠. 잘 모르는 방식은 안전을 대비해야죠. 그런데 이 건물 참 특이합니다. 벽에 못질을 많이 해도 되는지 궁금했는데, 하다가 감전돼서 죽는 거 아닌가요?"

"못질로 도배하지 않는 한 상관없습니다. 벽의 전자 망이 부서지진 않아요. 염려 말고 작업하세요."

"진짜로 못질하다 감전되는 거 아닌가요? 아리송해요."

"첨단이라 그래요. 감전되고 못질할 수 없는 벽이면 집을 못 지었지요. 걱정 마세요. 안전하니까요."

"그럼 저 방문 벽을 털어내고 크게 만들어도 될까요?"

"벽은 차고 덥게만 만들 뿐 그 이상은 아닙니다. 그냥 벽이죠. 하중에 맞게 털어내도 됩니다. 리모델링이 불가능하다면 건물이 아니죠. 근데 공사는 언제 끝납니까?"

"예? 글쎄요?"

"주변에서 먼지나 소음 때문에 한 소리 들으면 우리가 욕을 먹게 돼요."

"글쎄요. 집이 좀 까다로워서 사실, 언제 끝날지 모르겠습니다. 첨단 건물이라니 일하기가 두렵네요. 가끔은 괜히 했다 싶기도 하고. 하하하."

친구는 감각 있게 말했고, 건설사 사람들은 다른 것을 묻지 않고 나갔다. 나는 숨을 뱉었다.

이 의원이 얻어온 설계도를 확인한 결과 건물의 구조에는 문제가 없었다. 그러면 대체 어디에서 무엇이 간섭하는 것일까? 타운 하우스의 숲 속, 풍력시스템이 있는 산언덕까지 유심히 걸으며 무엇이든 발견하기를 원했지만 숨겨진 기술의 근은 찾을 수 없었다.

***

"부끄럽지만 아무것도 찾지 못했습니다. 부끄럽군요."

나직이 가라앉은 표정으로 이 의원은 내게 물었다.

"제가 과민한 사람이라고 생각하시나요?"

"찾지 못한 건 제 잘못입니다. 하지만 시간이 더 필요합니다. 물론 돈이 들어가겠지요."

"돈은 신경 쓰지 마세요. 이미……."

이 의원은 말을 잇지 않았다. 그러나 미국으로부터 새가 날았다는 것을 나 또한 알고 있기에 묻지 않았다.

"이철만 선생님이 보시기에 우리 집이, 내가 가진 의심만큼 문제 있어 보이던가요?"

고개를 끄덕일 수밖에 없었다.

"이상합니다. 뭐라 말씀드릴 순 없지만, 존재합니다. 마치 귀신의 느낌 같은."

이 의원은 숨을 크게 들이켜고 크게 뱉어냈다.

"이철만 선생님. 기왕 이렇게 된 것, 좀 더 수고를 하시지 않겠습니까?"

"예?"

"이것저것 다 제쳐두고 그들의 대화를 따줄 수 없나요?"

피차간에 힘든 질문이었다. 단단한 각오가 서린 의원의 얼굴을 보자니 아내의 얼굴만 겹쳤다. 장차 옥살이를 하게 될지 모를 결정을 내려야 한다. 나는 망설이는 척 뜸을 들였다. 하지만 용암처럼 끓어오르는 것은 승부욕이었다. 가까스로 참아내며 내색지 않았다. 사실, 타운 하우스의 파동은 특이하고 엄청난 양이어서 극도로 호기심을 자극한 상태였다. 순전한 연구 목적만으로도 이번 일을 놓고 싶지 않았다. 나는 긴 호흡을 티나지 않게 뱉었다. 각오의 표정을 보여주었다.

"뒤를 책임지신다면 해드리겠습니다."

이 의원의 모든 계획을 아는 사람들, 손채연 양에 대해 숙덕거린 그들은 분명, 그 집과 관계있으리란 의심이 경험의 감정에 붙들려 있었다. 의심은 두터워졌고 그들의 대화를 녹취하는 것은 나 또한 염두에 둔 바였다. 타운 하우스에서 찾지 못한 실마리를, 나는 이 의원과 적대적인 사람들 속에서 찾아야겠다고 갈망했다.

집안이 아닌 곳에서 번외경기를 하자는 약속이 자존심 상했지만, 이겨보리라 어금니를 지그시 물었다.

*

집은 방치해 두었다. 이 의원이 결제를 못해 공사를 멈춘 것처럼 꾸몄다. 그렇게 두 달 가량 시간을 벌어 이 의원과 적대적 관계인 사람들이 예약한 룸과 시간을 알아냈다. 이 의원이 해야 할 일이었지만 그녀의 말과 행동은 의심을 살 수 있으므로, 내가 해결해야 했다.

사람들은 모두 행동에 패턴을 가지고 있는데, 나는 그들의 패턴 하나 하나를 체크하면서 그들의 동선을 확인할 수 있었다.

그 사이 손채연 양은 스스로 나서 팀원을 꾸렸다. 팀원은 서류가방을 들었고 몇 사람의 허장성세를 두었다. 허장성세는 세 사람의 중동인이었다. 그들을 사업가처럼 꾸며 나와 동행시켰다. 내가 무슨 작업을 하는지 모를 외국인 노동자 세 명에게 양장을 입히고 터번과 선글라스를 착용케 했다. 일부러 덩치 큰 친구를 골랐으며 수일간 먹이고 재우면서 걸음걸이와 표정을 훈련시켰다. 그들은 급조되었지만 큰 덩치 덕분에 품위 있어 보였다. 손채연 양은 지휘를 했고, 그녀의 팀인 한국인 몇 사람과 급조된 중동사업가들이 어울려 XX룸을 자주 드나들었다.

작업을 해야 하는 그날, 드디어 나는 손채연 양의 팀과 함께 보안이 유지되는 접대 장소인 그곳, XX룸으로 하루 먼저 들어갈 수 있었다.

사업상의 비즈니스를 위해 온 사람처럼 행동했지만, 아가씨들을 부르기 전에 작업을 끝내야 했다. 먼저 룸 안의 보안 상태를 확인했다. 조명과 음향, 영상 장치와 공간 전체를 검사했다. 깨끗했다.

천장을 꼼꼼하게 살핀 후 분무 통을 들었다. 이것은 일종의 칠 작업인데, 쉽게 말해 모기 잡는 살충제 방식의 분무기이다. 단, 통 하나에는 나노 필름이 들어 있고 또 다른 통에는 바이러스 섬유가 들어 있다.

분무 통 입구에는 한 뼘 크기의 흡입기관이 있어 나노 페인트가 뿌려짐과 동시에 바깥쪽 분사물은 자동적으로 흡수되도록 고안되었다. 그것은 너무나 작은 나노 입자가 인체에 흡수되는 현상을 방지하기 위한 자구책이었다. 그렇다 해도 나노 입자의 극소한 크기는 호흡으로 인간의 장기에 무수한 질병을 만들 수 있으므로 나노 방식으로 만든 마스크를 반드시 착용해야만 했다.

그러므로 모두에게 나노 마스크를 착용케 했다. 보안경과 마스크를 착용 후, 벽과 맞닿은 천장의 부분으로부터 나노 필름 스프레이를 기다랗게 뿌렸다. 그 위에 다시 페인트 스프레이로 만들어진 바이러스 섬유를 뿌렸다. 그렇게 일곱 번의 스프레이 작업을 반복했다. 룸에서 나는 소리를 받아들인 바이러스 섬유는 전기를 띨 것이고 전기를 띈 섬유는 필름에 소리를 입힐 것이다.

원리는 이러하다. 바이러스 섬유는 움직임이나 소리만으로도 전기를 발생시킨다. 소리는 섬유에 전기를 발생시키면서 동시에 스프레이 필름에 녹음을 할 것이다. 그들이 어떤 장비를 가지고 와서 검색하더라도 내가 뿌린 나노 바이러스 과학은 단지 실크 벽지의 한 부분으로만 보일 것이다.

나노 과학은 곧 단순한 방식으로 소리를 모아 등을 켜고 전화를 걸고 난방을 하는 세상을 만들어 줄 것이다. 나는 그 미래의 초보적인 일부를 사용하고 있을 뿐이다. 마이크로폰을 심는 것은 자살과 같다. 벽을 타고 오는 진동을 잡는 것은 가능하겠지만, 적어도 VIP용 안전 룸이라면 벽의 진동이 흡수되게끔 설계되진 않았을 것이다. 룸 밖에서 고성능 집음기를 켜둔다면 가능할 테지만, 그곳은 지하이고 이미 수만 가지 소리가 엉켜있는 곳이며, 완전 방음이 되는 룸에서 그 건물을 지나고 혹시나 있을지 모를 차단 모듈과 외부에 있을 수 있는 간헐적 플러그인에 걸리지 않으려면 멀리서, 최고가의 입출력장치와 커다란 안테나를 써야 할 것이었다. 하지만 그런 장비는 내 형편에 가질 수 없다. 나는 신기술의 원리를 적용한 자연스러운 도구를 사용할 수밖에 없었다.

손채연 양의 팀원과 중동인들은 내가 하는 작업이 무엇인지 알지 못했다.

'내일, 그들이 놀이를 끝내고 나간 후에 지체 없이 들어와 작업 페인트를 벗겨야 한다.'고 말해주었다. 섬유 페인트에 손상이 가면 안 되므로 조심해서 벗겨 내야 한다는 말을 덧붙인 후 나는 룸을 나왔다. 스프레이는 오늘 밤 안으로 마를 것이고 내일부터는 녹음이 될 것이다.

다음 날, 연락이 오지 않았다. 또 하루가 지난 아침에야 그들은 내가 뿌린 페인트를 벗겨 왔다. 둥글게 말아 온 페인트 롤을 1번 작업실이자 은신처이기도 한 내 공간으로 가져갔다. 작업대에 올려놓고 장비 속에 기다란 바이러스 섬유와 필름의 겹을 천천히 통과시켰다. 필름에 기록된 소리를 담는 작업이다. 나는 한 달 동안 이 일에 매달려야 했다. 소리로 기록된 파동을 순서대로 복원해야 하는 작업은 고달픈 집중을 끊임없이 요구했다.

과학은 사람들이 생각하는 것보다 가까이 있고, 또한 더 가까이에서 우리를 위협하거나 도움을 주고 있는 것이다.

녹음된 룸의 모든 소리를 녹취기에 담았다. 나는 연광정의 큰 룸에서 이현정 의원과 그녀의 세력들에게 녹취한 내용을 들려주었다. 내 귀에는 두 번째 들리는 내용이지만 여전히 우습고 토악질 나올만하였다.

*

"이현정이 집에 통 안 들어온다지요?"

"내부 인테리어를 한다고 벌려놨던데, 어제 만나보니 업자가 일을 설렁설렁 한다고 맘에 안 들어 합디다."

"푸허허허허. 그 여자, 하는 일이 죄다 막히니, 인테리어를 핑계로 집을 조사할 수 있겠네요. 인테리어 업자가 아닐 가능성이 있습니다."

"총리님 말씀대로 그 여자가 한창 의심에 빠져있을 겁니다. 하지만 과학자 할애비가 와서 연구를 해봤자, 건물이 가진 능력을 알아낼 수는 없지요. 그리고 업자는 인테리어를 하는 치가 맞더군요. 하지만 은박지와 뭐더라, 편광필름이랬나. 그런 걸로 도배한 거 보면 몇 놈쯤 섞여 뭔가 찾고 있다는 느낌이 듭니다. 그래 봤자, 아무것도 모르고 자기들끼리 의심하게 될 겁니다. 자중지란이 일어나는 거지요."

"하하하. 그렇게 될 겁니다. 그래, 의사당 건물은 공사가 언제 끝납니까? 이 회장님."

"내년 8월에는 끝내야지요."

"하여튼 고생 많으십니다. 우리 이 회장님 덕분에 허허."

"이번에 강남에 세우는 빌딩이 300층으로 확정이 될 텐데, 언론의 반발이 많을 거예요."

"흠. 언론 방송이야 다 내 손에 있으니 걱정들 말아요. 처음에는 반대하는 기사와 방송이 나오다가 차츰 옹호하는 쪽으로 보도하기로 했으니까."

"박 회장님 벌써 그걸 해결하셨습니까?"

"염치없는 것들이라 떡고물 조금만 줘도, 그저 계집애 하나만 붙여 줘도 다 따라오게 돼 있지. 지들이 입 벌리고 떠들어봐야 붕어인 게지. 흠흠."

"역시, 회장님의 국가경영은 참으로 경탄이 나옵니다. 멋지십니다."

"거 참, 그런 듣기 좋은 소리를 하하하."

"자자, 한잔들 하시지요. 이대로를 한번 외쳐야죠. 몇 년 만 참으면 됩니다. 노예가 되지 말라고 해도 스스로 노예가 되고 지배당하는 걸 좋아하는 게 어중간한 놈들 아니겠습니까."

"그러게 말입니다. 오히려 무식하고 모자란 것들이 그런 놈들보다 더 똑똑하고 정직하게 굴지요. 그런데 아이러니한 것이, 그 어중간한 놈들이 또 무식하고 모자란 것들을 지배하는 게 세상의 이치란 말입니다. 하하하하."

모두 숨을 죽이고 그들의 말을 듣고 있었다.

대화 속에서 술이 몇 순배 돌자, 그들은 점점 흥을 드러냈다.

"하하하하!"

"빨리빨리 와야지. 전국에 우리 건물 쫙 깔고 까짓것 다 공짜로 줘버립시다."

"크허허허. 장관, 너무 선심 쓰는 거 아닙니까? 그러다 쪽박 차겠습니다. 하하하."

"쪽박 좋지요. 우리가 언제 쪽박을 차보겠습니까. 쪽박을 찬대도 잘난 체하는 연놈들이 다 우리 손에 있는 게 아닙니까."

"으허허허. 이거, 장관님 너무 솔직한 말씀을 하시니 그 쪽박 나도 같이 차볼까요."

"허허. 그만들 좀 웃기세요. 사람들이 높은 자리에 있으면 좀, 체통이 있어야지."

"뭔 체통이요? 우체통이요? 하긴, 요즘 길거리에 우체통이 없지요. 확 깔아버릴까요?"

"예끼, 이 사람들. 하하하하."

"하하하하하."

박장대소가 일었다.

"아, 이거 이런 얘기 막 해도 되는 건가요? 이 회장님. 이 방을 누가 보거나 듣지 않을까요? 우리가 하는 것처럼?"

"조 법관. 거, 걱정도 팔자랍니다. 우리가 들어오기 전에 직원들이 세세히 점검했습니다. 어떤 장치도 발견되지 않았습니다. 걱정 붙들어 매세요.

이 방면에는 우리 연구실이 최고가 아니겠습니까."

"혹시, 옆방에서 들을 수는 없습니까?

"아아 이런, 조 법관 신입이라서 아직 잘 모르시는구먼. 옆 방, 건넛방 다 우리 애들이 놀고 있지. 하하하하."

"하하하하하."

"아이고, 그런 거였습니까? 이거 원 많이 배워야겠습니다. 훈수를 부탁합니다."

"청장. 조 법관 좀 많이 챙겨주세요. 허허허허. 간만에 순진한 사람을 봤습니다. 어허허허."

그들은 점점 술이 들어감에 따라 자신들의 진면목을 드러내고 있었다.

"히히히히 히히. 이렇게 사는 게 재미난 거야. 으허허허허 흐응. 이번에 고급 빌라를 더 짓기로 했지요? 정릉동을 싹 밀어서 말이죠. 최첨단, 흐흐흐흐. 짓는다고 운만 띄었더니, 벌써 대사관저로 쓴다는 외국산들부터 돈깨나 힘주는 것들이 죄다 달겨듭디다. 푸하하하하. 고것들 참, 좋은 거라면 사족을 못 쓰지."

웃음소리와 양주잔을 쭉쭉 빨아 마시는 소리가 들렸다.

"그런데 이거, 거 정말이지 다른 업체에서 혹시, 우리하고 똑같이 생각하고 있는 거는 아닌가, 노파심도 들긴 합디다."

"오늘시스템이라는 회사가 YOU를 흉내 내서 전기 냉난방 건설을 한다고 합니다. 둬도 상관없겠지만 귀찮으니까 알아서들 죽여주세요. 그리고 나머지는 맘 푹 놓으세요. 욕심을 가진 인간이란 존재는, 돈만 주면 다 개가 되는 법 아닙니까. 그것도 모자라서 지들이 뭐 하는지 자체를 모르게 하고 있으니, 설사 걸린다 해도 우리는 모르는 일이고, 돈 처먹을라고 아양떠는 개들이 총대 메는 거 아닙니까. 다들 개 노릇하려고 줄을 대지 않습니까. 이래서 세상이 재밌는 겁니다."

"그런 거라면 박 회장님이 다 알아서 하시는 일이니, 우리는 그냥 놀고 먹읍시다. 프흐흐흐."

"좋지요. 바로 그겁니다. 하하하하."

"허허허허. 이 못된 사람들 같으니. 나도 좀 같이 놉시다. 하하하하."

여느 밤들이면 그들은 모여 자신들의 놀이를 위한 국가경영에 매진했을 것이다. 정확하게는 그들의 삶 자체가 놀이라고 할 수 있을 것이다. 한 국가의 모든 사람을 다스리는 놀이, 최고로 높은 자가 되기 위한 놀이, 영웅이 되기 위한 놀이, 지배하는 재미의 놀이.

기업 회장과 의원들, 그리고 정부부처의 장들과 법조인, 언론인, 경제인, 기타 일부 지식인들은 신나는 국가경영 놀이를 지겹도록 해왔을 것이다. 마치 어떤 도깨비라든가, 사람의 탈을 쓴 요괴들의 놀이를 엿듣는 것 같았다.

"이제 그만 애기들 부를까요?"

"그래요. 끈적하게 몸 좀 풀어봅시다. 하하."

호탕한 웃음이 멀리 퍼져 나아갔다.

*

이현정 의원을 비롯한 모두가 큰 한숨을 저마다 뱉어냈다. 말이 없었다.

녹취된 이야기를 들은 사람 중에는 양심에 찔리는 사람이 더러 있을 거라 보였다. 정치 · 경제 · 언론 · 법의 유착은 흡사 거대한 구렁이처럼 느껴졌다. 무엇이든 삼키는 거대한 구렁이의 입속. 그 속으로 빨려 들어갈 수는 없는 일이다.

한 사람이 침묵을 깨며 입을 열었다.

"건물에 무슨 비밀이, 무슨 장치가 있긴 있는 모양입니다."

무거운 공기 사이에서 이현정 의원이 눈빛을 반짝였다.

“이철만 선생님. 다시 해봅시다. 다시 건물을 조사해 주세요. 꼭 찾아야 합니다. 이 선생님만이 이 일을 해낼 수 있습니다. 부탁합니다.”

결국, 내게 가장 큰 책무가 다시 주어지고 있었다. 그들의 건물이 갖춘 능력을 찾아내야 했다. 그것은 내가 풀어야 할 하나의 ‘화두’였다.

*

공사가 길어지다 보니 건설사의 인원들이 구조 변경 점검 등을 핑계로 자주 들락거렸다. 그들의 의심이 사실화되었다는 생각을 안고 작업해야 했다. 빨리, 아주 빠르게 나는 건물의 비밀을 찾을 수 있기를 바랐다.

주방의 구석, 벽과 벽이 맞닿은 모서리를 세 뼘 크기로 잘라내었다. ‘ㅅ’자 모양으로 잘려 나온 그것은 바닥과 두 벽이 맞닿은 모양을 확인하기 위한 것으로, 뚫을 목적이 아니라 벽 자체를 연구하기 위함이었다. 잘려 나온 벽 덩어리를 연구실로 가져갔다. 한동안 연구실에 있을 것이므로, 빌라에는 아무도 가지 못하게 하였다. 나는 내 방식으로 빌라 안에 녹화모듈을 심어놓았는데, 예상대로 모니터에는 건설사 직원들이 들어와 여기저기 확인하는 모습이 보였다.

내가 뚫은 곳은 주방 구석의 바닥과 두 벽이 같이 맞물린 곳이었고 싱크대와 전기장치 및 인테리어 장비에 은박지와 자기장 방지 섬유가 뭉텅이로 덮여있었다. 그들은 그 부분을 검색하지 않았다. 찾아내지 못한 것인지, 상관하지 않은 것인지 알 수 없었다.

며칠이 지나 나는 그곳 에덴 타운 하우스를 다시 활성화시켰다. 친구에게 벽 한쪽부터 시작해 어느 벽이든 마음 가는 대로 또 작업하라고 부탁했다. 그러자 친구가 웃으며 말했다.

“디자인하고 설치하고 부수고 다시 만들고, 나무 바른 뒤에 무늬목 작업을 하면 되겠네. 그리고 또 부시지 뭐. 근데 말이야. 돈은 따블로 줄 거지?"

나는 웃었다.

부탁한 후 작업실로 돌아왔다. 뜯어낸 벽 조각을 한 달 동안 연구하면서 차근차근 공포에 짓눌리고 있었다. 머릿속이 하얘졌고 파르르 떨려왔다. 그것은 나처럼 과학의 눈과 귀에 솔깃하고 착상과 상상에 민감한 사람조차 꿈꾸지 못한 엄청난 트릭이었다. 그것은 세상을 소유할 수 있는 가공하고 완벽한 지배 시스템의 시작이었다.

***

"벽은 일종의 칩입니다. 각각의 벽은 바닥과 천장에 이어져 하나의 시스템 장비가 되는 겁니다. 집 안에 있는 사람과 가구는 색과 모양, 움직임 즉, 사람과 사물은 자체가 메커니즘이 돼버린 벽면과 천장, 바닥에서 계산됩니다. 사물과 사람의 입자 값은 전송되고 타운하우스 지하시스템으로 모여듭니다. 그리고 어딘가에서 재구성 됩니다. 즉, 건물 자체가 실시간 카메라와 녹음기 역할을 할 수 있는 구조입니다."

"이해가 안 가는군요. 그런 기술이 가능하단 겁니까?"

나는 긴 설명을 이어가야 했다.

"건물 안에 있는 사람을 들여다보는 기술은 오래전에 이미 나왔습니다. 그 방식은 한쪽 방향에서 파동을 건물 안으로 쏘고, 그 파동이 사물과 사람의 색깔의 이미지를 픽셀 하나하나씩 1:1로 반사해 찾아내는 방식입니다. 파동들이 찾아낸 색깔 하나하나는 모두 모여 다시 그래픽 작업을 통해 완성됩니다. 그럼 건물 안에 있는 사람의 옷과 피부색, 가구 등 모든 것이 실제처럼 재현됩니다. 과거의 그 작업은 단방향이고 또 시간이 많이 걸렸죠.

초기 기술은 그러했지만 이제 그 파동은 사방면의 X, Y, Z축에서 쏜 파동이 되어, 건물 내의 사람과 사물 각각의 입자, 각각의 픽셀 값을 빠른 속도로 환원합니다. 그 속도가 실시간 움직임까지 잡아내는 것이죠. 그럴 수 있는 이유는, 벽과 바닥, 천장 자체가 섬세한 파동장치이기 때문입니다. 렌즈 대신 파동으로 실시간 촬영을 하는 겁니다.

더 설명을 드리자면 파동이란 것은 세상의 모든 것에 전해지는데 그 파동신호를 인간이 보는 신호로 바꿔준 것뿐입니다. 건축물 벽면의 칩 기능과 벽면과 벽면의 이음 부분이, 컴퓨터의 부품이 슬롯에 끼워진 것처럼 건물 전체를 통합 파동시스템 장치로 만드는 것입니다.

벽과 천장과 바닥, 건물 자체는 섬세한 파동을 이용해서 여러분의 음성과 움직임의 입자 값을 되받아 동네의 지하시스템으로 전송하고, 데이터시스템에서 재구성된 후, 전송망을 지나 어딘가에 있을 모니터에 실시간 영상으로 전해지는 것입니다. 일종의 컴퓨터로서, 여러분은 자신도 모르게 컴퓨터 속 하드디스크의 일부에 들어있는 정보가 된 것입니다.

그들은 모든 것을 실시간으로, 어떤 각도에서든 보고 저장하고 되돌려 볼 수 있죠. 단지, 렌즈와 녹음기가 아닌 건물 자체가 장치인 것입니다. 제 생각으로는 새 의사당 건물을 짓는 시공사가 지금 YOU 건설인데, 아마도 그 건물은 에덴 타운 하우스와 같은 방식일 거라고 생각됩니다. 만약에 건설의 구조가 그러한 방식이라면 특정한 소수의 사람이 이 나라 수장들, 시민들의 모든 말과 움직임을 훤히 보고 들을 수 있게 될 것입니다."

여·야의 정치인과 언론인 그리고 TV에서 본 몇몇 인물들은 내 설명에 바짝 굳어 숨소리조차 내지 못했다.

"새로 짓는 의사당 건물뿐 아니라 지방 대부분의 관청들도 YOU 건설이 차지했어요."

이현정 의원은 지친 사람이 되어 맥없는 눈망울로 여린 날숨을 게워냈다.

그들은 서서히 앞날에 대해 논의하고 있었다.

"이 선생. 우리가 가질 수 있는 방어 장비라면 어떤 게 있습니까?"

나도 모르게 '끙' 하는 신음소리가 게워져 나왔다. 양손으로 얼굴을 비비듯 쓸어내리며 정신을 가다듬었다. 하고 싶은 말을 할 수밖에 없었다. 그 거대한 시스템에 대응할 만한 장비는 내게도 요원한 문제였다.

"제가 드리기엔 뭐한 말씀이지만, 그들을 막을 수 있는 장비는 당장은 없다고 하겠습니다. 제 힘으로는 장비를 만들 시간이 부족합니다. 시간을 벌기 위해 그들의 흠을 찾아 세무조사든 도덕성 조사든, 무엇이든 꼬투리 될 만한 것을 잡아야 한다고 말씀드리고 싶습니다. 우리에겐 많은 시간이 필요합니다. 지금 느끼는 두려움은 그들의 시스템 건물이 이 나라를 꽉 채웠을 때 벌어질 일상의 미래에 비하면 개미 허리만큼도 못 되는 겁니다."

입술이 바짝 탔다.

"이건 무조건 막아야 합니다. 악의적 지배 시스템에 반대할 수 있는 모든 사람을 모아, 꿩 잡듯 쉬지 않고 쫓아다니며 무너뜨리는 방법밖에는 없다고 생각합니다. 시간이 지나면 이 시스템이 지구 전체로 퍼지게 될 것입니다. 죄송합니다. 제 장비는 그들을 대적할 만한 준비가 되어있지 않습니다. 나름대로 연구는 해보겠지만 시간이 많이 필요할 것입니다. 죄송합니다."

"믿어지지가 않아. 아아, 못 믿겠다는 말이 아니라. 정말 이런 일이 가능하다는 게 믿어지지가 않아."

한 사람이 현실감각을 잃어버린 목소리로 얼굴을 도리질했다.

사실, 나조차도 이 놀라운 시스템이 주거공간이 되고 집이 될 것이라는 상상, 이 실제의 경험을 믿지 못할 정도였다. 분명한 사실이지만 믿고 싶지 않으며, 정녕 믿기 어려운 때문이었다.

***

석 달이 지났다.

가게 안에 있을 때에도 밖의 기운이 심상치 않았다. YOU, NEK, SSH 그룹과 법무인들, 또한 공무원들의 감사로부터 대대적 세무조가 이어지며 신속한 싸움이 보도되어 떠들썩했다. 그러나 가공할 주거 시스템의 공포에 대해서는 어떤 뉴스에도 보도되지 않았다.

건물 앞길의 왼편에서 항상 나를 주시하는 승용차와 오른쪽에 새롭게 주차되어 움직이지 않는 봉고차의 주인이 정부의 것인지, SSH나 NEK 그룹의 것인지 그 외의 어떤 세력인지 확인할 필요는 없었다. 이 의원이 피습을 당해 병원에 입원했다는 뉴스만으로도 상황은 유추되었다. 다행히 이 의원의 목숨은 위태로울 정도는 아니었다. 손채연 양은 일찍 내 은신처로 도피시켜 안전했다. 슬금슬금 세력 간의 싸움은 죽느냐 죽이느냐의 극한으로 치닫고 있었다. 지배하려는 자와 지배당하지 않으려는 자들 사이에서 나는 살아남는 싸움을 해야 했다.

밖을 보도록 심어놓은 카메라에 잡힌 맞은편 2층에는 24시간 내내 가게를 주시하는 사람들이 있었다. 강한 렌즈의 기운이 그 건물로부터 끊임없이 뻗어 나왔다. 나는 오래도록 은둔해야 함을 인식했다.

저녁에 직원을 보내면서 월급과 여분의 돈을 그의 손에 쥐어 주었다.

'오늘 내가 12경 가게를 나갈 건데, 문을 잠그지 않을 테니 12시 20분경 와서 문을 닫고 셔터를 내려. 아무것도 묻지 말고.'라는 말을 했다. 더 이상

가게는 할 수 없게 됐다는 말을 덧붙여 주었다.

자정에, 나는 가게에서 나와 걸었다. 몇 사람이 따라오는 것을 안경에 붙은 1밀리 렌즈가 촬영 중이었으며 손에 든 모바일 폰의 화면에 드러내었다. 멀리에서 승용차가 서서히 움직였다. 나는 우측으로 꺾어 복도가 길게 이어진 낡은 상가 건물로 들어갔다. 택시나 버스, 전철을 타면 도시에 깔린 카메라를 연결해 내 모습이 잡힐 것이다. 나는 빠른 이동수단을 택해 이곳을 벗어나야 했다.

그들이 건물에 따라 들어왔다. 나는 건물의 끝 편으로 빠르게 걸었다. 건물을 나와 잠시 도로가에 서 있었다. 모바일 폰을 일부러 주머니에 넣었다. 그들이 건물 안쪽에서 나를 보는 시선이 느껴졌다.

많은 차들 틈에 길가 쪽으로 50cc 오토바이 한 대가 달려오는 것이 보였다. 나는 타이밍을 맞추어 오타바이 앞으로 튀어 나갔다. 양팔을 들어 황급히 막아 세웠다.

코앞에서 나를 본 오토바이는 급브레이크를 잡으며 섰다. 앞으로 쏠린 헬멧을 바로 쓴 그 사람은 막 신경질을 내기 직전이었다. 나는 배추 20장을 흔들었다. 그의 셔츠 안쪽에 쑤셔 넣고는 뒤에 올라타 허리를 안았다.

"중앙선 넘어 반대편으로 800미터, 그러고 나서 우측 골목으로 들어가 주세요."

중앙선을 함부로 넘은 오토바이는 CCTV가 없는 골목골목을 꺾어 들어갔다. 나를 쫓던 승용차는 중앙선을 넘으려다 여러 대의 차에 부딪혀 소음이 대단했다.

"스톱."

복잡하고 협소한 골목 동네에서 그를 보낸 후 나는 좁다란 안쪽 길로 빠르게 걸어 들어갔다. 한쪽에 세워둔 오토바이의 커버를 벗겨냈다. 안장을 들어 올려 옷을 꺼내 갈아입었다. 이제 헬멧을 쓰고 제2의 아지트로 달릴 것이다. 지배당하는지 모르고 사는 보통 사람들도 살아야 하고 나도 살아야 한다. 인간은 인간답게 살아야 하고, 그 누구라도 일부 세력에 의해 지배돼서는 안 된다. 그렇게 살아야 사람의 세상이며 사람의 생활이다. 그것은 인간에게 기본일 뿐이다. 나는 은둔하며 계속 장비를 만들 것이다. 그리고 사람 위에 올라서서 신이 되려는 거대한 요괴들의 숨은 행실을 찾아낼 것이다. 나는 새롭게 진행되는 내 인생의 엔진에 시동을 걸었다.

***

싸움은 그때부터 시작이었습니다.

나는 내 체험을 그대로 이야기했습니다. 이 글은 지금 인터넷 게시판에 올라가는 중입니다. 내 아이피는 랜덤 아이피로서 매초마다 전 세계에 동시다발적으로 생성됩니다. 추적하는 데에는 몇 주 이상 걸릴 것입니다. 나는 또 이동해야 합니다. 준비된 안전 가옥으로 가서 그들의 파동을 차단하는 장비를 만들 것입니다. 연구는 어느 정도 진행되었지만, 험난합니다. 그 사이에 여러분은 빠른 판단으로 세상에서 살아남는 방법을 찾거나 거대한 자본과 손잡은 독재의 덩치들과 싸우는 요령을 알아내야 할 것입니다. 다음 글을 올릴 때까지 모두 자유로운 생활을 만끽하시기 바랍니다. 어느 날 TV에 어떤 흉악범을 공개 수배한다는 뉴스가 갑자기 나온다면, 그 사람은 어쩌면 흉악범이 아닐 수도 있으며 바르지 않은 권력과 싸우는, 그저 평범한 사람일 수도 있다는 것을 알아주었으면 하는 바람입니다.

사실을 사실이라고 말할 수 없으며, 진실을 거짓으로 꾸며도 신용을 잃지 않는 파탄된 세상이라면, 사람은 저마다 마음의 기준을 잡을 수 없게 됩니다. 그런 세상은 싫지 않은가요? 나는 도망자 이철만입니다. 여러분의 싸움도 곧 시작될 것입니다. 사진을 올릴 수 없어 유감입니다. 모두들 안전하게 살아가는 세상이 되길 바랍니다.

| 끝 |

다윈과 나

조나단

장르 드라마와 장르 시나리오를 쓴다. 그리고 장르 소설을 쓴다. 한국영화시나리오마켓 추천 작가. KBS 드라마 단막극 공모, SBS 미니시리즈 극본 공모에 당선. 현재 드라마 미니시리즈를 준비하면서, 꾸준히 웹진 크로스로드에 SF 소설을 투고하고 있다. 수준과는 별개로, 오로지 SF에 대한 애정으로.

전장戰場에 서 본 경험이 있는가? 거대한 충격과 소음이 우주를 뒤흔드는 곳. 그곳에서 죽음을 맞이한 적은? 난폭한 혼란과 함께 온몸 혈관을 타고 올라오는 공포……

지금, 내가 그 전장 한복판에서 죽음을 맞이하고 있다!

대기권을 뚫고 추락하면서 직감했다. 열여덟 번의 출격 끝에 기어이 이렇게 죽는구나 하는 것을. 마찰열 때문에 동체에 불이 붙고 열기가 안으로 파고 들어왔다. 우지끈 소리와 함께 오른쪽 날개가 찢겨나갔다. 이어 전투기가 빙글빙글 돌며 중력을 쫓아 곤두박질쳤다. 상황을 통제해 보려 고 했지만 주 시스템이 죽어버렸다. 대기 마찰로 맥없이 튕기며 도는 선체 안에서 방향조차 가늠할 수 없었다. 이제껏 느껴보지 못한 두려움과 공포가 밀려왔다. 그 와중에도 선체는 계속 추락했고, 기어이 행성의 검은 대지가 눈앞으로 달려들었다. 비명을 내지르며 비상탈출 레버를 당겼지만 그마저 죽어버렸다는 것만 알게 됐다.

이어지는 충돌. 둔탁한 충격. 그리고 암흑.

정신이 들면서 비명이 먼저 터져 나왔다. 표현조차 못할 통증이 온몸을 휘저어 왔다. 나는 검은 돌무더기 속에 처박혀 있었고, 저쪽에 두 동강 난 전투기가 보였다. 충돌과 함께 기체 밖으로 내동댕이쳐진 것이다.

왼쪽 쇄골이 부러진 듯했다. 그러나 그것은 참을만했다. 심한 것은 오른 다리였다. 고통의 진원지였다. 무릎이 잘려나간 채 그 아래는 어디로 날아갔는지 보이지도 않았다. 드러난 뼈와 신경이 너덜거렸고 그 위로 피가 제멋대로 쏟아지는 중이었다.

나는 알고 있는 욕을 모두 쏟아내며 에이전트intelligent agent를 불러냈다.

— 하이, 찰스.

나노컴이 두개골을 진동해 이소골耳小骨로 전달되었다. 내 상황에는 아랑곳없이, 설정대로 경쾌한 목소리였다. 나는 반항하듯 소리쳤다.

"부상 체크!"

— 왼쪽 쇄골과 견갑골이 세 조각으로 부러졌군요. 그 아래 흉골 두 개에 금이 갔고 흉근 하부에도 손상이 있어요. 하지만 무엇보다 오른쪽 대퇴골 아래가 절단된 것이 치명적이군요.

"함대에 구조신호를 보내!"

— 미안해요, 찰스. 에이전트 통신망으론 이 행성 대기권을 나갈 수 없어요. 기체의 통신시스템은, 예상했겠지만 죽어버렸네요.

나는 다시 욕지거리를 쏟아내며 고통을 표현했다.

"이제 어떻게 해야 하지?"

— 우선적으로 함대의 긴급의료수술을 권합니다만, 그렇지 못한 상황이라면 응급조치가 필요해요.

허벅지를 더듬어보았다. 다행히 전투복 개인 의료키트는 그대로 달려 있었다.

— 응급조치의 첫 단계는, 절단된 다리의 출혈을 막는 거예요.

키트에서 붉은색 의료캡슐을 빼 탭을 제거하고 다리 절단면에 박아 넣었다. 피하주사로 나노물질이 주입되면서 피를 응고시키고 절단면을 봉합하기 시작했다. 그러나 부상이 너무 커서 응고액 사이로 피가 계속 새어 나왔다. 무엇보다 그 뜨거움에 다시 비명을 내지르고 말았다.

에이전트가 위로랍시고 떠들었다.

— 걱정 마세요, 찰스. 다리는 함대 정밀의료팀에 의해 재생 수술을 받을 수 있어요.

함대로 돌아갈 수 있다면 말이지, 구출될 수 있다면!

— 계급에 따른 재생 수술 절차와 새로운 다리의 36가지 옵션에 대해 알고 싶으신가요?

"시끄러워, 꺼져!"

에이전트가 잠들고 얼마 후 봉합 열이 잦아들었지만, 고통은 여전했다. 의료키트에서 회색 의료캡슐로 왼쪽 쇄골 부위에 주사했다. 진통 액이 빠르게 퍼지며 왼쪽 팔이 늘어졌다. 그래도 고통은 참을 수 있을 정도로 진정되었다.

비로소 내가 처한 상황을 돌아볼 수 있었다. 그러자 다른 두려움이 몰려들었다. 이런 상황에 처한다면 누구라도 느낄 수밖에 없는 두려움. 이곳은 비글Beagle 족의 개척행성이었다. 나는 적진 복판에 떨어진 것이다.

테르미누스 비행단 T-II 편대의 타격목표는 비글 족 개척행성의 지표면 전진기지였다. 그것을 위해 작전함대에서 6광년을 뛰어넘어 행성에서 가장 멀리 떨어진 MA-6 위성 뒤에 은폐해 다가왔다. 그러나 작전은 실패였다. 대기권으로 진입하기도 전에 비글 족의 무인 방어시스템에 발각된 것이다. 편대의 절반을 잃었다. 적어도 내가 격추되기 직전의 상황은 그랬다. 아마 되돌아간 편대기가 없을지도 모른다. 추락하면서 구조신호를 보냈지만 함대에서 나를 구하러 올 확률은 희박했다.

게다가 조만간 비글 족이 몰려들 것이다. 전투기가 대기권에서 타버리지 않고 불시착한 것을 놈들이 놓쳤을 리 없다. 자신들의 개척민을 중시하는 비글 족은 곧 병력을 보내 나를 찾을 것이다. 아니면 이대로 출혈과 탈진으로 죽고 말던가.

한순간 껌을 씹어야 하는 것 아닐까 생각했다. 고통도 고통이지만 외계 종족에게 끌려가 험한 꼴을 당하고 싶지 않았다. 비글 족은 인류를 혐오했고 포로에게 고통 주는 것을 즐기는 종족이다. 인간의 정보를 캐기 위해 우주적인 실험도 마다하지 않는다는 소문까지 돌았다. 그 때문에 전 군에 포로로 잡히고 탈출 불가능한 상황에 처하면 자살하라는 규정이 내려진 것은 이미 오래전 일이다.

아직은 이르다. 놈들이 나타나 그 흉측한 얼굴을 들이밀 때 감행해도 늦지 않다. 한 놈이라도 끌어안고 함께 폭사한다면 내 명예는 지켜질 것이다. 어쩌면 죽은 뒤에 무공훈장이 수여될지도.

뜨거운 고통이 잦아들자 추위가 몰려왔다. 행성 기온이 낮은 건지 체온이 내려가는 것인지 분간하기 어려웠다. 아마 후자일 것이다. 진통액 때문에 자꾸만 몸이 늘어졌다. 나는 돌무더기에 기댄 채로 허공을 바라다보았다. 하늘이 온통 붉은빛이었다. 이제껏 의식하지 못했는데, 검은 대지의 지평선 위에서 거대한 태양이 붉고도 붉은 기운을 내뿜고 있었다. 그 주위로 네 개의 위성이 헤엄치고 있었다.

지금이 이 행성의 석양인가? 노을은 사방으로 뻗어 나가며 반대편 하늘까지 물들이고 있었다. 한동안 그 광경을 바라보았다. 처음 보는 낯선 행성의 낯선 풍광이었다. 내가 다른 우주에 홀로 떨어졌다는 사실을 실감할 수 있었다. 이곳은 내가 나고 자란 행성이 아니었다. 붉은 하늘 아래 검은 대지에는 정적만이…… 아니, 소리가 들렸다!

작지만 분명한 소리였다. 뭔가가 다가오는 소리였고, 낮게 우웅 하는 기계음이었다. 에이전트를 다시 불러내 소리를 검색했다.

—비글 족 운송수단이군요. 군용은 아니고, 개척민들의 반중력 바이크네요.

군 병력이 아니라는 소리에 안도가 일었다.

"얼마나 떨어져 있지?"

—손을 지표면에 대주세요, 찰스. 소리를 유심히 들어주세요.

소리에 집중하며 돌무더기를 헤집고 오른손을 지면에 댔다. 나노컴이 거리를 측정했다.

—분석 결과, 3시 방향 4킬로미터 떨어진 곳이네요. 오차범위 백 미터 이내, 시속 20킬로미터 속도로 접근 중입니다.

긴장하며 3시 방향을 노려보는데 에이전트가 말했다.

—거리를 계속 체크할까요, 찰스? 현재 거리는…….

"됐어, 꺼져."

에이전트를 재우고 상황파악을 했다. 비글 족의 개척민 하나가 추락하는 기체를 본 것이 분명하다. 군에 연락하는 대신, 또는 방위군을 기다리는 동안 호기심을 이기지 못하고 쫓아오는 것이리라. 느긋하니 개인용 운송수단을 타고서 말이다.

그렇다면 승산이 있을지 모른다. 놈을 처리하고 바이크를 탈취할 수 있을지도. 비록 쓸 수 있는 거라곤 왼 다리와 오른손뿐이지만, 나는 놈들을 상대하도록 훈련받아온 군인이다. 비글 족 개척민 하나 정도는 상대할 수 있다. 숨을 고른 뒤 총을 빼 들고 기다렸다.

얼마 지나지 않아 검은 흙먼지가 보였다. 이어서 은회색의 작은 것을 알아볼 수 있었는데, 지표면에서 살짝 뜬 채로 느긋하니 기체를 향해 다가오고 있었다. 비글 족은 머뭇거리는 기색이 없었다. 바이크는 망가진 기체 주위를 세 바퀴 돌더니 내가 볼 수 있는 곳에 멈춰 섰다. 전형적인 비글 족의 바이크였다. 뒤쪽에 운전석으로 보이는 시트가 보였고 비글 족은 없었다. 혼자서 움직이는 바이크였다.

나는 뭔가 잘못됐다는 걸 직감했다. 이내 저것이 내 시선을 끌기 위한 미끼였음을 깨달았다. 아니나 다를까, 뒤쪽에서 돌무더기 밟는 소리가 들렸다.

"젠장."

다급히 몸을 돌려 총을 겨누었지만 이미 늦었다. 뭔가가 내 손을 걷어차며 총을 날려버렸다. 그리고 그것이, 비글 족이 나를 내려다보았다. 새하얗게 반짝이는 백발에 창백한 얼굴, 그 위에서 커다랗게 끔벅거리는 검은 눈동자가.

놈은 알아들을 수 없는 억양의 언어를 내뱉었다. 나는 놈을 향해 욕을 퍼부어주었다. 에이전트를 불러내 껍을 활성화하려 했지만, 놈이 먼저 뭔가를 내 얼굴에 뿌려댔다.

한순간 어둠이 찾아왔다. 그리고 의식이 달아났다.

***

눈이 떠졌다. 갑작스레 의식이 돌아오는 것으로 보아 누군가가 인위적으로 깨운 것이다. 정신을 차리며 둘러보자 그것이 나를 내려다보고 있었다. 비글 족이.

나는 분노로 악을 쓰며 달려들었다. 그러려고 했다. 하지만 의지와는 달리 움직일 수가 없었다. 몸이 침대로 보이는 것 위에 뉘어진 채 움직이질 않았다. 나를 묶은 것은 아무것도 없었지만, 어떤 힘이 내 몸을 고정하고 있었다.

놈은 미동도 없이 지켜만 보았다. 인간의 적대감을 흥미로워하며 관찰하는 것 같았다.

아니, 그것은 맞는 표현이 아니다. 유령처럼 창백한 얼굴의 비글 족은 표정을 읽을 수 없었다. 꿰뚫어 보는 듯한 커다랗고 까만 눈동자는 내 행동에 당황한 건지 재미있어하는 건지 알 수 없었고, 외계 종족에 대한 두려움과 함께 어떤 따스함 같은 것을 동시에 느끼게 했다.

내가 악을 쓰다 혼자 지쳐서 헐떡일 때쯤, 마침내 놈이 말했다.

"진정해, 움직이면 해로워. 당신에게."

나는 어리둥절하니 놈을 보았다. 어감이 어색했지만, 비글 족의 말을 알아들은 때문이었다. 내 반응을 읽었는지, 비글 족이 외모만큼이나 표정 없는 목소리로 말했다.

"당신 뇌 속의 군용 나노 컴에 통역 프로그램을 깔았어."

함대는 외계 종족과의 통역 프로그램 따위는 지급하지 않는다. 그런 것은 존재하지도 않는다. 그렇다면 그것은 놈들의 것이다.

내가 다시 욕을 퍼붓자 놈이 말했다.

"이상한 생각은 품지 않는 게 좋아. 추잉검이라고 부르던가? 당신네 군인들이 사용한다는 자살 폭탄은 제거했으니까, 찰스턴 중위."

젠장. 놈은 내 에이전트까지 분석한 것이 분명했다. 두려움이 몰려왔다. 내 몸 안에 또 무슨 장난을 쳐놓은 걸까. 놈이 인간의 정보를 캐기 위해 어떤 짓을 했는지 알 수 없었다. 자신들의 제거용 폭탄을 심어놨을지도 모른다.

나는 자제하고, 상황을 파악하기 위해 물었다.

"나는 어떻게 되는 거지?"

"부상 말이야? 안전해. 당신의 신체를 살펴봤고, 내가 치료했어. 기체 주변에서 찾아낸 나머지 다리는 따로 보관해놨고. 부러진 어깨의 뼈는, 다시 붙을 거야."

놈은 커다란 눈으로 나를 들여다보면서, 마치 애완동물에게 말하듯 덧붙였다.

"괜찮아, 다 잘 될 거야."

나는 주저하다가 다시 물었다.

"그게 아니라, 이제 나를 어떻게 할 생각이지?"

놈은 잠시 나를 살피다가, 비로소 말뜻을 파악한 듯 말했다.

"여기는 외진 곳이야. 방위군이 이곳까지 오지는 않아."

내심 안도가 일었다.

"상태가 좋아지면, 그러니까 당신이 스스로 움직일 수 있게 되면, 당신을 케하로그(이 행성의 어느 지명인 듯했다)로 데려갈 거야. 거기에 지역 방위군이 있어. 협정에 따라서, 그들이 당신을 당신들의 함대로 돌려보낼 거야."

비글 족 방위군이 나를 돌려보낸다고? 협정에 따라? 처음 들어보는 소리였다. 비글 족이 인간을 살려 보낼 리 없었다. 어쩌면 비글 족은 자신의 개척민들에게 그런 식으로 홍보하고 있는지도 몰랐다.

비글 족은 여전히 나를 관찰하고 있었다. 나는 시간을 벌었고, 지금은 놈을 자극하지 않는 것이 최선이라 판단했다.

"너는, 아니 당신을 뭐라고 부르지?"

나는 상황을 악화시키지 않기 위해 말했다.

"내 이름은 이미 알고 있는 것 같고."

비글 족은 자신의 이름을 말했다. 하지만 그것은 다르레이 윈도르그 어쩌고 하는, 자신들의 역사와 근원을 좇는 여덟 음절이나 되는 긴 이름이었다. 나는 그냥, 다윈으로 부르기로 했다.

"다윈이라."

그는 발음하며 커다란 눈을 끔벅였다. 내 착각일 수도 있지만, 마음에 들어 하는 듯했다.

***

이후로 나는 버려졌다. 몇 날 며칠이 지났는지 분간할 수 없는 날들이 지나갔다.

다윈은 내가 더는 반항하지 않는다는 걸 확인하고는 풀어주었고, 환자용인 듯한 반중력 캡슐을 타고 움직일 수 있도록 조치해주었다. 일종의 비글 족 휠체어였다. 나는 그것으로 탈출을 시도해 보았지만 이내 단념하고 말았다. 기회가 났을 때 그것을 움직여 최대한 멀리 나가봤는데, 다윈의 거주지에서 멀어지자 더 이상 나아가질 못했다. 그렇게 설정된 것 같았다.

다윈은 내 시도를 알고도 신경 쓰지 않았다. 내가 실패하리라는 걸 알았으리라. 그는 격리된 공간에 거처를 마련해주고 자주 내 몸 상태를 살피러 왔다. 다리와 어깨를 점검하며 자신들의 기술로 치료를 계속했고 나머지 시간은 나를 방치했다. 엄밀히 말하자면 나는 포로였지만, 그는 나에게 관심조차 없어 보였다.

덕분에 나는 온 시간을 치료에 집중할 수 있었다. 탈출을 위해서라도, 끊어진 다리는 어쩔 수 없겠지만, 부러진 뼈라도 완치시켜놔야 했다. 그러나 내가 하는 건 많지 않았다. 알 수 없는 점액질 용액으로 채워진 이동식 캡슐은 알아서 나를 치료했다. 시간이 흐를수록 오른 다리 절단면의 세포들이 서로를 찾아 봉합되고 부러진 쇄골 뼈가 빠르게 붙는 것을 느낄 수 있었다. 인간의 기술과는 많이 달랐지만 꾸준하고 안전해 보였다. 나는 휠체어 캡슐에 몸을 맡기는 것밖에 달리 할 것이 없었고, 그 안에서 나는 자궁 속에 들어선 것처럼 편안함을 느꼈다.

치료과정과 비글 족 생활에 익숙해지면서 나는 캡슐을 타고 다윈의 개척지를 돌아다녔다. 그러면서 그를 관찰했다.

다윈은 내가 알고 있는 비글 족과 많이 달랐다. 훈련 과정에서 배우고 모의전투에서 죽였던 오크를 닮은 우주 괴물이 아니었다. 사실 행성 내에서와 달리 항성계 전투에서 적의 낯짝을 대면할 일은 거의 없다. 해군 병력인 나는 더욱 그렇다. 전투편대에 소속되어 비글 족 함대를 공격하거나 그들의 개척행성을 향해 행성간탄도미사일을 날리는 것이 전부였다. 실제로 비글 족을 본 것은 다윈이 처음이었고, 나보다 머리 하나는 더 큰 그는 말랐지만 부드럽고 강인한 몸을 갖고 있었다. 몸짓과 행동에서 절제된 힘을 느낄 수 있었다. 전투 형 비글이 다윈보다 개량된 몸이거나, 군인과 개척민 비글은 서로 다른 신체를 갖고 있는지도 몰랐다. 어쩌면 내가 이제껏 배워 온 비글 족에 대한 정보가 모두 틀렸던 건지 모른다는 생각도 들었다.

한번은 그가 내 몸 상태를 보러 왔을 때 대화를 시도해 보았다. 비글 족에 대해 캐보려는 의도도 있었다. 그러나 그는 인간을 경계하지는 않았지만 언제나처럼 필요한 말만 했다. 내가 꼭 알아야 할 것들만 들려주었다. 의도적이라기보다는 본연의 모습인 듯했다. 나는 비글 족이 행동과 사고체계에서 효율을 추구한다는 인상을 받았다.

그러나 그들과 달리 호기심을 추구하는 것이 인류라는 종이다. 나는 그가 인간에 대해 얼마나 아는지, 개척민일 뿐인 그가 어떻게 내 에이전트와 나노 컴 안의 추잉검까지 아는 건지 물어보았다. 그는 당연하다는 듯이 말했다.

"당신들에 대해 배웠으니까."

그리고는 덧붙였다.

"당신들은 역사를 가르치지 않아?"

나는 그 말을 이해하지 못했다. 물론 우리는 역사를 배운다. 그러나 비글 족과의 전쟁이 한 세기 넘게 지속됐다 하더라도 외계 종족의 역사까지 가르치는 종족이 어디 있겠는가. 그가 내 무지를 힐난한 건지, 비글 족에 관해 가르치지 않는 인류를 비난하는 것인지 알 수 없었다.

다윈은 비글 족 개척민으로서 해야 할 일들을 했다. 다른 비글은 보이지 않았다. 그는 광활한 검은 대지를 혼자서 개척했는데, 인류라면 서너 개척단이 함께해야만 가능할 땅이었다. 나는 종종 다윈이 일하는 모습을 지켜보았지만 무엇을 개척하는지 알 수 없었다. 그는 황무지에 세워진 거대한 첨탑들 사이에서, 은빛으로 빛나는 창조적이고 효율적인 기계 하나를 가지고 일했다. 그것은 매번 형태를 바꾸면서 다른 일들을 수행했는데, 대지에 일정한 표식들을 박으며 구획을 나누는 것 같기도 했고 다른 날은 토양을 조사하고 표본을 채취하는 것처럼 보였다. 나는 그가 비글 족 건축물을 세우려는 것인지 농사를 지으려는 것인지 아니면 행성의 광물을 캐려는 것인지 분간할 수 없었다.

나는 비글 족을 이해할 수 없었다. 그들은 항성계를 넘어와 개척행성을 찾고 인간과 오랜 전쟁을 수행할 만큼 문명을 가진 종족이었다. 그러나 그들의 개척 과정은 전혀 그렇지 못했다. 내 눈에는 무모해 보이기까지 했다. 다윈은 혼자서 이 거대한 행성 한 귀퉁이에 빗금을 그어나가는 중이었다.

하지만 붉은 하늘 아래, 검은 대지 위를 움직이는 다윈의 모습은 인상적이었다. 느릿하니 그러면서도 끈질기게 은빛 기계를 움직이는 다윈은 우직해 보였고, 세속을 떠난 구도자를 연상시켰다. 그의 모습은 비글에 대한 내 상식을 지우고 다른 인상들로 채우게 했다.

내가 아는 비글 족은 인류의 개척행성을 침략한 호전적인 종족이었고, 우리의 개척행성을 지키기 위해 물리치고 몰아내야 할 외계 괴물일 뿐이었다. 그러나 다윈은, 인류의 행성개척단과 마찬가지로, 자신들의 생존을 위해 낯설고 거대한 대지와 싸우는 한 개체일 뿐이었다. 다윈은 먼 옛날 서부

시대 황무지를 홀로 개척하는 농부였고, 그 농부는 외롭고도 고지식한 청교도였다.

내가 비글 족에 대해 무지했던 것은 분명하다. 뒤늦게 다윈이 여성이라는 사실을 알았으니까. 큰 키에 부드럽고도 강인한 골격의 다윈은 어느 날 분명한 목소리로, 그리고 당연하다는 듯이 자신은 생물학적으로 여성이라고 밝혔다.

다윈이 내가 아는 비글과 왜 다른 외모를 가졌는지 비로소 이해했다. 그러나 그가, 아니 그녀가 여성이라는 사실은 상당한 충격이었다. 여자 혼자 행성을 개척하고 있다는 것은 나로서는 상상하기 힘든 일이었다. 나는 비글 족 정부의(그런 체제가 있다면) 조치를 이해할 수 없었고, 이후 기회가 있을 때마다 그 문제에 관해 물어보았다. 어떻게 개척행성에 여자가 투입될 수 있는지, 여자 혼자서 행성을 개척하는 것이 가능한지를 캐물었다.

그녀는 처음에는 내 질문을 무시했다. 어쩌면 질문의 의도를 파악하지 못한 것 같기도 했다. 그러나 내가 끈질기게 물고 늘어지자 그녀는 어이없다는(적어도 내게는 그렇게 보였다) 표정으로, 그런 소모적인 논쟁에는 대꾸할 가치도 없다는 듯이 말했다.

"당신처럼 성을 구분하려고 애쓰는 종족은 처음 보겠어."

***

다들 알다시피 우주는 소음 덩어리다. 우주 공간을 유영했던 이들은 그 거대한 정적에 압도된다고 말하지만, 나는 그런 경험을 해본 적이 없다.

인류는 내가 태어나기 전부터 전쟁 중이었기에, 어린 시절부터 나는 공동체적 삶을 먼저 배워야 했다. 당연한 단체생활과 전시 규율 속에서 군인으로 키워진 뒤에는 훈련과 함대가 내 일상이었다. 우주의 정적 속을 항해하는 함대는 거대한 소음을 몰고 다닌다. 그리고 열네 번의 출격과 전투. 그 속에서 홀로이기를 기대하는 건 사치일 뿐이다. 이제껏 나는 한 번도 혼자였던 적이 없었다.

그런 내가 홀로 외떨어져 있었다. 이곳에서 나는, 인간으로는 완벽하게 혼자였다.

다윈에게서도 깊은 인상을 받았지만, 행성 자체가 나를 변화시키고 있었다. 낮만 지속되는 이 행성의(에이전트는 행성의 공전과 자전 주기의 작은 오차를 설명하면서 지금이 낮의 계절 끝자락이라고 했다) 붉은 하늘은 점점 더 붉어지며 강렬해졌고, 노랗게 일렁이며 지평선 너머로 가라앉기 시작하는 거대한 태양을 볼 때마다 나는 최면에 빠졌다. 적막이 흐르는 대기는 나를 고요 속으로 가라앉히며 군인으로 키워진 나를 무장해제시켰다.

이곳에는 인간이 존재하지 않았기에 전쟁 따위도 없었다. 광활한 검은 대지와 그 위에서 원시적으로 일렁이는 붉은 하늘뿐이었다. 그 가운데에 다윈과 내가 존재했다. 그녀는 이 행성의 주인이었고 황무지를 일구는 개척자였다. 나는 이방인이었고 개척자를 관찰하는 방관자였다.

텅 빈 광야에서 나는 고독했고 그것을 즐겼다. 6광년을 뛰어넘어 비글 방어시스템에 노출되고, 격추당한 뒤 대기권을 뚫고 추락하면서 불타버리지 않은 것은 행운이었다. 그렇지 않았다면 이 낯선 평안을 느끼지 못했으리라. 나는 처음으로 혼자 존재할 수 있다는 걸 알았고, 그것의 의미와 자유를 깨달았다. 거기서 오는 자존감에 만족했다. 그랬기에 다윈이 나를 돌려보내겠다고 했을 때, 나는 당황스러웠다.

"당신은 사흘 후에 돌아가게 될 거야."

그녀는 내 다리의 봉합이 잘 됐고 쇄골 뼈도 붙었다고 했다. 케하로그의 방위군과 연락을 취했고 거기서도 나를 인류 함대로 돌려보낼 준비가 끝났다고 했다.

내게 설명하는 다윈은 상기된 낯빛이었다. 이제 어느 정도 그녀의 표정을 읽을 수 있었는데, 그녀는 들떠 보였고 기뻐하는 듯했다.

나는 조금 서운했다. 이 행성에서의 안락함이 끝났다는 사실이 아쉬웠고, 그녀와 헤어진다는 것도 그랬다.

"왜 사흘 후지?"

다윈은 내가 알지 못하는 기쁨으로 들뜬 채 말했다.

"해가 지고 있거든."

***

정말로 해가 지고 있었다. 내가 도착한 이래 지평선 언저리에 머물던 태양은, 마침내 때가 됐다는 듯 남은 날들 동안 빠르게 가라앉았다. 그와 함께 노을이 발악하듯 제멋대로 달아올랐다.

그동안 다윈은 내내 상기되어 있었다. 인간의 눈으로도 확연히 느낄 수 있었다. 그녀는 감정을 드러내는 걸 주저하지 않았고, 마치 첫 데이트를 앞둔 소녀처럼 발랄한 생기를 띠었다. 내가 비글 족 방위군에 인도되기 전날, 태양이 지평선에 간신히 얼굴을 걸치고 있을 때, 다윈은 아침부터 나를 찾아왔다. 언제나처럼 개척용 작업복이 아닌, 너풀거리는 하얀 튜닉 같은 걸 걸치고 있었다.

그녀는 하얀 드레스를 걸친 여인의 유령 같았다. 차마 눈을 뗄 수 없는 아름다운 유령이었다.

"일어나, 찰스. 맞이할 시간이야."

다윈은 영문 모르는 나를 끌고 나가더니 캡슐을 바이크에 연결했다. 그리고 바이크를 몰았다. 그녀가 개척지 밖으로 나를 데려가는 것은 이번이 처음이었다.

"방위군에 가는 건 내일 아니었나?"

"케하로그에 가는 게 아니야."

"그럼 어딜 가는 거지?"

"고향을 맞이하러."

내가 이해하지 못하자 그녀는 낮이 끝나는 시간이라고, 이제 곧 밤의 계절이 시작된다고 했다. 다윈의 개척지 위도에서는 밤이 시작되는 오늘만 고향을 볼 수 있다는 것이다.

그녀는 바이크를 몰며 상기된 눈빛으로 말했다.

"당신들은 고향을 맞이하지 않아?"

나는 그렇지 않다고 말했다. 인류는 그런 것에 연연하지 않는다. 인간이란 앞으로만 나아가는 종족이었다.

다윈은 이해하지 못한 듯했지만, 다른 말은 하지 않았다. 내게 신경 쓰기보다는 자신의 감정에 충실하려는 것처럼 보였다. 나는 이 행성에서의 마지막 날임을, 그녀와 함께했던 시간이 끝나간다는 걸 알았다.

나는 복잡함을 감추고 비글 족에 대해 물었다. 그녀의 고향을.

"우리의 고향은 너무 오래됐어. 이제 그곳은 전설과 신화일 뿐이야. 하지만 다들 기억해, 우리는."

그녀는 다른 때와 달리 적극적으로 말했다. 나는 비글 족이 어떻게 우주로 나왔는지 궁금했다.

"우리는 떠나야만 했어. 그럴 수밖에 없었지, 고향별이 늙어가고 있었거든. 고향을 떠난 선조들은 은하의 중심을 향해 나아갔어. 오랜 시간을 떠돌았지만 마침내 정착지를 찾아냈어. 최초의 개척행성은 모든 게 갖춰진 것처럼 보였어. 고향별과는 많이 달랐지만, 우리에게 필요한 모든 게 갖춰져 있었고 외부의 적도 없었어. 우리는 그 행성에 만족했고 그곳에 적응했어."

다윈은 비글 족만의 의식인 듯 허공에 짧은 손짓을 했다.

"하지만 결국 그곳을 떠날 수밖에 없었어."

"왜지?"

"한계가 드러났으니까. 세대를 거듭할수록 행성이 가진 것들이 예상보다 빠르게 고갈되어 갔어. 그중에서도 가장 큰 위협은, 그곳이 고립되어 있다는 거야. 우리는 우주로 나가는 방법을 잃어버렸고, 외부와의 접촉 없이 그 안에만 갇혀있었던 거야."

다윈은 바이크를 멈추고 계기판으로 방향과 거리를 살폈다. 그런 다음 다시 바이크를 몰았다.

"그때 우리는 절멸 위기에 처해 있었어. 비록 절멸하진 않았지만 병목bottleneck 상태에 빠졌지. 우리는 결단을 내릴 수밖에 없었어. 수많은 시행착오 끝에 첫 번째 개척행성을 떠나 다시 우주로 나올 수 있었어. 그 시기를 우리는 고난의 항해라고 불러. 그 뒤로 우리는 행성 하나에 안주하지 않아. 흩어져서 별들을 개척하기 시작한 거야."

그래서 인류의 영역으로 쳐들어온 거로군. 그러나 그런 말은 하지 않았다. 대신 다른 걸 물었다.

"그럼 당신들은, 어떻게 멸종의 위기를 벗어난 거지?"

그러한 위기는 우주로 진출하는 종족들의 공통된 역사이기도 하다. 인류 또한 같은 위기를 맞았고 그것을 극복하기 위해 태양계 밖으로 나왔으니까. 나는 비글 족의 문명 수준이 인류보다 합리적이라는 걸 알았기에, 그들만의 방법이 궁금했다. 분명 유전자 개량, 생명연장 기술 같은 것이 있었을 것이다.

그러나 다윈은 고개를 저었다.

"그런 방법은 순수하지 않아."

에이전트는 '순수하지 않다'고 통역했지만, 나는 자연스럽지 않다는 뜻으로 받아들였다.

나는 다윈의 말을 반박했다.

"자연스러운 방법은 너무 오래 걸려. 개체수를 늘리기 위한 기술 활용은 지극히 당연한 거잖아."

"누우처럼 말이야?"

나는 누우가 비글 족 동물을 통칭하는 단어라는 걸 알고 있었다.

"누우라면 절멸 위기에 처했을 때 우선적으로 개체수를 늘리는 데 몰두하지. 그건 누우니까 순수한 방법이야. 하지만 우리는 누우가 아니야, 지적인 종은 개체보다 집단의 선택이 중요하다는 걸 알아."*

나는 그녀의 말을 되새겼다. 멸종될 위기에 처했을 당시, 비글 족은 절멸하지 않는 다른 방법을 찾아낸 걸까?

"여기야."

다윈이 바이크를 멈추며 말했다.

"여기서 고향을 맞을 거야."

사방에 검고 투명한 결정들이 깔린 확 트인 분지였다. 결정 덩어리 하나를 집어 움켜쥐자 손 안에서 부서져 내렸다. 다윈은 이곳이 천 년 전에 말라버린 호수라고 했다. 내 눈에는 광활한 검은 소금밭처럼 보였다. 소금밭

---

* "지적인 종은 개체보다 집단의 선택이 보다 중요하다는 걸 알아." : 진화학자 데이비드 슬론 윌슨, 개미학자 에드어드 윌슨의 "진화, 적어도 사회성의 진화에는 유전자나 개체보다 집단 수준의 선택이 훨씬 더 중요하다"라는 주장을 차용함.(최재천, 『다윈 지능』에서 발췌 차용)

은 시뻘건 석양빛을 반사하며 검붉게 물들어 있었다.

다윈은 바이크에서 내려 어슬렁거렸다. 산책이라도 하는 듯 여유로워 보였고, 그녀의 튜닉은 붉은 노을 속에서도 물들지 않는 흰 빛을 발했다. 최면 같은 배경 속에 홀로 우뚝 선 모습이었다.

나는 하릴없이 그녀 주위로 캡슐을 몰았다.

"다른 비글 족도 당신 같아?"

그녀가 무슨 뜻이냔 듯 나를 보았다.

나는 한 개체일 뿐인 다윈에게 광활한 행성을 개척하도록 하는 그들이 궁금했다. 그것이 종족 보존에 어떤 도움이 되는지도. 모름지기 개체를 늘이고 종족을 발전시키려면 혼자보다는 함께, 개체보다는 집단을 이루는 것이 현명한 법이다.

"무작정 개체수를 늘이는 것은 누우와 다를 바 없잖아."

다윈이 석양빛에 물든 눈으로 말했다. 그 첫 개척행성 절멸의 시절에, 병목상태에 빠진 비글 족은 결단을 내려야만 했다. 개체수를 늘릴 것인지 아니면 다른 방법을 찾을 것인지. 그들은 다른 방법을 선택했다.

"지능을 가진 종이 생존하려면 그에 걸맞은 지적 행동이 요구돼. 우리가 누우 같았다면 수단과 방법을 가리지 않고 종족 수를 늘리는 데 전념했을 거야. 그러나 개척행성은 이미 우리에게 줄 수 있는 것들의 바닥을 드러냈고, 그 안에서 우리의 선택은, 개채수를 늘리는 대신 개체의 능력을 극대화하는 거였어."

그들은 각자의 능력을 끌어올리는 쪽으로 진화했고 그것을 바탕으로 다시 바깥 세계로 나올 수 있었다. 그들은 적은 개체 수를 유지하며 미래를 개척한 것이다.

"그 결과 우리는 개체 단위의 활동이 일반화됐고, 이제는 개체의 활동

영역이 집단을 아우를 정도가 됐어. 그것이 우리가 종족을 보전하는 방식이야."

그런 과정을 통해 비글 족은 의식과 사고 체계마저 변화한다. 또는 진화했다. 문명과 사상은 공동화되고 집단의 역량을 가진 개체들이 보편화된다. 집단을 뛰어넘은 개체는 더는 개체성에 연연하지 않는다. "당신처럼 성을 구분하려고 애쓰는 종족은 처음 보겠어."라던 그녀의 말이 떠올라 얼굴이 화끈거렸다.

그러나 인간인 나는 개체의 속성을 따를 수밖에 없었고 그들의 개체적 일상이 궁금했다. 그녀처럼 집단을 아우르는 개체는 어떻게 이성을 만날까. 그녀에게 남편이나 애인은 있는 걸까?

"그럼 당신들은 자연적인, 아니 순수한 종족보존 방식은 통제하는 거야?"

"순수한 방법은 순수하게 행해져."

"무슨 뜻이지?"

"종족의 번식은 순수하고 중요해. 하지만 그것을 통제하거나 장려해선 안 된다는 뜻이야. 무엇보다 개체의 고유 활동을 제한해선 안 돼. 우리는 1년에 한 번 레크에 모여."

레크. 에이전트는 lek 또는 leka로 띄워주었다.

다윈은 그곳을 상징적이고 모호하게 설명했는데, 내가 보기에 레크는 비글 족만의 종족번식을 위한 '효율적인' 공간이었다. 비글 족의 고향 행성 공전주기를 알 수 없으니 그들의 '1년에 한 번'이 우리와 비교해 얼마나 자주인지는 알 수 없지만, 어쨌든 번식 행위가 가능한 비글 남녀들은 레크에서 만남을 갖는다. 그곳에서 그들은 한동안 또는 오랫동안 서로를 관찰하고 탐색하며 짝을 찾는다.

"좋은 짝을 만나는 것은, 개체뿐 아니라 종족을 위해서도 중요하거든."

마침내 짝을 찾은 비글들은 종족보존의 관계를 맺은 뒤 헤어진다. 각자의 활동 영역으로 돌아가는 것이다. 이후 비글 여성은 자식을 낳아 기른다. 더는 상대방, 아이 아버지와 교류 같은 것은 하지 않는다. 아이들 역시 하나의 개체로 인정받고 자신의 가치와 능력을 극대화하도록 키워진다. 그리고 그들은 자신들의 임무를 계속 수행한다. 그것이 비글 족에게 순수하고 효율적인 종족보전 방식이었다. 그들은 철저하게 독립적이고 개체 위주로 살아가면서도 종족 공동의 방향을 알고 나아가는 것이다.

나는 점점 더 비글 족이 궁금해졌다. 그들의 종족보존 방식뿐 아니라 다른 삶의 모습들까지 알고 싶었다. 그러나 그녀가 나를 막았다.

"이제 고향을 맞이할 시간이야."

다원은 지평선을 바라보며 말했다. 나는 그녀의 시선을 좇았다.

태양이 존재를 감추고 있었다. 낮의 계절 동안 하늘을 가로질러 땅끝에 도착한 거대한 태양은 지평선에 걸렸다가, 이제 일렁이며 가라앉는 중이었다. 그를 쫓던 노을이 보랏빛을 펼쳐놓은 채 마지막 춤을 추고 있었다.

다원은 긴장된 시선으로 그것을 지켜보았고 표정에는 감정이 서렸다. 어떤 설렘과 기대, 경외심 같은 것이었지만 나로서는 이해하기 힘들었다. 나는 말을 걸려다가, 그녀의 경건함에 그러기를 관두고 함께 지평선을 보았다.

태양은 이제 완전하게 모습을 감추었고 지평선 위에서 옅어지던 노을도 사그라졌다. 이어 밤하늘이 모습을 드러냈다. 그것의 어둠이 펼쳐지며 우주가 무너져 내렸다. 별들이 쏟아졌다. 숨 막힐 듯한 깊이 속에서 별들이 생명이라도 가진 듯 열렬히 빛났다. 검은 소금밭은 별들만 돋보이도록 자신을 감추고 별빛을 반사했다.

밤하늘과 검은 대지에 별들이 반짝였다. 그 가운데 다원과 내가 떠 있었다.

"저 별이야."

그녀가 별 하나를 가리켰다. 지평선 바로 위에서 홀로 빛나는, 희미하고 평범한 별이었다.

"우리는 잊지 않으려고 해. 각자가 어디에 있든지, 무엇을 하든지…… 자신만의 방식으로 저 별을 맞이하지."

나는 그녀의 마음을, 비글 족의 태도를 생각하다가 물었다.

"저 별이, 당신들이 떠나온 첫 번째 개척행성이야?"

"아니, 우리의 고향이잖아."

"우리…… 뭐?"

나는 이해하지 못했다. 다윈은 그런 나를 이해한다는 듯 보았다. 그리고는 손짓을 하자, 바이크에서 선율이 울려 퍼지기 시작했다. 비글 족의 음악이었다.

다윈이 몸짓을 시작했다.

그녀는 아련한 시선을 희미하게 빛나는 별에 고정한 채로, 음악에 맞추어 기다란 팔을 내저었다. 다리를 앞뒤로 움직이며 앞으로 좇았다. 검은 대지에서 빛나는 별들로 내디디며 고향별을 향해 나아갔다. 그에 따라 음악의 박자는 강해졌고 선율은 높아졌다. 마치 볼레로처럼. 그녀는 이제 온몸으로 박자와 선율을 탔다. 그녀 주위로, 우주 공간과 별들 사이에 볼레로가 채워졌다. 그녀는 충만한 눈빛과 몸짓으로, 그렇게 박자와 선율을 타고서 고향별까지 나아갔다.

홀로 남겨진 나는 그녀와, 우리를 둘러싼 우주에 감동하고 말았다. 갑작스레 몰려드는 감정 때문에 주체할 수가 없었다.

에이전트를 불러내 비글의 고향별을 물었다.

—검색할 별을 집중해서 보세요, 찰스.

나는 그렇게 했다. 나노 컴이 다윈을 방해하지 않으려는 듯, 내 이소골에 대고 소곤거렸다.

—260광년 떨어진 은하의 변두리에 있는 별이네요. 더는 핵융합이 일어나지 않는, 이제는 죽어가는 별일뿐이에요.

나는 비로소 짐작할 수 있었다.

—별은 여덟 개의 행성을 지니고 있어요. 그중 세 번째 행성은 인간의 기록에도 나와 있군요. 좀 더 자세한 검색 결과를 원하나요?

"됐어, 꺼져."

에이전트를 재우고 별을 보았다. 별이, 다시 보이기 시작했다.

어느새 고향별을 맞이한 다윈이 우주를 가로질러 내 곁으로 돌아왔다. 그녀는 가쁜 숨을 가누었고, 창백하던 그녀의 얼굴은 이제 이해할 수 있는 열정으로 들떴다.

그녀가 내 손을 잡았다. 유령처럼 차가운 손이었지만, 나는 이제 그녀 안에 뜨거운 피가 흐른다는 걸 알았다. 우리는 함께 별을 보았다.

생명을 다하고 죽어가는 별. 비글 족이 떠나고 또 우리가 떠나온 별이었다.

인류와 다윈의 종족은 어디에서 헤어져 각자의 우주를 개척하기 시작한 걸까. 또 어디서 다시 만나 각자의 생존을 위해 다투기 시작했을까. 많은 것이 궁금했지만 나는 무시하기로 했다. 이 황량한 검은 행성에서는 그것들이 부질없어 보였다. 나는 다윈을 따라 이 순간을 즐기기로 했다.

이제껏 느껴보지 못한 경이감과 함께, 다른 것이 내 안에서 올라왔다.

고향 별. 저 별빛은 260광년 전의 것이니 지금쯤 그곳도 죽어버렸을지 모른다. 아니, 아직은 아니다. 별은 앞으로 조금 더 빛날 것이다. 마지막 환한 빛으로 제 자식들을 품고 함께 사그라질 때까지는. 그때까진 아직 시간이 있다. 그 시간은 인류와 비글이 다툼을 끝내고 다시 하나가 되어 도약하기에 충분한 시간일 것이다.

나는 어떤 말이라도 해야 할 것 같아 중얼거렸다.

"생각했던 것보다 밝지 않네, 너무 희미해."

"괜찮아."

다원이 말했다.

"우리가 함께 맞이할 만큼 충분히 빛나고 있잖아."

| 끝 |

맛의 달인

고장원
SF평론가. SF어워드 제1~3회 심사위원. 주로 평론을 쓰지만 때때로 소설도 쓴다. 가장 역점을 두는 것은 『SF가이드 총서 시리즈』. 현재 1권(『스페이스오페라란 무엇인가?』)부터 7권(『특이점 시대의 인간과 인공지능』)까지 펴냈으며 2017년경 8권 『한국에서 SF문학은 어떻게 살아남았는가?』를 출간할 예정이다. 2017년 상반기에는 추수밭 출판사의 제안으로 과학과 SF를 접목한 교양인문서를 펴낼 예정이다.

1

시작은 납작 사발을 반쯤 채운 루볼로볼이었다. 그리고 보이슈어마르와 라핌러핌이 뒤를 이었다. 위아리수3-7은 여독이 덜 풀린 눈을 비볐다. 시식 테이블 너머 강화유리벽으로 운해雲海가 내려다보였다. 방금 살짝 꿈틀댔나, 보리서말이? 절지동물 친척쯤 되는 이 녀석의 맛을 최대한 살려 조리하자면 세포들이 정신만 잃어야지 아예 저세상으로 떠나서는 곤란하다. 다른 셋도 전채요리치고 라인업이 나쁘지 않다고 보겠는데. 개인적인 악연 탓에 그리 달가운 식단이 아니지만. 혀와 달리 머리는 맛만 기억하는 게 아니거든. 아리수가 비행선보다 낮게 깔린 구름의 기기묘묘한 연출에 잠시 넋 잃은 시늉을 한 까닭도 그 때문이었다. 은하급 요리평론가가 사사로운 감정을 음식 앞에 드러내서야 꼴사납지 않겠는가.

궤도 정거장에서 갈아탄 소형 우주정宇宙艇으로 호화로운 이 거대 비행선에 도착한지 아직 만 하루가 되지 않았다. 느릿느릿 넘실대는 구름바다 사이로 홀로 우뚝 선 눈앞의 봉우리는 이 행성에서 가장 높다는 황산黃山일 터였다. 중국계가 이곳 정착민의 다수인만큼 그런 명칭을 붙였다 해서 새삼스러울 일은 아니었다. 다만 뿌리가 한반도인 아리수로서는 작명 하나에서도 중화사상을 의식하지 않을 수 없었다. 정작 지구에 있는 오리지널 황산은 해발 2,000m도 되지 않으니까. 화성의 올림포스 몬스 다음 가는 이 거산巨山에 예로부터 이름난 중국의 명산 이름을 바친 의도는 천여 명이 탄 이 비행선이 곧 그 위를 지나도록 코스를 잡아놓은 정치적인 퍼포먼스와 하등 다를 바 없어 보였다. 굳이 해발 2만km 상공에서 요리 품평회를 연 주최측의 속내가 뭐겠는가. 수백 대의 오감五感 카메라가 행사장 곳곳에서 눈을 번뜩였다. 오늘 행사는 그냥 요리품평회가 아니었다. 은하요리백과사전에

'최고의 추천메뉴'로 등재되느냐 마느냐의 당락이 갈리는 자리였다. 황산은 그저 유리벽 뒤에 뒷짐 지고 병풍처럼 앉아만 있어도 촉한인들을 대신하여 밥값 하는 셈이었다.

시험에 들 요리사에게도 천재일우의 기회였다. 평생 한번 올까말까 한 자리다. 개인의 뛰어난 역량만으로 이러한 자리가 마련되리라 믿는 순진한 요리사는 없으리라. 행성 차원의 총력전을 펼치지 않으면 설령 불세출의 요리천재라 한들 언제 심사받을지 모를 대기 순번표로 만족해야 한다.

갈망으로 이글거리는 눈길의 요리사 머리 위에는 수건 대신 써도 됨직한 터번이 둘둘 감겨 있었다. 그는 독심술을 구사하기라도 하는 양 조리대 너머 시식 테이블에 앉아 있는 네 평론가의 얼굴을 하나씩 뜯어보았다. 그러나 요리사가 별난 차림을 하건 말건 오늘 아리수의 관심사는 딴 곳에 쏠려 있었다.

일절 내색하지 않았지만 예 온 뒤로 그가 줄곧 경계심을 늦추지 않는 대상은 한 사람뿐이었다. 식탁에 함께 앉은 나머지 세 평론가들 중에서 바로 맞은편에 있는 녀석 말이다. 마치 신선이라도 된 양 녀석은 스프와 전채요리 향을 음미할 뿐 수저와 포크를 들지 않았다. 오늘따라 신선병이라도 돋았나? 아리수는 다른 둘도 평소보다 약간 들뜬 느낌을 받았다. 죄다 판다보다 굼뜨군. 손가락에 안대라도 했나. 빈 손가락들이 국적불명 댄스만 추며 허공을 가르고 있다니, 귀신 씨 나락 까먹는 소리를 사운드트랙으로 깔면서 말이야. 먼저 맛보면 은하 7대 요리 평론가의 체면이 깎이기라도 한다는 거야, 뭐야? 아리수 역시 미조린 차茶를 홀짝이며 주위를 살폈다. 주최 측 인사들이 앉아 있는 뒤편 테이블들에서 간간이 성마른 기침소리가 새나왔다. 기자들 가운데 조급증을 참지 못한 이들은 벌써 오감五感 카메라들을 바짝 들이대며 스포트라이트를 때려댔다.

아리수는 들어올린 찻잔을 엄폐물 삼아 주최 측 인사들의 동정을 훔쳐봤다. 행사 개최 전 잠시 악수 나눈 저치들이 이곳 유력인사들이란 말이지. 카이젤 수염을 연신 돌돌 말고 있는 사내는 이 행성 수도의 시장이고 옆에서 안경을 고쳐 쓰며 찬찬히 나를 훑는 위인은 무슨 대외협력부 행성장관이라던가, 아마. 아리수는 같이 앉아 있는 다른 평론가들과 마찬가지로 카메라 플래시 세례를 온수 샤워마냥 느긋하게 음미했다.

하긴, 우리 같은 종자들에게 진정한 전채요리란 열화 같은 대중의 관심 아니겠어? 그는 조미린의 뒷맛을 되씹으며 보일 듯 말 듯 미소 지었다. 달달하면서도 씁쓸한 여운이 혀끝에 맴돌았다. 앙트레*가 얼마나 기름질지 모르지만 벌써 입안이 개운해졌다. 은은한 차향茶香이 코끝을 간질이며 오랜 만에 다시 찾은 아리수를 벗처럼 반겨주었다. 식민행성 촉한蜀漢의 주민이라면 대부분 식전에 이 차를 즐긴다. 원료는 고위도 지방에서 키가 수십 미터까지 자라는 대목大木의 그늘에서만 핀다는 조미린 풀이다. 항성을 지구보다 다소 먼 궤도에서 공전하느라 기후가 쌀쌀한 편인 이 외계행성에서 훈훈한 김이 나는 차 대접은 중국계가 주류인 여기 사교생활에서 빼놓을 수 없는 문화다. 촉한이라니. 왕조국가도 아니면서 이런 국호에 연연하다니. 아직 이곳 주민들 스스로가 정통성 콤플렉스에서 자유롭지 못하다는 뜻일까?

우리가 뜸 들이는 사이 요리사는 바로 메인디시에 넣을 양념을 다지기 시작했다. 아리수가 내려놓는 찻잔에 비친 기이하게 매듭진 터번이 어지러이 춤췄다. 이국적인 용모의 요리사. 그가 선보이는 요리가 은하요리백과사전의 하이라이트인 '최고의 메뉴' 목록에 오른다면 남은 인생은 탄탄대

---

* 코스 요리의 메인디시를 뜻하는 프랑스어

로나 다름없었다. 요리사의 손동작이 멈췄다. 이제 보는 앞에서 메인디시를 조리할 채비가 다 되었다는 무언의 의사표시였다. 다만 어떤 재료를 쓸지는 아직 눈에 띄지 않았다.

이번 품평회도 간신히 성원을 채웠군. 아리수가 혀끝을 상하좌우 부드럽게 움직이며 생각했다. 혀의 구석구석에 심어놓은 나노 크기의 미각 센서들을 활성화하려면 준비운동이 필요하다. 최고의 메뉴로 판정받으려면 은하급 요리평론가 7인 중 과반수가 참석하고 참석자 중 과반수가 찬성해야 한다. 후보로 올리려면 7인 중 최소 한 명의 추천이 있어야 한다. 심사에 올릴지 말지는 대개 원격 홀로그램 회의에서 판가름 난다. 함께 시식해야 하는 자리가 아니면 이들이 직접 얼굴을 맞대는 일은 드물다. 인류가 정착한 행성과 인공거주지의 통령과 대통령, 연방의장 그리고 많지 않은 왕과 황제들을 다 꼽으면 수백 명이 넘는 판에 한줌밖에 되지 않는 아리수 패거리가 얼마나 바쁘고 귀한 분들이겠는가.

은하요리평론가 협회의 정회원은 불과 일곱 명에 불과한 은하급뿐 아니라 국가급과 행성급, 항성급, 성간급星間級 그리고 성역급星域級 등으로 세분된다. 아리수는 지난번 정례회의 때 보고받은 회원현황을 떠올렸다. 작년 말 협회에 등재된 정회원 숫자는 3만 명을 웃돌았다지. 머리수만 놓고 보면 많아 보이긴 해. 하지만 그래봤자 인간거주 행성 당 평균 100명을 밑돈다고. 그의 입에서 절로 한숨이 나왔다. 급수는 둘째 치고 고작 요 정도 인력으로 온갖 행성들과 인공거주지들의 심사 요청을 경중 가리지 않고 일일이 감당하다가는 과로사로 가는 지름길이야. 다행히 우리의 10배나 되는 준회원들이 무보수로 수고해주지 않는다면…….

준회원 평론가들이 보수에 연연 않고 요리평론에 열심인 까닭이 순전히 선의에서 비롯됐다 보기는 어렵다. 직경 수백 광년 내에 인류문명이 뿌리

내린 항성계가 반절이 넘는 시대에 돌입한 것은 모두 아문亞門; hyperspace gate 덕이었다. 행성과 행성 그리고 항성과 항성을 눈 깜짝할 새에 넘나들게 해주는 범용화된 과학기술이 비단 아공간 터널 뚫기에만 동원되지는 않았다. 지난 몇 세기 동안 과학기술은 사람들이 자고 나면 바뀌어 있는 세상을 좇아가기 바쁘게 만들었다. 친자본적이거나 반자본적인 구식 이데올로기로 사람들의 마음을 한데 끌어 모으기에는 물질문명이 사회와 인간을 너무나 바꾸어 놓았다.

바뀌지 않는 것도 있었다. 꼭 지구가 아니어도 인간들이 사는 곳이면 어디나 빈부격차가 생겼다. 그럼에도 불구하고 과학기술의 덕을 보긴 했다. 염가생산시스템이 사회를 떠받쳐 최저생계수준이 일정 수준 이상 유지되었으니까. 최소한이나마 자아실현이 가능한 시대가 온 것이다. 덕분에 정도의 차이는 있을망정 부자건 가난뱅이건 존중받는 삶을 갈망했다. 사람들은 자신이 누구보다 인간답게 살고 있다고 믿고 싶어 했다. 더 정확히 말해서, 그러한 삶을 누릴 능력이 있음을 남에게 과시하고 싶어 했다.

만인의 이러한 욕구를 위해 개발된 문화상품 가운데 특선고급요리는 부러움을 사기 알맞은 최상의 선택이었다. 운동 열심히 해 아름다운 몸을 갖게 되기보다 세련되게 다듬은 미각이 사람들의 찬탄을 자아냈다. 첨단 성형의료기술이 외모를 천차만별로 바꾸어 놓고 유전공학이 남자를 가임여성으로, 여성을 정자생산이 가능한 남성으로 완벽하게 성전환 시켜주는 세상이건만, 미각만은 과학기술로 인위적인 개선을 꾀하는데 한계가 있었다.

맛난 음식을 진정으로 맛나게 먹을 수 있는 능력! 타고난 미식가처럼 운 좋은 사람들을 제외하고 미각 향상을 위해 시도할 수 있는 현실적인 최선은 훈련뿐이었다. 나노 센서를 혀 안에 삽입한다 해서 만사형통은 아니었다. 아리수처럼 타고난 미식가에게는 약간의 인공장비가 훨씬 더 섬세하고 풍요로운 경험을 제공해주지만 미각치에게는 개발의 편자나 다름없었다. 다리 저는 사람에게 하이테크 육상화를 준다 해서 육상기록을 눈에 띄게 갱신할 수 있겠는가.

미각훈련에는 폭넓은 경험이 필수적이다. 자연히 물 만난 고기처럼 요리평론가들이 때로 헬스트레이너처럼 때로 예술비평가처럼 사회의 영향력 있는 인사들로 부상했다. 이들은 남들이 쉽게 접하지 못하는 맛나고 귀한 음식을 먹고서 자랑하고 싶어 하는 범인凡人들의 허영 속에 '건강과 미학의 조화'라는 신종 이데올로기를 불어 넣었다.

적지 않은 이들이 은하요리백과사전에 나오는 '최고의 추천메뉴'를 맛보겠다며 머나먼 외계행성들로 여행을 떠났다. 돌아와서 지인들에게 두고두고 과시하며 남은 생을 보낼 일을 생각하면 십년 이십년 아니 인생의 반 동안 모은 돈을 이 패키지여행에 들이부어도 전혀 아깝지 않았다. 심지어 정부의 생활보조연금으로 살아가는 가난뱅이들조차 연금의 일부를 꼬깃꼬깃 모아 평생 한번이라도 그런 기회를 갖고 싶어 했다.

이러한 풍토에서 요리평론가들의 발언권과 사회적 지위는 상승일로를 걸었다. 위아리수의 이름 뒤에 붙은 3-7이라는 존칭등급이 단적인 예다. 정재계의 최고 하이클래스들조차 모두 10단계로 나눠진 존칭등급에서 3, 4등급 이상으로 올라가기가 쉽지 않다. 1, 2 등급은 날 때부터 고귀한 왕족 내지 황족의 피를 물려받았거나 인류문명 전체에 큰 공을 세운 사람만 받을 수 있다. 더구나 같은 급이라도 그냥 장사꾼이나 정치모리배와 달리 요리평론가는 문화대사로서 어디 가나 존중받았다. 인간이 인간임을 증명할 수 있는 맛의 미학을 실현하는 선구자라는 공감대가 형성되어 있기 때문이었다. 아무리 뛰어난 인공지능도 인간의 미각을 흉내 낼 수는 없었다. 심지어 요리평론가들은 협회 준회원만 되어도 지역사회 명사로 대접받았고 정재계와 돈독한 교분을 쌓으며 일정한 영향력을 행사했다.

"평론가님들, 식기 전에……."

사회자가 시시각각으로 성큼성큼 다가오는 황산을 등지고 서서 채근했다. 아리수의 옆자리에 앉은 모헨 자이나퉁3-6이 맞장구쳤다. 그녀가 다른 세 평론가들에게 먼저 한술 뜨라고 손짓했다. 지구에서 약 20광년 떨어진 행성 글리제 518g에서 온 이 여성이 바로 오늘의 요리를 심사하자고 추천한 장본인이었다. 중력이 지구보다 1.7배 강한 곳에서 태어나 자란 탓에 키는 아리수와 머리 둘 차이 날 만큼 작았다. 지구 여성의 미적 기준으로 보면 적당히 근육이 붙은 다부진 체구라고나 할까. 물이 많은 행성 출신이니 첫눈에 루볼로볼 스프에 빠졌을지 모르겠군. 아리수가 빙긋 사교웃음으로 대응하며 찻잔만 달그락거렸다. 전에 먹어봤지만 국물을 제대로 우려낸다면 소고기와 버섯을 함께 넣고 끓인 맛이 연하게 날 거야. 그래봤자 이제 시작이지만. 아리수 일행에게는 나름의 평가 기준이 있었다. 사이드 디시가 아무리 훌륭해도 메인 디시가 그에 미치지 못하면 탈락이다. 조연의 경쾌함은 주연의 중후함을 더욱 빛내기 위한 존재할 뿐이니까.

아리수는 아침부터 기분이 께름칙했다. 맞은편에 앉은 왕재수, 곤다로프 멘델키에프3-3이 아침부터 호텔 로비에서 기자회견을 자청하며 유난을 떨었기 때문이다. 그의 반듯한 이마에 미세 주름이 잡혔다. 엊저녁 곤달녀석이 촉한의 정재계와 문화계 인사들이 연 환영만찬에 초빙되었다지. 눈치를 보니 회장과 모헨도 불려간 모양인데 나만 숙소에 쳐 박아두다니. 흥, 말이 초빙이지 실제로는 놈이 회장의 등을 업고 미리 손을 써둔 결과일 게야. 이 행성에서만 300표는 족히 나올 터이니.

지구 시간으로 약 반년 후 회장 선거가 있을 예정이었다. 현 회장이 바로 저 능글맞은 정치꾼 곁에서 실실 웃고 있는 늙은이 세렝게이 세렝게티3-1

이다. 아리수는 경계심을 손톱 안에 감추고 노친네의 시시껍질 한 이야기를 경청하는 척했다. 지가 실제로 보리서말을 사냥한 적 있다나. 저 굼뜬 영감탱이가? 그는 어이가 없어 속으로 혀를 찼다. 정작 사냥 길에 나선 이는 위아리수 자신이 아니었던가. 엄밀히 말해 사냥이 아니라 사냥꾼 따라 구경 갔던 거지만. 그래서 단언할 수 있다. 보이슈어마르는 이방인이 기분 내키는 대로 잡을 수 있는 만만한 상대가 결코 아님을.

곤달 녀석, 맞장구치는 꼴 좀 봐. 너, 정말 믿냐? 아리수는 곤다로프의 눈에서 진실을 뒤졌다. 은하급 요리평론가라 해서 우주의 온갖 희귀한 음식들을 일일이 다 먹어볼 수는 없는 노릇이다. 오라는 곳은 많고 몸은 하나뿐이잖은가. 하지만 적어도 시식해본 메뉴의 백배쯤 되는 간접 정보를 머릿속에 넣고 걸어 다니는 백과사전이 되어야 밥값을 한다 할 수 있다. 뺑쟁이 세렝게이의 눈가 주름이 오늘따라 두드러져 보였다. 텔로미어telomere 복구클리닝을 누차 받았을 텐데, 이제는 너무 나이 먹어 약발이 먹히지 않나? 아리수가 픽하고 웃는 바람에 절로 입술이 벌어졌다. 겉보기에 중년 같은 나보다 넉넉잡고 스무 살은 더 먹어 보이는 걸. 아마 실제 나이가 백 오륙십 살은 족히 되었겠어. 아리수도 신분증에 기록된 생물학적 나이는 백 살을 넘겼지만 세렝게이를 볼 때마다 세대 차이를 느꼈다.

관 속에 당장 들어가도 이상하지 않을 이 늙은이는 어찌나 영악한지 내리 다섯 번이나 회장에 재선되더니 이제는 곤다로프를 차기 회장으로 민다는 소문이 무성했다. 겉으로는 만사 심드렁해 보이지만 둘 다 촉한 행성에서의 득표 전략을 짜느라 머릿속이 복잡할 터였다. 모헨은 그녀 나름대로 자신이 추천한 요리를 먼저 먹고 자화자찬하기 쑥스러우니 자꾸 다른 평론가들부터 맛을 보라고 부추겼다.

"드리롤롤 보리롤(식기 전에 드십시오)."

참다못한 요리사가 운을 뗐다. 귀에 단 귀걸이 모양의 동시통역기가 갑자기 제 역할 하겠다며 나서는 바람에 네 평론가 모두 잠시 움찔했다. 행사 진행요원들이 처음에 달아줄 때 행사장 소음 탓에 볼륨을 높여 놓은 모양이었다. 덕분에 아리수의 뇌리에 요리사가 인간이 아니라 보뉴보뉴라는 사실이 새삼스레 각인되었다.

인간이라면 아무리 외진 행성 촌구석에 박혀 있어도 교양인들의 사회에 데뷔하기 전에 표준공용어 정도는 배우고 출사하기 마련이다. 하지만 이 아랍 풍 요리사의 구강구조는 인간과 똑같이 발음할 수 없다. 역으로 인간 역시 그의 발성을 흉내 낼 수 없다. 서로의 발성 음역대가 일부만 겹쳐 인간의 귀에 들리는 보뉴보뉴의 목소리는 실제 음역대의 일부에 불과하다. 물론 그 역도 성립한다. 다시 말해 인간과 보뉴보뉴는 각자의 육성으로는 상대방에게 충분한 의사를 전달할 수 없다 이 말이다.

하는 수 없이 아쉬운 대로 동시통역기를 쓰지 않을 도리가 없었다. 생김새는 휴머노이드라 몇십m 거리에서 보면 인간으로 착각할지 모르나 막상 가까이 다가서면 세부가 많이 달랐다. 머리에 터번을 칭칭 감았다지만 아랍 스타일과는 딴판이었다. 하긴 전에 동행한 보뉴보뉴도 저런 행색이었지. 아리수가 기억을 되짚었다. 외계인 생김새에 별 관심은 없었지만 당시 촉한에서 만난 토착 원주민 남성들은 하나같이 머리에 붕대 따위를 둘둘 말고 있었어. 터번 혹은 붕대의 색깔과 문양 그리고 장식 등에서 화려함과 양식미의 차이가 느껴지긴 했지만. 아무튼 맨머리를 드러낸 예는 본 적 없어. 그래선지 전에 왔을 때 보니까 이곳의 중국인 후예들은 원주민들을 보뉴보뉴 보다 무함마드나 알라딘으로 부르길 좋아하더라고.

보뉴보뉴는 토착민 말로 '인간'이란 뜻이다. 물론 정확한 발음은 모른다. 인간의 가청영역에서 그렇게 들릴 뿐. 어쨌거나 그들이 자신들을 그렇게 부르는 것은 당연하다. 중국인들이 흉노匈奴라는 멸칭으로 음차해 부른 훈Hun이란 말이 원래 훈족사회에서는 '사람'이란 뜻이었듯이. 보뉴보뉴의 얼굴은 인간과 비버의 중간쯤 되는 형상이라 익숙해지면 그런대로 봐줄 만하다. 어른 남성의 키는 대개 2미터를 약간 넘는다. 뭐니 뭐니 해도 가장 두드러진 차이는 등 뒤로 꼿꼿하니 솟은 긴 꼬리다.

촉한에 인간 개척민이 밀려들기 전만 해도 보뉴보뉴들은 바다와 대륙의 극지방을 제외하고는 대부분 정글로 뒤덮인 이 행성에서 두려울 것 없는 만물의 영장이었다. 꼬불대면서도 튼실한 꼬리에서 보듯 그들은 인류와 달리 진화과정에서 나무 아래로 내려오지 않았다. 그러나 보뉴보뉴들은 나무 위에서도 수준 높은 문명을 일궈낼 수 있음을 보여주었다. 비록 인류처럼 성간여행 기술을 발명하지는 못했지만 우주를 넘볼 수 없는 한계 안에서는 충분히 발전된 문명을 구가했다.

보뉴보뉴들로서는 기하급수적으로 늘어가는 인간 정착촌들을 마냥 좌시할 수 없었다. 자잘한 분쟁이 잦아지다 급기야 행성의 주도권을 둘러싼 큰 다툼으로 번졌고 양자 모두 큰 피해를 입었다. 성간여행 기술을 앞세운 인류가 월등히 앞설 것 같았지만 정글의 국지전에서는 그리 나을 것도 없었다. 정착촌들이 이구동성으로 도움을 청하는 상황에서 범 인류문명은 결단을 내려야했다. 보뉴보뉴들을 행성에서 말살할지, 아니면 공존의 길을 모색할지. 아리수는 생각했다. 돌이켜보면 예전에 내 길안내를 맡은 보뉴보뉴도 똑같이 복잡한 심정이었던 것 같아. 그런데 지금 이렇게 저 친구가 인간들 앞에서 우리 비위에 맞는 요리를 선보이겠다니, 과거의 불행한 상처가 꽤 아물었다는 뜻일까.

행성마다의 개별 역사 따위는 아리수의 관심사가 아니었다. 심사 끝내고 떠난 뒤에는 이름조차 기물가물 한 행성들이 어디 한둘이었던가. 그나마 촉한에 관한 지식이 좀 남아 있는 것은 예서 겪은 그로서는 잊을 수 없는 (그러나 잊고 싶은) 끔찍한 기억 탓이었다. 그럼에도 불구하고 아리수가 이 행성을 다시 찾는데 동의한 표면상의 명분은 요리사의 특이한 출신성분에 대한 호기심이었다.

심사결과가 유효하려면 7인 중 적어도 4인 이상 참석해야 한다. 한동안 모헨은 회장과 곤다로프의 동의만 얻었을 뿐 추가 1인을 확보하지 못해 난처해했다. 은하급 평론가들이 벽지 외계인이 인간을 위해 조리한 어설픈 음식 따위에 선뜻 스케줄을 내주기란 쉬운 일이 아니었다. 세렝게이와 곤다로프의 경우에는 염불보다는 잿밥에 정신이 팔려 있었기에 말이 통했다. 사전선거 운동 판이나 다름없었을 어제 환영파티에서 새삼 확인되었듯이. 모헨이 이 외진 행성에 은하급 평론가들 과반수를 유치하려한 데에는 분명 행사 주최 측과 모종의 먹이사슬이 있음이 틀림없었다. 오늘 같은 자리를 마련하려고 은하 곳곳의 행성들로부터 온갖 로비를 받는 대상 가운데에는 위아리수3-7 역시 0순위였으니 새삼스러운 일은 아니었다. 막판에 그는 동료애를 발휘하는 모양새로 참석을 수락해 모헨의 마음을 얻었다. 실제로는 곤다로프의 사전선거운동 첩보를 수집하고 대응전략을 마련하기 위한 차원이었지만. 언론에다가도 떡밥을 던져주었다. 이번 심사에의 참여 결정을 외계인 요리사가 인간사회와 융화하는데 대해 남다른 관심을 보이는 진보적인 행보로 포장함으로서 자신을 나름 차별화된 거물 이미지로 부각시키고자 했다. 일거삼득이라고나 할까.

이번 방문을 앞두고 아리수는 촉한의 식생植生을 다시 벼락치기로 공부했다. 지난번 왔을 때는 공식적인 요리품평회와 상관없어 단편적인 정보밖에 알지 못한 까닭이었다. 주위에서 그는 날 때부터 요리평론가가 될 팔자였다는 소리를 듣곤 한다. 일단 어떤 행성의 동식물과 연관된 식생활 정보가 머릿속에 한번 들어가기만 하면 잊는 법이 없으니 말이다. 설사 먹어보지 못한 음식이더라도 그 원료와 원산지, 채집방식과 조리과정을 꿰뚫고 있을 뿐 아니라 간접정보에 기초한 추상적인 맛까지 똑똑히 기억했다. 여기서 추상적인 맛이란 자신이 직접 입 안에 넣어보지는 못했어도 운 좋게 몸소 시식한 사람들의 미각체험 데이터를 나노 센서들에 전송받아 다시 혀속에 되살려보는 일종의 가상체험을 의미했다.

"어서들 드십시다."

사회자의 헛기침보다는 기자들의 눈을 의식한 세렝게이가 양손을 비비며 드디어 수저를 집었다. 루볼로볼은 전에 맛봤을 때도 아주 풍미風味가 그만이었지. 아리수는 혀끝을 입천장에 대고 돌리며 스프의 뒷맛을 음미했다. 그가 알기로 주재료인 루볼은 북반구의 어느 반도 근해에 많이 나는 해초다. 생김새는 미역과 다시마의 사촌을 떠올리면 된다. 발그레 한 색깔이 끓이면 쑥 빛으로 변하면서 고깃국 맛이 연하게 우러난다. 가짜 발이 몇 개 달려 있어 거주지를 옮기거나 생식할 때 사용한다고 한다. 이 때문에 어떤 생물학자들은 루볼을 동물군에 넣어야 한다고 주장하고 또 다른 학자들은 동물도 식물도 아닌 새로운 생물유형으로 봐야한다고 입씨름하는 모양이었다.

정말 은은한 뒷맛이 다음 음식을 편안하게 받아들이도록 길을 닦아주는군. 위아리수의 기억에도 루볼로볼은 축한에 가면 꼭 먹어볼 음식의 하나로 은하요리백과사전 축한 항목과 스프 및 전채요리 항목에 올라 있었다. 하지만 지난 번 루볼로볼 스프는 인간 요리사의 작품이었어. 아리수가 터번 요리사를 슬쩍 훔쳐보았다. 저 친구가 어떻게 인간의 미각을 이토록 잘 헤아릴 수 있을까? 그저 어깨 너머로 보고 레시피를 외운다 해서 우리 같은 전문가들을 속여 넘길 수 있을까? 구강구조와 미각세포 분포가 우리와 거의 대동소이한 결과일까? 이건 마치 귀먹은 베토벤이 가청범위가 다른 외계의 교향악을 작곡하겠다는 것과 진배없잖아! 게 눈 감추듯 루볼로볼을 비운 그는 보이슈어마르와 라핌러핌으로 시선을 돌리며 처음으로 요리사에게 진지한 관심을 품었다.

"허, 이거 인간의 솜씨가 아니라곤 누구도 믿지 않겠어."

회장이 좌중을 돌아보며 너스레를 떨었다. 자리를 함께한 기자들 가운데 평소 그를 잘 아는 이라면 이러한 찬사는 액면 그대로 믿을 게 못 된다는 사실을 경험상 잘 알고 있다. 그는 통 큰 사람마냥 작은 칭찬에 매우 후하지만, 막상 최종결론에 가서는 안면을 확 바꾸는 선수다. 신중하다 못해 빡빡하다는 비난을 받을 만큼 호의적인 평가에 인색하다. 오죽하면 뒤통수로 '빡빡 대마왕'이란 볼멘소리까지 들려올까. 텔로미어 복구 클리닝에 적지 않은 돈을 쏟아 부은 그가 실제로 대머리라는 뜻은 아니다. 세렝게이의 이 같은 이중적 태도는 일거양득을 노리는 나름의 계책이라는 것이 아리수의 평소 지론이었다. 우선 '최고의 메뉴'가 되는 것은 역시 어렵다고 절감하게 함으로서, 희소성에 근거한 메뉴의 권위를 드높인다. 다음으로 비록 탈락했다고는 하나 '최고의 메뉴'에 도전했다는 사실만으로도 해당 요리사는 칭찬받을 자격이 있음을 누누이 강조해 회장의 넉넉한 인품을 만천하에 알린다.

생각이 꼬리에 꼬리를 무는 바람에 보이슈어마르에 가던 그의 손길이 갈지자를 그렸다. 찜찜한 기분이 다시 독초처럼 입안에 돋아난 까닭이다. 원래 은하급 평론가들이 머리를 맞대고 저마다 '최고의 메뉴'란 이런 것이라며 미주알고주알 입씨름하는 시식품평회는 어느 방송사건 군침 흘리지 않을 수 없는 킬러 컨텐츠 아닌가. 더욱이 이번에는 도전자가 인간이 아닌 요리사라는 점에서 화제성 하나는 따 놓은 당상인데. 그런데도 아문을 통한 실시간 방송중계를 빼고 오감 카메라들로만 때우다니…… 호화판 비행선을 빌려 이 행성의 정부요인들까지 일부 참석한 모양새를 감안하면 뭔가 짝이 잘 맞지 않는 느낌인걸. 혹여 회장과 곤달이 이번 품평회를 기회 삼아 측한에서 불법 사전선거운동에 들어갔다는 소문이 급속도로 번질까 우려한 걸까? 통상 행사 전반에 관해 주최 측은 회장과 사전 협의하는 것이 관례다. 그리고 회장과 지금 아삼육인 작자가 바로 곤달 아닌가.

그럼 카메라기자들은? 아문을 통한 실시간 중계방송의 위력에는 미치지 못하겠지만 입방정들을 완전히 틀어막지는 못할 텐데. 물론 오감 사진과 기사만으로는 영향력에서 꽤 차이가 나겠지. 인류가 사는 행성들이 어디 한둘이냐고. 커뮤니케이션 시차는 당연히 날 수밖에 없잖아. 합법적인 선거운동 착수까지는 지구시간으로 아직 반년이나 남았는걸. 설사 사전선거운동이 발각되어 신문들이 너도나도 문제 삼아도 그때에는 이미 선거판이 과열될 대로 과열되어 잘잘못이 누구에게 있는지 투표함을 열기 전까지는 단언하기 어려워지겠지. 약은 놈들 같으니라고. 그럼 나도 예 오기 전부터 공들인 모헨 양부터 확실한 내편으로 만드는 일에 팔짱 걸어 볼까?

"아리수, 무슨 걱정이라도 있나?"

곤다로프가 넌지시 물었다. 다정한 말투라니. 정신이 번쩍 든 위아리수는 만들어진 미소를 팔랑이며 보이슈어마르에 포크를 꽂았다. 일단은 돌아가는 선거판에 무심한 척 보여야 돼. 녀석이 얼마나 오래 전부터 얼마나 공들여 준비했는지 모르는 이상, 내가 자기와 같은 야망을 엄두조차 내지 않는다는 인상을 주는 편이 좋아. 어제 파티만 봐도 벌써 나를 경계한다는 뜻이잖아. 그는 명랑한 목소리로 곤달과 회장에게 말을 걸었다.

"보리서말 찾아 나섰다 황천에 갈 뻔한 일이 생생하게 떠올라서……."

둘 다 쓴 웃음을 지었다. 한반도 토착어로 '보리 서 말'이 무슨 뜻인지 알 턱이 없겠지만, 문맥은 알아들었으리라. 공교롭게도 보이슈어마르를 먹을 차례라 둘러대기 좋았다.

"자네는 매사 너무 학구적이라 탈이야. 호기심이 도를 넘으면 몸을 해친다네."

곤다로프는 회장과 모헨을 쳐다보며 그렇지 않느냐는 표정을 지었다. 색안경을 낀 아리수에게는 때가 때인지라 그의 말이 중의적으로 들렸다.

"튀김치고는 껍질의 탄력이 정말 예술이란 말이야."

세렝게이의 입이 습관처럼 움직였다. 잘게 썬 보이슈어마르 한점을 우물대며 예의 찬사를 내뱉은 것이다. 모헨이 우적우적 씹으며 고개를 끄덕였다. 이제 익숙해질 때도 되었지. 아리수가 생각했다. 글리제 518g의 여성들은 음식 앞에서 낯가리는 법이 없다. 식재료인 보이슈는 키틴질에 미세근육이 붙어 있어 씹으면 부서진다기보다 잘게 끊어지는 느낌이다. '보이슈어마르'라는 요리명은 보뉴보뉴들의 말을 촉한 정착민들이 들리는 대로 음차音借 한 것으로 보이슈 튀김이란 뜻이다. 보이슈 껍질은 날것으로는 도저히 씹을 수 없을 만큼 질기다. 그러니 인간의 이로 끊어 먹을 수 있게 충분히 숙성시키는 과정은 당연히 요리사의 몫이다. 더구나 껍질에 붙은 미세근육이 탄력을 잃지 않게 하려면 숙성할 때 세포들을 완전히 저세상으로 보내는 대신 반쯤 까무러치게 만드는 요령이 필요하다. 아리수는 기자들을 보고 환히 웃으며 보리 서 말을 우두둑 끊어먹었다. 요리평론가가 음식재료 앞에서 작아져서야 명함을 내밀겠는가.

아리수가 이 요리를 보리서말로 희화해 부르는 데에는 그만의 불쾌하고 끔찍한 사연이 있어서다. 보이슈는 촉한 행성의 열대 사막에 산다. 생김새만 보면 전갈과 가재 사이에서 태어난 사생아 같다. 사생아란 부정적인 어휘를 꺼낼 수밖에 없는 것은 녀석의 그로테스크한 모습 때문이다. 토착민인 보뉴보뉴들은 물론이거니와 인간정착민들조차 블라인드 테스트 하면 이 놈의 오돌오돌한 맛에 넘어가지 않을 도리가 없다 한다. 하지만 인간 성인의 팔뚝만한 크기인 보이슈가 울긋불긋한 각질 밖으로 성기게 자라난 뻣뻣한 털을 이리저리 휘젓는 모습은 식감과는 한참 동 떨어진다. 빛을 극도로 싫어하는 데다 아주 약간의 수분만으로도 한달씩 버티는 신통한 재주가 있어 대개 큰 바위 아래 그늘이나 동굴 속에 산다.

보이슈 사냥은 얼핏 보면 땅 짚고 헤엄치기 같다. 좌우 세 개씩 달린 다리로 녀석들이 달릴 수 있는 최대속도는 노인네가 엉금엉금 걷는 걸음걸이와 거기서 거기다. 그러나 방심은 금물이라는데 보이슈 사냥의 묘미가 있다. 겉만 보고 속을 알 수 없는 상대는 사람뿐이 아니지. 아리수는 씁쓸하게 웃었다. 태평양과 맞닿은 콜롬비아 연안 우림지대에 황금 독 개구리* 가 산다지. 그 놈 살갗에 고농도의 알칼로이드 독이 두껍게 묻어나오는데…… 이 독이 얼마나 대단하냐면 고작 참새 눈물만큼만 있어도 쥐 15,000마리 또는 아프리카 코끼리 두 마리를 황천으로 보낸다더군. 심지어 이 개구리가 지나간 종이타월에 개나 닭이 스치기만 해도 죽을 정도라니까 말 다했지. 내가 만난 녀석 또한 그보다 더 하면 더하지 결코 밀리지 않아. 다만 보이슈의 독은 피부에 발라져 있는 대신 몸 속 어딘가의 침샘에 저장해두었다 토해낸다는 차이가 있을 뿐. 복어를 떠올리면 딱 맞아. 속은 거의 다 파내고 껍질근육 위주로 요리해 먹으니까 말이야.

보이슈어마르의 머리껍질이 그의 입안에서 이리저리 굴렀다. 인상적인 장면을 잡는답시고 촌각도 낭비하려 들지 않는 카메라기자들 탓에 그의 볼이 환하게 달궈졌다. 혀 안의 나노 바이오센서들과 오감 카메라들이 무선

---

* 학명 Phyllobates terribilis

연결되어 있어 미약昧弱이 아닌 정상인이라면 누구나 아리수와 똑같은 맛을 가상체험 할 수 있었다. 물론 사람들은 미각 공유의 파트너를 입맛대로 선택할 수 있다. 저마다 곤다로프나 세렝게이 그리고 모헨의 미각을 골라 맛볼 수 있다는 뜻이다. 이번에는 생방송이 아니라 감동이 덜하겠지만.

보이슈 사냥의 최대난관은 세월아 네월아 하는 걸음걸이와는 달리 압축 펌프처럼 불시에 뿜어내는 독침이 전광석화 같다는 데에 있어. 정말 그 때 일만 생각하면 오금이 저려와. 불현듯 아리수는 멀찌감치 따로 차려진 언론사 관계자 테이블에 앉아 있는 한 초로의 신사를 돌아보았다. 그래, 바로 저 웬수만 아니었다면, 그런 경솔한 짓을 저질렀을 턱이 없지. 온몸의 체액을 다 쏟아내는 고통과 망신을 겪지도 않았을 테고. 잡지『은하의 미각』편집장 보렝 쇼다이가 눈인사를 건네자 위아리수는 입술 오른쪽을 실룩이며 인사인지 음식을 음미하는 것인지 아리송한 안면근육 운동으로 대응했다.

보렝, 저 인간이 나의 지적 허영을 부추기지 않았던들 내가 사냥꾼 따라 보이슈 잡이에 나섰겠냐고? 명분은 그럴싸했지! 은하급 요리평론가라면 은하 곳곳의 산해진미를 방구석에서 뒷방 늙은이처럼 따분하게 오물거리고 있어서야 체면이 서겠냐. 이제 요리평론가들도 구태를 벗어나야 하지 않겠나. 더구나 은하급이라면 인류 전체가 주목하는 지위에 있지 않냐. 최고의 맛을 위해 때로 위험을 무릅쓰고 직접 현장을 찾는 수고를 아끼지 않는 모습이야말로 진정한 맛의 달인 아니겠는가. 뭐, 이 따위 개뼈다귀 같은 소리를 지껄이며 내 혼을 빼놓았었지.

그의 푸념이 꼭 진실을 담고 있는 것은 아니었다. 아리수가『은하의 미각』의 '은하 10대 전채요리' 특집 취재를 위한 현지리포터로 나선 건 단지 의뢰인이 인류 문명권에서 가장 발행부수가 많은 요리평론 잡지의 편집장인데다 평소 친분이 두터웠기 때문만은 아니었다. 사실 은하급 요리평론가

쯤 되면 얼굴값 한다는 비난을 받을 만한 오해를 사기 쉽다. 알게 모르게 낯가리게 되고 인터뷰도 골라하는 등, 피안의 세계에 머무는 인상을 준다. 한 마디로 권위적이고 구태의연하다 이 말이다. 아리수도 종신직인 이 자리에 처음 올랐을 때 그러한 관행을 내심 즐겼던 적이 있다. 허나 차기 회장의 꿈을 품게 된 아리수에게는 당시 보렝의 제안이 그가 다른 늙다리 평론가들과는 180도 다르다는 인상을 줄 절호의 기회로 보였다. 고매한 미각의 향연 운운하는 뒷방 늙은이들 대신 팔짱을 걷어붙이고 은하 곳곳의 진기한 음식재료가 있는 곳이라면 위험을 무릅쓰고 어디든 달려가는 사나이 중의 사나이! 평론가 중의 평론가! 대중과 눈높이를 맞추고 미각의 세계를 선도하는 안내자, 진정한 맛의 달인 위아리수!

앞날의 비전과 지난 후회가 뒤엉켜 마음이 혼란스런 가운데 아리수는 은하요리평론가협회 회장이 되면 따르는 이런저런 유무형의 특권을 떠올리며 자신을 위로했다. '최고의 메뉴' 후보를 본 심사에 올릴지 말지 다른 6인의 은하급 평론가들과 협의하는 것은 회장의 그야말로 소소한 업무에 지나지 않았다. 정회원의 등급 상향조정이나 준회원의 정회원 승격 심사 역시 명목상 회장의 최종소관사항이나 큰 의미는 없었다. 3만 명에 달하는 정회원과 몇 명인지 정확한 파악도 되지 않는 준회원의 자격심사와 회원관리를 손수 챙긴다는 것은 넌센스다. 회장 입장에서는 등급별 자격심사 위원회의 추천을 받아 특별한 문제가 없는 한 임명장에 사인하는 것이 고작이었다. 한 마디로 임명장 발부는 회장의 상징적 권한에 불과했다.

회장의 막강한 지위는 다른 두 가지 중요한 권한에서 비롯된다. 하나는 은하요리백과사전의 발행인 자격이고, 다른 하나는 은하급 7대 평론가 가운데 결원이 생겼을 때 이를 충원하기 위한 추천권이다.

협회가 벌이는 사업 가운데 가장 시장의 반향이 클 뿐더러 이권이 큰 분야가 은하요리백과사전의 개정증보판 발행이다. 인간이 사는 곳이라면 어디나 이 백과사전에 대한 수요가 대단했다. 사람들은 툭하면 이 사전이 제공한 '최고의 메뉴' 가운데 몇 가지를 먹어봤는지 놓고 침 튀기는 자존심 경쟁을 벌이곤 했다. 수십억이 사는 행성이든 다섯 명이 파견되어 근무하는 소행성 기지든 간에 남에게 존중받고 싶은 욕망은 오십보백보였으니까.

회장이 발행인이라 해서 백과사전의 제작과 유통을 몸소 주관할 수는 없다. 지역마다 국가마다 행성마다 그리고 성역星域마다 출판유통체계와 결제시스템이 천차만별임을 감안하면 더 더욱 그렇다. 솔직히 광섬유 재질의 홀로그램 오감서五感書로 내든 복제방지 4차원 디지털 데이터로 다운로드 받게 하든,* 아니면 어떤 화폐로 결제하든 간에 협회와 회장 입장에서는 현실적으로 일일이 챙길 여력이 어디 있겠는가.

대신 회장은 어느 국가, 어느 행성 또는 어느 성역에 백과사전 개정증보판을 몇 년을 주기로 몇 부씩 제작 배포할지 결정하는 동시에 이를 대행할 현지 출판사 선정 권한이 있다. 비유하자면 지구에서 성경을 대륙별로 몇 권씩 인쇄 배포할 수 있는지와 해당 사업자를 결정하는 배타적 권한이라고나 할까. 형식상 경쟁 입찰 흉내는 낸다지만 사실상 수의계약이나 다름없다는 사실을 업계관계자치고 모르는 이가 없다. 다시 말해 회장이 출판사들의 치열한 로비 대상이 된다 이 말이다. 이를 견제한답시고 편집장 몫은 7인의 은하급 평론가들 중에서 회장 이외의 인사에게 돌아간다. 하지만 구조상 이 두 사람 사이가 자연스레 촉촉해질 수밖에 없음은 짐작하고도 남음이 있으리라, 현재 백과사전의 편집장인 곤다로프 멘델키에프와 회장 세렝게이 세렝게티의 죽고 못 사는 사이가 입증하듯이.

* 이중 공간을 구성하는 3차원을 제외한 나머지 1차원은 시간이 아니라 미각이다.

어디 그뿐이랴. 위아리수는 입맛을 다셨다. 회장은 여행사들로부터도 집중적인 로비 대상이다. 여행사들은 특정 행성으로의 여행패키지에 그곳 특산물로 차린 '최고의 메뉴'를 한데 엮는 상술이 얼마나 효과적인지 익히 잘 안다. 이 두 가지 공식수익에서 뒷돈을 챙길 수 있다면 3만 정회원을 대상으로 한 병아리 오줌만한 회비 징수권과 예산 편성권 따위는 아래 실무자들에게 맡겨두는 편이 평판 관리 면에서 훨씬 나았다. 물론 정재계 인사들의 부정기적인 기부금 내지 후원금은 논외로 하자.

두 번째로 중요한 권한은 앞서 말한 대로 신임 은하급 요리평론가의 임명 추천권이다. 말이 좋아 추천권이지 몇 명의 후보를 올리든 회장의 마음이기에 그가 추천하는 후보가 결원을 채울 가능성이 90% 이상이다. 이는 필연적으로 은하 7대 요리평론가들 사이에 계파를 형성하고 줄서기를 강요하게 만든다. 아리수도 선대 회장의 적극 추천이 아니었던들 이 대열에 합류할 수 없었다. 그러니 회장은 누구를 가릴 것 없이 일곱 사람 모두 갖고 싶어 하는 자리임이 자명했다.

"무슨 경을 쳤길래 그래요?"

모헨이 어깨를 밀착해오며 소곤거린다. 목을 조르고 윽박질러도 이 악물 판에 살살 꾄다고 털어놓을 줄 알아? 아리수는 씨익 웃으며 어깨를 으쓱했다. 보이슈 사냥 뒷얘기를 온전히 알고 있는 이는 나뿐이야. 어렴풋이나마 사건의 개요를 아는 자라곤 동행했던 기자의 시신을 수습하러 왔던 보렝 정도일걸. 아무리 레이더란 별명을 지닌 그라 해도 망신살이 은하 끝까지 뻗치고도 남을 내 비극의 전말에 대해서는 금시초문이야. 내가 무덤 속까지 갖고 들어갈 테니까.

돌이켜보면 사냥의 시작은 나쁘지 않았다. 보뉴보뉴 사냥꾼은 아리수에게 살갑게 굴지 않았지만 그렇다고 대놓고 적의를 드러내지도 않았다. 그저 무뚝뚝한 또 다른 터번 사나이였을 뿐. 당시 보뉴보뉴와 인간 정착민 사이에 지역에 따라 국지전이 산발적으로 일어나곤 했지만 전반적인 분위기는 평화협상을 향해 나아가고 있었다. 취재에 방해받지 않으려 아리수는 신분도 감추었다. 은하급 요리평론가의 촉한 방문 어쩌고저쩌고 하면서 괜히 세간의 주목을 받았다가 엉뚱하게 보뉴보뉴 민병대에 인질로 잡힐까 우려한 까닭이다. 동행이라고는 보렝이 딸려 보낸 젊은 사진기자 한 명이 다였다.

동굴 몇 곳을 돌며 대여섯 마리 잡았으니 고기잡이로 치면 풍어豊漁였다. 굼벵이 녀석들이 침샘에서 끌어올린 독을 뱉을 타이밍만 주지 않으면 되었다. 귓바퀴에 붙여놓은 통역기를 쓸 일도 거의 없었다. 길잡이이자 사냥꾼인 보뉴보뉴인이 손짓하는 대로 앉았다 일어서고 멈췄다 다시 걸으면 되었으니까. 재질이 뭔지는 알 수 없지만 두텁게 짠 가마니가 불룩해지자 사냥꾼은 돌아가자는 제스처를 했다.

사고는 그로부터 얼마 되지 않아 터졌다. 긴장을 푼 것이 문제였다. 사막이라지만 모래가루가 널린 대신 암석과 자갈투성이라 한 발 한 발 조심스레 디디지 않으면 발을 삘 염려가 있었다. 길잡이가 맨 앞에 서고 아리수 그리고 사진기자 순으로 걸었다. 아까 지나왔던 곳인데다 보이슈가 햇볕을 싫어한다니 안심했는지 이제까지 벌벌 기던 기자가 사방팔방으로 카메라를 들이대기 시작했다. 정말 쓸 만한 컷은 어차피 마을에 내려가 보이슈들을 우리에 풀어놓고 다시 찍어야 할 판이었는데.

넋 놓고 걷던 아리수가 고개를 돌아본 것은 숨넘어가는 외마디 소리 탓이었다. 비명이랄 것까지 없었다. 그 정도로 길지도 않았으니까. 어느새 기자는 두 손으로 얼굴을 감싸더니 맥없이 널브러졌다. 그리고 보이슈가 눈에 들어왔다. 아주 짧은 순간 현기증을 느끼며 아리수는 '어떻게?'라고 자문했던 것 같다. 마침 그들은 윗부분이 서로 붙을 듯 아치형으로 휘어져 가까이 이웃한 두 암벽 사이를 지나던 참이었다. 동굴은 아니었지만 이 묘한 구조 탓에 안쪽은 제법 어둑어둑했다. 암벽 양쪽을 따라 사람의 어깨 높이만한 곳에 안쪽으로 움푹 파인 홈이 길게 나 있었다. 그리고 칠흑 같은 그 안에서 뭔가가 움직였다. 하나 둘 셋 넷…… 열 마리, 아니 그 이상. 안쪽 틈에서 보이슈들이 한가득 꿈틀댔다.

등에 한기를 느끼며 정신이 돌아왔을 때에는 이미 돌바닥에 엎드려 있었다. 긁힌 뺨이 쓰라려서 고개를 돌리니 불과 십여 센티미터 떨어진 곳에 모로 누운 기자의 얼굴과 맞닥뜨렸다. 동공이 풀린 기자의 입에서 진물과 거품이 섞인 액체가 질질 흘러나왔다. 아리수의 몸 역시 잔뜩 경직되어 있었지만 손가락 발가락을 꼼지락거려보니 사지가 멀쩡하게 움직였다. 휴, 그는 한숨을 쉬었다. 독침에 맞지는 않았나보군. 단지 너무 긴장했을 뿐이야. 근데 왜 이리 배를 깔고 있지? 아랫배 볼록한 그로서는 이처럼 민첩한 반사 신경이 몸에 배어 있지 않았다. 그는 생채기 난 뺨에 덕지덕지 붙은 흙덩이를 한손으로 털어내며 암벽에 등을 대고 걸터앉았다. 그때 뭔가 축축한 게 내려와 아리수의 얼굴을 간질였다.

불길한 느낌을 억누르며 잡아당기자 무슨 두루마리 같은 게 풀어지며 바닥에 떨어졌다. 터번이었다. 너덜너덜해진 천 곳곳에 주황색 피가 흥건했다. 이어서 달그락 소리 그리고 뭔가 묵직한 것을 잡아끄는 듯한 마찰음. 그는 무릎에 힘을 주고 천천히 일어섰다. 보고 싶지 않은 광경이 예상되었지만 그렇다고 마냥 무방비로 앉아있을 수는 없었다. 안쪽으로 말려들어간 암벽에 수평으로 길게 파인 홈이 나 있었고 튼실한 허벅지와 장딴지 그리고 꼬리가 거기에 걸려 있었다. 상반신은 이미 구멍 속으로 자취를 감춰 보이지 않았지만 다리가 굽은 채 사후경직이 일어나 걸린 모양이었다. 수십

마리의 보이슈들이 들러붙어 앞뒤에서 사냥꾼의 남은 형체를 안으로 밀어붙이고 있었다.

아리수는 뒷걸음치다 무언가를 툭 건드렸다. 움찔한 그가 어깨 너머로 내려다보니 이미 바닥까지 내려온 보이슈 몇 마리가 자신을 에워싸고 있지 않은가. 바로 뒤편에 가마니가 입을 열고 있었다. 가는 날이 장날이라더니. 잡아놓은 것들까지 다시 튀어나온 형국이었다. 그것들에서 눈을 떼지 않은 채 한 발 한 발 뒷걸음치는 가운데 반대편에서도 달그락 골골 소리가 들렸다. 반대편 길로 한껏 기세가 오른 보이슈들이 암반을 타고 한가득 내려오고 있었다. 졸도하고도 남을 지경이었지만 돌봐줄 이가 있을 때만 그런 사치가 허락되기에 아리수는 진땀을 비 오듯 흘리며 목석처럼 버텼다. 마침내 앞뒤로 보이슈들이 다리에 들러붙었다. 아리수는 펄쩍펄쩍 뛰어보았지만 녀석들의 양쪽 맨 앞다리에 달린 묵직한 갈고리 발톱들은 바지를 부여잡고 떨어질 줄 몰랐다. 그중 한 놈이 겨드랑이까지 타고 올라왔을 때 그의 정신은 더 이상 온전할 수 없었다. 공포에 짓눌린 나머지 속이 메슥거리는 것이 도무지 제정신이 아니었다.

정신 차려 보니 위아리수는 자신이 양 무릎과 두 손으로 땅을 짚은 채 어정쩡하게 엉덩이를 쳐들고 있음을 깨달았다. 거칠게 숨을 몰아쉬는 한편으로 그는 어떻게 살아남았는지 의아해졌다. 보이슈는 한 마리도 보이지 않았다. 기자의 사체도 조금 훼손되기는 했지만 대부분 그대로 남아 있었다. 대체 무슨 일이 일어났던 걸까? 녀석들이 무엇 때문에 황급히 물러났을까?

일단 안전이 확보되었다는 생각이 들자 그제야 그는 자신이 어떤 꼴인지 알아차렸다. 바지가 온통 젖어 있었다. 비릿한 짠 내. 주둥이는 더욱 가관이었다. 입 주위는 물론이고 얼굴과 손이 물컹물컹하고 반투명한 허연 액체로 도배되다시피 했다. 바닥에 흥건히 고인 토사물에 점심 때 간편식으로 먹은 합성 소시지와 채소 잔존물이 언뜻 보였다. 아리수는 머리를 흔들었다. 이럴 수가. 죽느니만 못한 꼴이군. 누가 보기라도 한다면! 요리잡지가 아니라 스캔들 가십 잡지의 머리기사로 뜨겠지. '식재료 앞에서 겁에 질린 은하급 요리평론가, 토사광란하다!' 이 정도면 얌전한 헤드라인일 거야.

습기 한 방울 찾기 어려운 사막에서 몸 씻을 데가 있을 리 만무했다. 세워놓은 비행정이 있는 곳까지 한 시간 이상 걸어야 하는데 올 때 보니까 이 오지에서는 변변한 실개천조차 눈에 띄지 않았다. 손발의 미세 경련이 잦아들자 아리수는 용단을 내렸다. 미안한 일이지만 그는 옷을 누워있는 기자와 바꿔 입었다. 대신 시신을 보이슈들이 손대지 않도록 햇볕이 쨍쨍 내리쬐는 양지바른 넙적 바위 위에 올려놓는 호의를 베풀었다. 나중에 보렝이 몸소 이 친구의 시신을 수습하러 왔을 때 코를 감싸 쥐며 욕설을 내뱉었다. 아리수는 그 정도의 불명예는 기자가 뒤집어써도 싸다고 봤다. 돌아오는 길에 이 나사 풀린 기자가 중구난방으로 카메라 플래시를 터뜨리지 않았던들 본의 아니게 보이슈들을 도발하는 사고는 일어나지 않았을 테니.

사냥꾼 친구의 유해는 — 아리수로서는 보뉴보뉴의 토착이름을 도저히 발음할 수 없었다. — 안타깝지만 흔적도 남지 않았다. 가족에게 돌려줄 유품이라고는 피로 물든 터번뿐. 여간해서는 감상적이 되지 않는 아리수지만 유가족에게 곱게 만 터번을 건넬 때만은 마음 한구석이 저며 오는 고마움을 느꼈다. 이 프로 사냥꾼이 혼자 살려고 줄행랑쳤다면 이처럼 손쉽게 보이슈들의 먹이가 되지는 않았을 거야. 하지만 그는 나를 넘어뜨려 어깨 높이로 날아드는 독침들을 피하게 했고 그 와중에 자신이 당한 것이 분명해.

사냥꾼의 숲 속 마을에 돌아와서야 위아리수는 자신이 구사일생으로 살아난 이유를 알았다. 보이슈들은 워낙 건조한 곳에서 살기에 아주 최소한의 수분만으로도 몸을 지탱하도록 진화했다. 마을의 다른 사냥꾼들 말에

의하면, 그 녀석들은 새벽녘에 잠시 피어나는 안개에서만 수분을 섭취해도 한 달을 버틴단다. 아이러니하게도 오히려 지나치게 많은 물을 단번에 뒤집어쓰면 보이슈의 신경계에 엄청난 타격을 입는다는 사실이다. 심하면 전신마비를 일으키거나 죽을 수도 있다. 물론 사냥꾼들은 여간해서는 대대적인 수공水攻을 쓰지 않는다. 건조한 지역에서 물은 그들에게도 다이아몬드만큼 귀한 생명의 원천이기 때문이다. 어쨌거나 알고 한 짓은 아니었지만 아리수는 그 끔찍한 괴물들의 코앞에서 일거에 엄청난 양의 수분을 체내에서 방출한 것이다. 위아래 가리지 않고 말이다. 그를 에워쌌던 맨 앞 열의 보이슈들이 경기驚氣하며 떨어져나가자 그 반향이 일파만파로 전달되었으리라. 당연히 촉한 전채요리 특집기사는 펑크 났고 이날 이때까지 아리수는 촉한 쪽으로는 쉬도 보지 않겠다고 맹세했었다.

"라핌러핌은 입도 대지 않으셨네?"

잠시 딴생각이던 그에게 모헨이 재촉했다. 깨끗이 비워진 회장과 곤다로프의 접시가 눈에 들어왔다. 오호라, 마음에 드신다! 나처럼 식은땀 나는 선입관이 머릿속에 똬리 틀고 있지 않으니…… 아리수는 대롱처럼 잘게 썰어놓은 라핌러핌을 수저로 입에 떠 넣었다. 흐음, 만일 나도 보이슈와의 악연이 없었다면 무조건 접시바닥까지 핥았겠는 걸. 그는 자신이 전채요리 시식을 마치길 기다리는 세 평론가들과 청중의 시선은 아랑곳하지 않고 라핌러핌 조각을 볼 안쪽에 혀로 비벼대며 눈을 지그시 감았다. 촉한의 행성급 요리평론가가 미리 보내준 리포트가 생각났다. 라핌러핌은 고급스럽고 담백한 맛이 나 식욕을 돋우는 전채 요리로 일품이다. 당연히 촉한의 수출품목에도 들어 있다. 다만 보이슈 포획량이 많지 않아 라핌러핌 수출량도 쿼터가 정해져 있다. 허참 그 죽을 고생을 하고도 괴물 녀석의 똥이나 핥고 앉았으니! 이 무슨 운명이람! 아리수는 자신의 처지가 곤혹스럽다 못해 우스꽝스럽게 느껴졌다.

라핌러핌은 보이슈의 배설물이다. 워낙 건조한 곳에 살면서 평소 물과 암석 무기질 외에는 거의 섭취하는 것이 없어서인지 보이슈의 배설물은 아이러니하게도 사람들의 식욕을 자극하는 은은하고 구수한 맛이 난다고들 한다. 아울러 습기가 거의 없다보니 깔깔한 촉감이 혀의 미각돌기들을 살짝 곤추세우는 효과가 있다나. 이어 나올 메인 디쉬의 풍미를 충분히 만끽할 수 있게 말이다. 해서 라핌러핌은 보이슈어마르와 함께 쌍둥이 전채 요리로 나오는 경우가 많다. 그러나 아리수만은 알고 있다, 보이슈가 잡식성이란 사실을.

"자, 이제 1차 평가를 해볼까요?"

세렝게이가 사회자의 사인을 받아가며 최대한 품위 있게 목청을 가다듬었다. 최고의 메뉴 평가는 형식상 전채요리와 메인디시 그리고 후식의 3단계로 나뉜다. 물론 평점의 대부분은 메인 디시가 차지한다. 하지만 전채요리는 요리사와 곧이어 들어올 메인 디시에 대한 첫인상을 좌우하기에 무시할 수 없는 전초전이다.

"자 패를 내놉시다!"

회장의 말이 떨어지기 무섭게 모헨이 길게 늘어진 소매 끝에서 황금 카드를 한 장 꺼내 식탁 한 가운데에 내려놓았다. 다시 오감 카메라들의 플래시가 작열했다. 회장과 곤다로프가 이번 품평회의 바람잡이가 내놓은 패 앞에서 한 일자로 다문 아랫입술을 살짝 내밀었다. 속으로 계산이 복잡하군. 막판까지 다른 심사위원의 패를 보고 결정하겠다는 속셈이야. 평소 이들의 생리를 꿰고 있기에 아리수는 선수를 치기로 했다. 황금 카드가 두 장으로 불었다. 좌중에서 기대감에 들뜬 신음이 흘러나왔다. 카메라 플래시까지 잦아들며 나머지 두 평론가의 얼굴과 손끝에만 시선이 집중되었다.

최고의 메뉴로 선정되려면 최소한 심사위원 전원으로부터 황금카드 이상을 받아야 한다. 단 한 장이라도 블랙카드를 받았다간 탈락이다. 만에 하나 블랙카드가 나오면 이를 상쇄할 수 있는 길은 다이아몬드 카드를 받는 방법뿐이다. 그러나 다이아몬드 카드는 어떤 평론가든 함부로 남발하지 않는 법. 블랙카드를 단 한 장이라도 받으면 백이면 백 합격은 물 건너갔다 봐도 과언이 아니다.

회장이 좌중을 훑더니 품에서 카드 한 장을 꺼내들었다. 황금색. 아리수는 대외협력부 행성장관의 갈망하는 시선이 세렝게이의 눈길과 교차하는 순간을 놓치지 않았다. 최고의 메뉴는 워낙 이권이 크게 걸린 사안이다 보니 음식 맛만으로 순수하게 결정하기가 생각보다 쉽지 않다. 회장의 패가 두장의 카드 위에 나란히 황금빛을 반짝이자 곤다로프도 순순히 투항했다. 선거운동지역에 와서 인심을 잃을 이유가 없겠지. 나 역시 모헨의 인심을 잃을 이유가 없었다. 어차피 요리 자체가 일품인 이상 뒷말 들을 염려도 없으니. 아리수는 촉한의 요인들이 앉아 있는 테이블을 곁눈질했다. 이곳을 떠나기 전 따로 만나둘 인물들이 그중에 서넛은 족히 되리라.

진행요원이 네 장의 황금카드를 한데 추려 요리사에게 전달했다. 터번 외계인이 고개를 숙이며 카드를 받았다. 인간의 예의범절 문화를 배운 결과일까, 아니면 휴머노이드가 지적 존재로 진화하면 기본적으로 몸에 붙는 인사 패턴일까? 신체에서 제일 중요한 머리 부위를 꾸벅 숙였다 다시 들어올리는 행위는 상대방에게 급소를 훤히 드러내 보이는 짓이다. 아리수는 요리와는 무관하지만 갑자기 궁금해졌다. 그러고 보니 보뉴보뉴 사냥꾼과 처음 만났을 때 인사 같은 것을 했던가?

"론다론바 메리롱롱 주리롱(이제 메인디시를 준비하겠습니다)."

요리사가 한 손에 큰 칼을 들고 숙연하게 외쳤다. 이상한 걸. 아무리 대단한 메인 디시라 해도 이렇게까지 비장한 분위기를 연출할 필요까지야. 외계인의 말투는 통역기로 전달되는 내용에 걸맞지 않을 만큼 가라앉았고 심지어 약간 목소리가 갈라지기까지 했다. 황금카드 네 장에 벌써 감동 먹은 건 아니겠지? 이제 시작에 불과하다고, 이 시골뜨기야. 아리수만 그렇게 느낀 게 아니었나 보다. 메인 디시를 준비하는 동안 통상 평론가들은 조리 과정에 주의를 잃고 서로 한담을 나누기 십상인데, 다른 셋도 보뉴보뉴 요리사에게서 눈길을 떼지 않았다.

요리사가 칼을 들지 않은 다른 손으로 뒤통수를 더듬었다. 터번이 풀어지기 시작했다. 평론가들과 좌중 모두 놀랐다. 터번을 풀어서가 아니었다. 행사장에 동석한 보뉴보뉴들 가운데 몇몇으로부터 외마디 소리가 새어나왔기 때문이다. 그들의 말은 통역기와 동조되어 있지 않아 아리수로서는 무슨 뜻인지 알아들을 수 없었지만 대충 짐작은 갔다. 요리사의 행동에 뭔가 사회규범에 어긋나는 도발적인 의미가 담겼으리라. 촉한 정착민들의 어리둥절한 표정으로 미루어보건대 인간들 다수는 무슨 일이 벌어지는지 미처 감을 잡지 못하고 있었다. 그러거나 말거나 요리사는 남김없이 터번을 풀었다. 드디어 맨 정수리가 드러났다. 그리고 도깨비처럼 머리 위 양끝에 솟아나온 뿔 두 개가 눈에 들어왔다. 손가락 반만 한 길이지만 굵기는 성인 엄지손가락 두어 개만했다.

아리수의 눈에 절로 힘이 들어갔다. 불가사리 모양 대접에 잘라진 뿔들이 가지런히 놓였다. 정수리 아래로 흘러내리는 피를 수건으로 지혈한 요리사는 피투성이 뿔을 흐르는 물에 깨끗이 씻었다. 신음소리는커녕 눈빛의 변화조차 없었다. 주위는 침묵 그 자체. 평론가들 모두 한담은 고사하고 숨도 제대로 쉬지 못했다. 뒤 테이블에 초빙되었던 보뉴보뉴들 중 한 명은 혼절해 들것에 실려 나갔다. 아리수와 세렝게이 그리고 곤다로프는 일제히

한 사람을 돌아보았다. 모헨은 떨떠름한 표정으로 억지웃음 지으며 짧게 대꾸했다.

"일단 끝까지 보자고요."

곤다로프는 욕지기가 나는지 자리에서 일어나 진행요원의 부축을 받아 품평회장 밖으로 나갔다. 세렝게이가 두 눈을 치켜뜬 채 요리사의 일거수 일투족을 주시했다. 아리수는 속으로 숨을 크게 들이쉬었다. 당황한 진행요원들이 요리사에게 다가가 지혈을 도우려 했으나 단호히 거절당했다. 요리사는 찜기에 뿔들을 넣은 다음 함께 곁들여 먹을 소스를 즉석에서 만들기 시작했다. 붉고 푸른 잎사귀들과 약초들이 잘게 다져지고 감자 내지 고구마처럼 생긴 것들이 원형의 금속 체를 통과하면서 실처럼 가늘게 잘려나갔다. 그 위에 아까 만들어 놓은 양념을 뿌리면 끝이다.

분위기를 더욱 기이하게 만든 것은 노래였다. 보뉴보뉴들의 노래. 관람테이블에 앉아있던 보뉴보뉴들 가운데 하나가 걸쭉하지만 또렷한 목소리로 뭐라 읊조렸다. 이어 다른 보뉴보뉴들도 따라 불렀다. 음역대를 다 듣지는 못한다 해도 반복되는 운율로 보건대 노래가 틀림없었다. 요리하는데 생뚱맞게 웬 노래? 게다가 축축 처지는 곡조라니? 의아해하는 아리수의 눈에 그제야 촉한 정착민들의 안색이 변하는 모습이 들어왔다. 이 노래가 무슨 뜻인지는 저치들도 안다 이거군. 아리수는 모헨의 귀에 속삭였다.

"은하급 평론가라도 정치에 깊숙이 간여하다간 큰 코 다칩니다. 정미政味분리, 몰라요?"

모헨이 짤막하게 대답했다.

"그러는 선배님도 제 표를 원하시잖아요."

아리수가 작게 헛기침하며 주위를 살폈다. 한방 먹었군. 하여튼 분위기가 급전직하 한 건 사실이잖아. 화장실에서 돌아오던 곤다로프가 우르르 철수하는 카메라 기자들과 어깨를 부딪치며 어리둥절해 하는 광경이 보였다. 기자들 대다수가 떠난 자리를 발 빠르게 다른 이들이 채웠다. 겉으로 무기는 노출시키지는 않았지만 옷차림이나 행동거지로 보아 십중팔구 사복차림의 경비 병력이었다. 젠장, 골 아파지는군. 아리수가 머리 한쪽을 감싸며 한숨을 쉬었다. 요리사를 제외하고는 대부분의 보뉴보뉴들이 반강제적으로 끌려 나가는 모습을 보며 곤다로프가 입을 열었다.

"모헨 양, 이 난장판을 어떻게 책임질 생각이오?"

"다 잘 될 거예요, 선배."

어이없다는 표정으로 곤다로프가 회장과 나를 번갈아 보았다. 자연스레 세 평론가의 시선이 모헨에게 모아졌다.

"설마 오늘의 주최자가 보뉴보뉴라 생각하는 건 아니겠죠?"

보뉴보뉴의 사주가 아니라고? 하긴 그럼 촉한 정부에서 이런 자리를 선뜻 마련해줄 리 없지. 그렇다면 정부 인사들의 저 반응은 뭐지? 내 앞의 이 외계인 머리에서 뿔이 댕강 날아갈 줄 몰랐다 이거야? 메뉴가 뭔지도 모르고 행사를 승인했을 리 없잖아. 아리수의 머릿속에 의문이 꼬리를 물고 이어졌다. 아까 그 음울한 노래는 계획에 없던 돌출행동이었나? 뒤편 테이블들이 점점 더 소란스러워졌다. 그가 돌아보니 촉한의 유력인사들이 서로 멱살 잡기 일보직전이었다. 자기네끼리도 꿍꿍이가 달라? 고성이 오가는 가운데 대외협력부 행성장관은 자리에 꼿꼿이 앉아 시식 테이블의 평론가들을 빤히 쳐다보고 있었다.

그러거나 말거나 요리사의 손은 쉬지 않았고 드디어 메인디시가 평론가들의 테이블 위에 차려졌다. 워낙 소량이라 큰 접시에 담아낸 '프와니프완'을 넷이서 조금씩 덜어먹을 수 있게 작은 접시와 포크가 함께 놓였다. 프와니프완, 심사를 의뢰한 문건에는 오늘의 메인디시 이름이 그렇게 씌어 있었다. 메인 디시는 재료와 레시피를 품평회 현장에 오기 전까지 비밀로 해두는 것이 허용되었다. 하지만 아리수가 평론가를 업으로 삼은 이래 이런 경험은 처음이었다. 요리사가 자기 신체의 일부를 잘라 즉석에서 조리해 내놓다니.

"이제 말씀해주시겠소, 프와니프완이 무슨 뜻인지?" 아리수가 분위기에 밀려 낯빛이 핼쑥해진 사회자를 바라보며 외쳤다.

"남자의 마음이란 뜻이에요." 사회자가 입을 벙긋하기 전에 모헨이 답해주었다. 요리사가 통역기를 착용한 한쪽 귀를 한손으로 덮으며 눈을 감았다 떴다. 저런 제스처도 인간의 관습을 흉내 낸 걸까? 아리수는 자못 궁금했다.

"식기 전에 드셔 보세요." 아무도 선뜻 손을 대지 않자 모헨이 채근했다. 아, 왜 그리 보채, 모헨 양? 다들 시선을 의식하잖아. 아무리 맛의 극한을 탐구하는 요리평론가라도 몬도가네의 찬미자는 아니라고. 대부분의 카메라 기자들이 퇴장하긴 했어도 아직 몇몇 카메라들이 기록을 위해 남아있는 걸. 아리수가 힐끗 돌아보니 이곳 정치가들로 뵈는 인사들이 행성장관을 에워싸고 윽박지르고 있었다. 다른 몇 명은 장관을 호위하다 서로 멱살잡이를 해서 외투가 찢겨나갔다.

보다 못한 모헨이 먼저 한 조각을 입에 넣고 오물거렸다. 회장과 곤다로프 그리고 아리수가 망연한 낯빛으로 그녀를 바라보았다. 모헨은 눈높이보다 약간 높은 곳에 시선을 두며 위아래로 파도치듯 머리를 끄덕였다. 그녀가 진지하게 맛볼 때 늘 절로 나오는 버릇이다. 아주 흥겨운 눈빛으로 좌중을 훑으며 그녀가 말했다.

"정치 걱정일랑 잠시 접어두고 할 일부터 하시지 그래요?"

그리고는 한 점을 또 다시 집어 드는 모헨을 보고 세렝게이와 위아리수가 얼떨결에 포크를 잡았다.

"모헨 양, 미리 먹어본 거 맞습니까?"

곤다로프는 완전히 당했다는 표정이었다.

"지구 산 까마귀를 잡아먹기라도 했나요?"

모헨이 포크를 들지 않은 손으로 귓볼을 쓰다듬으며 여유 있게 받아쳤다. "제가 이 안건을 올린 게 언제쯤인지 기억나지 않나요?"

아리수는 고기를 입가에 가져가며 생각했다. 그러고 보니 지구 표준력으로 약 일 년 전쯤이었군, 이 요리를 심사에 올리자고 모헨이 추천안을 올린 날이. 추천안이 은하급 평론가 회의에서 받아들여져 심의 일정을 잡으려니까 모헨은 1년 뒤로 해달라고 했었지. 대개는 추천안이 통과된 날로부터 몇 달 내에 심사받게 해달라고 닦달하는 것이 보통인데. 그때는 솔직히 회의석상에서 아무도 깊이 생각하지 않았어. 촌 동네 외계인 요리사의 작품이 아니더라도 우리를 기다리고 있는 심의 건들과 그 외에 치러야 할 행사들이 산처럼 쌓여 있었으니까. 하지만 이제 보니 다 곡절이 있었군.

"보뉴보뉴들의 뿔은 잘라도 1년 후면 다시 원래만큼 자란답니다."

들릴 듯 말 듯 한 신음을 내며 곤다로프 역시 마지못한 표정으로 시식에 합류했다. 요리사는 연신 식은땀을 닦아내면서도 꼿꼿이 서 있으려 노력했다. 그가 얼마나 많은 출혈을 했는지 호모 사피엔스들로서야 가늠할 기준이 없었다.

아삭아삭, 첫맛은 약간 씁쌀했다. 다음에는 오돌오돌하면서도 말랑말랑한 촉감이 입안의 호응을 일으키며 시큼한 뒷맛을 남겼다. 마치 스펀지케이크를 감싼 오징어포를 씹는 느낌이랄까. 시큼하다, 이게 시큼한 건가? 아냐 딱히 그렇지는 않아. 살짝 구수하기도 하고. 뭐랄까, 내가 집에서 일부러 만들어 먹는 누룽지 맛도 좀 나는군. 맛의 프로답게 아리수는 입안의 풍미를 음미하는 동안 주변에서 일어나고 있는 어이없는 상황을 잊어버렸다.

"제 생각에는."

아리수가 입을 열려는 찰라 회장이 손짓으로 제지했다. 세렝게이는 자리에서 일어나 품평회장 내에 남아 있는 고위인사들 쪽을 향해 목례를 보내고 기다렸다. 오 분여 쯤 지났을까. 그네들의 상황에만 빠져있던 촉한 인사들이 회장의 시선을 의식하고 조금씩 잠잠해졌다. 그들 역시 은하급 명망가들을 불러놓고 엽기적으로 흘러가는 이 무대를 어떻게 정돈해야 할지 내심 난감해할 터였다.

"신사숙녀 여러분, 은하요리평론가 협회장으로서 두 가지를 말씀드리고 싶습니다. 오늘 이 자리는 알다시피 은하요리백과사전에 등재할 '최고의 메뉴'를 심사하는 자리입니다. 어떤 맥락에서 이 품평회가 마련되었는지는 정확히 모르겠으나 국내정치문제는 잠시 제쳐두시기 바랍니다. 저희는 은하를 대표하는 요리평론가들입니다. 국가와 국가, 행성과 행성의 크고 작은 정치문제에 어떤 식으로든 시시콜콜 관여하는 것은 저희 관심사가 결코 아닙니다. 다만 요리에 대한 품평만은 제대로 해낼 것입니다. 따라서 이 심의과정이 원만하게 진행될 수 있도록 여러분이 적극 협조해주시길 당부드리는 바입니다. 이 자리가 비록 어떤 분들에게는 흡족하지 않은 상황인지 모르겠으나, 심의마저 공정하게 진행되지 않는다면 이 또한 촉한 주민 여러분께 누를 끼치는 일이겠지요.

아울러 한 시간의 정회를 요청합니다. 방금 저희 네 사람은 논란을 불러일으킨 메인 디시를 시식하였습니다. 규정상 최고의 메뉴 후보에 올라오는 메인디시의 경우 재료와 레시피를 요리현장에서 공개하기 전까지 보안을 유지할 수 있습니다. 하지만 오늘의 요리는 앞에 계신 여러분은 물론이고 온갖 산해진미를 두루 맛본 저희 같은 프로페셔널들 또한 곤혹스럽게 만드는 내용물입니다. 더욱이 지금 품평회장 분위기로 볼 때 이 요리에는 정치적인 저의가 깔려 있을지 모른다는 심증이 갑니다. 그럼에도 불구하고 저희 네 사람은 정치적 쏠림 없이 이 요리에 대한 객관적인 평가를 내리기 위해 정회하는 동안 관련인사 몇 분과 함께 비공개 질의시간을 갖고자 합니다."

말을 마친 뒤 회장은 행성장관을 바라보았다. 장관이 고개를 살짝 끄덕이며 눈을 감았다 떴다. 좌중이 술렁이는 가운데 곤다로프가 회장의 소매를 잡아끌며 뭐라 숙덕였다. 아리수는 모헨의 뒷덜미에다 속삭였다.

"장관을 내게도 소개해주겠소?"

모헨은 돌아보지 않고 그저 알 듯 말 듯한 미소만 지었다.

"이럴 거면 어제 만찬에서라도 귀띔해주었어야 할 거 아뇨?"

아리수는 품평회장 위층에 마련된 소회의실 문을 열다가 반갑지 않은 목소리에 걸음을 멈췄다. 짜증 밴 목소리의 주인공은 곤다로프였다. 화장실에 들렀다오느라 아리수는 제일 마지막에 들어왔다. 그의 인기척을 느낀 곤다로프가 살짝 헛기침하며 시침을 뗐다. 한쪽 벽이 통창이라 구름바다 위로 넘실대는 봉우리가 왼편을 메우고 있었다. 편향필터 덕에 커튼이 없어도 눈부시지는 않았다. 황산은 왼편으로 밀려났지만 그렇다고 멀리 뒤쳐지지도 않았다. 비행선은 황산의 최정상 주위를 선회하고 있었다.

긴 장방형 테이블을 사이에 두고 한쪽에는 들어오기 전 소개받은 대외협력부 행성차관과 그의 부관 그리고 이들을 따라온 보뉴보뉴 한 명이, 그리고 반대쪽에는 평론가들이 앉았다.

성원이 찼음을 확인한 세렝게이가 운을 뗐다. "모헨 양에게 이번 심사를 의뢰한 사람이 당신 상사라더군요."

차관은 입을 한일자로 다문 채 고개를 끄덕이다 문득 무례하다는 느낌을 줄지 모른다고 생각되었는지 짧게 설명을 덧붙였다. "모헨 양은 저희 어려움을 십분 이해해주셨습니다."

그가 맞은편에 앉은 모헨에게 살짝 목례를 건넸다.

곤다로프가 의자 등받이에 기대면서 바로 옆자리의 모헨에게 물었다.

"모헨 양, 당신이 이해한 바부터 듣고 싶은데."

"햇밤 좋아하죠?"

모헨이 고개를 앞으로 삐죽 내밀고는 세렝게이 너머에 앉은 아리수에게 나직하게 말했다. 영문 몰라 하는 표정의 그에게 모헨이 재차 물었다. "편안히 앉아 깐 밤만 먹어본 사람이라면 밤송이의 가치를 첫눈에 알아볼까요?"

"이리 옮겨오느라 벌써 십 분을 써버렸소. 지금 소크라테스 놀이라도 하자는 거요?"

곤다로프가 투덜댔다.

"사람들은 보송보송 가시투성이 뭉텅이 안에 오도독 씹히는 과육이 웅크리고 있을 줄 짐작이나 할까요?" 이번에는 곤다로프 쪽을 돌아보며 모헨이 대꾸했다.

"아까 그 친구가 우리에게 내놓은 게 햇밤이라 이거요, 터번은 눈을 속이는 가시투성이 껍질이고?"

"밤이 그냥 밤이 아니거든요. 그쵸?"

모헨이 차관 옆에 앉은 보뉴보뉴에게 동의를 구했다.

보뉴보뉴는 순간 몸이 얼어붙는가 싶더니 차관을 돌아보았다. 그가 고개를 끄덕이자 보뉴보뉴는 평론가들을 향해 말문을 열었다.

"료리뇨리 프와니프완 아지모하지오(한 마디로 남자의 정기입니다)."

모헨을 제외한 평론가들이 눈만 멀뚱거렸다. 곤혹스럽다는 듯 미간을 가운데 손가락으로 가볍게 문지르던 차관이 부관 쪽을 슬쩍 바라보았다.

"그게 그러니까……."

적당한 말을 찾기가 어려운지 부관이 연신 더듬거렸다.

"보뉴보뉴들에게 머리붕대는 우리로 치면…… 팬티 같은 겁니다."

모헨을 제외한 세 평론가 모두 입을 쩍 벌렸다. 아리수는 이어지는 설명을 듣고 있자니 어안이 벙벙했다. 보뉴보뉴는 생식기가 남자든 여자든 정수리에 달려 있다. 그것도 두 개씩이나. 남자 것은 아까 보았듯이 (그리고 먹었듯이) 뿔 모양이고 여자 것은 움푹 팬 구멍 같이 생겼다나. 이곳의 아담과 이브도 선악과를 먹은 후유증 탓인지는 모르겠으나 문명화된 보뉴보뉴들 역시 몸의 치부를 가리지 않으면 사회의 지탄을 받는단다. 그러고 보니 아리수가 만난 보류보뉴들 가운데에는 하의를 입지 않은 이들이 더러 있었다. 외계인이라 문화가 다른 게 당연하지 하고 대수롭지 않게 넘겼는데 우리로 치면 그냥 웃통 벗은 셈이었네. 갑자기 그는 웃을 상황이 아님에도 불구하고 배꼽이 대굴대굴 구르며 빠져나갈 것 같아 남몰래 장딴지를 꼬집어 뜯었다. 그럼 아기를 낳거나 사랑을 나누려면 남녀가 서로 헤딩을 해야 하나?

회장과 곤다로프 그리고 아리수 모두 테이블 상판에 돌출되어 있는 버튼을 눌렀다. 그러자 버튼 옆의 금속패널에서 유리잔이 올라왔다. 잔 바닥에 맹물이 차오르기 시작했는데, 셋 다 잔이 다 찰 때까지 기다리지 못하고 벌컥벌컥 비웠다. 패널에서 잔이 떨어지는 순간부터 물이 더 이상 공급되지 않았기 때문에 곤다로프는 두 번 세 번 잔을 패널 위에 내려놓았다 재차 마셨다.

"대체 우리를 뭘로 보고……."

숨을 돌린 곤다로프가 마침내 탁자를 내리치며 분노를 표출했다.

"일단 좀 전까지의 촬영 분량을 전량 회수해서 폐기해주시오. 이 광대짓거리를 그대로 은하 곳곳에 전했다가는……."

부들부들 떨던 잔을 내려놓으며 그는 과녁을 동종업계의 배교자로 바꿨다.

"아까 그 노출증 환자의 거시기가 어떻게 햇밤이라는 거요, 밝히는 아가씨?"

곤다로프가 흥분한 나머지 얼결에 선을 넘어버렸다. 행성 글리제 518g의 주민들은 평생 독신을 고수하는 경향이 있다. 아무리 나이가 많아도 미혼은 전혀 부끄러운 일이 아니다. 아이는 성인남녀의 유전자를 재배합해서 적정한 수만큼 태어나게 한다. 그러나 방금 곤다로프의 발언에는 누가 봐도 빈정거림이 묻어 있었다. 모헨의 나이도 족히 아흔은 넘었기 때문이다. 곤달과 세렝게이에게 촉한 따위야 가볍게 지나는 길에 후임 회장을 위해 약간의 표나 얻게 미리 손써두면 그만인 곳이었겠지. 아리수는 불쾌했던 기분이 반쯤 가셨다. 늘 여유와 교양을 겸비한 척하던 곤다로프가 이처럼 신경을 곤두세우다니. 회장 선거전이 클라이맥스에 다다를 즈음 프와니프완을 씹는 곤다로프의 사진이 언론에 대서특필된다고 상상해보라.

"그게 하나만 알고 둘은 모른다는 거예요, 선배."

모헨 또한 말투가 전투적으로 바뀌었다. 그녀가 차관을 바라보았다. 지원사격 요청이었다.

"보기보다 그리 간단한 문제가 아닙니다, 곤다로프 멘델키에프3-3 귀하. 그래서 이러한 자리까지 마련한 겁니다."

차관이 달래는 투로 말했다.

"욜타다는…… 그러니까 아까 그 요리사 말입니다. 우리로서는 그게 최대한 그의 이름에 가깝게 낸 발음인데요. 욜타다는 이 친구와 마찬가지로 자미가니 동맹 소속입니다."

그는 옆의 보뉴보뉴를 가리켰다.

"자미가니?"

회장이 반문했다.

"이 행성에 내전이 종식된 듯 보이지만 실은 겉보기에 그럴 뿐입니다. 갈등과 불안은 여전하지요. 언제 어디서 대대적인 소요가 다시 일어날지 모릅니다. 자미가니는 그들과 우리의 평화로운 공존에 뜻을 같이하는 보뉴보뉴들의 모임입니다."

세렝게이가 아무래도 좋다는 듯이 한손을 번쩍 들어 말을 끊고는 질문 내용을 바꿨다.

"차관께서도 전에 프와니프완을 드셔보셨소?"

"없습니다."

"그럼 당신도 먹어보지 않은 그…… 뭐시기 한 것을 우리 모헨양에게 덥석 먹였다 이 말이오? 은하 최고의 메뉴로 만들겠다는 명분을 앞세워 우리를 들러리로 내세운 까닭이 뭡니까? 우리를 웃음거리로 만들었다가는 두고두고 재미없을 거라는 점은 내 분명히 해두지요."

차관이 자리에서 일어나더니 90도로 고개를 숙인 채로 말했다.

"끝까지 들으시면 오해가 풀릴 겁니다. 설명을 마무리하게 해주십시오, 세렝게이 세렝게티3-1 귀하."

평론가들은 들을 준비가 되었다는 의사표시로 의자에서 자세를 바로잡았다.

"제가 프와니프완을 먹지 않은 것이 아니라 저는 먹을 자격이 없기 때문입니다."

"자격이라……."

곤다로프가 똑같은 말을 되뇌었다.

"프와니프완은 아무에게나 권하는 요리가 아닙니다. 이제 아셨다시피 보뉴보뉴 남성의 생식기를 잘라내야 하니까요. 같은 자리에 다시 새로운 게 돋아나 원래 크기가 되려면 축한 시간으로…… 아니 지구 표준시간으로 말씀드리겠습니다. 1년쯤 걸립니다. 아무리 보뉴보뉴라 한들 남성인 이상 그게 어떤 의미인지는 잘 아시겠지요?"

아무도 말을 보태지 않았다. 세렝게이가 계속하라고 손짓했다.

"사실 욜타다는 전문요리사가 아닙니다. 요리하길 즐기는 정치가랄까요. 인간 친구들도 많기에 우리의 입맛과 식성을 훤하게 꿰뚫을 정도로 촉한문화에 대해 나름 전문가입니다. 이쯤에서 이미 간파하셨겠지만, 그에게는 자신의 요리가 은하백과사전의 최고의 메뉴 목록에 등재되는 것이 주목적이 아닙니다. 그보다 더 중요한 것은 메시지를 전하는 것이었습니다."

"촉한 사람들에게 말입니까?" 아리수가 물었다.

차관이 빙긋 웃었다. "오늘 행사는 보뉴보뉴들에게도 실시간 방송 중이었습니다."

차관이 눈짓하자 부관이 테이블 바로 아래 붙어 있는 콘트롤박스를 조작했다. 즉시 테이블 중앙에 원형 화면이 떠올랐다. 아리수가 찬찬히 살펴보니 원이 아니라 천천히 회전하는 구를 2차원 평면에 투사한 디지털 데이터였다. 회전하는 구의 위도와 경도를 따라 각양각색의 아이콘과 수치가 점멸했다.

"이 행성에 살고 있는 촉한인과 보뉴보뉴들의 지역별 분포입니다. 색깔이 붉게 달아오른 곳일수록 서로 충돌할 조짐이 크다는 뜻입니다. 여기 보십시오. 가장 보뉴보뉴 과격분자들이 많이 모여 있는 곳입니다. 이게 무엇을 의미하겠습니까?"

"보뉴보뉴도 인류와의 투쟁에 저마다 생각이 다르다?" 아리수가 대답했다.

"빙고! 우리 쪽도 별반 다르지 않은 상황입니다. 촉한 사람이나 보뉴보뉴들이나 상대방에 대한 대응수위를 놓고 사분오열되어 있거든요. 그나마 우리 장관님이 보뉴보뉴 쪽과 신뢰할 수 있는 대화창구를 지탱해오지 못했다면 대통령 각하도 전쟁을 종결짓지 못했을 겁니다. 그러던 어느 날입니다. 자미가니 측과 회담을 마친 후 장관님과 욜타다가 장관 관저 내 정원을 산책하며 긴 사담을 나누었습니다. 세상이 어찌 굴러가든 둘의 신뢰는 조금씩 쌓여가고 있었죠. 계속 서로 물어뜯고 싸우다가는 공멸할지 모른다는 위기의식을 둘 다 공유하고 있었으니까요.

이런저런 신변잡기를 나누던 중 장관님이 인간세계에서 '은하 최고의 요리'가 갖는 의미를 무심코 꺼냈던 모양입니다. 그러자 대뜸 욜타다가 오늘과 같은 이벤트 아이디어를 내놓았습니다. 당시 우리는 보뉴보뉴의 문화를 잘 몰라 프와니프완에 담긴 의미를 이해하는데 시간이 좀 걸렸지요. 인간의 입장에서는 오늘의 요리가 아주 모욕적으로 비춰질지 모르겠습니다. 보뉴보뉴의 정신세계를 모른다면 말입니다. 반대로 보뉴보뉴 쪽에서도 욜타다의 오늘과 같은 퍼포먼스는 상당히 자존심 상하는 짓으로 오해받을 수 있습니다. 얼핏 인간에게 고개 숙여 뼛속까지 종이 되겠다는 의미로 해석될 수 있으니까요."

"아까 실신한 보뉴보뉴는 그럼……." 곤다로프가 물었다.

"니그모그" 이렇게 말하며 보뉴보뉴가 양손을 터번 아래 부분에 대고 수평으로 흔들었다. 아, 그렇구나. 통역기가 일러주기 전에 행위언어만으로도 아리수는 알아들었다. 혼절해서 실려나간 이는 보뉴보뉴 여성이었을 게다.

"그럼 아까 보뉴보뉴들이 기이한 음계의 노래를 부른 건…… 그런 오해를 막기 위해?" 아리수의 입에서 혼잣말처럼 흘러나왔다.

"맞습니다. 보뉴보뉴 남성이 자신의 생식기를 절단해서 요리로 만들어 바치는 행위는 그 자체만으로는 의미가 모호합니다. 아까 그 노래가 받쳐

주느냐 아니냐에 따라 해석은 정반대로 갈리거든요." 차관이 그의 말을 받아 덧붙였다. "이곳 토착사회에서 남근을 잘라 요리해서 상대에게 바치는 행위는 예상하셨겠지만 단순한 요리 차원에서만 볼 게 아닙니다. 이는 자신의 영혼을 넘겨주겠다는 상징적인 의사표시이니까요. 이 행위 자체는 요리의 제공자가 그것을 받은 사람의 영원한 종으로 복무하겠다는 뜻을 공공연히 천명하는 것입니다. 전투나 승부에서 패한 자가 목숨을 꼭 구걸하고 싶다면 내놓을 수 있는 마지막 패랄까요. 이 경우 승자는 십중팔구 받아들여야 합니다. 그렇지 않으면 쫀쫀한 사내라는 평판에서 자유로울 수 없죠. 그러나 아까와 같은 노래가 곁들여지면 의미가 사뭇 달라집니다. 똑같은 행위라도 그것은 영적인 동반자가 되자는 제안으로 바뀌어버리니까요. 우리로 치면 일종의 도원결의桃園結義를 연상시킨다고나 할까. 보뉴보뉴 사회에서는 남성들 사이에서만 이러한 습속이 있다합니다."

"아까 그 장송곡 같은 게 무슨 노래인데 그렇단 말씀이오?" 여전히 인상을 펴지 않은 채 곤다로프가 물었다.

"비브미므 피르뵈르." 동석한 보뉴보뉴인이 대답했다. 내 영혼을 바치네. 통역기가 부연했다.

"이 노래는 촉한 사람들도 아는 모양이던데." 아리수가 지나가는 투로 말했다.

"그렇습니다. 이 노래 역시 어떤 맥락에 쓰이느냐에 따라 의미가 달라집니다. 방금 얘기한 용도 외에도 전사한 보뉴보뉴 병사들의 넋을 달래는 위무가慰撫歌로 불리는가 하면, 포로가 되어 처형당할 때 끝까지 불러대던 노래이기도 하니까요. 촉한인들에게는 이 노래가 보뉴보뉴들의 대對 촉한 항전가로 인식되어 왔습니다. 사실 이 노래 자체는 우리가 이곳에 정착하기 훨씬 전부터 보뉴보뉴들 사이에 전승되어 내려왔다지만 말입니다."

"그럼 아까 왜 그들을 밖으로 몰아냈소?" 오랜만에 세렝게이가 물었다.

"몰아낸 게 아닙니다. 오히려 그들을 보호하기 위해 격리조치 한 것입니다. 보셨다시피 행사에 참석한 촉한인들 가운데 일부가 지나치게 흥분하는 바람에……."

평론가들은 이제 이해했다. 보뉴보뉴들과 촉한인 모두 생각이 십인십색이었다. 특히 시장市長을 따르는 파벌은 행사에 초청받기는 했지만 정확한 취지를 공지 받지 못했거나 아니면 적어도 동의하지 못하는 입장이었으리라. 시장은 차기 대통령 후보 물망에 오르는 자였기에 이는 결코 좌시할 문제가 아니었다.

"시장을 따르는 자들은 오늘의 퍼포먼스가 오히려 보뉴보뉴들을 자극하지 않을까 우려하고 있습니다. 자치자결권을 달라는 그들의 투쟁의욕에 오히려 기름을 붓는 격 아니냐고 아까 장관님을 심하게 몰아붙이더군요."

"대체 욜타다와 당신 상사가 원하는 게 뭐요? 어떻게 함께 배가 맞은 거요?" 아리수가 물었다.

"공짜 점심은 없지 않겠습니까. 이 행성의 모든 보뉴보뉴들이 지켜보는 가운데 그들의 우두머리 중 하나가 자신의 프와니프완을 만들어 바쳤습니다. 영혼을 바치는 송가와 함께. 당연히 저희 장관님은 이에 상응하는 선물을 하셔야 합니다. 이것은 엄연히 공적인 거래니까요. 개인이 목숨을 구걸하기 위해 이 의식을 해도 사양하기 어려운 법인데 욜타다는 모든 보뉴보뉴를 대표해서 먼저 선뜻 자신의 자긍심을 내려놓았습니다. 영혼을 받는 쪽에서는 절대 배신해서는 안 됩니다. 영원히. 성공하면 보뉴보뉴와 촉한인이 형제가 되는 물꼬가 트일 겁니다."

"결국 우리 넷은 들러리였군." 세렝게이가 씁쓸한 표정으로 말했다. "내 오늘 일은 잊지 않으리다."

"너무 고깝게만 받아들이지 않으셨으면 합니다. 이제 이해하셨겠지만 오늘의 시식품평회는 결코 엽기적인 요리를 도발적으로 홍보하기 위한 졸속행사가 아니었습니다. 지구 시간으로 1년 이상을 준비해왔으니까요."

세렝게이가 모헨을 돌아보고 냉소적으로 입을 열었다. "자네는 회장인 내게 일언반구 없이 사태가 이 지경에 이르도록 방치했네. 자네에 대한 처분은 다음번 정례회의에서 다루기로 하지."

이게 기회일까? 아리수는 생각했다. 은하급 요리평론가들이 정치적 중립을 지켜야 한다는 협회 규약은 빛 좋은 개살구에 불과하다. 아니 은하급 평론가가 되는 일부터가 지극히 정치적인데 어찌 그 다음부터 속세를 떠난 시늉을 할 수 있겠나? 이번 거사가 뜻한 바대로 된다면 모헨의 이해득실은 어떻게 될까? 설사 7인 회의에서 공박을 받는다 해도 모헨의 종신직 자리가 흔들리지는 않을 것이다. 대신 촉한에서 자신을 지지하는 행성급 평론가들을 다수 확보하겠지. 성간급과 행성급 평론가들은 7인 회의에서 발의되는 주요 안건들에 대한 통과 여부에 영향을 미치는 대의원 역할을 한다. 이런, 예서 가장 재미 본 사람은 곤달 녀석이 아니라 모헨 양인가? 아리수는 손가락 끝으로 자기 이마를 톡톡 쳤다.

심사결과를 듣기 위해 품평회장에 다시 사람들이 삼삼오오 모여들었다. 퇴장 당한 줄 알았던 보뉴보뉴들도 거의 다 원래 테이블에 돌아온 듯했다. 아리수가 살펴보았지만 실신한 여성 보뉴보뉴도 앉아있는 지는 불분명했다. 아직 그로서는 보뉴보뉴의 암수 구분이 어려웠다. 터번에 차이가 있을까 싶어 열심히 눈대중 해봤으나 이렇다 할 패턴을 짚어내지 못했다. 청중의 웅성거림이 잦아들 즈음 사회자가 입을 열었다.

"품평회를 재개하기 방금 전 주최 측과 상의하여 평론가 분들이 비공개로 디저트를 드셨습니다. 원활한 진행을 위해서인 만큼 신사숙녀 여러분의 이해를 구합니다. 그럼 바로 심사총평 듣겠습니다."

사회자가 질질 끌지 않고 바로 바톤을 넘겼다. 아리수의 입가 한쪽 끝이 살짝 올라갔다. 디저트 시식은 비공개로 하자며 동료들을 설득하던 곤다로프의 상기된 얼굴이 떠오른 까닭이다. 사실 다음에는 또 어떤 해괴망측한 컨셉의 요리가 나올지 누가 알겠는가! 욜타다가 요리사의 탈을 쓴 정치가임이 드러난 이상 또 다시 요리의 취지와는 동떨어진 짓을 꾸미고도 남지 않겠는가. 공공연한 회장후보로 물망에 오르는 곤다로프가 보뉴보뉴의 은밀한 부위를 질겅질겅 씹는 모습이 언론에 대문짝만하게 나온다면 어떨까 하고 생각하니 아리수로서는 십년 묵은 체증이 내려가는 기분이었다.

"존경하는 촉한 주민 여러분." 세렝게이가 넷을 대표하여 말문을 열었다.

"정회停會 전에 말씀드렸듯, 저희 넷은 오로지 오늘 요리가 은하백과사전에 등재될만한 자격이 충분한지 그 맛을 놓고만 평가하려 합니다. 어떤 정치적 계산이나 배려도 심사에 영향을 주어서는 안……."

최종 심사 발표 전 노상 늘어놓는 회장의 빤한 면피성 발언이 잠시 이어졌다. 요리평론가협회는 임의단체로 공직 신분은 아니지만 사회에서의 역할이 커짐에 따라 몸조심할 필요가 있지. 달달 외울 지경이 된 세렝게이의 대사에 지루해진 아리수는 잠시 딴 생각에 빠졌다. 이제 요식행위만 남았네. 모헨이야 루비콘 강을 건넜다 치고 세렝게이와 곤달은 어떤 주사위를 던질까? 촉한의 표를 얻고야 싶겠지만 은하 차원의 평판이 더 중요하지 않겠어? 곤다로프가 청중을 훑으며 카메라 기자들의 수를 세는 모습이 그의 시야에 들어왔다. 쯧쯧, 저렇게 입술을 우물거리면 속내가 다 드러나 보일 텐데.

은하 최고의 추천메뉴 선정과정에 정치적 입김이 불지 않았던 예가 드물지만 그렇다고 이번처럼 노골적인 경우도 흔치 않았다. 카메라 기자들은 아까보다 확실히 줄었다. 품평회는 카메라 기자들 없이 재개하자고 곤다로프가 강력히 요청했고 세렝게이 역시 동의했다. 외딴 행성의 정치적 내분 때문에 자신들의 평판을 수렁에 밀어 넣을 이유가 없었으니까. 아리수가 혀를 끌끌 찼다. 사실 따지고 보면 내 속내도 다르지 않아. 다만 곤다로프가 참지 못하고 나설 게 뻔하니 뒷짐 지고 있었을 뿐. 그렇지 않아도 요즘 이미지 관리에 여념이 없는 녀석이니 말이야.

하는 수 없이 주최 측은 객관적인 기록을 남기기 위해 최소한의 인원만 허용하겠으며 언론사들에게 보도관제까지는 어렵더라도 단신短信 처리를 유도하겠다고 달랬다.

"메인디시를 평가하기에 앞서 디저트부터 따져볼까요? 한분씩 패를 보여주시지요." 세렝게이의 마지막 말이 넋을 놓고 있던 아리수의 귀에 걸렸다.

다시 네 장의 황금카드가 테이블에 놓였다. 디저트는 이 행성의 차가운 남쪽 바다에서 잡히는 새우 비슷한 해산물을 얇게 저며 새콤한 장에 절인 것으로 무난한 선택이었다. 과일 맛이 나는 새우라니! 이제 초미의 관심사는 당락을 결정할 메인디시 평가에 모아졌다.

"중간집계를 알려드립니다." 사회자가 끼어들었다. "이미 황금카드 여덟 장을 욜타다 씨가 확보했습니다만, 메인디시 평가의 가중치는 전채요리나 디저트의 2배입니다. 아직 8장의 카드가 더 남았다는 뜻입니다. 심사위원 1인당 카드가 두 장씩 돌아갑니다. 다이아몬드 카드는 2점, 황금카드는 1점 그리고 블랙카드는 0점입니다. 현재까지는 순항이로군요. 기대해주십시오, 촉한 주민 여러분. 총점 16점, 그러니까 오늘의 하이라이트인 메인디시에서 8점만 받으면 은하 최고의 추천메뉴에 등재되게 됩니다."

촉한인은 물론이고 보뉴보뉴들도 상체가 앞으로 쏠리며 바짝 긴장하는 모습이 역력했다. 방금 전까지 황산의 가장 높은 봉우리를 보여주던 비행선의 유리벽이 불투명 대형 스크린으로 변환되며 오감 카메라들이 잡은 영상을 실시간으로 보여주었다. 유리벽 스크린은 심사위원석과 VIP석을 비추더니 지금은 요리사의 상반신 영상을 클로즈업 했다. 욜타다의 정수리는 여전히 피가 밴 수건에 덮여 있었다. 뿔을 아니, 거시기를 잘라내고 나면 터번을 두르기 어려워서일까, 아니면 내가 알지 못하는 사회문화적 습속이 있는 걸까? 아리수는 사회자가 분위기를 띄우는 사이 이 대담한 외계인 정치가의 얼굴에서 뭔가 눈치 챌 수 있는 인간적인 특징이 없는지 눈여겨보았다. 이윽고 사회자가 눈인사로 세렝게이에게 이후 진행을 부탁했다. 회장이 진행요원으로부터 마이크를 넘겨받았다.

심사위원석 한가운데 앉은 회장 세렝게이 세렝게티3-1이 좌우를 둘러보며 입을 열었다. "메인디시 차례입니다. 자, 그럼 한분씩 카드를 보여주실까요?"

모헨 양의 평가는 보나마나였다. 황금카드 2장. 장내 청중 가운데 한두 명에게서 새나오는 성급한 안도의 숨소리. 회장이 곤다로프를 쳐다보았다. 그는 살짝 한숨을 쉬었다. 내키지 않는다는 듯 곤다로프가 품에서 카드 두 장을 꺼내 테이블 위에 가볍게 던졌다. 두 장 모두 테이블에 이미 자리 잡은 모헨의 황금카드들 위에 뒤집혀 떨어졌다. 사회자의 목에서 꼴깍 소리가 났다. 회장이 뒷면이 나온 카드들을 천천히 뒤집었다.

"우~~!" 안타까운 탄성이 곳곳에서 터져 나왔다. 천장에 달린 카메라가 벽 스크린에 클로즈업 된 블랙카드 두 장을 비추었다. 총점 10점. 아직 6점이나 모자랐다.

촉한인 청중보다 보뉴보뉴들 쪽에서 불만이 더 많은지 자기들끼리 뭐라 떠들어대기 시작했다. 회장의 눈짓에 사회자는 낙심천만한 표정을 감추지 못하면서도 곧바로 조용히 해달라며 어수선한 장내 분위기를 달랬다. 내 그럴 줄 알았다는 듯이 팔짱 끼고 심드렁한 기색을 감추지 않는 시장 뒤로 차관이 장관의 귀에 대고 뭐라 열심히 속삭였다. 세렝게이가 이번에는 아리수 차례라는 손짓을 해보였다.

아리수는 앞으로 흘러내린 머리카락을 뒤로 넘기면서 품에서 카드 두 장을 꺼내 쥐었다. 손아귀에 감아쥐고 있으니 카메라는 물론이고 몇 발짝 뒤의 테이블에 앉아 지켜보는 청중에게도 패가 보이지 않았다. 그는 손가락을 하나씩 서서히 폈다. 카드가 어깨 높이에서 팔랑이며 다른 네 장 위에 내려앉았다.

함성이 터져 나왔다. 촉한인은 물론이고 보뉴보뉴들까지 흥분했다. 두 장의 다이아몬드 카드. 극단적으로 엇갈리는 평가에 일부 촉한인과 보뉴보뉴들이 서로 끌어안고 등을 두드리는 모습이 언뜻 보였다. 저런 제스처 역시 보뉴보뉴가 인간에게 배운 것일까. 아니면 지적 동물이면 자연발생적으로 드러내는 의사표현일까. 뜬금없는 궁금증에 정신 팔 상황이 아님에도 불구하고 아리수는 두 지적 종족 간의 행위 언어적 교감이 별도 학습 없이 어디까지 가능한지 호기심이 일었다.

"네, 기적이 일어났습니다. 블랙카드를 상쇄할 수 있는 유일한 대안인 다이아몬드 카드가 무려 두 장이나 나왔습니다. 이제 다시 상황은 한치 앞을 알 수 없게 되었습니다!" 총점 14점. 언제 꿀 먹은 벙어리였냐는 듯이 사회자가 앵무새처럼 좋알거리기 시작했다.

세렝게이가 아리수를 째려보았다. 아리수는 못 본 척 의자 등에 푹 기대고는 멀뚱거렸다. 이제 노인네, 당신이 결판내라고. 죽이 되던 밥이 되던. 십자가는 회장 당신이 지고 가는 거야. 그의 속을 아는지 모르는지 회장은 양손을 어깨 높이로 들어 좌중에게 진정해달라는 의사표시를 했다. 시간이

다소 걸렸지만 차츰 흥분이 잦아들었다. 세렝게이가 입을 열었다.

"제 평가만 남았군요. 본의 아니게 제가 캐스팅보트를 쥔 모양새가 되어 마음이 무겁습니다. 해서 정반대되는 극단적인 평가를 내놓은 곤다로프 심사위원과 위아리수 심사위원에게 그 연유를 여러분과 함께 먼저 듣고 싶습니다. 자, 그럼~" 말을 마침과 동시에 세렝게이가 곤다로프와 시선을 맞추었다. 오호라, 물귀신 작전인가? 아리수의 귓불이 짜릿한 흥분으로 달아올랐다. 보수적인 성향으로 보나 곤다로프와의 친분으로 보나 세렝게이가 아리수를 지지할 확률은 낮았다. 아리수는 재빨리 머리를 굴렸다. 그렇다면 내 논리에 문제가 있음을 지적해서 나를 물 먹이려는 수작인가?

곤다로프가 목젖을 가릉거리며 몸을 앞으로 당겨 앉았다. 최대한 사려 깊고 곤혹스러운 낯빛을 지으며 그가 입을 열었다.

"블랙카드를 둘씩이나 빼든 까닭은 무엇보다 오늘의 요리를…… 에, 요리라 보기 어렵다고 판단해섭니다. 맛을 떠나 요리사가 자신의 에, 그곳을 잘라 조리했다는 사실만으로도……." 그는 다소 과장스러울 만큼 욕지기 나는 시늉을 한 다음 다시 말을 이었다. "요리라기보다 엽기 퍼포먼스랄까요. 게다가 오늘의 이 행사에 심사위원들은 헤아리기 어려운 정치적 복선까지 깔려있는 낌새고요. 따라서 오늘 요리는 맛으로 평가할 대상이 아니라고 감히 말씀드립니다. 사실 촉한에는 바깥 세상에 자랑할만한 별미들이 무궁무진하지 않습니까. 적도 바다에서만 잡히는 뿔고래의 등지느러미 요리에서부터 파탄파타 열매 튀김, 보로리루 훈제구이, 냐오냐니 매운탕 그리고 북빙양北氷洋 심해에서 채취한 니스뉘슨뇨수로 담근 젓갈무침 등 얼마나 많습니까. 가까운 시일 내에 촉한의 맛난 요리를 제대로 된 자리에서 다시 만나게 되길 고대해봅니다. 초청해주셔서 감사합니다."

싸한 분위기. 의례적인 박수가 몇 군데서 나왔을 뿐이었다. 아리수의 차례였다. 그가 눈짓하자 아까 차관을 수행하던 비서가 문방사우文房四友를 가져와 심사위원석 탁자 위에 놓았다. 요리평론가라 해서 누구나 서예에 능하지는 않다. 하지만 은하급 인사라면 대중의 흠모를 살만한 풍류를 익혀두어 나쁠 것 없다는 것이 그의 평소 철학이었다. 비서가 물을 약간 부어주자 아리수는 말없이 벼루에 먹을 갈았다. 난데없는 해프닝으로 비춰졌는지 장내가 다소 뒤숭숭했다. 화공약품을 뒤집어쓴 화선지가 아니라 진짜 한지로군. 손에 전해오는 촉감과 종이냄새에 반가움을 느끼며 그는 일필휘지로 몇 자 썼다. 그리고는 좌중이 볼 수 있게 앞으로 번쩍 들어올렸다.

不知誰

不知所

唯知味

"제 좌우명입니다. 맛을 보는 그 순간만큼은 제가 누구 앞에 있는지 어디에 와 있는지 잊어버립니다. 오로지 맛 자체에만 몰입할 따름. 미안하지만 어떤 연유로 촉한 분들이 이 자리를 마련하셨든 또 보뉴보뉴 분들은 어떤 동기로 여기에 참석하셨든 제 알 바 아닙니다."

아리수는 장차관과 시장 그리고 보뉴보뉴 지도급 인사들과 일일이 눈을 맞췄다.

"아마 이런 요리는 여기 계신 분들도 좀체 맛볼 기회가 없을 겁니다. 다행히 제 미각돌기에 삽입된 나노 센서들의 전송데이터를 받아볼 수 있으니 제가 얼마나 이 맛에 푹 빠졌는지 간접 체험해보실 수 있습니다. 프와니프완의 해면세포질이 원래 얼마나 탄력 있는지는 모르겠으나……." 그는 말하면서 보뉴보뉴 청중들의 반응을 살폈으나 부끄럽거나 난처해하는 낯빛을 분간하기 어려웠다. "……푸들푸들해지기 쉬운 부위를 쫄깃쫄깃하게 데쳐냈고 쌉쌀하면서도 뒷맛이 새콤한 양념처리는 단연 요리사의 공이라

하겠습니다."

아리수는 조리대 뒤에 서서 평가를 기다리는 욜타다에게 고개를 돌렸다.

"또 한 가지, 프와니프완에는 어떤 레시피로도 흉내 낼 수 없는 독특한 맛이 가미되어 있습니다. 보뉴보뉴 문화에 대해 아는 바는 별로 없습니다만, 오늘의 메인 디시는 단지 입으로만 즐기는 음식이 아니라 영혼으로 맛보는 음식이 촉한에도 있음을 보여주었다는 점에서 참으로 감동적입니다.

한편으로는 곤다로프 심사위원의 소회所懷 역시 충분히 이해됩니다. 보기에 따라 식인 풍습을 떠올리는 분도 있을지 모르겠습니다. 하지만 저 같은 지구 출신에게는 오늘의 메인디시가 무조건 혐오스럽고 낯설지만은 않아 보입니다. 당장 여러분도 잘 알고 계실 춘추시대 진晉나라 문공文公의 일화가 떠오르는군요. 아무리 왕족이라지만 오랜 망명생활 끝에 그가 굶어죽기 직전까지 몰리자 개자추介子推라는 수하가 자기 허벅지 살을 베어 먹인 일이 있습니다. 어디 중국뿐이랍니까. 제가 사는 한반도에 내려오는 전설에도 부모 병을 고치려고 또는 기근이 들어 부모에게 드릴 게 없어 자신의 살을 베어 고깃국 끓여 드렸다는 일화가 전해 내려옵니다.

자고로 음식이란 입에 착 감기는 맛도 중요하지만 그에 못지않게 요리해 올리는 사람의 정성이 함께 어우러져야 최고의 진미를 내는 법입니다. 욜타다 씨의 요리목적이 고도의 정치성을 띠고 있는지의 여부는 솔직히 제 관심사가 아닙니다. 하지만 저분은 입으로 느낄 수 없는 맛까지 튼실하게 담아냈습니다. 이를 위해 출혈을 감수하면서까지 자신의 남성의 상징까지 희생하셨고요. 지금까지 최고의 메뉴에 도전한 요리사들 가운데 정성어린 마음을 담아낸 분들이 많았지만 이토록 제 마음을 흔들어 놓은 분은 없었기에 저는 오늘 기꺼이 다이아몬드 두 장을 쾌척합니다."

아리수는 살짝 후회되었다. 생각보다 이야기가 늘어져버렸네. 좀 더 간결하고 강단 있게 말할 걸. 어쨌거나 적어도 지구 출신 평론가는 촉한인들의 정치적 이벤트에 일종의 명분을 주었다고 기꺼워하지 않을까? 보뉴보뉴들이 모여 앉은 테이블에서 우레와 같은 박수 소리가 나왔다. 장관과 차관도 뒤따라 박수쳤다. 청중의 박수소리가 점점 커졌다. 시장은 못마땅한 듯 촉한 관료들과 보뉴보뉴들 사이를 번갈아 쳐다보았다. 박수치는 보뉴보뉴라니…… 악수하는 보뉴보뉴를 봐도 이제 놀라지 않겠군. 그들이 인간들을 이해하는 만큼 그 역도 성립할까? 장관이 과연 욜타다의 선물에 뒤지지 않는 답례를 할 수 있을까? 아리수는 나름 주판을 굴렸다.

"네, 이제 캐스팅보트는 세렝게이 세렝게티3-1 은하요리평론가 협회장께서 쥐고 계신 셈이네요. 회장님!" 사회자가 홈그라운드의 이점을 살려 압박을 가해왔다.

세렝게이는 뜻하지 않게 가열되는 장내 분위기에 떠내려가지 않으려 물수건으로 이마를 닦으며 시간을 벌었다. 복잡한 잇속이 머릿속에서 광속으로 계산되고 있을 터였다. 회장, 당신이 누구 편을 들던 이곳에 온 소기의 목적을 거두기는 어려울 거야. 아리수는 느긋한 속내를 숨기며 겸손한 표정을 잃지 않았다. 곤다로프는 촉한보다는 은하 전체에서의 자신에 대한 평판을 고려했다. 반면 아리수는 목적을 위해 수단을 정당화하는 중국인들의 심리를 얼토당토않은 고사古事를 끌어들여 합리화해주었다. 곤다로프는 자신 외에 회장에 당선될 유력후보가 없다고 속단한 나머지 부자몸조심을 하고 있다. 좀 손해 보더라도 전체 이익을 돌보겠다는 심산이다. 하지만 아리수는 언제 이빨을 드러낼까 고민 중이었다. 일단 촉한부터 손에 넣어 볼까나!

마침내 품에서 카드 두 장을 꺼내는 세렝게이의 손이 미세하게 떨렸다. 은하요리평론가 협회 고유문양이 새겨진 뒷면으로 테이블 위에 놓은 다음 먼저 한 장을 뒤집었다. 곧바로 안타깝다는 탄성이 일제히 여기저기서 터져 나왔다. 벽 스크린 중앙에 블랙카드가 선명하게 보였다. 최고의 메뉴에 등재되는 것이 꼭 목적은 아니었다고 했지만 장관과 차관의 얼굴에 실망감이 역력했다. 시장은 내 그럴 줄 알았지 하는 표정으로 팔짱을 끼고 있었다. 욜타다의 퍼포먼스가 행성 전역에 중계되는 것만으로도 정치적 실익이 적지 않겠지만 은하요리평론가 협회 명의의 최고의 메뉴 선정은 촉한 바깥세계에서의 인정이라는 면에서 결코 무시할 수 없는 시너지 효과를 지녔다. 특히 보뉴보뉴들보다는 사분오열되어 있는 촉한인에게 더 파급력이 있을 것이다.

갑자기 세렝게이가 욜타다에게 가까이 오라고 손짓했다. 조리대를 돌아 나와 욜타다가 심사위원석의 세렝게이 바로 뒤로 왔다. 세렝게이가 장신의 요리사를 올려다보며 카드 뒷면을 톡톡 쳤다. 보뉴보뉴는 직감적으로 그 행위언어를 알아차렸다. 욜타다가 밝혀지지 않은 마지막 한 장을 건네받아 좌중을 향해 펴보였다. 처음에는 침묵이 흘렀다. 욜타다는 자신이 보지 않고 바로 카드를 집어 들었기 때문에 조용한 반응에 낙심한 채 팔을 내리려 했다. 그때 터져 나온 함성 또 함성. 그리고 서류인지 집기인지 모를 온갖 것들이 하늘로 날아올랐다. 하지만 보뉴보뉴들이 자신의 터번을 집어던지는 일은 없었다. 혹시나 하는 아리수의 호기심은 그냥 그대로 잦아들었다. 사회자가 흥분해서 소리 질렀다.

"저도 잠시 계산하느라 헷갈렸습니다. 아까까지 누적집계 14점에 세렝게이 심사위원께서 블랙카드와 다이아몬드 카드를 내놓으셨으니 각각 0점과 2점. 도합 그러니까 16점. 총점 16점으로 최고의 메뉴 선정자격 점수를 획득하였습니다!"

세렝게이가 한손에는 블랙카드를 또 다른 한손에는 다이아몬드 카드를

든 채 말했다.

"평론가 업을 해온지 백여 년이 되어갑니다만 저 역시 이렇게 극단적인 평가를 동시에 내놓은 적이 없습니다. 곤다로프 심사위원의 지적은 일리가 있고 아리수 심사위원의 주장 역시 공감할만한 구석이 있습니다. 따라서 총점을 합산한 결과, 오늘부로 프와니프완을 메인디시로 한 세트메뉴가 은하요리백과사전 최고의 메뉴 항목에 오를 자격을 얻었음을 선언하는 바입니다."

세렝게이의 표정은 썩 밝지 않았고 아연해하는 곤다로프를 난감한 낯빛으로 힐끗 보았다. 잠시나마 아리수는 세렝게이가 마음 한편에는 여전히 회장 연임을 염두에 두는 게 아닌가 하는 의심이 들었다. 곤달 녀석과 세렝게이의 맞장구는 여기까지일까? 암튼 쥐새끼처럼 잘도 빠져나가는군. 세렝게이는 나름의 회색전술로 축한 사람들과 곤다로프 양쪽의 인심을 잃지 않으려 했다. 하지만 양다리 걸치기 만큼 위험한 전술도 없잖은가.

모헨이 아리수와 팔짱을 끼며 속삭였다. "약속대로 장관님이 시간을 내주실 거예요."

2

모든 길은 아문亞門으로 통한다. 수십, 수백 광년 떨어진 곳이라 해도 거의 순간에 도착하니 말이다. 하이퍼스페이스 시공간장 원리상 그래야 마땅하다. 하지만 이론과 현실은 늘 거리가 있는 법. 이러한 논리는 직행항로가 개설되어 있을 경우에나 해당된다. 대개는 몇 군데 환승아문을 연이어 갈아타야 한다. 철도로 치면 간선에서 지선으로 갈아타는 식이라고나 할까.

특히 위아리수3-7의 이번 목적지처럼 아문이 최근에야 개설된 진짜 촌구석에 가자면 서너 번의 환승아문 통과는 기본이다. 문제는 아문 통과 시간은 촌각에 지나지 않는다지만 세관 통관 절차는 아무리 은하급 유명인사라 해도 적지 않은 시간이 걸린다는 점이다. 더욱이 아문이 어느 행성 혹은 어느 성역이냐에 따라 해당 세관의 통관기준과 절차가 제각각이라 짜증을 가중시킨다.

'보렝 쇼다이!'

또 뒤통수 맞는 거 아냐? 아리수가 편집장 이름을 속으로 되뇌며 패스포트 카드로 이마를 툭툭 쳤다. VIP 통관 심사대 앞이라지만 알키바 환승아문은 워낙 요인들이 많이 지나는 곳이라 줄이 제법 길었다. 이번에도 『은하의 미각』을 주무르는 늙은 여우가 바람을 넣지만 않았다면 누가 그딴 오지에 간다 했겠어? 그 능구렁이가 곤달 녀석을 팔아 내 알량한 경쟁심에 불을 붙이지만 않았어도 예서 마냥 다리 꼬고 빈둥대지는 않을 텐데.

식민행성 나마Nama에 아문이 개설된 지는 지구 표준력으로 불과 반년 밖에 되지 않았다. 알데라민은 지름이 태양의 2배반이나 되는 밝은 준거성이다. 나마는 이 별의 안쪽 두 번째 궤도를 돈다. 이 오지에 인류가 정착한지 무려 350여년 만에 은하고속도로가 뚫렸다니 주민들에게 실로 경사가 아닐 수 없으리라. 이따금 오가는 준광속 우주선으로나마 간신히 외부소식을 접하던 이 산동네가 보란 듯이 정규 교통권에 편입되었으니 말이다.

보렝이 위아리수에게 일러준 바에 따르면, 나마의 첫 정착민들은 외부세계와의 소통을 그다지 바라지 않았단다. 그들은 단순한 식민개척자들이 아니라 이단에 대한 탄압을 피해 망명한 일종의 청교도들이었으니까. 말이 그렇다는 얘기지 진짜 기독교 일파라는 뜻은 아니다. 실제로는 시크교와 조로아스터교 그리고 몽골의 전통 샤먼신앙이 뒤섞인 미두라 교도教徒로,

당시에만 해도 일부 성역星域에서 주가 올리던 신흥종파였다. 이 소수종파가 원한 것은 우주탐험이 아니었다. 자신들의 종교를 마음 놓고 믿으면서 생업인 농업과 수상양식을 영위할 수 있는 드넓은 장소를 찾았을 뿐이다. 우주선은 죄다 임대한 것들뿐이라 도착 후 한대도 나마에 남아있지 않았다는 후일담이 이를 뒷받침 한다.

그마저도 다 옛일이다. 몇백 년이 넘게 흐르자 후손들은 바깥세상과의 교류를 간절히 원했다. 어쩌다 방문한 우주선에서 흘리는 문화상품은 권문세도가들이 저마다 컬렉션에 넣으려 탐내는 아이템이 되었다. 이번 직항로 개설을 위해 나마 행성의 정부들이 분담한 비용은 가히 천문학적 수준이라 들었다. 아문이 열린 뒤 나마 사람들은 인류문명 중심부로부터 그 동안 소외되었던 지식과 문화의 격차를 단걸음에 좁히지 못해 안달이었으니 반드시 분에 넘치는 낭비를 했다고 탓할 일만은 아니었다.

아리수에게 중요한 것은 난데없이 곤다로프가 나마의 초청을 받았다는 사실이다. 과학기술만 놓고 보면, 나마 행성 사회는 은하문명의 중심과 오랜 세월 차단되었던 터라 상대적으로 로 테크low tech 문명이었다. 그럼에도 불구하고 역사적으로 봐도 고립 생활 자체가 스스로 자초한 선택이었듯이, 주민들의 자긍심은 하늘을 찔렀다. 이들은 적어도 문화 수준에서만큼은 은하문명의 심장부로부터 진가를 인정받고 싶은 욕구를 참지 못했다. 한마디로 나마 행성 역시 유구한 역사를 지닌 다른 문명권에 결코 뒤지지 않는 문화인들의 고향임을 온 우주에 알리고 싶어 했다. 특히 아문 개통을 기념해 G100Galaxy 100 정상회의를 나마 행성에서 주최하려 개최지 유치경쟁에 나섰다가 일찌감치 탈락한 사건은 이러한 갈망에 불을 지폈다. 탈락의 주된 사유가 아직 문명 주도국가로서의 격을 갖추지 못하였다는 평가 탓이라는 소문이 행성 전역에 나돌았다. 이래저래 뒤진 문물을 허겁지겁 뒤쫓던 중

나마인들은 이제는 미식문화가 문화인으로 평가받는 시대의 척도임을 간파했다. 자연히 거액의 사례를 치러서라도 은하급 요리평론가를 초청하려는 로비가 뜨거웠다.

덕분에 보렝 쇼다이가 떡밥을 쏠쏠하게 챙겼겠지. 은하급 평론가를 둘이나 팔아 넘겼으니. 위아리수가 쓴 웃음을 지었다. 먼저 곤달을 꼬드긴 다음 곤달에 대한 내 시기심을 부추겨 같은 수렁에 끌어들인 게야. 곤다로프가 선뜻 수락한 이유는 뻔했다. 나마 행성은 은하요리평론가협회 입장에서는 엘도라도나 마찬가지였다. 이곳에서만 협회 소속 행성급 평론가 정회원을 최소한 100명은 새로 꾸릴 수 있다는 뜻이니까. 만일 인선 작업을 곤다로프가 주도하게 되면 차기회장 선거에서 100표는 그냥 따고 들어간다는 의미다. 아리수가 보렝의 마수를 단칼에 물리치지 못한 이유가 바로 여기에 있었다.

"평론가님, 저기 좀 보십시오."

촉한에서 이번 행선지까지 함께 따라온 몇몇 기자들 가운데 한 명이 그의 팔을 잡아끌었다.

출입국 심사대에서 줄 서 기다리느라 지루해하는 여행객들을 위해 홀 중앙에 홀로그램 TV가 비치되어 있었는데, 마침 국제뉴스 시간이었다. 입체영상 중앙에 촉한 행성의 유일한 국가수반인 촉한 대통령이 연설하고 있었다. 아리수가 대통령을 직접 만나본 일은 없지만 입체자막이 연설자의 몸을 휘감으며 알려주었다. 하지만 정작 그의 눈길은 그 뒤에 서있는 낯익은 인물에게 쏠렸다.

"피로 얼룩진 불행한 과거의 상처에도 불구하고 보뉴보뉴 종족이 어제 만천하에 공언한 평화적 공생의지에 화답하고자 촉한정부는 심우주 항행 우주선 도광지야都廣之野호를 선물하기로 하였습니다. 우리 고향 전설에 따르면 도광의 들은 난鸞새가 노래 부르고 봉황鳳凰이 춤추는 천지의 중심을 말합니다. 이제 보뉴보뉴들은 더 이상 정글의 종족이 아니라 우주 어느 문명과도 직접 대면할 수 있는 천지의 중심에 서게 되었습니다. 보뉴보뉴가 촉한인을 형제로 대하는 이상 우리는 보뉴보뉴의 자긍심에 상처 입히는 일이 결코 없을 것입니다."

대통령의 연설이 끝나자 뒤에 서있던 대외협력부 행성장관이 무언가를 건넸다. 팔 한쪽만한 길이의 금속 명판인데, 테두리가 우주선 모양이었다. 이어 욜타다가 화면 안으로 들어와 우주선 명판을 받아 들고 짤막하게 감사의 말을 전한 다음 대통령과 서로 얼싸안았다.

양쪽 다 실익을 얻었으니 윈윈 게임인가. 촉한인은 평화를 얻었고 보뉴보뉴는 촉한인을 거치지 않고 바깥세상과 독자 외교를 꾀할 수 있게 되었으니. 아리수가 아랫입술을 안으로 잡아당기며 생각에 잠겼다. 그렇다고 해피엔딩을 속단하기엔 이르지 않아? 고작 우주선 한대로 뭐 그리 대단한 외교성과를 내겠어. 우주개발 원천기술이 없는 보뉴보뉴들은 필연적으로 기술종속 될 수밖에 없을 테고 유지보수만 해도 당분간은 인간들의 도움을 받아야겠지. 더구나 앞으로 우주선을 더 보유하고 싶으면 그 때에는 보뉴보뉴 측에서 비싸게 값을 치러야 할 공산이 크잖아. 어쨌거나 양측의 실익을 비교해봤을 때 궁극에 가서 누가 더 이익인지는 아리수의 관심사가 아니었다. 본의 아니게 이번 일에 엮였지만 위기를 기회로 잘 활용한 덕에 촉한에서 표를 모아줄 든든한 후원세력을 얻었다는 사실이 그에게는 더 중요했다.

환영만찬은 나마 행성을 떠받치는 여섯 나라의 의회 의원들이 주동이 되어 만들어진 자리였다. 넓은 홀을 부채꼴로 에워싼 전면 창 밖에는 기기묘묘한 물고기들이 노닐었다. 아까 딱히 세어보지는 않았지만 엘리베이터로 지하 십여 층은 내려왔었지, 아마? 족히 수심 오십 미터는 되어 보이는 바다 속으로 파고든 알데라민의 강렬한 햇살이 아리수의 볼까지 타고 흘렀다. 물 속의 오로라를 올려다보는 느낌도 괜찮은걸. 하지만 예까지 와서 곤달 녀석과 나란히 앉아야 하다니. 그날 이후 둘은 사적인 대화를 한 마디도 섞지 않았다. 다행히 두 평론가가 친한 척 가식어린 미소로 손 흔드는 시간은 행성의회연합 의장을 대리하여 하디스 의회의 집권당 원내총무가 환영사를 읽는 동안이면 충분했다. 두 사람은 차례로 답사答辭한 다음 바로 청중 사이로 흩어져 세몰이에 들어갔다. 의원들 중에는 얼치기 요리평론가라도 겸하는 편이 선거구민 관리에 도움 된다고 여기는 이들이 적잖아서 아리수와 곤다로프는 연이어 청해오는 악수를 소화하기 바빴다. 만찬이 열리는 해저 전망 홀은 이 행성에서 힘깨나 쓴다는 나라 중 하나인 하디스의 수도 동쪽 끄트머리에 자리하고 있었다. 저녁식사는 뷔페로 준비되고 있었다. 아리수가 듣자니 이곳 사람들은 원래 뷔페식에 익숙하지 않단다. 다만 뷔페는 아문 개통 이후 들어온 최신 유행 식문화의 하나일 뿐. 식사가 준비되는 사이 사람들은 술잔을 하나씩 손에 쥐고 저녁노을이 일렁이는 전망 창가로 삼삼오오 모여들었다.

공식적인 초청 명분은 은하요리평론가 협회에서 매년 펴내는 은하별미 연감에다 나마 행성의 산해진미를 소개하는 지면을 얻기 위한 비정기 품평회였다. 허나 막상 희색이 만면한 얼굴로 들이대는 의원들과 끝도 없이 악수하고 있자니 그들의 구리구리한 속내가 빤히 들여다보였다. 아리수는 오늘 이 자리 역시 곤다로프와 세를 겨룰 또 하나의 치열한 각축장임을 절감했다. 의원들은 타고난 미각은 고사하고 요리를 품평하기 위한 기초지식조차 쌓지 않은 주제에 단편적인 요리상식을 들먹이며 저마다 요리평론가 감투를 쓰고 싶어 했다. 곤다로프와 아리수는 그들이 필요했고 그들 역시 두 사람의 후광이 필요했다. 남은 것은 의원들이 둘 중 누구 뒤에 줄서느냐 하는 선택뿐이었다.

의원들마다 너나 할 것 없이 권하는 이곳 대표주代表酒는 정말 시답지 않았다. 오랜 격리생활의 여파일까? 와인과 위스키를 멋대로 섞어 발효시킨 듯한 이곳 향토주에 대한 자화자찬을 무한정 듣고 있자니 아리수의 머리 속에 어느새 딴 생각이 밀고 들어왔다. 이 동네에는 보렝의 입김이 어느 정도 미칠까? 편집장이 나한테 이번 초청 건을 다리 놔준 것은 곤다로프보다는 나를 밀어주겠다는 뜻인가?

하디스 의회 집권당 원내 총무가 어색한 발음의 표준공용어로 아리수를 불렀다. 마음에도 없는 덕담을 늘어놓느라 피곤하던 차라 그는 자신을 에워싼 무리에게 양해를 구하고 총무에게 걸어갔다. 이름이 아마르 바투타 알 네오야즈드라 했던가. 듣자니 야즈드는 짜라투스투라 그러니까 그리스말로 조로아스터를 믿는 신자들이 지금도 살고 있는 이란 중부지방의 어느 도시 이름이라던데. 네오야즈드라. 아리수는 조로아스터의 신도시와 술잔을 부딪쳤다.

"우리나라에서 둘째가라면 서러울 요리의 장인, 이브라힘 말리크 알 하빌라를 소개하지요."

배가 약간 나온 데다 땅딸한 원내총무 옆에 선 키가 훤칠하고 눈매가 예리한 사내가 목례를 했다. 전형적인 요리사 차림의 사내에게 아리수도 눈인사로 답례했다.

"만나 뵙게 되어 영광입니다. 평론가님." 요리사의 목소리는 정치가보다는 훨씬 맑고 하이 키였다.

"뷔페라니 하이라이트가 과연 어떤 요리일지 기대 되는군요."

뻔하디뻔한 외교적 인사치레가 끝나기 무섭게 아마르가 또 한 사람을 무리에 끌어들였다. 곤다로프는 나와 눈이 마주치자 살짝 눈을 깜빡이며 잔을 들었다. 아리수 또한 희미한 미소로 답하며 잔에 담긴 술을 마저 비웠다.

"아, 준비가 다 된 모양입니다. 가실까요?"

아마르와 이브라힘이 앞장서자 두 평론가는 서로 두어 발자국 거리를 두고 뒤따랐다.

귀한 손님을 모셔 놓고 뷔페라니. 아리수는 내심 혀를 찼다. 허나 바깥세상에서 온 손님을 최대한 환대한답시고 바깥에서 들여온 최신 식문화로 응대한다니 뭐라 탓할 수도 없었다. 홀의 사람들은 허기를 잊은 듯 모두 두 사람 주위를 몇 겹으로 에워쌌다. 흔히 겪는 상황이라 아리수와 곤다로프는 개의치 않고 기다란 뷔페 테이블의 시작지점에서 접시를 집어 들었다.

전면부가 부채꼴로 휘어진 홀에 맞게 같은 모양으로 배열된 테이블에는 형형색색의 요리들이 서로 자기부터 맛보라고 손짓하고 있었다. 그러나 음식 가짓수는 수십 종이 넘건만 큰 틀에서 보면 모두 둘 중 하나였다. 즉 조리건 튀기건 무치건 삶건 간에 상관없이 재료가 죄다 어패류 아니면 곡물과 야채였다. 간간이 낯선 향신료의 강한 맛에 그리 내키지 않는 것도 있었지만 전반적으로 맛은 괜찮았다. 단지 땅에서 나는 단백질이 하나도 없으니 두 외부인은 왠지 치아가 허전한 느낌이었다.

"오늘 컨셉에 육지 고기는 빠져있는 겁니까?" 곤다로프가 전망 창 바깥을 가리키며 오늘 만찬의 수석 요리사에게 물었다.

"아닙니다."

"우리는 원산지 고기를 맛보고 싶습니다." 아리수가 덧붙였다.

"당연히 그러시겠지요. 아문 개통 후 수입육이 매일 들어오고 있지만, 두 귀빈에게 그런 대접을 해서야 저희의 면이 어디 서겠습니까."

일리 있는 말씀. 두 평론가는 묵묵히 고개를 끄덕이며 이 생선에서 저 생선으로 젓가락을 움직였다. 사실 이곳에 온 공식적인 명분에는 눈앞의 요리사를 포함해서 이 동네 요리사들의 실력을 평가하고 등급화 하는 일이 포함되어 있지 않던가. 현지 요리사들의 실력이 형편없이 매겨진다면 이 동네에 100명이나 되는 평론가들을 임명하려던 애초의 계획 자체가 뿌리째 흔들리게 된다. 이는 두 평론가는 물론이고 나마 행성의 정치가들도 절대 바라는 바가 아니리라.

"라인싼은 아직인가?"

원내총무 아마르가 속삭이자 수석요리사 이브라힘이 싱긋 웃으며 대답했다. "그건 오늘의 하이라이트니까요."

홀 안의 사람들이 저마다 좋아하는 음식을 접시에 덜려는데 돌연 바닥이 살짝 기우뚱했다. 해저지진? 당황한 아리수의 눈이 곤다로프와 마주쳤다. 곤다로프는 접시를 내려놓고 두리번거렸다. 순식간에 병풍을 갈아 치듯 바깥 풍경이 슬그머니 변하는 느낌이랄까. 홀이 회전하고 있나. 아니 앞으로 가는 건가. 전망 창 앞의 물고기들이 황급히 뒤와 양옆으로 물러났다.

하디스 의회 원내총무가 음식이 든 입으로 우물거렸다.

"안심하십시오. 만찬이 끝날 때쯤이면 카디자 항구에 닿을 겁니다." 두 이방인을 제외하고는 하나같이 느긋하게 접시를 들고 다니며 음식을 집어 먹었다, 바닥의 미세한 요동을 탭댄스 리듬처럼 흥겹게 타면서. 아리수는 문득 궁금해졌다. 이 친구들은 원래 움직이는 길바닥에서 밥 먹는 걸 좋아하나? 아니면 일부러 자기네 식문화의 첨단유행을 우리에게 보여준답시고 저리 무리하는 걸까?

"내일부터 한 달 간 가마단이 시작되거든요. 왠지 미리 많이 먹어둬야 할 것 같은 기분은 어쩔 수 없나봅니다. 그런다고 위에 쌓아둘 수 있는 것도 아닌데요, 하하하." 아리수의 마음을 읽었는지 아마르가 넉살 좋게 웃으며 덧붙였다. 가마단? 라마단 같은 건가? 아리수는 이 변두리 행성에 대한 짧은 지식이 탄로 나지 않게 건성으로 따라 웃었다.

조명이 꺼졌다. 잠시나마 창밖의 오로라가 더 밝게 피어오르는 듯했다. 곧 홀의 천정 중앙이 빛을 발하며 서서히 내려왔다. 서너 평 넓이의 원반형 판이다. 그 위에는 작은 식탁이 고정되어 있고 어느새 수석요리사가 그 곁에 진중한 자세로 서 있었다. 원반이 홀 바닥에 닿자 요리사가 이동식 식탁을 앞으로 밀고 나왔다. 천정 조명 몇 개가 움직이는 식탁을 비추었다. 작은 식탁 위에는 반짝이는 금속재질의 돔 모양 뚜껑이 가운데 놓여 있었다.

"라인싼?" 곤다로프의 입에서 절로 나온 말이었다.

두 평론가가 서 있는 데서 몇 발짝 떨어져 멈춰선 이브라힘이 두 손을 모아 금속 돔 쪽을 가리켰다.

아리수와 곤다로프는 불필요한 분위기 연출에 말려드는 타입이 아니라는 듯 눈을 내리깔고 천천히 다가갔다. 곤다로프가 뚜껑을 손수 들어올렸다. 곧바로 향긋하고 구수한 고기 냄새가 아리수의 코를 간질였다.

"드셔보시지요." 수석요리사의 말투에 자신감이 배어나왔다.

아쉽게도 잘게 잘라 놔 어떤 짐승의 어떤 부위인지 가늠하기 어려웠다. 코끝에 스며드는 달짝지근하면서도 약간 구운 오징어 같은 냄새가 절로 입안에 침이 고이게 만들었다. 한입 물었다. 질기지 않고 허풍선이 살도 아니다. 아리수는 혀에 흩어져 있는 나노 센서들을 최대한 활성화시켜 몇 번이고 맛을 음미하고 또 음미했다. 이미 야채와 생선으로 배를 적잖이 채웠건만 이번 요리는 격이 다르군. 부지불식간에 아리수의 입이 바빠졌다. 그라콘 행성의 풀멧돼지 넙적 다리를 육질을 부드럽게 해주는 오코노아 꽃술즙에 숙성시켰다가 센 불에 볶아낸 맛과 닮았어. 이 향신료는 뭐지. 뒷맛이

유로파의 초음파 해파리냉채 같은걸.

뭐, 이 정도면 은하백과사전에 등재될 최고의 메뉴까지는 아니어도 내년도 은하별미연감에 수록하는데 반대할 평론가들은 없을 성 싶군. 그와 눈이 마주친 곤다로프 또한 말없이 동의하는 낯빛이었다. 다행이 여기 온 명분에 먹칠은 하지 않겠네. 협회한테나 이곳에 초청해준 인사들에게나 우리가 밥값은 한 셈이니. 그럼 이제 남은 것은 곤다로프를 상대로 세몰이 하는 일뿐인가.

"라인싼?" 아리수의 확인사살에 둘을 에워싼 이들이 이구동성으로 외쳤다. "라인싼, 라인싼!" 그들의 목소리에 자긍심이 묻어났다.

"이건 어떤 동물의 어느 부위인가요?" 아리수가 물었다. 나마 행성의 별미로 꼽을 자격이 충분한 요리라면 은하급 평론가로서 제대로 알아둘 필요가 있었다. 곤다로프의 시선도 수석요리사에게 쏠렸다.

"말 그대로 라인싼 양념구이입니다. 육지에서 구할 수 있는 유일한 단백질 공급원이죠."

요리사의 말이 끝나기 무섭게 원내총무가 말을 보탰다. "아문 덕에 수입육이 들어오기 전까지는 우리에게 고기라고는 라인싼밖에 없었으니까요."

"그런 눈으로 보실 것 없습니다. 덕분에 라인싼을 맛있게 만들어 먹는 요리법이 백 가지도 넘게 개발되었으니까 말입니다." 수석요리사가 재빨리 방어에 들어갔다. 아마르의 설명이 어떤 뉘앙스로 해석될지 신경 쓰였나 보다.

오호라, 그러고 보니 세관을 나와 예 오기까지 동물이라고는 눈을 씻고 봐도 보이지 않던데. 다 곡절이 있었군. 아리수가 고개를 살짝 끄덕였다. 어쩐지 애완동물은 고사하고 참새 비슷한 새 한 마리 뵈지 않더라니. 바다 속 동물이 아직 육지로 올라오기 전에 인류가 이곳에 정착했다 이 말인가.

왜 초기 정착민들이 가축을 데려오지 않았을까? 항성 간 우주선에 가축 따위 실을 공간이야 없겠지만, 동물의 유전자은행 정도는 그리 큰 짐이 되지 않았을 텐데. 싣고는 왔지만 냉동보관이 잘못되었거나 착륙과정에서 손상되었을까? 어쨌거나 350년 전 조상들의 속 쓰린 얘기를 끄집어내기에는 적절한 타이밍이 아니로군.

곤다로프는 어느새 전망 창 가까이에서 다른 무리와 어울리고 있었다. 아리수가 잔을 들어올리는 척 곤다로프가 서 있는 방향을 가리켰다.

"아, 저 양반들요?" 대꾸하는 중년 정객의 눈초리가 묘하게 바뀌었다. "수루수의 행정부 관리들입니다. 이따 소개해드리죠."

굳이 그럴 것까지야. 수루수의 수도에도 방문 일정이 잡혀 있으니까. 수행기자들 말이 나마 행성에서 정치경제적으로 두 번째 위상을 지닌 국가라 했다. 곤달 녀석은 벌써 요리에는 흥미를 잃었군. 훗, 명색이 요리평론가 나리가. 아리수가 아랫입술을 씰룩 내밀었다.

"라인쏸이라고 했나요? 이 동물을 한번 볼 수 있을까요?" 아리수가 이브라힘에게 물었다. 표밭 가꾸기에 신경이 가지 않는 것은 아니지만 그렇다고 평론가로서의 지적 호기심을 채울 짬조차 없을라고. 누구처럼 표에 눈이 어두워 자신이 뭐하는 사람인지도 잊을 정도는 아니지. 나는 그 정도로 망가지진 않았다고! 그렇게 자위하고 나니 아리수는 한결 기분이 나아졌다.

"글쎄요. 저희는 공장에서 가공한 고기만 받을 따름이거든요. 특히 저는 제1급 공장에서 보내온 게 아니면 쓰지 않는답니다."

이게 웬 뚱딴지같은 대답? 이번에는 아마르를 향해 질문을 정정했다.

"목장에 가볼 수 없느냐는 뜻입니다만."

"아, 그게. 저…… 라인쏸은 가둬놓고 기르지 않습니다. 녀석들이 살고 있는 정글까지 가서 잡아오지요." 원내총무가 난처한 표정으로 대꾸했다.

방목한다? 그래서 육질이 쫄깃한가. 익히 알려진 음식이 아니면 요리평론가들이 종종 원료를 직접 보고 싶어 할 때가 있다. 혹여 공기 중의 원소들을 빨아들여 재구성한 합성원료로 조리했다면 바로 퇴짜다. 맛은 다음 문제다. 평론가는 요리의 참맛을 평가하기 위해 때로 수사관 역할을 마다하지 않는다.

"그럼 공장이라도 방문할 수 있겠습니까?"

잠시 침묵. 왜 당혹스러운 낯빛들이지? 원내총무와 수석요리사는 뭔가 말을 하고 싶은 건지 아니면 하지 말아야겠다고 여기는 건지 아리송한 태도였다. 바다 속 호화판 크루즈 여행은 돼도 정작 육류가공 공장 견학은 어렵다는 거야?

"위아리수3-7씨, 인사가 늦었소이다. 소형잠수정으로 뒤따라 잡느라 애 좀 먹었다오."

불쑥 한 노인이 뒤에서 끼어들었다. 아마르가 깍듯하게 고개를 숙이며 무리의 한 가운데로 맞아들였다. 몸을 꽉 죄는 정장류를 착용한 대부분의 사람들과는 달리 그는 활동하기 편해 보이는 헐렁한 상하의를 입고 있었다. 이곳 전통의상인가? 품이 넉넉한 소매 단에서 나온 주름투성이 손이 아리수의 손을 잡았다. 텔로미어 복구 클리닝을 받지 않은 건가? 아니면 아직 이곳에는 그러한 기술이 들어오지 않아서일까? 나보다 어릴지도 모르겠군. 아리수가 어리둥절할 새 없이 원내총무가 노인을 정식으로 소개했다.

"도킹하자마자 연락 주셨으면 제가 마중 나갔을 텐데. 평론가님, 나마행성의회연합 의장이신 무크타르 무사브 오르길 어른입니다."

아리수는 이 노인네에게서 밑도 끝도 없이 친근함이 느껴졌다. 아마르와 이브라힘과는 달리 한눈에 봐도 몽골리안 특징이 뚜렷한 용모여서일까. 오르길? 하긴 오르길이면 아랍계통 성씨는 아니잖아? 이 동네 파워맨이라…… 그렇다고 물어보려던 질문을 꿀꺽할 수야 있나. 악수하고 나서 아리수가 다시 원내총무에게 몸을 돌리는 찰라, 무크타르가 한손을 들며 제지했다.

"우리 사회에서는 라인싼을 원형 그대로 공개하지 않는 것이 불문율이라오. 미두라 교리에 따르면, 고기로나 쓰일 하등동물이 만물의 영장의 눈을 더럽힐 자격이 없다 이 말씀일세." 노인의 말이 떨어지기 무섭게 원내총무와 요리사뿐 아니라 주위에서 엿듣고 있던 사람들이 하나같이 눈을 똑바로 뜬 채 고개를 끄덕였다. 살짝 경직된 분위기.

"하지만 낯선 요리는 아무리 맛이 좋아도 원료가 시원하게 공개되지 않으면 은하별미연감에 자신 있게 올리기 어렵습니다."

아리수도 물러서지 않았다. 천연식품이 아닌 음식을 연감에 올렸다가 뒤탈나면 예서 고작 100명의 대의원 표 얻는 일과는 차원이 다른 후폭풍을 감당해야 한다.

환영만찬의 흥이 가라앉을까 우려한 노정객老政客이 대안을 제시했다.

"이럼 어떻겠소. 푸주한이 아닌 자가, 그것도 외부인이 도축장 안을 둘러보게 되면 우리사회 정서상 시끄러워질 소지가 있다오. 대신 사냥에 함께 따라가 보지 않겠소?"

"사냥에요?"

무크타르가 고개를 끄덕였다. "라인싼은 우리 음식문화의 근간이요. 그리 궁금하다면…… 어떻소?"

아마르가 뭔가 말을 섞으려 했지만 노인은 괜찮다는 듯 무시했다. 왠지 이브라힘의 표정마저 석연치 않아서 그윽한 미소를 머금은 노인의 인상과 대비되었다.

"영광입니다."

아리수가 시원하게 화답했다. 은하 여기저기에 사람들이 흩어져 살게 된 게 언제부터인지 역사학자가 아닌 이상 그의 관심사는 아니었다. 다만 행성마다 성역星域마다 식문화와 미식 취향이 제각각이다 못해 때로는 극단을 달린다는 사실쯤은 평론가로서 기본 상식이었다.

보이슈 똥도 눈 딱 감고 먹는 판에 뭐가 마음에 걸리겠어? 오르자 행성의 뢰지로니아 내장 젓갈을 떠올려봐. 차마 말로 형언하기 어려운 괴이한 외모에도 불구하고 오로지 맛 하나로만 가치를 가려내지 않았던가. 뢰지로니아는 길게 늘어진 풍선 같은 몸뚱이에 거품을 뿜어내는 긴 촉수가 무수히 달린, 연체동물과 환형동물을 한데 뒤섞어 놓은 듯한 심해동물이다. 위기에 몰리면 온몸을 산산조각으로 터뜨린다. 사방으로 퍼진 세포파편들이 상대방의 살 속으로 파고들어 알을 까기 때문에 섣불리 다가섰다가는 낭패를 당한다.

심지어 뢰지로니아를 상처 나지 않게 사로잡아 젓갈 담그는 법을 다룬 다큐멘터리에 해설자로까지 나섰었잖아. 어지간한 혐오식품도 일류 평론가라면 얼마든지 감내해낼 자세가 되어 있어야지. 맛의 기준이란 현실적으로 천차만별일 수밖에 없어. 각자 자신의 관점에서만 바라보기 쉽다 이거지. 그래서 나같이 온 우주를 커버할 수 있는 공정한 혀를 날름대는 미식가를 양성하기가 쉽지 않은 게야. 최근 곤달 녀석이 펄펄 뛴 일을 생각해봐. 입에 그렇게 짧은 주제에 협회 회장 자리까지 넘보다니, 나 원 참.

사냥터가 그리 먼 줄은 몰랐다. 강을 몇 개 건너고 계곡을 수도 없이 지나친 것까지는 좋았다. 수송 헬기의 엄청난 굉음과 진동이 온몸을 때려대고 내장을 뒤집어 놓는 통에 금방이라도 속을 다 게워낼 성 싶었다. 다 집어치우고 돌아가고픈 마음이 굴뚝같았다. 하지만 칼 한 번 휘두르지 못하고 칼집에 도로 꽂자니 은하급 요리평론가로서 영 면이 서지 않았다. 아리수는 토하지 않으려 이를 악다문 채 내심 있는 욕 없는 욕을 다 퍼부었다. 대체 이 놈의 동네 과학기술은 얼마나 모순 덩어리인지. 바다 속 호화유람선은 번지르르하게 만들면서 하늘은 이 따위로밖에 날지 못하다니. 동행한 기자 한명이 그의 귀에다 대고 고래고래 소리 질렀다. 꼭 군 시절 낙하훈련을 받는 기분이라나.

혹여 혼절해서 체면 구기는 일이 없게 아리수는 다른 생각에 몰두하려 애썼다. 환영만찬 날 이후에도 사나흘 내리 이런저런 모임에 끌려 다녀 진이 빠지다시피 했다. 다 그렇고 그런 자리여서 고단하기만 했다. 허나 미두라 신전에 갔다가 인상적인 장면을 보았다. 제단에 놓인 라인싼이 그의 호기심을 자극했기 때문이다. 신께 바치는 라인싼은 표백했는지 연분홍빛에 염소 모양이었다. 그런데 좀 석연치 않았다. 염소나 산양의 껍질을 발라내고 통째로 구워낸 것이 아니라 잘게 잘라진 고기들로 그러한 형태가 되게 짜 맞추었기 때문이다. 사제는 그 앞에서 서서 "타무쉬 탈라!"라고 외치며 절을 했다. 안내인에게 물으니 '신을 찬양하라'는 뜻이란다. 기독교식으로 하면 '할렐루야'란 말이겠지.

빠듯한 일정이었지만 잠깐 짬을 내 이곳 사람들의 식도락문화를 그들의 눈높이에서 둘러보고 싶었다. 하지만 곤다로프가 부지런히 악수하고 다니는 동선에서 물러서자니 영 께름칙했다. 욕심 같아서는 그보다 더 많은 인사들을 만나도 모자랄 판이었으니까. 다행히 어제 오후 잠시 시간이 나 시내의 한 대형식품마트에 들릴 기회가 있었다. 함께 온 외신기자들 역시 호기심을 감추지 않았다. 이들 역시 라인싼의 정체가 궁금한 나머지 만찬장에서 만난 현지 기자들에게 물었던 모양이었다. 별 신통한 대답을 듣지 못하기는 마찬가지였다지만. 기자들조차 속 시원히 털어놓지 못하는 식재료라니. 이쯤 되니 더욱 궁금해지지 않을 수 없었다.

마트에는 온갖 과일과 채소, 해산물 그리고 아문을 통해 수입된 포장식품들이 즐비했다. 현지 정부에서 붙여준 가이드 없이 잠시 개인일정을 잡은 터라 평소 가깝게 지낸 기자 몇 명만 동행했다. 그중에 발음은 좀 어눌해도 현지어를 좀 공부했다는 이가 있어 임시 통역으로 나섰다. 전에는 수십 년씩 냉동보관 가능한 식품만 수입되었으나 아문 개통 뒤로는 불과 이삼일 주기로 신선한 음식을 공급받는다는 자랑이 점원들의 입에서 이구동성으로 나왔다. 아리수는 수입식품 따위는 관심 밖이라 대뜸 라인싼이 어디에 진열되어 있는지부터 물었다. 통역을 맡은 기자가 점원 중 한 사람에게 그대로 전달하니 그는 선뜻 팔을 내밀어 방향을 가리켰다. 매대에 가보니 너무 많은 종류의 고기들이 적당한 크기로 투명비닐 팩에 담겨 있어 어느 것이 라인싼이고 어느 것이 수입육인지 당체 분간이 가지 않았다. 죄다 불그스름한 게 그놈이 그놈 같았다. 아리수 일행이 어찌해야 하나 망설이는 참에 나이 지긋한 아주머니 한분이 나타났다. 그녀는 비닐 팩 포장에 붙은 가격들을 유심히 비교하더니 그중 몇 개를 카트에 담았다. 죄다 특별세일 딱지가 붙은 것들이었다.

아주머니가 다음 코너로 카트를 미는데 아리수가 말을 걸었다. 이중 라인싼이 어떤 겁니까? 그렇게 물었던 것 같다. 고개를 돌아본 중년 여인은 기자의 통역을 찬찬히 듣더니 심드렁하게 대꾸했다. 기자가 통역해준 말은 대충 이랬다. 바깥손님들? 우리집은 싸구려 수입육은 안 먹어요. 역시 고기 맛은 라인싼이죠. 이런 데다 수입육을 섞어 놓으면 욕먹지. 봐요, 이건 국거리 그리고 이건 구이 그리고 이건 조림용이잖아.

그랬다. 매대의 포장육은 전부 라인싼이었다. 잘게 조각내 놓아 도통 어떻게 생겨먹은 녀석인지 감이 잡히지는 않았지만. 불현듯 만찬 날 먹었던 라인싼의 맛이 떠올라 이내 아리수의 입가에 침이 고였다.

진정한 최고의 요리는 왕후장상만 즐기는 호화정찬이 아니야. 아무리 나 같은 절대미각의 소유자가 입에 침이 마르게 칭찬한들 보통사람 누구나 적당한 값을 치르고 먹을 수 있는 음식이 아니라면 무슨 의미가 있겠어. 남녀노소 불문 하고 나마 사람 모두가 좋아하고 즐기는 식재료라면 은하별미연감에 수록될만한 자격이 있지. 몇몇 호사가들만 누리는 특선요리는 은하 곳곳의 맛집을 찾아다니는 이들에게 그저 그림의 떡일 뿐이니 연감 발간해서 약만 올리는 꼴이 아니고 뭐람.

그럼에도 불구하고 아리수로서는 이해되지 않는 점이 있었다. 아마르나 이브라힘과 달리 마트 점원과 여성 쇼핑객에게서는 아무런 경계심을 읽을 수 없었다. 원내총무와 요리사는 분명 아리수에게 속 시원히 털어놓길 부담스러워 하는 눈치였지만 마트에서 만난 이들은 뭐라 토 달 가치조차 없다는 투였다. 옷차림으로 보나 말투로 보나 그리고 무엇보다 묻는 내용으로 보나, 아리수 일행이 외부세계에서 왔음을 한 눈에 알아봤을 텐데 점원조차 라인싼 날고기를 보여주는데 개의치 않았다. 일반인들 사이에서는 전혀 거리낄 게 없어 보이는 라인싼에 대해 파워엘리트들은 왜 은연중 외부의 시선을 의식하는 인상을 풍겼을까?

누군가 어깨를 툭치는 바람에 아리수의 정신이 돌아왔다. 헬리콥터가 곧 착륙할 태세였다. 조종사 빼고 열댓 명이 구겨 앉은 비좁은 공간 한 가운데에 사냥팀의 리더가 일어나더니 천정에 달린 지지대를 붙잡았다. 아마르는 별로 위험하지는 않겠지만 그래도 저 리더 옆에 꼭 붙어 있으라는 당부를 잊지 않았다. 갈수록 라인싼들이 영악해지는 추세라나. 그렇다면 왜 라인싼을 가축으로 길들이지 않는지 물어보았지만 원내총무는 그건 불법이라고 잘라 말했다. 사냥해 잡아먹는 건 괜찮고 키워 잡아먹는 건 안 된다? 아리수로서는 앞뒤가 맞지 않아 보였다. 그 정도로 흉포한 녀석들인가?

리더는 표준공용어를 단순한 회화 정도밖에 구사하지 못했다. 그럼 충분하지 않은가. 사냥에 철학적인 대화가 요구되는 것도 아니고. 억센 억양으로 보아하니 변방 출신 같았다.

헬기는 호수를 끼고 있는 넓은 들에 내렸다. 들판 너머로는 울창한 숲이 빽빽하게 우거졌다. 헬기가 곧장 다시 날아오르는 바람에 아리수는 가슴이 철렁했다. 리더가 다가와 안심하라고 손짓하며 짧게 설명을 덧붙였다.

"이따 더 큰 게 온다."

아 참, 돌아갈 때는 우리뿐 아니라 포획한 라이싼들까지 실어야겠지. 주위를 돌아보니 옆에서 어리둥절한 태도로 눈만 껌뻑이는 기자 한 명과 아리수 자신을 제외하고는 모두 사냥준비에 분주했다. 먼저 사각형 모양의 꼭짓점 네 군데에 철제말뚝을 박기 시작했다. 한 변이 대략 성인 남자 열명이 양팔 벌리고 나란히 늘어설만한 길이였다. 그리고 네 개의 말뚝 사이와 그 위를 반투명 그물로 덮었다. 리더와 그의 수하들이 말뚝들에 달린 버튼을 차례로 누르자 서서히 그물이 사라졌다. 아리수가 바짝 다가가 들여다보니 그물은 변함없이 제자리에 있었다. 손가락을 대봤다. 미세하게 진동했다. 어떤 원리인지는 모르나 미세진동을 통해 햇빛을 산란시켜 멀리서는 그물이 투명해 보일 터였다. 이로써 하나는 확실해졌다. 라인싼이 어떤 짐승인지는 모르나 적어도 골빈 하등동물은 아니었다. 그물이 눈에 보이면 피할까봐 사냥꾼들이 신경 쓰고 있으니까.

불현듯 아리수는 이브라힘의 말이 떠올랐다. 라인싼이 현지어로 무슨 뜻이냐고 묻자 수석요리사는 그야 당연히 '인간이 아니다'라는 의미 아니겠느냐고 반문했다. 하긴 이 땅에 동물이라곤 인간 외에 라인싼뿐이라면 그렇게 명명命名될 법도 했다. 어원은 초기 정착민 다수가 쓰던 아랍어(لاإنسان)에서 비롯되었단다. 만찬장에서는 그 말이 인간에 비할 수 없이 열등하다는 뜻으로 받아들여졌으나 막상 사냥 현장에 와보니 아리수는 상대가 인간이 아닌 어떤 존재인지 적이 궁금해졌다. 아니 솔직히 약간 두려워졌다.

찬찬히 세어보니 사냥꾼 무리는 리더를 포함해 전부 열 명이었다. 마트에서도 통역을 맡았던 기자가 아까 헬기 안에서 들었다며 두 불청객 때문에 다른 사냥꾼 두 명이 오지 못했다고 아리수에게 귀띔해주었다. 원래 한 팀이 열두 명으로 운영된다는 뜻이다. 모두 장총을 휴대했는데 하나같이 한 손에 휴대용 스피커 같은 것을 들었다. 다섯 명씩 조를 나눠 사냥꾼들은 숲의 양 옆으로 흩어졌다. 아리수와 기자는 리더가 이끄는 조를 따라갔다. 함께 걷는 사이 그는 리더에게 라인싼들을 산 채로 잡는지 아니면 죽여 수송기 창고에 싣는지 물었다. 리더는 짧게 대답했다.

"살아있는 놈이 상등품!"

리더가 무전기로 숲의 경계 반대편으로 이동한 조의 조장에게 뭐라 지시를 내렸다. 그리고 곧바로 괴이한 소음이 숲을 가득 메웠다. 사냥꾼들의 입에서 나오는 이상하게 흥얼대는 소리가 스피커를 타고 숲으로 퍼져나간 것이다. 스피커 후면에 달린 게이지를 보니 음역대는 비단 가청영역에 그치지 않고 초음파 영역에까지 걸쳐 있었다. 상대는 우리보다 넓은 음역대에 민감한 모양이었다. 몇 분 지나지 않아 숲 위로 먼지구름 같은 게 날아올랐다. 쌍안경으로 보니 곤충 떼였다. 영향 받는 쪽은 단순히 라인싼만이 아니라는 얘기다. 숲의 양 옆에서 가해지는 불협화음에 견디다 못해 라인싼들이 들판 가운데로 튀어나오면 그대로 밀어붙여 정면에 있는 덫으로 몰고 갈 심산이었다.

그러나 기대와 달리 날벌레들 외에는 숲 밖으로 아무 것도 나오지 않았다. 구리 빛 얼굴의 리더 입에서 욕지거리가 튀어나왔다. 리더는 배낭에서 작은 노트 크기의 탐지장비를 꺼내들었다. 그 장비의 액정화면에 떠오르는 색상들의 변화무쌍한 파형을 보고 아리수는 이내 그것이 일종의 적외선 탐지기임을 알아차렸다. 어차피 숲 안에 있는 야생동물이라고는 라인싼뿐이므로 위치 파악은 시간문제였다. 다시 반대편 조의 조장과 통화한 리더는 숲의 특정지역을 향해 스피커 출력을 한층 높였다.

그 순간이었다. 어떤 형체 두엇이 숲 가장자리로 튀어나와 달렸다. 리더가 목청을 높여 명령했다. 사냥꾼들이 일제히 그쪽을 향해 총을 쏘았다. 소리로 보아 화약탄은 아니고 고무탄 같았다. 되도록 상품上品의 상태로 잡으려는 속셈이었다. 그러나 들판에 무성한 수풀 탓에 정확한 겨냥이 어려웠다. 그 형체들은 잠시 갈팡질팡 방향을 헤매는 듯 했지만 다시 숲으로 되돌아가기 시작했다. 걸음이 너무 빨라 형체를 분간하기는 어려웠다. 리더가 소리 질렀다. 기자가 통역해주었다. 숲으로 들어가게 하면 안 돼!

사냥꾼들이 화급히 숲을 향해 뛰어가기 시작했다. 리더가 맨 앞을 달렸다. 아리수와 기자는 곧 뒤처졌다. 헉헉대며 두 사람이 숲의 경계에 바짝 다다랐을 즈음 사냥꾼이라곤 단 한명도 눈에 띄지 않았다. 죄다 숲으로 따라 들어갔나? 아리수와 기자는 어디로 가야 할지 망설였다. 이거 보이슈 사냥의 재판再版이 되는 거 아냐? 늘 호기심에 명을 재촉한다니까! 아리수는 폭포수처럼 밀려오는 후회를 내색하지 않으려 했지만 기자가 초조한 속내를 부채질했다.

"숲으로 따라 들어갈까요? 아님 아까 그 덫 주변에서 기다리는 편이 좋을까요?"

사냥꾼들이 덫이 있는 곳으로 언제 돌아올지 누가 안담. 혹여 그 전에 라인싼들이 떼로 덤벼들기라도 하면 속수무책 아닌가. 투명 덫을 어떻게 작동시키는지도 모르는 판에. 어쩔 줄 모르고 있는데 갑자기 기자가 아리수에게 몸을 덮쳐왔다. 엉겁결에 상대를 끌어안은 아리수는 허우적대다가 기자의 후두부가 살짝 함몰되었음을 깨닫고 흠칫 놀라 뒤로 물러섰다. 기자는 그대로 고꾸라졌다. 한쪽 귀에서 피가 흘러나왔다. 아리수는 기자 옆에 한쪽 무릎을 꿇고 앉아 맥을 짚었다. 맥이 무척 약했다. 뇌출혈인가. 앞이 캄캄했다. 지금이라도 병원에 데려가면 살릴 수 있을지 모른다. 하지만 지금 어떻게 구급차를 부른단 말인가. 아리수에게는 무전기가 없었다.

그때였다. 아리수는 팔꿈치를 움켜쥐며 데굴데굴 굴렀다. 너무 아파 경황이 없는 와중에도 그는 기자가 왜 아까와 같은 꼴을 당했는지 순간적으로 알아차렸다. 세게 던진 돌에 정통으로 맞은 것이다. 본능적으로 아리수는 엄폐물을 찾아 숲 속으로 뛰어들었다. 만약 상대가 나무 위 높은 곳에서 겨냥하고 있다면 숲의 바로 바깥 들판에 서 있다가는 과녁이 되기 십상이었다. 그는 한손으로 반대편 팔꿈치를 부여잡은 채 지그재그로 달렸다. 귀를 열고 사냥꾼들의 위치를 수소문했다. 멀리서 이따금 고무탄 발사소리가 희미하게 들렸다. 아직 추가 한쪽으로 기울지 않았나보다. 그렇다면 예측불허의 위험이 눈앞에 도사리고 있다는 뜻이었다.

식은땀이 비 오듯 흘러내렸다. 아까는 워낙 놀란 까닭에 잘 느끼지 못했지만 팔꿈치가 점점 부어올랐다. 뛰어다닐수록 그 진동에 팔꿈치가 더욱 아팠다. 결국 그는 터덕터덕 걸었다. 그나마 걸을 때마다 팔이 흔들리며 아파 쉴 곳이 필요했다. 마침 밑동에 큰 구멍이 아가리를 벌리고 있는 나무 한그루가 시야에 들어왔다. 위를 올려다보니 어찌나 키가 큰지 자이언트 세콰이어처럼 그 끝이 다른 나뭇가지들에 가려 잘 보이지 않았다. 일단 저 안에 피해있어야겠군. 아리수는 구멍 안으로 비집고 들어갔다. 사냥이 끝나고 나면 나를 찾으러 오겠지. 숲 입구에 쓰러져 있는 기자를 보면 다들 혼비백산할 게야. 은하급 요리평론가가 행방불명 끝에 몹쓸 변을 당했다는 소식이 온 우주에 알려지는 날에는 나마 행성의 평판 또한 땅바닥에 패대기치는 꼴이 될 테니까. 이렇게 스스로를 위로하며 아리수는 구멍 바깥을 예의 주시했다.

갑자기 소나기가 퍼부었다. 빗방울들이 이리저리 갈라지고 벌어진 나무 속의 틈을 따라 아리수의 머리 위로 떨어졌다. 몸이 오들오들 떨려왔다. 기온이 뚝 떨어졌는지 오한이 느껴졌다. 빗소리에 바깥상황이 어찌 돌아가는지 엿들을 수 없게 되었다. 이마를 짚어봤다. 퉁퉁 부어오른 팔꿈치도 문제지만 머리에서 열까지 났다. 아리수는 구멍의 안쪽 벽에 기댄 채 끙끙 앓다 선잠이 들어버렸다.

절로 비명이 나왔다. 땅바닥에 메다 꽂히는 바람에 아픈 팔이 접질렸기 때문이다. 대체 어떤 놈이 나를 이런 식으로 끌어내는 거야? 내가 누구인지 몰라? 잠이 확 달아난 아리수는 구조팀 책임자 면상을 갈겨주겠다는 심산으로 엎드린 채 고개를 쳐들었다.

칠흑 같은 밤이었다. 어떤 이유인지 울창한 정글의 밤이건만 플래쉬는 고사하고 횃불 하나든 이가 없었다. 뭐 이런 녀석들이 있담. 성의라고는 눈곱만치도 없는 구조대의 태도에 비위가 상했지만 아리수는 일단 일어나고 보자는 마음에 상체를 일으켰다. 그러나 그 순간 무리 중 하나가 그를 올라타고 앉아 얼굴을 다짜고짜 쥐어 패기 시작했다. 어찌나 무지막지하게 덤벼드는지 아리수는 팔꿈치 통증도 잊고 양팔로 얼굴을 커버하려 했지만 흠씬 두들겨 맞았다. 뭐라 외치고 싶었지만 입술이 부어오르고 혀를 씹어 발음이 제대로 나오지 않았다.

한기寒氣가 들었다. 뭔가 이상했다. 그는 주먹질을 막으려 올라 탄 상대의 몸을 밀치다가 깨달았다. 상대는 거의 아무 것도 입고 있지 않았다. 머리카락은 산발에다 뻑뻑하고 기름투성이였다. 피부는 곳곳이 긁히고 쓸려 성한 데가 없었다. 이놈은 뭐지? 전신이 싸늘하게 식으면서 공포가 짓눌렀다. 두 팔 두 다리로 보아 유인원이나 고릴라 같은 종인가? 라인싼? 이런 녀석들이 라인싼? 사냥꾼들은 어디로 간 거지? 죄다 당했을까? 왜 구조대는 대대적인 수색을 벌이지 않는 거지? 얼마나 두려움이 극에 달했는지 아리수는 두들겨 맞는 와중에도 별별 생각이 머릿속을 넘나들었다. 이때 두 팔의 커버가 풀어진 틈으로 주먹이 정통으로 날아왔다. 아리수는 혼절했다.

귀가 간지럽다. 아니 간지러운 게 아니다. 음악이다. 기타 소리 그리고 간간이 치고 들어오는 탬버린. 아니, 그냥 기타는 아니고 류트인가. 여기까지 생각이 미쳤을 때쯤 심한 고통이 함께 돌아왔다. 몸이 성한 데가 없었다. 일어나고 싶었지만 양팔이 뒤로 묶여 있음을 깨달았다. 다른 사람들의 신음소리도 들려왔다. 억지로 고개를 돌려보니 옆에 몇 사람이 아리수와 비슷한 몰골로 누워 끙끙댔다. 사냥 팀의 일원이었다. 몸을 뒤척이기는 했지만 하나 같이 부상이 심해보였다. 그들이 누워있는 위로 둥근 하늘이 보였다. 이른 새벽인가. 사방이 절벽으로 에워싸였군. 아리수는 옆으로 몸을 굴려 주위를 살폈다.

몇 걸음 떨어진 곳에 녀석들이 있었다. 무릎 꿇고 양손을 모아 앞으로 내민 그들은 음악의 선율에 따라 조곤조곤 읊조렸다. 두 팔에 두 다리, 꼬리는 없었다. 머리 아니 얼굴은…… 우리와 같았다. 열이면 열, 몸에 거의 아무 것도 걸치지 않았다는 점이 다를 뿐.

“라인싼?”

아리수는 바로 곁에서 꿈틀대는 사냥꾼 한 사람에게 물었다. 그가 힐끗

벌거벗은 무리를 돌아보더니 침을 탁 뱉었다. 돌바닥에 고인 침에 피가 흥건했다. 아리수는 이제 놀랄 기력조차 남아있지 않았다. 악기를 연주하고 기도를 올리는 고깃덩이들이라니.

현을 튕겨내는 이국적인 가락이 점차 고조되었다. 아리수는 이제 자신의 운명이 클라이맥스에 다다랐음을 예감했다. 또 다시 사냥감에게 잡혀 먹히는 신세라니, 가위 바위 보도 삼세번인데 여기서 내 운이 다하는 걸까? 낙심한 나머지 난데없이 마른기침이 나왔다.

귀가 윙윙거릴 만치 음악이 커진 가운데 기도하던 무리에서 한 놈이 일어나 바위 위 선반에서 지렁이처럼 꼼지락대는 아리수 일행을 가리켰다. 그리고는 곡조에 휩쓸려 또렷하지는 않았지만 뭐라 외쳤다. 타무슈…… 달라……? 그래 타무쉬 탈라, 녀석들이 우리를 제물로 바칠 모양이야! 아리수는 묶인 손발을 풀려고 용 써봤지만 쓰라린 살만 비명을 질러댔다.

겉보기에도 나이가 한참 많아 보이는 녀석의 지시에 따라 기도하던 다른 라인싼들이 일어나 일행에게 다가왔다. 사냥꾼들은 다리를 오그리며 저항했지만 손발을 쓸 수가 없어 속수무책이었다. 라인싼들은 사냥꾼들을 한 명씩 들어 올려 아래로 던졌다. 누워 있으니 사냥꾼들 때문에 앞이 가려 몰랐는데 옆만 절벽인 게 아니라 아래도 절벽인 모양이었다. 이제까지 누워 있던 곳은 절벽 중간쯤에 선반처럼 튀어나온 지형이었다는 얘기다. 사냥꾼들의 비명이 멀리 메아리치며 돌림노래가 되었다. 드디어 아리수의 차례. 열개가 넘는 손들이 그를 솜털처럼 가볍게 들어올렸다. 마디마디에 딱지가 더덕더덕한 손들이 중얼거렸다. 타무슈 탈라, 타무슈 탈라, 타무슈 탈라…… 고통과 스트레스로 정신이 오락가락 하던 아리수는 견디다 못해 자기도 모르는 사이에 버럭 고함을 질렀다.

"그래, 타무쉬 탈라!"

손들이 멈췄다. 염불도 멈췄다. 그러거나 말거나 이미 반쯤 인사불성이 된 아리수는 눈물과 콧물이 범벅된 얼굴로 소리쳤다.

"타무쉬 탈라, 타무쉬 탈라, 젠장!"

연신 소리치던 그는 문득 자신이 더 이상 공중에 떠 있지 않다는 사실을 깨달았다. 어라, 벼랑으로 던져졌으면 지금쯤 뼈도 못 추렸을 텐데. 깊이가 대체 얼마나 되는 거야? 이판사판이라 짜증이 확 몰려와 몸을 뒤트는데 바닥이 느껴졌다. 벌써 끝난 거야? 근데 영혼 주제에 왜 이리 구석구석 아프냐고? 갑자기 누군가 그의 머리채를 확 쥐어 잡았다. 욕을 한 마지기 뱉어주려 고개를 치든 아리수는 다시 심장이 얼어붙었다. 주름투성이 얼굴. 악취가 심한 입 냄새. 잡아먹을 듯 내려다보는 왕방울만한 눈. 늙은 라인싼이 천천히 되뇌었다.

"타무슈 탈라?"

순간 아리수의 생존 메커니즘이 절로 작동했다.

"타무슈 탈라!"

거동 가능한 몸이 되기까지 해가 예닐곱 번은 뜬 것 같았다. 정신이 들어왔다 나갔다 해서 아리수로서는 정확히 며칠이 지났는지 가늠하기 어려웠다. 나이가 나이인지라 험하게 휘둘린 상처가 아무는데 꽤 시간이 걸렸다. 사른토야가 지성으로 돌봐주지 않았다면 곪은 상처가 덧 났을 지 모른다. 그녀는 약초로 몸 구석구석을 싸매주었고 얻어맞아 엉망이 된 입 안에다 과일을 짜서 먹여주었다. 그릇 따위는 없었지만 껍질이 딱딱한 과일은 뾰족 돌로 눈앞에서 깨주었다. 덕분에 그는 지팡이라도 짚고 걸어 다닐 수 있게 되었다. 사른토야는 산 제물을 던지라 명했던 늙은이의 딸이었다.

두 다리가 그런대로 낫자 아리수는 라인싼의 사회를 비로소 찬찬히 들여다볼 여유가 생겼다. 그에 대해 무리가 적의와 경계심이 완전히 푼 것은 아니었다. 하지만 적어도 그들이 사는 공간을 몇 발치 너머에서 지켜볼 수는 있었다. 간혹 시비 걸어오는 녀석이 없지 않았지만 토야가 적극 편들어준 덕에 큰 화는 입지 않았다. 늙은이가 이 무리 중에는 가장 연장자였고 아는 게 많아 존경을 받고 있었기에 딸 역시 웬만큼 후광을 입었다.

인간사회의 기준으로 열댓 살 쯤 되어 보이는 사른토야는 어째선지 아리수에게 무척 호의적이었다. 아빠가 감시인 역할을 맡겼겠지만 그런 느낌을 일절 주지 않았다. 고립무원 처지의 아리수로서는 천만다행이었다. 언제부터인가 그는 그녀를 친밀감의 표시로 '토야'라고 줄여 불렀다. 토야는 그를 '아리'라고 불렀다. 바깥세상에서는 할아버지와 손녀의 연배였지만 이 무리 안에서는 역할이 역전되었다. 아리를 지켜주는 이는 토야였으니까.

왜 나만 살려두었을까? 아리수는 처음에 의아했다. 말이 통하지 않으니 물을 수도 답을 들을 수도 없었다. 하지만 무리 안에서 그들을 살펴보며 나름 힌트를 얻었다. 어떤 의미에서 라인싼 무리는 제정일치사회였다. 비록 불 피울 줄 모르고 날 음식만 먹지만 인간사회의 잣대를 들이대면 얼추 그렇다는 뜻이었다. 늙은이는 지도자인 동시에 제사장 같은 존재였다. 라인싼들은 신에게 기도하고 음악을 즐기며 춤을 춘다. 어휘는 풍부하지 않아도 고유 언어가 있고 개중에는 타무슈 탈라처럼 바깥세상의 말이 발음만 살짝 변형되어 쓰이기도 한다. 타무슈 탈라. 그 말 한 마디 덕에 목숨을 부지한 거야. 아리수는 그렇게 추측했다. 야만스럽기는 해도 무리의 신심은 깊었다. 이방인이라 해도 자기네 신을 찬미하니 살려둬도 나쁘지 않겠다고 판단한 걸까?

평생 신앙 쪽에 눈길 한번 줘본 적 없는 그였다. 타무슌지 타무쉰지 고래고래 소리 지른 것은 신의 자비를 구해서가 아니었다. 악에 바친 나머지 될

대로 되라는 심정에서 귀에 들리는 대로 그냥 받아친데 불과했다. 이유야 어찌 되었든 그렇게 인과관계를 따지는 존재들을 두고 라인싼이란 터무니 없는 이름을 멋대로 갖다 붙여도 되는 것일까?

아리수는 라인싼과 나마 행성인들 간의 관계에서 마야와 아즈텍 그리고 잉카인들의 식인문화를 떠올렸다. 화려한 거대건축물과 계획도시를 지을 만큼 당대의 뛰어난 문화를 누렸음에도 불구하고 인디오들은 전쟁에서 사로잡은 타 부족 포로들에게서 직접 단백질을 섭취했다. 신께 제물을 바친다는 명분 아래 포로의 배를 가른 다음 살코기를 나눠 먹었던 것이다. 차이가 있다면 나마의 주민들은 굳이 신을 끌어들여 자신들의 식인행위에 종교적 수사를 덧댈 필요성을 느끼지 못할 뿐이다. 대신 일반인들은 라인싼의 실체를 진지하게 고민하지 못하도록 철저히 격리되었다. 미두라교의 교리 또한 하디스 의회의장의 말에서 보듯 이러한 사상통제에 기여했을 것이다. 그러고 보니 신전에서도 그러한 제의의 흔적이 조금 남아있었고.

"기르티무카Kirttimukha!"

아리수의 입에서 한 단어가 탄식에 섞여 나왔다. 무슨 논리로 합리화하든 나마인들의 식인관습은 기르티무카나 진배없었다. 기르티무카는 인도 신화에 나오는 사자머리 괴수로 시바신의 명에 따라 먹이 대신 도리어 자기 몸을 먹게 된 불운한 녀석이다. 괴물은 자신의 팔다리부터 먹기 시작하여 결국에는 머리만 남았는데, 심지어는 아랫입술까지 먹어치웠다고 한다. 대체 나마인들과 라인싼 사이에 어떤 곡절이 있길래?

돌멩이가 바람을 가르며 지나치는 바람에 반쯤 넋이 나가있던 정신이 돌아왔다. 라인싼 중 하나가 나무 가지 위에 앉아 있는 아리수를 올려다보며 뭐라 야유를 퍼부었다. 뒤편에 서있던 나머지 녀석들도 이빨을 훤히 드러내며 낄낄댔다. 이들은 열에 아홉은 치열이 고르지 못하며 둘 중 하나는 충치로 고생한다. 그는 못 본 체 했다. 어느 선을 넘지만 않으면 이리 처신하는 편이 나았다. 지금 라인싼들은 돌 던져 맞추기 놀이 중이었다. 얼핏 놀이 같지만 야만인들이 수렵채집 시간을 아껴가면서까지 똑같은 놀이를 매일 짬을 내서 한다는 것은 정상적이지 않았다. 지난번 전공戰功은 거저 얻은 우연의 결과가 아니었다. 이들의 머리인 늙은이가 하루라도 돌 던지기 훈련을 빼먹으면 추상같이 화를 냈다. 그들이 사냥꾼에게 맞설 변변한 자위수단이라곤 그것밖에 없었기 때문이다. 만일 이번 역공에서 살아남아 귀환한 사냥꾼이 단 한사람이라도 있다면 다음번 공격은 그리 호락호락하지 않으리라.

갑자기 눈앞이 캄캄해졌다. 누군가 뒤에서 두 손으로 아리수의 눈을 가린 것이다.

"토야?"

소녀가 까르륵 하고 웃었다. 이 나이면 인간사회에서는 한참 학교 다닐 새침데기여학생일 텐데 정글 속의 이 소녀는 장난기가 철철 넘친다. 토야가 아리수의 팔을 잡아끌었다.

"보으나, 보으나!"

늙은이가 부른다는 뜻이다. '보으나'는 아마 늙은이의 이름이거나 아니면 아빠, 그것도 아니면 지도자 또는 촌장이란 뜻일 터였다. 지난 며칠 간 보으나는 위아리수와 대화를 시도했다. 라인싼들은 잡혀간 친구들의 행방을 알고 싶어 했다. 타무슈 탈라 외에는 이렇다 하게 통하는 말이 없었지만 손짓발짓과 노인의 애절한 표정을 통해 대략 짐작이 갔다. 물론 말해줄 수는 없었다. 그랬다가는 당장 아리수의 사지를 뜯어낼 게 분명했으니까. 별로 시원한 대답을 듣지 못하자 보으나는 이번에는 왜 자기들을 잡아가느냐고 물었다. 역시 손짓발짓과 온갖 다양한 표정이 총동원되었다. 당연히 말해줄 수 없었다. 도토리 키 재기였으니까.

토야를 따라가니 보으나는 절벽 중턱에 평탄하게 튀어나온 선반에 서 있었다. 아리수는 절로 몸서리쳤다. 지난번 사냥꾼들을 공중에 던지던 악몽의 장소였기 때문이다. 순간 그 날의 공포가 휩쓸고 지나가며 오줌을 살짝 지렸다. 바짝 긴장한 그를 힐끗 보더니 보으나는 자신을 따라오라 손짓했다. 아리수는 선뜻 발이 떨어지지 않았다. 하지만 토야가 등을 토닥이며 격려하는 바람에 마지못해 따라 나섰다. 그녀의 눈이 말하고 있었다. 뭔가 흥미롭고 대단한 일이 기다리고 있다는 양. 다행히 이성理性이 다시 귀에 속삭였다. 무리 대부분은 숲에서 훈련을 하고 있잖아. 그래봤자 노인 한 명에 소녀 한 명인데 설마 뭔 일이 있을라고. 그제야 안심이 되니 좀 전의 비겁함이 드러났을까 봐 그의 얼굴이 발개졌다.

선반에서 절벽 위로 올라가는 샛길 대신 세 사람은 그대로 직진하여 작은 동굴에 들어섰다. 입구가 너무 좁아 아담한 체구의 두 라인싼과 달리 아리수는 꽤 애를 먹었다. 안은 방금 들어온 틈으로 비집고 스며드는 빛 외에는 달리 광원이 없어 아무 것도 보이지 않았다. 하지만 보으나와 토야는 익숙한지 앞장 서 뚜벅뚜벅 걷는 소리가 들렸다. 잠시 후 어찌할 바를 모르는 아리수의 팔뚝을 누군가 잡았다. 부드러운 감촉. 토야다.

“비호이, 비호이!” 토야가 지난 며칠 간 그에게 자주 던진 말이다. 아리수는 그 동안 그 말을 ‘걱정하지 말라’, 또는 ‘안심해라’정도로 받아들였었다.

토야의 부축을 받아가며 아리수는 맹인처럼 지팡이를 앞으로 내밀었다. 지면과 닿는 촉감으로 요철을 파악하기 위해서였다. 길은 생각보다 평탄하지 않았고 몇 발치 너머에서 세찬 물소리가 들렸다. 산의 지하수가 동굴 속 계곡으로 모여드는 것일까? 얼마나 물이 많은지는 모르겠지만 절벽 아래로 빠져나가겠지. 굴속이다 보니 아리수는 시간감각이 없어졌다. 얼마나 지났는지 알 수 없었으나 오래 걷지는 않은 듯했다. 다만 어둠에 익숙지 않아 한 걸음이 십리 같았다. 물소리가 우렁찬 모퉁이를 지날 때마다 오금이 저리면서 발을 땅에 비비듯 앞으로 내밀었다.

언제부터인지 물소리 사이로 류트인지 양금洋琴인지 모를 소리가 섞여 들렸다. 지난번과 같은 곡조잖아. 누가 이 어둠 속에서 연주를 하고 있단 거지? 아니 가만 이건 합주잖아. 그럼 대체 몇이나…… 아리수는 의혹은 마지막 모퉁이를 돌아서고야 풀렸다. 보으나가 보였다. 더 이상 칠흑 같은 어둠이 아니었다. 늙은이는 빛이 쏟아지는 입구 옆에 서서 무언가를 조작하고 있었다. 토야가 눈빛을 반짝이며 '봤죠, 봤죠?'하는 표정으로 싱글거렸다. 아리수는 한쪽 다리를 살짝 절면서 천천히 빛을 향해 나아갔다. 그는 지팡이를 잡지 않은 손으로 눈을 비볐다. 늙은이가 잠시 전혀 다른 사람처럼 보였다. 경건한 얼굴로 마치 금고를 열듯 신중하게 손가락을 놀리는 그의 모습에서 어느 누가 고깃덩이를 떠올린단 말인가?

마침내 보으나 옆으로 문짝 같은 것이 열리며 안이 들여다보였다. 아리수는 입을 쩍 벌렸다. 금속제 바닥과 벽 그리고 여기저기 붙어있는 도구와 장치들. 우주선이다. 너무 가까이서 부분만 보인 까닭에 미처 몰랐을 뿐이다. 낡기는 했어도, 이끼와 칡넝쿨 같은 것들이 칭칭 감고 있긴 해도 우주선은 우주선이었다. 위로는 울창한 정글이 우거져 있어 하늘에서 내려다보면 아마 보이지 않을 것이다. 보렝 쇼다이가 틀렸군. 나마인들이 수송선들을 죄다 반납한 건 아니었어.

보으나가 먼저 출입구로 들어갔다. 토야가 그의 등을 툭 쳤다. 아리수는 고개를 돌려 미소 지었다. 그때 발치에 있는 장비가 눈에 들어왔다. 악기의 반주는 거기서 흘러나오고 있었다. 몸체는 사람주먹 만하게 작았지만 스피커는 허리춤까지 닿을 만한 높이였다. 그렇다고 수수께끼가 다 풀린 것은 아니었다. 어떻게 350년이 넘어도 이 오디오시스템이 작동하고 있는 걸까? 그렇다면 이게 다시 뜰 수 있을까? 별안간 탈출의 희망이 대책 없이 가슴을 뒤흔들었다.

토야의 재촉에도 불구하고 아리수는 오디오 주위를 살폈다. 어딘가 동력원이 있을 터였다. 그럼 그렇지. 오디오 본체 뒤편에 손가락 마디 하나만한 축전지가 꽂혀 있었다. 축전지를 빼내자마자 음악이 멈췄고 토야는 깜짝 놀라 뒤로 물러섰다. 그가 이리저리 손가락으로 돌려보니 제품 로고가 흐릿하게 보였다.

"듀오폴라리스 사?"

처음 들어보는 이름의 회사였다. 하긴 지금까지 건재한 기업이라 해도 내가 축전지 제조사 따위를 어찌 알겠어. 아리수는 자기가 생각해도 어이가 없어 피식 웃고 말았다. 어쨌든 그 긴 세월 방전되지 않고 버텼다니 대단하군! 그러고 보니 동굴 천정이 비스듬하게 지붕처럼 삐죽 나와 있어 비와도 젖지는 않을 성 싶었다.

"아리!"

고개를 드니 보으나가 출입구 밖으로 머리를 내밀고 노려본다. 그는 바로 축전지를 제자리에 끼운 다음 플레이 버튼을 눌렀다. 음악이 다시 들리자 토야와 늙은이의 시선이 마주쳤다. 아마 이 촌장이 오랜 시간을 들여 알아낸 조작법을 단번에 터득했으니 살짝 놀랐을지 모르겠다. 하지만 아리수가 하늘에서 온 이방인이니 당연한 일 아니겠는가. 두 부녀도 그리 생각했는지 별 말 없이 어서 들어가자고 손짓했다. 들어오라고 손짓하는 시늉은 따로 학습이 필요 없는 만국공통 수화일까? 아리수는 고개를 까딱한 다음 마지막으로 우주선 안으로 들어섰다.

오디오 시스템에 정신이 팔리느라 밖에서 우주선의 길이를 어림짐작 못하고 들어왔는데, 복도를 걸어보니 꽤 큰 덩치였다. 방마다 많은 인원을 수용할 수 있는 격자구조로 되어있고 이런 방들이 동력시설을 제외한 공간에 가득한 것으로 보아 대형수송선이었던 모양이었다. 우주여행 중에는 격자 하나당 냉동인간 설비가 세팅되어 있었겠지만 지금은 텅 빈 격자들도 많았다.

아까부터 토야는 그를 따라 다니며 재잘재잘 물었다. 각 섹션마다 조금씩 다른 설비를 가리키며 무슨 기능을 하는지 그리고 이 거대구조물 자체가 뭐에 쓰는 용도인지 등등. 그는 손짓발짓으로 성의껏 답해주려 애썼다. 말은 통하지 않아도 상대방의 진심은 전해진다. 대충대충 해서 토야의 비위를 상하게 하고 싶지는 않았다.

"아리!"

보으나가 다시 부르는 소리에 아리수는 선내 관광은 그만 접고 그가 있는 곳으로 나아갔다. 꽤 큰 방이었다. 양편에 선반이 나란히 늘어서 있고 칸칸마다 메모리 스틱들이 빼곡하게 꽂혀 있었다. 스틱 하나하나에 코드명이 써어 있었지만 그것만으로는 암호나 다름없었다. 늙은이는 렌즈가 달린 직사각형 상자 옆에 앉아 있었다. 한눈에 봐도 그건 투영장치였다. 이미 보으나의 손에는 스틱 하나가 쥐어져 있었다. 토야가 착한 학생처럼 아버지의 곁에 다소곳이 앉았다.

이곳의 전원도 아직 작동하는 건가? 운 좋게 태양전지가 우주선 밖에 아직 달려 있다면 그럴 수도…… 하지만 대기권 돌입시 외부에 어줍지 않게 붙어있는 장비는 타버리고 말 텐데. 아냐, 착륙한 뒤 동력의 일부로 쓰려고 휴대용 태양전지를 바깥에 달아놓았을 수도 있잖아. 이를테면 나무 꼭대기 같은 곳에 칭칭 감아놓는 식으로 말이야. 그때에만 해도 아직 정착촌이 건설되기 전이었을 테니까. 보으나가 영사기 투입구에 스틱을 넣고 플레이 버튼을 누르는 사이 아리수의 머릿속에 이런저런 생각이 맴돌았다.

렌즈에서 나온 빛이 건너편 벽에 투영되었다. 홀로그램이 아니라 좀 낯설었지만 내용 이해에는 어려움이 없었다. 화면의 오른쪽 일부는 승무원 복장의 중년여성이 차지했고 나머지는 그녀의 말을 뒷받침하는 자료영상 같았다. 나마 행성 주민들의 언어, 그것도 350년 전 첫 이민자들의 언어를 알아들을 수 없으니 라인싼들에게나 아리수에게나 의사소통 장벽은 똑같았다. 그러나 아리수를 바깥세상 사람들 전부와 동일시하는 보으나는 그의 안색을 유심히 살폈다. 바보가 아닌 이상 이런 때는 잘 알아듣는 척해야 한다. 아리수는 영상 속의 여성이 하는 말을 알아듣는 양 고개를 끄덕이거나 '아, 그렇구나!' 하는 식의 감탄사를 섞었다. 뭔가 쓸모가 있어 보이는 편이 그래도 이 정글에서 살아남는데 도움이 되지 않겠는가.

다행히 마냥 거짓으로 알아듣는 양 연기할 필요는 없었다. 화면 하단에 표준공용어가 자막으로 간간이 떴기 때문이다. 자막은 여인의 말을 짧게 간추린 요약 같았다. 앞뒤 맥락을 따져보니 이 영상은 이 동네가 아니라 외부세계를 향해 보낸 메시지였다. 일종의 영상보고서로 길이가 꽤 되지만 골자를 요약하면 이랬다.

나마 행성에 도착한 후발대 가운데에는 목축에 쓸 가축들의 유전자 데이터와 냉동 배아들을 실은 우주선이 하나 있었다. 아마 아리수가 지금 타고 있는 선체일 것이다. 문제는 배아들의 장기보존관리에서 오류가 생기면서 시작되었다. 일부 배아들이 부패하는 통에 독성을 유발하는 병원균을 뿜어낸 것이다. 이는 가축 유전자 뱅크 전체를 폐기시키는 결과를 낳았을 뿐 아니라 마찬가지로 냉동상태로 도착해 깨어날 예정이던 이주민들에게 뜻하지 않은 질병을 일으켰다. 상당수가 깨어난 지 얼마 되지 않아 심한 고

열과 구토 끝에 사망했다. 아리수는 보렝 쇼다이의 말과 달리 이 우주선만 이곳에 남겨진 이유를 알았다. 정체불명의 전염병에 오염된 우주선을 렌트한 우주이민회사에 반납할 수는 없었겠지.

영상 속의 중년여성은 아마 이주민 대표 중 한 사람이었으리라. 끝까지 보고나니 이 영상은 구조를 요청하는 메시지가 아니었다. 우주선을 반납할 수 없는 사유를 렌트 회사에 성의껏 납득시키기 위한 증빙자료였다. 앞뒤가 맞아 떨어지는군. 아리수는 보렝으로부터 들은 정보와 아귀를 맞춰보았다. 당시 미두라 교도들이 이곳에 정착한 까닭은 여기가 인류의 문명중심권에서 멀리 벗어난 벽지였기 때문이다. 이단으로 핍박받던 그들로서는 수수께끼의 전염병이 출몰했다는 이유로 외부인을 불러들이고 싶지는 않았을 것이다. 의사와 선교사를 보낸 다음에는 군대를 보내는 게 식민주의 경영전략의 기본 아니던가. 고립주의를 선택한 이상 그들에게 남은 골칫거리는 반납할 수 없는 우주선의 배상처리였을 것이다. 미처 들고 오지 못한 바깥 세계의 재산과 상계처리 할 수 있었는지는 모르나 이 영상자료는 그 때문에 제작된 듯했다. 자신들이 임의로 우주선을 꿀꺽한 것이 아님을 현장영상을 통해 생생하게 공개하는데 목적이 있었으니까.

이민자들의 냉동캡슐들이 있어야 할 수송칸들이 마치 태풍이 지나간 양 마구 어지럽혀져 있는 반면 이 라이브러리만은 비교적 멀쩡하게 남아있는 상황이 아리수에게도 이제는 이해가 되었다. 전염병으로 사망한 환자들은 서둘러 매장하고 살아남은 이들은 재빨리 격리조치를 취해야 했을 테고 그 와중에 우주선의 나머지 시설은 일일이 챙길 여력이 없었으리라. 기본적인 응급조치만 끝낸 뒤 병균덩어리 우주선은 곧장 버려졌을 것이다.

아리수는 거의 매일 토야와 함께 우주선 라이브러리를 찾았다. 다른 라인싼들은 우주선까지 이어지는 동굴 길을 모르는 눈치였다. 무리의 지도

자와 그 측근만 대물림하는 비밀일까. 청기와 장수 짓거리란 생각이 들었지만 야만사회에서 연장자가 대접받으려면 나름의 노하우가 필요하긴 하겠지.

간혹 촌장이 함께 와 이것저것 물어볼 때도 있었지만 아리수의 설명에 만족하지 못하는 눈치가 역력했다. 그는 더 많은 것을 알고 싶어 했다. 아니 진실을 알고 싶어 했다. 이 신물神物이 무슨 용도인지, 어디서 왔는지. 그리고 아리수 같은 바깥세상 사람들은 누구이며 왜 자신들을 다짜고짜 잡아가는지. 하지만 아리수는 뭐 하나 속 시원히 설명해줄 수 없었다. 때로는 몰라서 때로는 알아도 말할 수 없어서.

토야가 아리수에게 처음부터 호의를 보인 이유도 이제 확연해졌다. 일찍이 이 자료를 접한 그녀는 넓은 바깥세상에 나가고 싶어 했다. 마치 도시로 나가지 못해 몸이 단 농촌 처녀처럼. 그녀는 아리수의 다리만 다 나으면 밖으로 데려가 달라고 애원했다. 얼마나 그러한 욕구가 강한지는 말을 배우는 속도에서도 알 수 있었다. 토야는 글자를 보여주면 그게 무슨 의미인지 어떻게 식별하는지 관심이 없었다. 하지만 영상에서 흘러나오는 소리와 아리수의 발음을 따라 간단한 문장 몇 개는 벌써 흉내 냈다. 그게 어떤 문장은 나마 행성어고 또 어떤 문장은 표준공용어임을 그녀가 알 리 없었지만. 토야는 어찌나 자료광인지 아리수가 어떤 장면을 손짓발짓하며 키워드까지 보태 설명하면 눈 깜짝할 새에 선반에서 해당 메모리 스틱을 뽑아 올 정도였다. 얼굴이 귀엽게 생겼을 뿐 아니라 이곳 야만인들과 달리 눈에 항상 총기가 빛난다는 것이 그녀의 매력이었다.

라인싼 종족과 바깥세상의 나마인들 사이에 어떤 관계가 있었는지는 영상자료에서 찾아낼 수 없었다. 하지만 깊은 관련이 있음이 분명했다. 어느새 한달 남짓 정글에 머물면서 라인싼들의 인종적 특징이 나마인들과 대동소이하다는 사실을 알게 되었다. 자연 속에 버려졌느냐 아니냐의 차이만 있을 뿐.

다리가 다 나았지만 아리수는 여전히 지팡이를 목발 삼아 짚고 다녔다. 토야의 청을 적당히 미뤄두기 위해서였다. 지팡이는 필요 없게 되었지만 이 정글에서 헬기도 없이 문명세계까지 산 넘고 물 건너 갈 엄두가 나지 않았다. 그러다 라인싼 무리에게 되잡히는 날에는 바로 황천행일 터이다. 숲이 어디까지 이어져 있는지 모르지만 늙은 촌장의 말을 토야가 띄엄띄엄 풀어준 바에 따르면 라인싼들은 숲과 마주한 호수 건너편에도 띄엄띄엄 군소부락을 이루고 있었다. 너무 멀지 않은 부족 간에는 먹이로 다투지만 않는다면 짝짓기 때 만나곤 한단다. 다시 말해 이 숲 속 어디서나 라인싼과 마주칠 확률이 높다 이 말이다. 아리수는 좀 더 때를 기다리는 편이 낫겠다고 판단했다. 대체 은하급 요리평론가가 한 달이 다 돼 가도록 행불인데 이놈의 정부는 뭐하는 거야? 곤달, 이 의리 없는 녀석. 하긴 뭐, 서로 의리 따질 개제는 아니지만.

우주선단의 상像이 두개 세 개로 겹쳐보였다. 벽이 흔들리는 건가? 아니었다. 영사기 조작 패널에 놓여있던 손가락들이 부르르 떨었다. 옆의 탁자에 머리를 기대고 모로 잠들어 있던 토야가 눈을 떴다. 이제 진동이 발끝까지 전달된다. 지진이다.

"토야!" 아리수는 아직 잠이 덜 깬 토야를 잡아 일으켰다. 돌연 선반 하나가 죔쇠가 풀렸는지 앞으로 기울어지면서 두 사람을 덮쳤다. 그는 어깨 한쪽으로 선반을 받치며 토야가 라이브러리 문밖을 빠져나가길 기다렸다. 어깨 위로 자잘한 메모리 스틱들이 쏟아지며 몇 개가 반동으로 얼굴을 때렸다. 복도를 지날 때 다시 한 번 큰 충격이 왔다. 중심을 잃은 토야를 붙잡다가 아리수 역시 바닥을 굴렀다. 지팡이가 어디로 갔지? 무의식중에 지팡이를 찾았으나 그럴 짬이 없다는 생각이 들었다. 아리수는 성큼성큼 앞장섰다. 복도가 취객처럼 비틀댔다.

외부로 나가는 우주선의 이중문을 열었다가 아리수는 화끈한 열기에 기겁하며 바로 문을 다시 닫았다. 뭔가 이상해. 토야가 등 뒤에서 눈을 껌뻑였다. 바깥은 불바다인데 지진은 아까보다 잦아들었다. 먼저 브리지로 가보자. 브리지에는 전망창이 달려 있으니까. 이렇게 생각한 아리수는 토야의 손을 잡고 달렸다.

사령실에 다다른 두 사람은 둘 다 입이 떡하니 벌어졌다. 온 하늘에서 불의 비가 내렸다. 아니 숲이 숯 검둥이가 되어가며 하늘을 향해 불을 토해낸다는 표현이 더 맞을까. 어느 쪽이든 간에 정글은 통구이가 되어가고 있었다. 아리수는 일단 토야를 자리에 앉힌 다음 자신도 흥분을 가라앉히며 창밖을 관찰했다. 하늘에서 점 같은 게 떨어질 때마다 곧장 불길이 수십 미터 높이로 솟아올랐다. 왔구나! 구조대가 왔어! 아리수는 자기도 모르는 사이 주먹을 불끈 쥐었다. 아니 그런데 이렇게 막가파로 불을 질러대면 분풀이는 될지 모르지만 나는 어떻게 구하겠다는 거지?

유심히 살펴보니 십여 대의 비행체가 숲 상공을 배회하고 있었다. 네이팜탄은 아무렇게나 투척하는 게 아니라 나름 규칙성이 있었다. 불길은 숲의 중심부에서 십자형으로 전개해나갔다. 라인싼들을 숲 밖으로 내몰겠다는 심산이다. 숲을 나가면 바로 평원이 나오고 그 옆으로 호수가 있다. 정글만 벗어나면 사로잡히거나 죽음을 당하는 것은 시간문제였다.

불안을 참다못한 토야가 그의 팔을 잡아끌며 나가자고 재촉했다. 아리수는 쫙 편 양손바닥을 앞으로 내밀며 그녀를 진정시켰다. 토야의 긴 머리칼을 이마 너머로 쓸어 넘겨주며 자신감 있는 미소를 지었다. 관계 역전. 이제 자신이 토야를 지켜줄 차례였다. 그러려면 생각을 해야 했다. 무턱대고 밖으로 나갔다가는 불구덩이에 뛰어드는 격이다. 명색이 우주선인데 웬만큼은 열에 버텨줄 것이다. 그럼 어떻게 이곳을 빠져나간다? 설사 불길은 어찌 피한다 해도 숲 속에서 다른 라인싼을 만나기라도 하면 즉석에서 공격당할지 모른다. 이리 몰리고 저리 몰려 독이 오를 대로 오른 녀석들이 내 얼굴을 알아볼 짬이 없거니와 설혹 알아본다 해도 그냥 곱게 보내줄 리 없잖은가. 이러한 비상사태에는 토야의 권위 역시 먹힌다는 보장이 없었다.

"그래, 해보자!" 아리수는 알아듣든 말든 토야에게 소리쳤다. "토야, 우리 떠나는 거야. 네가 늘 꿈꾸던 곳으로!"

토야가 힘차게 고개를 끄덕였다. 손을 번쩍 들어 저 바깥으로 크게 호號를 그리는 시늉은 누차 그녀가 그에게 던지던 갈망의 메시지였으니까.

새삼스레 아리수는 케사르의 말이 떠올랐다. 아는 만큼 보인다고 했던가. 수십 년 넘게 이 우주선을 신주단지 마냥 모셔온 늙은이와 달리 불과 며칠 만에 그는 이 안의 곳곳을 속속들이 알아냈다. 황급히 달려가는 아리수를 토야가 바짝 뒤쫓았다.

보급창고에서 공기튜브 보트를 찾는 데 오랜 시간이 걸리지 않았다. 공기가 빠진 상태라 무게는 묵직한 손가방 정도였다. 공기펌프도 있어야지. 쿵! 쿵! 천정을 통해 간간이 들리는 소음. 숯덩이가 된 나무들이 견디지 못하고 우주선 상층부 위로 넘어지는 모양이었다. 에어 록 앞이 불탄 기둥들로 막히기 전에 어서 나가야 하는데. 개똥도 약에 쓰려면 없다고 초조해지니까 찾는 펌프가 한눈에 보이지 않았다. 다행히 행운의 여신은 토야의 편이었다. 전염병 감염이 확인된 직후 버려져서인지 우주선 창고에는 이런저런 비품들이 발 디딜 틈 없이 쌓여 있었다. 빨리 찾지 못해 답답한 나머지 아리수가 허둥대다 토야와 부딪쳤고 덩치에 밀려 뒤로 넘어진 그녀 옆에서 펌프가 발견되었다. 맨 아래 놓여있었는데 그녀가 쓰러지면서 위에 쌓였던 것들을 밀쳐낸 덕이었다.

우주선 출입구 앞은 아직 장애물이 없었지만 열기는 만만치 않았다. 아리수는 구깃구깃 접혀있는 튜브 보트를 펴서 자신과 토야의 상체를 둘러쌌다. 적어도 식민지 정착용으로 준비한 거니까 웬만큼 내열성은 있겠지. 이판사판이니 만큼 편할 대로 생각한 아리수는 한 손으로는 토야를 부둥켜안고 다른 한손으로는 공기펌프를 쥔 채 불길 속으로 뛰어들었다.

잠시 후 아리수와 토야는 동굴 입구에 도착했다. 입구의 천정은 선반처럼 앞으로 튀어나와 있어 화염이 더 이상 할퀴지 못하도록 막아주었다. 아리수가 보트를 펼치고 펌프와 연결하는 사이 토야는 걱정 반 호기심 반으로 바라보았다. 콰광! 갑작스런 굉음에 둘 다 고개를 돌려 밖을 살폈다. 코앞에서 우주선이 옆으로 누웠고 군데군데 외벽이 허물어졌다. 작게는 십여 미터에서 크게는 수십 미터에 달하는 나무기둥들이 연타를 날리듯 위에서 덮친 까닭이다. 엔진에 연료가 없으니 폭발하지야 않겠지. 아냐, 태양전지로 충전해 전자 장비를 돌릴 전원은 있으니까 불길이 닿으면 합선이 되어 폭발할지도 몰라. 아리수의 눈대중으로도 우주선 출입구에서 동굴입구까지는 불과 대여섯 걸음이 되지 않았다.

그는 토야에게 펌프의 피스톤 조작법을 전수한 다음 공기보트가 빨리 펴지도록 곳곳을 펴고 잡아당겼다. 겉보기에 불에 녹은 구멍은 없었다. 빨리빨리, 어서 몸집을 키우란 말이다! 일각이 여삼추라 토야가 보트에 공기를 불어넣고 있는 사이 그는 동굴 안으로 뛰어 들어갔다. 드나들 때마다 들렸던 물소리가 여전히 우렁찼다. 제발 이 물길을 따라가면 우리가 나갈만한 틈새가 나와야 할 텐데. 그는 돌바닥 끄트머리에 엎드려 한쪽 팔을 아래로 늘어뜨렸다. 수면까지 닿지 않았다. 밑이 아무 것도 보이지 않는데 무턱대로 뛰어내릴 수는 없는 노릇이었다.

그렇지! 위아리수는 다시 밖으로 나왔다. 공기보트는 거의 다 완성되어 가는 중이었다. 두 사람이 타기에 모자람이 없는 크기였다. 그는 토야와 힘을 합쳐 보트를 동굴 입구 바로 안쪽으로 밀어놓은 다음 불속으로 다시 뛰어들었다. 영문을 모르는 토야가 비명을 질렀다. 몇 분이나 지났을까. 그녀가 안절부절 하는 사이 검댕이 얼굴의 아리수가 나타났다, 손에 활활 타오르는 굵은 나뭇가지를 쥔 채.

불을 치켜드니 동굴 안이 낯설어보였다. 소리와 촉감으로만 걷던 길을 이제 침침한 조명에 의지해 나아갔다. 불을 든 아리수가 보트 앞쪽을 잡고 앞장섰고 토야가 뒤쪽을 잡고 뒤따랐다. 물소리 나는 발치에서 아리수는 무릎을 꿇고 불을 아래로 내밀었다. 어둑어둑하긴 해도 빛을 반사해 반짝이는 수면까지 어림잡아보니 얼추 성인 한 사람 반 크기의 높이였다. 수심이 얼마나 될지 모르겠지만 저 정도면 뛰어내려도 다치지는 않겠지? 아리수는 자기 생각을 토야에게 손짓과 의성어를 써서 전달했다. 토야의 얼굴에 걱정이 가득했지만 다른 도리가 없었다. 그는 기운을 북돋아주기 위해 토야를 꼭 껴안아주었다. 패기 있는 소녀인줄 알았는데 예기치 못한 돌발 상황에서 오들오들 떨고 있었다.

험한 일은 항상 맨 나중 순위로 미루는 버릇이 몸에 밴지 오래지만 이번만은 앞장서지 않을 수 없었다. 불붙은 나뭇가지를 토야에게 건네주고 먼저 아리수가 뛰어내렸다. 풍덩! 젊은 날 수영을 억지로라도 배워놓은 게 다행이었다. 발이 바닥에 닿지 않는데다 물살이 매우 가팔랐지만 벽에 튀어나온 돌출부를 어찌어찌 부여잡았다.

"토야, 던져! 보트 던져!"

아리수의 외침에 그녀가 보트를 던졌다. 내려오면서 뒤집어지는 바람에 다시 바로잡느라 아리수는 물을 꽤 먹었다. 민물이라 그나마 다행이었다.

"토야, 네 차례야! 토야, 뭐해!"

너무 어두워 안색을 살필 수는 없었지만 토야가 낭떠러지 발치에 서서 어쩔 줄 모르는 모습이 언뜻언뜻 보였다. 기름에 먹인 횃불이 아니라 불은 벌써 거의 다 꺼져갔다. 아무 것도 보이지 않는 상태에서 뛰어내리라니 위험천만이었다.

"토야, 빨리!"

보트가 넓은 표면적 탓에 자꾸 물살에 떠밀리고 있어 바위 귀퉁이를 붙잡고 버티는 데에 한계가 있었다. 아리수의 목소리가 점점 성마르게 올라갔다. 그때였다. 콰광! 큰 폭발음과 함께 동굴이 흔들렸다. 끝내 우주선이 폭발한 것이다. 엉겁결에 토야는 진동에 떠밀려 아래로 추락했다. 이를 앙다문 듯 비명은 지르지 않았다. 아리수는 어둠 속에서 그녀와 부딪치지 않도록 절벽에 바짝 붙었다가 첨벙 소리가 난 뒤에야 소리 나는 곳으로 헤엄쳤다.

어둠 속의 시간 감각을 곧이곧대로 믿을 수는 없지만 동굴 속 지하수로는 꽤 길었다. 하류로 내려갈수록 물길이 넓어져 다행이었다. 동굴 바깥과 맞닿는 경계는 천정이 작은 집이 들어갈 만큼 높았다. 알고 보니 지하 계곡물은 빙빙 돌아 인근 호수로 연결되었다. 환한 햇살이 체온을 녹여주는 세상으로 나오자 토야는 다시 힘을 얻은 듯 깔깔대며 웃었다. 언제 겁쟁이 티를 냈다는 듯이.

한편 십대 아이와 달리 아리수의 속은 타들어갔다. 이제 어디로 간담? 호숫가에는 불길이 번지지 않았다. 하긴 그를 억류한 라인싼들이 살던 곳은 원래 호수 너머 평원을 지나쳐야 나온다. 갈대 같은 키 큰 수풀이 우거진 평원 너머로 이제는 잿빛에 가까운 연기들이 시뻘건 불길을 대체해가며 하늘로 치솟았다. 도망친 것까지는 좋아. 하지만 나마인들에게 구조되지 못한다면 어차피 라인싼들이 우글대는 정글 근처에서 헤매기는 마찬가지잖아. 토야네 라인싼이든 다른 부락 라인싼이든 나를 곱게 놔주겠냐고?

땡볕에 혀가 마르고 짧은 시간에 애를 써서인지 배에서 꼬르륵 소리가 나팔을 불어댔지만 아리수는 겉으로는 토야에게 아무 문제없으니 걱정 말라는 표정을 지었다. 여기서 토야의 신뢰마저 잃어버리면 상황은 더욱 난감해진다. 추운 동굴 속에서 부대끼며 얼었던 몸이 다시 풀리자 아리수는 보트 양편에 달린 노를 젓기 시작했다. 대체 물놀이나 가려 챙겨뒀나? 무슨 보트에 스크루 엔진 하나 없냐고? 태생적으로 근육질과는 거리가 먼 아리수는 연신 투덜대며 보트를 호숫가로 몰았다.

보트가 물가에 닿을 무렵 사방에 물살이 튀었다. 조건반사처럼 아리수와 토야는 보트 안으로 몸을 수그렸다. 낯익은 돌팔매질. 그는 재빨리 오던 길을 되돌아가려 노를 잡아당겼다. 그러나 당황해하는 바람에 힘 조절이 되지 않아 보트가 제자리서 뱅글뱅글 돌았다. 만일 돌멩이에 맞아 보트가 찢어지기라도 하는 날에는 낭패였다. 갑자기 뒤에서 토야가 일어나 두 손을 저으며 외쳤다. 아리수가 고개를 살그머니 들어보니 물가에 라인싼 수십 명 늘어섰는데 가운데에 보으나가 보였다. 영악한 녀석들. 불구덩이를 잘도 피해 나왔군.

토야가 함께 타고 있음을 알게 된 보으나가 오른 팔을 들어 제지하자 퐁당퐁당 소리가 잦아들었다. 늙은 촌장이 두 손을 입가에 모으고 소리쳤다. 들으나 마나 무슨 뜻일지 뻔했다. 뒤도 돌아보지 않고 아리수는 노를 저으며 내빼기 시작했다. 쓰지 않던 근육을 단시간에 무리시켰더니 마비가 온 듯 감각이 없어졌지만 그게 문제가 아니었다. 헐떡이며 숨 고르느라 뒤를 돌아보니 라인싼들이 따라오고 있었다. 그들이 탄 배들은 통나무 안을 파낸 아주 원시적인 형태였지만 대여섯 명씩 타고 열심히 노를 저었기 때문에 시시각각으로 격차가 좁혀졌다.

겁이 더럭 났지만 아리수로서는 별 뾰족한 수가 없었다. 불구덩이에서 도망쳐 온 생존자들이 원수와 한패로 여길 그를 내버려둘 리 만무했다. 통나무배들이 가까이 다가옴에 따라 라인싼들이 부르는 뱃노래가 들려왔다. 사이사이에 타무슈 탈라 어쩌고 하는 말이 섞였다. 맨 앞에 달려오는 배의 선수船首에 보으나가 서서 그를 노려보았다. 도망자에다 납치범이라 이건가!

머릿속에서는 계속 저어! 하고 고함을 질렀지만 어깨 근육은 도리질을 했다. 적어도 지난 몇십 년간 이렇게 아등바등 해 본 적 있던가. 아리수는 자포자기가 되어 토야를 바라봤다. 그래도 네 덕분에 잠시 한숨 돌리고 인간대접 받았어. 자기도 모르게 두 눈에서 눈물이 왈칵 쏟아졌다. 죽음을 앞두고 이처럼 감상적이 되다니. 어차피 끝장날 목숨. 엔딩을 알고 보는 영화 관객의 심정이라서일까. 더구나 그 영화가 자신의 최후를 그리고 있기에. 그는 토야의 볼을 다정하게 어루만졌다. 그녀 역시 아리수의 눈가를 닦아주며 뭐라 속삭였다. 괜찮을 거라는 위로겠지. 십대 소녀다운 말이다. 그는 싱긋 웃었다. 최대한 밝은 표정을 지어야지. 총살을 기다리며 기둥에 묶인 사형수나 진배없어도 마지막만은 의연하게 가자. 사람들이 위기상황에서 비열한 속내를 드러내는 것은 퇴로가 있기 때문이야. 그러나 아무런 여지가 없다면 차라리 폼생폼사라도 건져야 후회가 안 남잖아?

기쁨의 함성이 우렁찼다. 드디어 몇 발짝 거리까지 다가온 것이다. 어차피 어깨뿐 아니라 온몸의 감각이 없어지고 있었으므로 아리수는 개의치 않았다. 한 달 전 죽을 목숨, 잠시 유예 받았던 것뿐이야. 이제 도로 찾아가겠다는구먼. 멋도 모르고 토야는 두 손을 반갑게 흔들었다. 그는 눈을 감았다. 물에 빠뜨리든 목을 치든 마음대로 하라고.

총성이 들렸다. 한두 발이 아니었다. 첨벙 첨벙 첨벙. 그리고 토야의 끊어질 줄 모르는 비명. 모든 게 삽시간에 일어났다. 정신을 차린 아리수는 눈앞의 광경이 믿겨지지 않았다. 라인싼들이 추풍낙엽처럼 쓰러졌다. 반수는 물에 빠졌고 나머지는 배 위에 아무렇게나 대자로 누웠다. 고무탄이 아니었다. 사냥이 아니었다. 살육이었다. 피가 보트 주변에 흥건하게 떠다녔다. 뒤쪽의 배들은 반대편으로 줄행랑 놓고 있었다. 그제야 멍했던 그의 귀에 헬기의 프로펠러 소음이 들렸다.

"보트 승선자는 신분을 확인할 수 있게 얼굴을 들라. 반복한다. 얼굴을 들라."

확성기를 통해 표준공용어가 들려왔다. 아리수는 고개를 들었다. 이럴 줄 알았으면 면도라도 해둘 걸. 헬기가 보트 위에 떠 있었다. 그는 넋이 나갔다가 갑자기 돌아온 사람처럼 벌떡 일어났다.

"인상착의 화상 캡춰. 행불자 데이터와 동조 시작…… 신원확인. 위아리수3-7. 맞으면 양팔을 흔들도록!"

아리수는 두 팔을 흔들었다. 하하하…… 미친 사람처럼 너털웃음이 터져 나왔다. 그는 토야까지 일으켜 세워 두 팔을 흔들게 했다. 하지만 그녀는 물에 뛰어들려 했다. 그동안 문명세계로 나가는 것이 꿈이었지만 막상 예기치 못한 비극적인 조우로 인해 패닉 상태에 빠진 듯했다. 그녀는 울음범벅이 되어 '보으나', '보으나' 하고 부르짖었다. 그가 붙잡지 않았다면 두둥실 떠내려가는 통나무배까지 무리하게 헤엄쳐 가서 아빠의 생사를 확인하려 했을 터였다.

"평론가님, 그 동안 얼마나 찾았는지 모릅니다. 줄사다리를 내리겠습니다."

아리수는 토야부터 올려 보냈다. 잠시만 방심해도 그녀가 물에 뛰어들

태세였기 때문이다. 그는 바람에 흔들리지 않도록 줄사다리 아래쪽을 붙잡고서 그녀가 안심하고 올라갈 수 있도록 격려했다. 네가 그토록 원했던 세상이야. 가서 알려줘. 진짜 라인싼이 어떤 존재인지를. 토야, 네가 세상을 바꾸는 첫 번째 라인싼이 될 거야. 알아듣든 못 알아듣든 아리수는 아래에서 큰 소리로 연이어 외쳤다. 용기를 주고 싶었다. 토야만은 정말 어떻게든 지켜주고 싶었다. 후들거리는 팔다리로 간신히 헬기에 올라온 아리수는 토야부터 찾았다. 자신에게 덮어주는 담요를 그녀에게 둘러주었다. 겁에 질린 토야는 그에게 안겨 벌벌 떨었다.

"비호이, 비호이."

그는 염려 말라며 토야의 등을 토닥였다. 그러나 온몸이 녹초가 된 아리수는 토끼 눈을 뜬 채 긴장해있는 토야의 어깨에 기대고 먼저 정신을 잃어버렸다.

"괜찮나?"

흐릿하게 상이 맺혔다. 낯익은 얼굴. 그러나 반가운 얼굴이던가. 여기가 어디지? 아리수는 게슴츠레 뜬 눈으로 두리번거렸다. 병실. 벽이나 천장이나 희멀건 하군.

"이틀 넘게 잤다네. 그만하길 천만다행일세. 그러게 내가 말렸잖은가. 자네는 귀가 얇아. 꼭 사냥터까지 따라나섰다가 화를 자초하니."

또 저 구시렁구시렁. 은근히 나를 깎아내리는 취미를 즐기는 작자. 소화불량 유발자.

"의사 말이 몸에 심각한 문제는 없답니다. 곧 완쾌될 겁니다."

곤다로프의 옆에 선 땅딸한 중년 사내가 미안한 표정으로 진단결과를 일러주었다. 아마르. 아마르 어쩌고 네오야즈드. 아, 그래. 조로아스터의 도시남. 생각난다. 본의 아니었지만 내게 황천행 티켓을 발부해준 친구. 무크타르 영감은 코빼기도 뵈지 않는군.

"토야는?"

자기도 모르는 새 나온 아리수의 첫마디. 여긴 나 혼자 쓰는 방이네. 다른 병실에 있나?

"누구?" 곤다로프가 반문하며 원내총무를 돌아보았다. 아마르 역시 영문을 모르겠다는 얼굴이었다.

"토야! 아, 그러니까 나랑 같이 구조된……." 아직 삭신이 쑤셨지만 아리수가 병상에서 상체를 일으키려 힘을 주었다.

곤다로프와 아마르는 알쏭달쏭한 표정으로 그를 내려다보았다. 아니 이 사람들 선에서는 모를지 몰라. 구조대 실무자들이 임무 중 라인싼 한 명이 딸려온 사실을 윗선에 보고하지 않았을 수도 있어. 이곳 정서상 나랑 같은 병실에 토야를 들이고 싶지 않았을지 모르고. 그나저나 그녀가 걱정되었다. 여기서 그녀는 신분증 없는 밀입국자보다 위험해. 내가 지켜주어야만 해.

"토야가 어디 있는지……." 말을 마치기도 전에 아마르가 어정쩡한 자세의 그를 도로 눕히며 진정시켰다. 침상 쿠션의 탄력에 왼팔이 살짝 튀어 오르는 바람에 링거병과 연결된 영양액 코드가 출렁였다.

"일단 완쾌된 다음 뭐든 말씀하십시오. 지금은 안정이 중요하니까요. 일사병과 탈수현상 그리고 근육경련까지 한데 겹쳤답니다."

"날 구조한 담당요원을 만나고 싶소."

"따로 감사 표시하지 않아도 됩니다. 직분에 맞는 당연한 일을 했을 뿐이니까." 마치 자기가 헬기에 있었던 양 우쭐대며 아마르가 대꾸했다.

그게 아니라. 아리수는 뭐라 설명해야 할지 난감했다. 구조요원들이 토야를 짐짝처럼 어디 처박아 놓은 건 아니겠지. 만일 그렇다면 이렇게 신선

놀음하고 있을 짬이 없어. 아리수는 재차 일어나려 했으나 목 뒤부터 허리의 꼬리뼈까지 당기는 바람에 도로 눕지 않을 수 없었다. 토야!

오랜만에 발 디디는 만찬장. 또 다른 강대국 수루수의 수도 근교에 자리한 영빈관이다. 지난번 첫 환영만찬과 달리 의원들뿐 아니라 훨씬 더 다양한 분야의 고관대작들이 참석한다고 아마르가 아리수에게 귀띔해주었다. 가마단이 끝났기 때문에 행성 전체가 축제 분위기였다. 오늘 만찬만 해도 여섯 나라의 대통령을 대신하여 영부인들 전원이 참석한다 들었다. 홀의 청중이 지켜보는 가운데 아리수와 곤다로프가 검은 연미복을 입고 등장했다. 무사히 생환한 아리수에게 뜨거운 박수가 터졌다. 곁에서 곤다로프도 박수치며 느끼한 미소를 지었다.

예정보다 체류가 너무 길어져버렸다. 한 달 남짓 정글에서 허비하는 사이 곤다로프는 행성급 요리평론가 후보명단 초안을 거의 완성한 상태였다. 다시 말해 이곳 요리평단은 이제 그를 중심으로 돌아가게 되었다는 뜻이다. 아리수로서는 통탄할 일이었지만 이제 와서 별 뾰족한 수가 없었다. 이브라힘을 비롯한 대여섯 명의 일류 요리사들은 벌써 협회 주관의 요리사 등급 검정시험에 통과하여 각기 걸맞은 인증서(계급장?)를 하사받았다 들었다. 아까 홀에 들어서기 전 메인 로비에서 이브라힘이 곤다로프와 악수할 때 지은 감사와 신뢰의 표정이 아리수의 머릿속에 생생히 각인되었다.

버릴 건 버려야지. 죽은 자식 불알 만져 뭐하겠냐. 이런 때는 대인배 시늉이라도 내야 견디지 하는 심정으로 아리수는 머리를 좌우로 탈탈 털었다. 그보다 신경이 거슬리는 것은 토야의 행방이었다. 도무지 이해가 되지 않았다. 분명히 토야를 헬기에 먼저 태웠는데, 그리고 내가 손수 담요까지 덮어주었는데 종적이 묘연하다니. 관리들과 실무자들이 나를 따돌리려 말을 맞추는 게 틀림없어. 아리수는 지난 며칠 밤 내내 토야가 육류가공공장에 끌려가는 악몽을 꾸다 벌떡 일어나곤 했다. 그중에서도 최악은 컨베이어 벨트에 사지가 묶인 토야가 무지막지한 작두가 뼈마디까지 잘근잘근 끊어내는 곳으로 끌려가며 발버둥치는 꿈이었다. 설마, 그럴 리야 있나. 아무리 그래도 그렇지, 내 얼굴을 봐서라도 그렇게 막대할 수는 없지.

아리수는 말 섞기 싫었지만 마지못해 곤다로프와도 상의해봤다. 하지만 이곳에 벌여놓은 행정을 챙기느라 마냥 건성이었다. 편들어주기를 바라지는 않았지만 의논상대조차 되지 못했다. 아마르는 병실에 얼굴을 비친 뒤로 면피되었다고 여겼는지 오늘 같은 공식행사를 앞두고 만나기도 쉽지 않았다. 아마르가 연락해두었다는 행정관이 구조대 책임자와 담당요원들을 만나게 해주었지만 전부 다 금시초문이라는 답변만 앵무새처럼 반복했다. 어떻게 멀쩡한 사람이 증발할 수 있겠는가 묻고 싶었지만 그는 말을 아꼈다. 라인싼은 사람이 아니었으니까. 자칫 이상한 사람 취급 받을 수도 있었다. 자기 소유의 고기를 되찾으려 경찰서를 오간다고 생각해보라. 사람들한테 이리저리 치이고 나니까 토야 얘기를 입에 올리기조차 머쓱해졌다. 이게 이곳 사람들이 이방인에게 라인싼 문제에 대응하는 방식일까?

아리수와 곤다로프는 홀 중앙의 시식 품평 단상에 마련된 자리에 앉았다. 계단을 쌓아 약간 단을 높였기에 멀리서도 단상이 잘 보이는 배치였다. 오감을 전달할 수 있는 급은 아니지만 카메라들이 좋은 자리를 잡으려 서로 밀치고 난리였다. 오늘 이 자리야말로 나마 행성 여섯 나라의 최고요리들이 경합을 겨루는 하이라이트 중의 하이라이트였다. 이중 하나만이 은하요리 평론가 협회에서 매년 펴내는 은하별미 연감에 등재될 자격이 주어진다.

건너편 VIP석에서 이쪽을 유심히 바라보는 영부인들이 아리수의 눈에 들어왔다. 이번 만찬에는 협회에서 1회용 나노 미각 수신 칩을 영부인들과 일부 VIP들에게 사전에 배포하는 성의를 보였다. 실은 곤다로프의 기민한 정치 감각이 움직인 결과겠지만. 제공된 캡슐을 깨물면 단백질과 탄수화물로 제작된 나노 크기의 미각 수신 칩들이 흘러나와 혀와 입 안쪽에 흡수된다. 이것들은 하나하나가 아리수와 곤다로프가 느끼는 미각의 향연을 고스란히 전달받을 수 있게 해주는 무선 커뮤니케이션 수신기들이다. 오늘은 오감카메라로 중계하지 못하는 까닭에 별도의 무선중계기까지 협회에서 보내주었다. 수신 칩들은 전혀 유해하지 않다. 유기질이라 몇 시간 지나면 기능을 잃고 녹아버린다. 덕분에 영부인 일행은 거짓이 아니라 마음에서 우러나는, 아니 더 정확히 말하자면 혀에서 우러나는 요리평론가들의 미각 심상心象을 실시간으로 한 공간에서 체험할 수 있게 되었다.

아까 악수 나누던 자리에서 무크타르 영감은 아리수에게 알쏭달쏭한 말을 건넸다. "로마인이 된 걸 환영하네." 자기 의지와 무관하게 음모의 한패가 된 인상을 주는 말이라 껄끄러웠지만, 나마 행성의회연합 의장은 호탕하게 껄껄 웃었다. 원래 로마인이 되고 말고는 자신이 선택하는 거라고. 그가 속으로 대꾸했다.

이런저런 의례적인 식순이 끝나고 전채 요리까지 맛보고 나자 홀의 분위기가 차차 달아올랐다. 특히 곤다로프가 발 없는 오징어 초장 볶음을 음미하며 이런저런 호평을 할 때 영부인들 또한 같은 맛의 쾌감을 공유하며 뿌듯해했다. 오늘 행사에서 전채요리는 한 가지로 통일되었다. 이곳의 남빙양南氷洋에서 잡힌다는, 발만 없지 오징어를 빼닮은 녀석의 볶음 전채요리는 확실히 일미逸味가 있었다. 하지만 아리수는 왠지 불안했고 제 컨디션이 아니었다. 그저 곤다로프를 따라 의례적인 찬사를 몇 마디 보탰을 뿐이다.

"자, 이제 여섯 개의 메인디시를 맛보실 차례입니다." 사회를 보는 의회연합 대변인의 멘트가 끝나기 무섭게 여섯 명의 요리사들이 각자의 작품을 바퀴달린 미니 테이블 위에 올려놓고 밀고 들어왔다.

먼저 곤다로프가 여섯 개의 접시에 담긴 고기요리를 조금씩 덜었다. 아리수는 망설였다. 전혀 가식이 아니었다. 어차피 죄다 라인싼으로 만들었을 게 뻔했으니까. 미세하게 떨리는 손으로 그는 각기 다른 레시피를 적용한 라인싼 요리를 소량씩 자기 접시에 덜었다.

어느새 이에 힘이 잔뜩 들어간 아리수는 긴장을 풀 겸 주변을 살폈다. 먹고 싶지 않아. 하지만 지금 이 자리에서 평론가가 시식 자체를 거부하면 감당할 수 없는 파문이 일어나리라. 요리솜씨가 형편없든 재료의 숙성 과정에서 실수가 있었든 간에 뭐든 욕을 하는 것은 상관없었다. 물론 좋아하지야 않겠지만. 허나 아예 먹기를 거부하면 그것은 나마인의 식문화에 대한 심각한 도전 내지 모욕으로 받아들여질 터이다. 몸 성히 이 행성을 빠져나가기조차 힘들지 모른다.

곤다로프는 입 운동을 멈추지 않은 채 만족스런 얼굴로 다시 단상을 내려왔다. 그가 여섯 개의 미니 테이블 가운데 특히 두 곳에 놓인 접시들에서 고기를 좀 더 덜어내자 청중 사이에서 희비가 엇갈렸다. 요리사들은 물론이고 자국의 요리가 한 번 더 선택되었느냐 아니냐를 놓고 영부인들의 안색마저 시시각각으로 변했다. 아직 아리수의 미각 센서에 주파수를 맞추는 VIP들은 많지 않았다. 아까 전채요리에서 열의를 보여주지 못한 탓도 있지만, 무엇보다 그가 아직 메인 디시를 한술도 뜨지 않았기 때문이었다.

메슥거리는 속을 달래며 아리수는 한 점을 입에 넣었다. 맑은 간장에 오랜 동안 담갔다가 센 불에 재빨리 구워낸 것이다. 약간 거뭇거뭇한 게 외견상 식감 또한 괜찮았다. 간장에 씁쓸하면서도 매콤한 맛이 우러나니 약초 같은 것을 함께 우려냈는지 모르겠다. 아리수는 몸에 밴 학구적인 호기심이 고개를 쳐드는 바람에 잠시 불편한 마음을 잊었다. 한 점. 두 점. 세 점. 참 희한한 일이다. 머리는 거부하건만 입에서는 저마다 색색의 양념을 차려입은 고기 살점들을 원하고 또 원했다.

정신이 돌아왔을 때에는 이미 여섯 나라의 라인싼 레시피를 다 맛본 뒤였고 직업 평론가로서의 감각 또한 예리하게 살아났다. 특히 두 종류가 입 안에 침이 흥건히 고이게 만들었다. 처음 먹었던 것과 세 번째로 먹은 것. 곤다로프의 판단과 한 치도 어긋나지 않았다. 아리수의 입안과 혀에서 홍이 일며 뇌세포에 모순된 신호를 전달하자 영부인들도 그의 미각 데이터를 전송받기 시작했다. 곤다로프만 주목하던 그녀들이 힐끔힐끔 그를 돌아보았다.

"참으로 대단합니다. 신께서 이 땅에 고기라고는 라인싼 하나만을 내려주셨건만 이토록 다양한 육질과 레시피라니. 이 또한 짜라투스투라의 축복일까요?"

이 자식, 뭐야. 요리 품평 하냐, 아님 간증 하냐? 속으로 어이없었지만 아리수는 마지막 한 점을 입 안에서 오물거리며 잠자코 들었다. 반면 청중은 흥분을 참지 못했다. 다만 반응에 약간의 시차는 발생했다. 모두가 표준공용어에 능숙하지는 못하기 때문에 동시통역사들이 장내방송을 통해 안내해줄 시간이 필요했기 때문이다.

"특히 하디스와 수루수에서 출품한 메인 디시는 둘 다 출중하군요. 촉촉하면서도 탄력 있는 육질하며, 느끼하지 않게 해주면서도 너무 강해 고기 맛을 죽이는 일이 없도록 안배된 시즈닝은 정말 미스터리입니다, 미스터리!"

이브라힘과 또 한 요리사가 양팔을 번쩍 들어 청중의 환호와 박수에 화답했다. 두 나라의 영부인들 또한 다른 영부인들에게 인사 받느라 바빴다.

"지금 제 곁에 있는 또 한분의 은하급 평론가 위아리수3-7이 이 둘 중 어느 하나를 고른다 해도 저로서는 이의가 없을 겁니다."

정말 배포 큰 어른 나셨군. 이미 네가 다 주물러 놓은 동네라 이건가. 이제 아리수 차례. 기력은 전 같지 않지만 혀는 아직 녹슬지 않았어. 하지만…… 모두 다 그의 입을 주시하고 있었다. 또 어떤 찬사를 늘어놓아 그들의 자긍심에 불을 지펴줄지 고대하며.

"곤다로프 멘델키에프3-3의 의견에 전적으로 동의합니다. 그러나 종이 한 장 차이이기는 하나 1, 2위를 다투는 후보 가운데에서 하나만 연감에 올릴 수밖에 없는 이상 저는 이 간장조림구이를 고르고 싶습니다."

아리수의 말이 끝나기 무섭게 청중의 한 무리에서 환호성이 터져 나왔다. 일부 참석자들은 하디스의 대표요리사 이브라힘의 이름을 반복해서 외쳤다. 이브라힘이 단상 가까이 걸어오고 있었다. 이제 곤다로프만 동의한다면 내년 편집 예정인 은하별미연감에 들어갈 나마행성의 추천요리는 이브라힘의 작품으로 결정될 터였다.

"그러나 최종판단을 하기 전에……."

아리수는 청중의 열기를 진정시키려 말의 호흡을 조절했다. 준비된 미소를 만면에 가득 담은 이브라힘이 단상 바로 앞에 섰다. 술렁거림이 잦아들고 모두 그의 다음 말을 고대했다.

"하나 묻고 싶은 게 있습니다. 시즈닝도 시즈닝이지만 특히 이 간장조림구이는 다른 고기들에 비해 씹는 촉감이 남다르군요. 아주 부드러우면서도 연한 스프링처럼 탄력이 있달까. 씹는 즐거움까지 주네요. 비결이 뭡니까?"

곤다로프 역시 고개를 끄덕이며 동의한다는 표정으로 단상 아래의 이브라힘을 바라보았다. 심사위원석과 VIP석을 번갈아 가며 눈인사한 다음 이브라힘이 경쾌하게 표준공용어로 답했다.

"정곡을 찌르는 질문이십니다. 양념에 아무리 공들여도 고기 자체가 최상급이 아니면 이상적인 조합이 나올 수 없지요. 오늘 만찬을 위해 준비한 재료는 불과 며칠 전 포획한 어린 암컷의 허벅지와 겨드랑이에서 조금씩 발라낸 것입니다. 라인싼 살코기 중에 누구나 제일 탐내는 부위죠. 절친한 지인이 공장에 있다 보니 귀띔해줘서 마침 최고가 경매에 나온 이놈으로 낙찰 받았습니다. 노력에는 운도 따라주나 봅니다."

사방에서 작열하는 스포트라이트에 땀을 흘리면서도 이브라힘은 승자의 여유 있는 미소를 잃지 않았다. 부러워하는 탄성이 여기저기서 들렸다.

"얼마나 어렸나요?" 아리수가 담담하게 물었다.

"네? 글쎄요. 공장에서 조리용으로 다듬어진 부위만 받았거든요. 하지만 지인이 일러준 바에 따르면……."

"열댓 살쯤 되나요?"

"네? 음, 그 정도쯤 되려나. 정확한 나이가 평가가 그토록 중요한가요, 평론가님?"

나마행성의 공전주기는 지구와 채 한 달 차이가 나지 않는다. 별안간 위액으로 뒤덮인 고기 살점들이 이브라힘의 얼굴에 튀었다. 아리수는 머리를 테이블에 박고 구토를 멈추지 않았다. 비상대기 요원들이 뛰어 들어 왔다. 동요하는 청중을 가라앉히기 위해 다독이는 사회자의 말이 빨라졌다. 아리수는 정신을 잃어가는 가운데 곤다로프가 잠시 정회를 선포하는 소리를 들은 것 같았다.

"좀 어떤가?" 곤다로프가 물었다. 방에는 아마르와 이브라힘 그리고 의료진이 웅성대고 있었다.

아리수는 VIP 대기실의 소파에 누운 채 눈을 떴다. 여전히 욕지기가 났다. 눈이 풀려있는데다 머리가 뱅뱅 도는 기분이었지만 억지로 상체를 일으켰다.

"지난번 일로 아직 몸이 정상이 아닌가 봅니다. 의사 말이 안정을 취하기만 하면…….” 아마르가 붙임성 있게 설명했다.

“곤다로프…….”

“말하게.”

“자네하고 얘기 좀 할 수 있겠나?”

“마냥 이러고 있을 수는 없네. 영부인들이 기다리고 계셔.”

곤다로프로서는 채근할 수밖에 없는 것이, 사람들이 나가자마자 아리수가 소파에 도로 벌렁 누워버렸기 때문이었다.

“자네는 어디까지 알지?” 매가리 없는 목소리로 아리수가 물었다.

“뭘 말인가?”

“곤다로프, 자네는 입에 들어가던가?”

잠시 침묵. 곤다로프가 살짝 한숨을 쉬었다.

“무슨 말을 듣고 싶나?” 그가 대답 대신 질문했다.

“토야가 저녁상에 올라왔어. 나랑 자네는 침을 흘리며 먹었지.”

“로마에 오면 로마법을 따를 뿐이야.” 곤다로프가 건조하게 말했다.

로마법? 오늘따라 로마를 들먹이는 작자가 또 있군.

“로마인이 카르타고인을 잡아먹었다던가? 아니면 이집트인을? 갈리아인은 어떻고? 심지어 가장 야만적이라 경멸하던 게르만인의 살점을 뜯었다던가?”

아리수의 말투가 점점 냉랭해졌다. 그러나 곤다로프의 반응은 의외였다. 버럭 소리를 지르기 시작한 것이다.

“자네가 얼마나 이중적인지 알아? 예 오기 전 촉한에서 자네가 뭐랬는지 기억 안나? 중국 고사古事까지 들먹이며 식인풍습을 미화한 게 자네 아니었나. 요리를 그 자체로만 보지 말고 어떤 연유로 여기까지 오게 되었는지 헤아려야 참요리를 판단하는 자세라고 목소리 높인 장본인이 누구였지?”

곤다로프는 더 이상 대화를 나누는 것이 염증이 난다는 투였다.

"그래도 그때는…… 신체의 일부만……."

"일부는 되고 전부는 안 된다? 그건 또 무슨 논리인가? 내 알아보니 자네가 살던 한반도에는 병든 부모를 위해 약으로 쓴답시고 자기 어린 자식을 솥에 삶아 바치는 사내의 이야기가 전해내려 오더군. 만일 그런 일이 발생한다면 라인싼의 처지와 뭐가 다른가? 이보게, 아리수. 자네 편할 대로는 흑백이 구분되길 바라는 건가?"

"난 토야가 그래봤자 감옥이나 우리에 갇혀 있는 게 최악의 상황이라 여겼네."

아리수의 목소리가 갈라졌다. 무슨 생각으로 그 아이를 데리고 나온 걸까. 그냥 숲속에 자유롭게 살게 놔두었더라면. 후회가 끊이지 않아 머릿속을 지우고 싶어 미칠 지경이었다.

곤다로프의 목소리가 다시 잦아들었다. 이 와중에 티격태격 해봤자 손해라는 생각이었다.

"그 뭐시냐, 그래 그…… 아이는 클론일세. 아니 정확히 말하자면 오래전에 방목한 클론의 후손이지. 아무튼 그래. 아무런 법적 지위가 없다고."

"클론?"

"그래, 클론은 여기서 가축에 지나지 않아."

"자네는 다 알고 있었군."

"자네보다는. 자네도 내가 왜 이 오지에 와달라는 초청을 흔쾌히 수락했는지 다 알고 따라왔지 않나."

아리수는 대답하지 않았다. 그가 누워있는 소파의 팔걸이에 곤다로프가 걸터앉았다.

"첫 환영만찬에서 내가 왜 라인싼 요리를 먹는 둥 마는 둥 하고 수루시

관리들과 어울렸는지 아직도 모르겠나? 그때 자네는 탐구심에 불타는 학생마냥 하디스 녀석들과 콩이야 팥이야 하고 있더군. 그리고는 뒤에서 나를 비웃었겠지."

아리수는 소파에서 상체를 일으켰다. 하지만 곤다로프와 눈을 마주치지는 않았다.

"우리는 은하행성연합에서 파견된 행정관이 아닐세. 그냥 요리평론가라고. 문화를 팔면서 정재계 인사들에게 삥이나 뜯으면 되는 직분이라 이 말이네."

"이곳 사람들은 스스로를 기만하고 있네. 모든 책임을 공장에게 떠넘기지. 자기 양심은 털끝 하나 다칠 일이 없네. 법과 사회규범은 물론이고 종교 교리까지 그렇게 맞춰져 있어."

"그래서 어쩌겠나. 우리 둘은 그저 지나치는 방문객일 뿐이네. 자네가 코르테스가 될 게 아니라면 잉카인들이 전쟁포로의 내장을 도려내고 부위별로 살을 발라먹든 말든 상관 말게. 총 없이 말도 타지 않은 코르테스가 콩이야 팥이야 했다고 생각해보게. 어찌 되었을지."

다시 침묵이 흘렀다. 마침내 아리수가 몸을 부르르 떨더니 억지로 일어섰다. 곤다로프도 따라 일어서며 말했다.

"마음을 다져먹게, 최종평가는 끝난 거나 진배없지만 행사 마무리는 깔끔하게 해야지."

소름이 멈추지 않았다. 아리수는 구겨지고 구토로 얼룩진 양복상의를 벗었다.

"그렇지 않아도 새 양복을 한 벌 가져달라고 해놓았네."

"그럴 필요 없네."

"뭐?"

"나는 떠나겠네."

"떠나다니, 어디로?"

"어디긴 집이지. 뒷일은 자네가 알아서 마무리해주게."

"이봐, 무슨 짓이야. 저들을 욕보이려는 건가?" 곤다로프가 문가로 걸어가는 위아리수의 어깨를 붙잡았다.

"능욕당한 건 날세. 자네는 그렇게 생각하지 않는 모양이네만."

넌덜머리가 난다는 듯 곤다로프가 머리를 절레절레 흔들었다.

"정말이지, 제멋대로군. 자네 같은 막가파가 은하급 평론가라니."

아리수가 문고리를 잡는 순간 곤다로프가 다급히 말을 덧붙였다.

"자네 역시 내년 선거에 눈독들이고 있는 거 다 알고 있네."

아리수는 멈칫하며 제자리에 섰다.

"그런데 이렇게 다 팽개치고 갈 건가?"

번지르르 말이야 좋군. 이미 판을 다 짜놓은 주제에. 오늘 자기 얼굴만 세워달라고 몰아붙이는 꼴이라니. 아리수는 양복 상의로 떨고 있는 두 손을 덮었다. 시간이 없다.

"여기는 다 자네에게 넘기겠네. 내 몫 따윈 걱정 말게."

아리수는 문도 닫지 않고 총총 걸음으로 사라졌다.

귀향길은 사나흘 넘게 걸렸다. 워낙 변경까지 갔다 보니 환승아문만 해도 일곱 군데나 거쳐야 했다. 그리고 짧게는 서너 시간 길게는 대여섯 시간 이상 세관에서 통관절차를 하릴없이 기다렸다. 종착지인 제주 아문에 도착하니 해가 수평선 너머로 뉘엿뉘엿 넘어가기 직전이었다. 위 씨 가문에서 보내온 수행비서가 세관을 통과하자마자 반갑게 맞아주었다. 일출봉이 내려다보이는 언덕배기에 자리한 그의 집까지 오는 동안 자동차 안에서 아리수는 연신 꾸벅 졸았다.

몇 달 만의 귀환이지만 집은 별반 달라진 것 없이 잘 관리되고 있었다. 샤워를 하는 둥 마는 둥 편한 옷으로 갈아입고 그는 이층 거실 소파에 비스듬히 기대앉았다. 비서보고 일하는 아주머니에게 며칠 휴가를 주라 일렀다. 냉장고에 있는 걸로 식사는 알아서 해결하겠다고 했다. 드디어 혼자가 되었다. 막 긴장이 풀어지려는 찰라 베토벤이 7번 교향악의 테마로 집안을 훑었다. 장거리 전화가 왔다는 뜻이다. 소파와 마주한 테이블 위의 액정 디스플레이가 전화 걸어온 이가 누구인지 알려주었다.

이 웬수, 그는 소파 위에 벌러덩 누워버렸다. 전화기가 부재자 통화모드로 넘어갔다.

"나야, 보렝 쇼다이일세. 일부러 안 받는 거 다 아네. 나마에서 고생 많았다며. 자네만큼 드라마틱하게 사는 평론가도 드물 거야, 하하. 이건 진짜 칭찬일세. 아, 참 그리고 자네가 솔깃할 만한 정보가 하나 있거든. 네버니스라고 들어봤나? 지구에서 불과 10광년 떨어진 로이튼789-6을 공전하는 세 번째 행성이야. 지구보다 약간 큰데 지각이 온통 다이아몬드로 덮였다는군.

물론 우리한테 중요한 건 그게 아냐. 최근 광부들이 거기서 다이아몬드를 집어삼키고 대신 초전도부산물을 낳는 생물을 발견했네. 라핌러핌 기억나나? 이건 보이슈 똥 따위가 아냐. 맛이 전부가 아니라고. 의학자들의 분석 결과 체내의 신경 전기를 활성화시켜 만병통치 예방약이 될 수 있다는군. 이거야말로 『은하의 미각』에서 이번에 기획 중인 건강식품 콜렉션의 간판스타가 아니고 뭐겠어. 사진기자를 붙여줄 테니 자네가 취재해준다면 정말 고맙겠어. 꼭 연락 주게."

미친 놈. 아리수는 화를 낼 기운도 없었다.

살았군. 정말 살았어. 산 너머 산이라더니. 샤워한 지 얼마 되지 않았는데도 또 다시 목덜미에 식은땀이 분무기로 뿌린 듯 맺혔다. 돌이켜보면 나마 행성에 곤다 녀석을 내팽개쳐놓고 무슨 정신으로 여기까지 달아났는지 모르겠군. 아리수는 가슴을 쓸어내렸다. 토야 일은 정말 유감이었다. 하지만 자칫하면 아리수 자신도 위험천만할 뻔했다.

그는 클론이었다. 진짜 위아리수3-7은 십 년 전 심장마비로 세상을 떠났다. 쥐도 새도 모르게. 위 씨 가문이 사망신고를 하지 않고 은밀히 클론으로 대체했으니 말이다. 은하급 요리평론가란 지위는 한 가문은 물론이거니와 나라와 행성 단위로도 확보하기 여의치 않은 종신직이었다. 그러나 세습직과는 거리가 멀었다. 타고난 미각에다 발군의 노력으로 일품요리를 감별하는 일은 단지 아무 자식이나 세습한다 해서 감당할 수 있는 영역이 아니었다. 그럼에도 불구하고 아리수가 살아있는 한 위 씨 가문이 누릴 수 있는 권세는 일일이 형언할 수 있는 범위를 넘어섰으니 이들이 불의의 사태에 순순히 물러나기란 쉬운 일이 아니었다.

배양액 속에서 잠만 자던 복제인간은 어느덧 초로에 접어들었고 만일 원본이 장수했더라면 클론이 먼저 자연사했을지도 모른다. 그러나 원본은 클론에게 못다 한 인생을 남겨주었고 공동이해관계자인 가문이 후자가 빨리 세상에 적응할 수 있도록 도와주었다. 일부러 더 나이 들어 보이게 외모를 성형했을 뿐 아니라 원본이 백업해둔 자료를 머릿속에 쑤셔 넣느라 그는 처음 몇 년간은 초죽음이 되다시피 했다. 그러나 자식이 아니라 카피인 덕에, 유전자가 100% 일치하는 까닭에 복제는 원본 못지않은 천부적 재능을 뽐냈다.

곤다로프에게서 토야 부족의 실체를 전해들은 순간부터 아리수는 불안초조로 숨쉬기 거북할 지경이었다. 비록 외부인이라고는 하나 그가 클론임이 밝혀지는 날에는 아리수 역시 영부인의 접시 위에 올라가지 않는다는 보장이 어디 있겠는가. 나마에서 복제인간 따위는 아무런 발언권이 없으며 그냥 고깃덩이에 지나지 않는다. 자신이 토야의 행방을 따지거나 라인싼에 대한 반인륜적 작태를 거두라고 요구할 주제가 못 됨을 깨닫자마자 그는 거두절미하고 줄행랑을 놓았다. 다행히 능구렁이 같은 곤다로프도 이러한 곡절은 모르는 눈치였다. 이런 걸로 녀석에게 약점 잡히면 난 끝장이야.

창밖에 별들이 반짝였다. 간만에 마음의 여유가 생기자 불현듯 토야의 해맑은 얼굴이 떠올랐다. 그리고 어느새 입가에 침이 흥건하게 고였다. 토야는…… 정말 맛있었다!

| 끝 |

드림 플레이어

Dream Player

임태운

2007년 웹진 크로스로드에 단편 「앱솔루트 바디」를 게재하며 데뷔했다. 장편소설 『이터널마일』, 소설집 『마법사가 곤란하다』를 펴냈으며 공동단편집으로 『커피잔을 들고 재채기』, 『다행히 졸업』 등이 있다. 현재 네이버 웹소설에 「태릉좀비촌」을 연재 중이다.

1부

1

'당신의 꿈을 공유하세요.'

매번 느끼는 거지만 정말 멋없는 홍보문구야. 왜 홍보팀에선 이 조야함에 찬사를 보내고 있는 거지. 그녀는 문구가 쓰여 있는 출근 기록부에 엄지손가락을 가져다 대며 중얼거렸다. 짧은 전자음과 함께 '쥴 니블랑. SOF 드림 플레이어 민원상담소 부장' 이라는 글자가 문에 투영되며 활짝 열렸다. 상담소의 홀에는 익숙한 얼굴들이 바쁘게 움직이며 이곳이 파리의 중심지 라틴 구Latin Quarter라는 것을 상기시켜주고 있었다.

순간, 이런 산만한 광경으로 월요일 아침을 시작해야 한다는 것에 쥴은 왈칵 짜증이 밀려 왔다. 물론 이유 없는 불쾌감은 아니었다. 어쩌면 비행정들이 파리의 하늘을 지배하고 나서부터 빌딩 창문을 통해 도시의 경관을 느긋하게 즐긴다는 행위가 불가능해졌기 때문일 수도 있다. 그래도 그것은 아니야. 쥴은 속으로 생각했다. 크로넨버그 맥주에 취한 폭주족들이 에펠탑에 장렬한 헤딩을 감행하든, 플라잉 페인터들이 비행정 스모그로 추상화를 그리든 그것은 그녀의 관심사가 아니었다. 이 짜증의 근원은 다른 곳에 있었다. 오랫동안 상쾌한 경관을 보지 못해서가 아닌 것이다.

아무래도 그 날인 것 같아.

재킷 아래로 슬며시 아랫배를 쓰다듬으며 쥴 니블랑은 자리에 앉았다. 최소 1분 동안만이라도 누군가 자신에게 말을 걸지 않기를 바라며. 아쉽게도 그녀의 기대는 추락한 에펠탑의 철근들처럼 무참히 부서지고 말았다.

"니블랑 부장님. 소장님이 찾으십니다."

호출이었다. 영감탱이가 웬일로 아침부터 나를 찾지? 그녀는 무거운 엉덩이를 일으키며 혀를 찼다. 소장이 직접 그녀를 찾을 때는 분명히 성가신 민원이 접수되었을 때다. 누군가 드림 플레이어를 재생시키다 사고를 친 것이다. 꿈 좀 얌전히 꿀 것이지 말이야. 소장실 앞을 지키고 있는 비서 네티샤가 쥴의 얼굴을 보자 고개를 도리도리 저었다. 예감이 좋질 않았다. 어쩌면 생리 휴가를 받지 못할 만큼 중대 사안일 수도 있겠는걸. 그녀는 심호흡을 하고 소장실의 문을 열었다.

"찾으셨어요?"

소장 루이 드골은 건장한 체구의 남자와 마주 앉은 채 눈짓으로만 쥴의 인사를 받아주었다. 소장의 맞은편에 앉아 있던 남자는 자신의 이름을 숀 꼴롱브라고 밝히며 신분증을 꺼내 들었다. 무심한 눈길로 그가 꺼낸 신분증을 본 쥴은 어디선가 격렬한 금속음이 들리는 듯한 착각에 빠지고 말았다. 덫에 걸린 느낌이었기 때문이다.

"파리 경찰?"

파리 경찰서의 강력반이 연관 되어 있다니. 무슨 영문이야. 그녀의 질문에 답한 건 드골 소장이었다.

"일단 앉게, 니블랑 부장. 막 출근한 자네에겐 형사 꼴롱브 씨의 설명이 필요할 거야."

제게 필요한 건 따뜻하게 아랫배를 풀어주는 좌욕이라고요. 쥴은 그렇게 투덜거리고 싶었지만 소장의 눈빛이 워낙 진지했기에 조용히 그의 오른쪽에 자리를 잡고 앉았다. 짧은 스포츠형 머리에 타이트한 셔츠를 입은 형사 숀 꼴롱브는 사무적인 동작으로 테이블 위에 있던 PHS[Portable Hologram Slider]를 재생시켰다. 그러자 무당벌레 모양의 슬라이더가 날개를 펼치고 홀로그램 사진을 공중으로 쏘아내기 시작했다. 한 남자가 의자 밑에 아무렇게나 쓰러져 있는 사진이었다. 쥴은 당연히 사진 속의 남자가 낮잠을 자고 있는 것은 아니라고 생각했다. 형사 꼴롱브가 입을 열었다.

"마르턴 피올이라는 서른 한 살의 남자입니다. 어제 새벽에 자택에서 사망했죠."

쥴은 짐짓 태연한 척 질문했다.

"사인이 뭐죠?"

"자살이라 보기도 타살이라 보기도 어렵습니다. 여길 보십시오."

형사 꼴롱브가 손가락을 들어 가리킨 것은 옆으로 쓰러져 있는 마르턴의 머리 오른쪽 부근이었다. 선글라스 테 쪽에 거대한 헤드셋을 장착한 듯한 기계. 쥴은 그 누구보다 그 기계의 이름을 잘 알고 있었다.

"드림 플레이어? 어째서……."

그녀는 말을 잇지 못했다. 이제야 소장이 잔뜩 굳은 얼굴을 하고 있는지 어렴풋이 눈치챘기 때문이다. 형사 꼴롱브의 말이 쥴의 귓전을 때렸다.

"마르턴 피올은 드림 플레이어를 착용한 채 사망했습니다. 그러니까 '말 그대로' 꿈을 꾸다 죽음을 맞이한 거죠."

쥴 니블랑은 자리에서 벌떡 일어났다. 형사 꼴롱브의 말이 그 정도로 터무니없었기 때문이다.

"말도 안 돼요! 드림 플레이어를 재생시키던 도중에 죽었다니, 그 말은 트림을 하다 죽었다는 말보다 몇 배는 더 황당하다고요."

드골 소장은 씁쓸한 표정을 지으며 그녀에게 앉으라고 손짓했다. 어쩔 줄 몰라하는 그녀에게 형사 꼴롱브가 여전히 딱딱한 말투로 설명했다.

"제 신분증을 자세히 안 보셨군요. 저는 이곳 라틴 구 소속이 아닙니다. 마래 구 경찰서에서 일하고 있지요."

그의 말은 여러 가지 뜻을 함축하고 있었다. 쥴은 천천히 자리에 앉을 수 밖에 없었다. 마래 구에도 당연히 드림 플레이어의 개발사인 SOF 지사가 설립되어 있다. 즉 그가 관할 구역을 넘어 굳이 본사를 찾아온 이유라면 한 가지 밖에 생각할 수 없었다.

쥴은 떼어지지 않는 입을 열어 물었다.

"희생자가 한 명이 아니군요?"

형사 꼴롱브는 고개를 끄덕였다.

"현재까지의 집계로는 프랑스에서만 세 명의 남자가 비슷한 시간대에 사망했습니다. 모두 드림 플레이어를 재생시키던 와중에 사망한 것으로 보입니다."

"누구의 꿈이었죠?"

쥴이 달려들 듯 물어보았지만 형사 꼴롱브는 어깨를 으쓱였다. 그녀는 이마를 탁 치며 생각했다. 알 리가 없지. 개인 소유 드림 플레이어의 열람권은 본사 직원이 아니면 열어볼 수가 없으니까.

드골 소장이 나섰다.

"니블랑 부장. 자네가 가 봐야 할 것 같네."

급기야 그녀는 생리 휴가의 희망을 접어야 했다. 오늘은 불가능하다. 온갖 민원에 시달리고 있는 민원상담소였지만 사망사건을 접한 적은 처음이었다. 재생 도중 사망이라니, 매스컴에서 떠들기 전에 수습하지 않으면 SOF에는 치명적인 타격이 될 것이다.

"그러니까 사건을 해결하려면 마르턴 피올이라는 남자의 드림 플레이어를 먼저 열어 봐야겠군요."

쥴의 말에 형사 꼴롱브가 고개를 끄덕였다.

"협력해주셨으면 합니다. 또 다른 피해자가 생길지도 모르니까요. 마르턴 피올의 자택은 여기서 30분 거리입니다."

쥴은 소장의 눈을 쳐다보았다. 드골 소장은 깊게 패인 눈으로 호소하고 있었다. 자네밖에 없어. 일이 터지기 전에 수습하게. 쥴은 어금니를 꽉 깨물었다. 이건 보통 덫이 아니었다. 회사 전체의 안위가 걸린 대사건이었던 것이다. 쥴은 아랫배의 묵직한 통증을 잊으려는 듯 서둘러 자리에서 일어났다.

"가죠, 형사님."

부장이 직접 출장을 나간다는 얘기에 직원들은 고개를 갸웃거렸다. 하지만 소장실을 박차고 나온 기세 그대로 상담소의 홀을 가로지르며 험악한 분위기를 온 몸으로 뿜어내고 있는 쥴 니블랑에게 말을 걸 수 있는 직원은 없었다. 홀의 모든 사람들이 경직된 채 그녀의 뒷모습만 쳐다보고 있는 풍경 사이로 형사 꼴롱브가 옷깃을 정돈하며 그녀의 뒤를 따라 나섰다.

"이전 문구가 좋았습니다."

엘리베이터가 76층을 지나쳐 내려갈 때 형사 꼴롱브가 먼저 말을 걸어왔다. 소장실에서와는 사뭇 다른 말투였기에 쥴은 멍하니 그의 얼굴을 쳐다보다가 문득 자신이 그의 말을 흘려들었다는 것을 깨닫고는 황급히 되물어야 했다.

"뭐라고요?"

"지금의 문구 말입니다. 드림 플레이어가 어마어마한 인프라를 구축했다는 것에는 이의를 제기할 수 없지만, 지금의 홍보 문구는 아무래도 초심을 잃은 듯하군요."

쥴은 메마른 웃음을 지었다.

"동감이에요. 저 역시 이전 문구가 소박하고 좋아요. 단어 하나 차이에 불과하지만 당시 드림 플레이어의 개척 정신을 엿 볼 수 있으니까요."

엘리베이터는 어느새 29층을 지나치고 있었다. 창밖에 떠 있는 비행정들이 검은 세로줄로 보일 정도의 속도였다. 쥴은 입 속으로 SOF의 이전 홍보 문구를 곱씹어 보았다. 그 문구는 이러했다.

'당신의 꿈을 저장하세요.'

2

드림 플레이어.

그것은 그야말로 꿈의 플랫폼이었다. 2045년의 설문조사에서 전화기와 자동차를 제치고, 인류에게 가장 큰 영향력을 끼친 기계 2위에 등극하는 영광을 누렸을 정도로 드림 플레이어의 파급력은 어마어마했다. 꿈을 저장할 수 있고, 나아가서 자신이 꾼 꿈을 타인과 돌려 볼 수 있는 획기적인 디스플레이어. 누군가에게는 천사의 속삭임으로, 누군가에게는 악마의 유혹으로 불리는 이 기계의 탄생은 2028년, 어느 프랑스 수면학자의 손으로부터 시작되었다.

그의 이름은 퐁피듀 라탕. 당시 소르본 대학 수면학과의 젊은 연구원이었던 그는 오랫동안의 잠적 생활을 마치고 세상에 등장하면서 드림 플레이어라는 존재를 품에 안고 돌아왔다. 퐁피듀 라탕은 코카콜라의 제조법을 겨우 2,000달러에 넘겨버린 스티스 팸버튼의 실수를 범하지 않았다. 거대기업과 결탁하는 대신 그가 찾아간 곳은 가상현실로 포르노그래피를 감상할 수 있는 저급 섹스토이 플레이어 '마릴린'의 제조회사 OM이었다. 약소기업에 불과했던 그곳에서 퐁피듀 라탕은 전재산을 훌훌 털어 회사의 모든 지분을 구입했고, 붉은 색이었던 마릴린의 외관을 하얗게 고친 드림 플레이어의 베타 버전을 무료로 배급하기 시작했다.

반응은 그야말로 폭발적이었다. 사람들은 자신의 꿈을 다시 한 번 볼 수 있다는 사실에 흠뻑 매료되었고, 전 세계 각지에서 구매 요청이 쇄도해 들어왔다. '마릴린'을 생산하던 다섯 개 공장은 곧 전 유럽에 지부를 둔 오천 개 공장으로 덩치를 늘려갔고, 회사의 명칭도 음란스럽기 짝이 없던 OM Orgasm Maker에서 SOF로 새롭게 바뀌었다. 무명의 수면학자였던 퐁피듀 라탕은 최단 기간에 억만장자의 반열에 오른 사업가로 기네스북에 발자국을 찍었다.

꿈의 기록과 저장. 물론 부작용은 있었다. 잠자는 남편에게 몰래 드림 플레이어를 장착시킨 뒤 꿈속에서 첫사랑과 밀회를 가졌다는 이유로 이혼 소송을 제기한 수많은 부인들과, 기억도 나지 않는 깊은 무의식의 영상에서 자신이 동성애자란 사실을 깨닫고 자살을 택한 청소년들이 그 시작이었다. 기억을 말소당한 채 민간인으로 살고 있던 일급 스파이가 드림 플레이어로 자신의 정체를 깨달아버리는 바람에 은밀히 제거당하는 일도 벌어졌다. 그럼에도 불구하고 SOF는 끝없는 증식의 길을 걸어갔다. 드림 플레이어의 등장 이후 떼돈을 벌기 시작한 해몽가들과 사이비 예언자들의 열렬한 지지가 있었기 때문이었다.

그러던 2038년, 드림 플레이어는 또 한 번 거대한 변신을 맞이하게 된다.

"사람들이 서로의 꿈을 공유하기 시작한 거죠."

쥴 니블랑은 무미건조한 말투로 말했다. 형사 꼴롱브는 팔짱을 낀 채 묵묵히 그녀의 말을 듣고만 있었다. 둘은 라틴 지구의 상공을 빠른 속도로 가로지르고 있었다. 쥴은 말을 이어 나갔다.

"휴먼 넷을 기반으로 한 드림 플레이어의 인프라는 어마어마했어요. 자신의 꿈을 네트워크상에 올리는 것에 저희 회사는 아무런 제약도 가하지 않았죠. 대부분의 사람들은 최소한의 데이터 이용료도 받지 않는 SOF의 방목 행동에 기이함을 느꼈다고 하더군요."

형사 꼴롱브가 그녀의 말을 받았다.

"그렇지만 그들은 잘못 생각한 것이 밝혀졌죠. 여러 객체의 꿈을 공유하기에는 드림 플레이어의 용량이 여유롭지 않았고, 휴먼 넷은 드림 플레이어의 잦은 고장을 가져온 겁니다."

"잘 아시네요. 닥터 퐁피듀 라탕이 그것을 예측했는지 아닌지는 알 수 없지만, 저희 회사는 AS 사업의 부흥으로 새로운 전기를 맞이했죠. 그래서 제가 있는 민원상담소도 꽤 바빠지기 시작했고. SOF의 역사상 유례없는 독점이 어디까지 가나 귀추를 주목하는 이들이 수두룩할 거예요. 솔직한 심정으로는 빨리 망하길 원하는 이들도 많겠죠."

형사 꼴롱브는 고개를 갸웃거렸다.

"SOF 고위 직원인 니블랑 부장님께서…… 그런 말씀을 하셔도 되는 겁니까?"

"저야 월급쟁이니까요. 투철한 애사정신을 원한다면 연봉을 올려놓으라고 하세요."

코웃음 치는 쥴의 말투에 형사 꼴롱브는 팔짱을 낀 채 생각에 잠긴 듯 했다. 비행정은 둘의 대화에는 아랑곳하지 않고 목적지를 향해 날아가고 있었다. 문득 쥴은 자동 운항 프로그램으로 맞추어진 비행정의 핸들을 바라보며 물었다.

"불안하지 않아요? 자신의 목숨을 기계에 맡긴다는 것."

"별로 그런 느낌은 들지 않습니다. 프로그램의 사고 확률은 인간의 그것보다 육백 배나 적다고 하지 않습니까."

"확률은 확률일 뿐이에요."

쥴은 그렇게 말하며 비행정 바깥을 향해 고개를 돌렸다. 자신의 항로에 맞추어 휙휙 지나가는 비행정들 사이로 목에 깁스를 두른 환자 같은 에펠탑이 보였다. 그녀는 폭주족들이 왜 굳이 에펠탑을 향해 자신들의 질주혼을 불사르는지 비판하고 싶진 않았다. 오히려 그것을 사전에 막지 못했던 측의 실수라고 생각했다. 게다가 그녀는 허가 없이 접근하면 발포해버린다는 '피사의 사탑'의 방침을 몹시 매력적으로 느끼는 쪽이었다.

"에펠탑이 고생이군요."

쥴은 아무 생각 없이 던진 말이었지만 형사 꼴롱브는 그렇게 받아들이지 않은 모양이었다. 폭주족들이 에펠탑의 수리 기간을 계속 늘려가는 데에는 파리 경찰의 책임이 크다고 여기고 있었기 때문이다.

"드릴 말씀이 없군요. 저희도 이렇다 할 대책을 내세우지 못하고 있으니. 검거되는 폭주족들은 희한하게도 연령층이 매우 높습니다. 자동 운항 프로그램을 거부하는 3,40대의 중년 남자들이 대부분이죠."

"흥미롭네요. 나이를 먹을 만큼 먹은 사람들이 그런 퍼포먼스를 벌인다는 게. 기계에 지배당한다는 것이 두려운 걸지도 모르죠."

그런 이들은 분명 드림 플레이어에도 혐오감을 느끼겠지. 쥴은 속으로 중얼거렸다. 그러나 형사 꼴롱브는 경직된 말투로 대답했다.

"지배당하는 게 아닙니다. 이용하는 거죠. 기계에 자아를 빼앗기는 것을 두려워하는 이들은 그만큼 나약한 정신을 소유했다는 증거. 낡은 사고방식을 가지고 있다가는 도태될 뿐입니다."

완고하군. 형사 꼴롱브의 눈빛에서 쥴은 쉽게 꺾이지 않을 젊은 형사의 고집을 보았다. 분명 유머 센스도 꽝이어서 여자들한테 별 인기도 없겠지. 이런저런 생각을 갈무리하는 도중 그녀의 아랫배에 격통이 찾아들었다. 입술 사이로 신음이 새어 나올 정도의 진통이었다.

"어디 편찮으십니까?"

입술을 꽉 다문 채 창백해져가는 죨의 얼굴을 바라보며 형사 꼴롱브가 물었다. 그녀는 고개를 도리도리 젓고는 심호흡을 하고는 자신의 백을 뒤지기 시작했다. 그녀가 꺼낸 것은 볼품없이 구겨진 담뱃갑이었다. 죨은 문득 생각난 듯 물었다.

"이 비행정, 환기는 잘 되나요?"

"시스템은 충분히 갖추어져 있습니다. 흡연자셨습니까?"

"자주 피지는 않아요. 그런데 오늘은 이게 필요하겠네요."

빌어먹을 생리통 때문에. 그녀는 담배를 물며 속으로 욕지거리를 삼켰다. 그리고 돌고래가 그려진 라이터를 켜 담배에 불을 붙였다. 폐부 깊숙이 한 모금을 빨아들이자 엉켜있던 고무줄이 느슨해지듯 온 몸에 긴장이 풀리기 시작했다. 그 모습을 찬찬이 지켜보던 형사 꼴롱브가 물었다.

"자동 발화 담배가 아니군요? 라이터를 구경하는 건 참 오랜만입니다."

죨 니블랑은 돌고래의 꼬리 부분을 어루만지며 대답했다.

"커피를 마시는 사람들 중에는 그 향을 음미하는 게 더 큰 목적이라는 사람들이 있다고 해요. 불이 붙기 전의 담배를 물고 있는 그 시간, 어쩌면 그 잠깐의 여유가 니코틴과 비슷한, 혹은 더 큰 위안을 줄 수도 있지 않겠어요? 리모컨이 사라지지 않고 있는 이유와도 비슷하겠죠."

음성 인식 장치가 보편화 된 현재에도 사라지지 않는 20세기의 산물인 리모콘. 편리함의 극을 추구하는 기술 발달의 파도에도 불구하고, 절대 내주지 않는 섬과도 같은 부분이 사람들에게는 존재했다. 죨 니블랑에게 있어 그 섬은 바로 라이터였다.

형사 꼴롱브가 조심스럽게 말했다.

"제 예상과는 많이 다르군요. 저는 SOF의 고위직원이라면 당연히 하이테크놀로지의 선구자적인 생각을 갖고 있을 거라고 생각했었습니다. 회사의 성격 자체가 그렇지 않습니까?"

쥴은 담배 연기를 내뿜으며 대답했다. 그녀가 내뿜은 연기는 비행정 내의 공기 정화 시스템에 의해 순식간에 자취를 감추었지만.

"몇몇 이들은 닥터 라탕을 히틀러에 비유하고 저희 회사 직원들을 나치 당원으로 몰아붙이길 좋아하더군요. 그럼 저는 게슈타포 쯤 되려나? 허튼 소리에요. 다른 회사와 다름없죠. 칼 퇴근을 꿈꾸고 슈퍼볼 경기에 맥주 한 잔을 그리워하는 그저 그런 직원들이 모인 곳."

그래도 엘리트들의 집합체라는 사실엔 변함이 없겠지요. 형사 꼴롱브의 표정에는 그런 의미를 내포하고 있었다. 그가 머뭇거리며 입을 열었다.

"어떻게 입사하게 되셨는지, 물어봐도 실례가 되지 않을까요?"

쥴은 다 태운 담배를 필터에 버리고 있었다. 마음 같아선 창문을 내리고 담뱃재를 흐드러지게 휘날리고 싶었지만 그럼 당장에 벌금형이다. 쥴은 필터의 입구를 닫으며 형사 꼴롱브의 얼굴을 마주보았다. 담배의 마지막 한 모금이 아쉬워서일까. 그녀의 표정에는 씁쓸함이 묻어있었다.

"스카우트였어요. 제가 찾아온 게 아니라 SOF에서 날 부른 거죠."

3

네티샤 피숑은 슬슬 귀가 저림을 느끼기 시작했다. 왼쪽 귀에서 등까지 이르는 그녀의 목선을 고양이의 꼬리처럼 감싸고 있는 넥폰Neck-phone은 몇 시간 동안의 쉼 없는 작동으로 인해 뜨겁게 달아오르고 있었다. 네티샤는 오늘 하루 동안 파리 내의 기자들 목소리를 다 들어보는 건 아닐까 걱정되었다. 무언가 심상치 않은 일이 벌어졌다는 것을 확신한 기자들은 피 냄새를 맡은 상어 떼들처럼 달려들었다. 하지만 네티샤는 그들이 원하는 먹잇감을 가지고 있지 않았다.

"정말 모른다는 겁니까? 루이 드골 소장이 어디 있는지? 당신은 비서잖아요!"

수화기 너머의 기자는 참을성을 잃고 소리를 빽 질렀다. 하지만 네티샤는 다듬다 만 손톱이 영 마음에 안 드는지 오른쪽 검지를 눈앞에서 이리저리 돌려보며 대충 대답해주었다.

"행선지를 밝히지 않으셨다고요. 어쩌겠어요, 소장님도 프라이버시가 있는데."

"하필 이런 중요한 때에 말입니까! 잠깐만 인터뷰하면 된단 말예요. 그러지 말고 좀 알려주십시오. SOF 사상 최악의 인명사고가 일어났다는 소문은 이제 온 유럽에 쫙 퍼졌다고요. 막무가내로 숨긴다고 되는 게……."

막무가내는 당신이지. 네티샤는 속으로 중얼거렸다. 사실 그녀는 지금 통화하고 있는 기자의 이름이 무엇인지도 기억하지 못했다. 마리오? 미카엘? 자그마치 열일곱 번째로 전화를 걸어온 기자였다. 그녀는 열 번째 기자에서부터 이름 외우기를 포기해버렸다.

결국 마리오인지 미카엘인지 하는 기자는 네티샤의 심드렁함에 지쳐 전화를 끊어 버렸다. 그녀는 표정의 변화 없이 내려놓았던 큐티클 니퍼를 집어 들었다. 사실 네티샤 피숑을 근무 태만으로 몰아붙일 수는 없는 노릇이었다. 그의 보스인 드골 소장은 실제로 비서인 그녀에게도 행선지를 비밀에 붙이고는 외출한 것이었다. 그녀에겐 SOF 사상 최악의 민원사건이 대체 어떤 것인지, 기자들이 왜 그것을 파헤치려고 안달인지에 대해선 일말의 관심도 없었다. 그녀가 패션 잡지 모델을 때려 치고 SOF에 지원한 유일한 이유는 혀를 내두를 만큼의 연봉뿐이었으니까. 당장에 자신의 자리가 위태롭지 않는 한, 그녀의 최대 관심사는 빨리 손톱의 큐티클을 제거하고, 뇌쇄적인 보라색 매니큐어를 칠하는 것이었다.

부르릉.

하지만 걸려오는 전화를 피할 수는 없는 노릇. 안마기가 따로 없군. 10초 간격으로 걸려오는 전화에 그녀는 투덜거리며 큐티클 니퍼를 도로 내려놓았다. 그리고는 오른손을 목덜미에 가져가 넥 폰의 수신버튼을 작동시켰다. 어쩌면 그녀가 오늘 안에 보라색 손톱을 갖게 되는 것은 불가능할지도 모른다.

비서 네티샤 피숑의 손톱 미용에 지대한 악영향을 끼쳐 놓고 사라진 루이 드골 소장은 그 순간 자신의 비행정에서 내리고 있었다. 그가 허겁지겁 달려 온 곳은 파리 근교의 한 저택이었다. 결코 으리으리하다고 할 수는 없는, 아담한 크기의 저택이었지만 반경 60헥타르가 모두 고요한 잔디밭이라는 것을 염두에 둔다면 이야기는 달라진다. 콜로세움 57개를 세울 수 있을 만큼의 면적에 '소음이 싫어서'라는 이유로 대규모의 잔디밭을 만들어 버릴 수 있는 자는 많지 않았다. 게다가 그곳이 파리와 같은 대도시라면 그 인물은 전 세계 에서도 몇 손가락 안에 꼽을 수 있을 것이다.

루이 드골 소장은 저택의 문 앞에 가 섰다. 소음을 싫어하는 주인의 성격상 벨은 어디를 찾아봐도 보이지 않았다. 소리 없이 문이 양쪽으로 열렸다. 정갈한 복장의 중년 남자가 드골 소장을 맞이했다.

"오랜만입니다, 소장님."

"프란시스, 자네도. 들어가도 되겠나?"

"물론입니다. 주인님께서 기다리고 계십니다."

순백색의 거실을 가로질러 프란시스가 안내한 곳에는 투명 엘리베이터가 자리하고 있었다. 프란시스에게 짧게 목례하고 엘리베이터에 올라타자 역시 일말의 소음도 없이 엘리베이터는 위층으로 올라가기 시작했다. 드골 소장이 도착한 곳은 초원의 한 가운데에 있는 듯한 착각을 불러일으킬 정도로, 넓게 펼쳐진 잔디밭이 훤히 드러나는 펜트하우스였다.

"루이! 어서 오게. 이게 얼마만인가."

펜트하우스의 주인은 드골 소장과 비슷한 연배의 노인이었다. 방 중앙의 거대한 흑요석 테이블 앞에서 그는 의자를 돌린 채 소장을 맞았다.

"두 달 만인 것 같군요, 닥터 라탕."

닥터 퐁피듀 라탕. 드림 플레이어의 개발자이자 거대기업 SOF의 총수인 남자는 주름진 미소를 지으며 목에 걸고 있던 하얀 기계를 테이블 위에 내려놓았다. 드림 플레이어의 퍼스트 모델인 '보울랭거'였다. 기능상으로는 지금의 모델에 조금 뒤처지지만 그 가치는 이루 말할 수 없을 것이었다.

"제가 방해가 되었나 보군요."

드골 소장의 말에 퐁피듀 라탕은 고개를 가로저었다.

"그렇지 않네. 좋은 꿈은 휴먼넷에 널리고 널렸으니까. 내가 지금 어떤 꿈을 꾸고 왔는지 알겠나? 드넓은 몽골 평원에서 칭기즈칸의 오른팔로 대륙을 호령하고 다녔지. 중국인인 라오스 펑이라는 남자의 꿈이었는데, 안타깝게도 로마 황제 시저의 암살을 피하는 장면에서 꿈이 끝나더군. 다음 편이 올라오면 좋을 텐데 말이야."

"그가 루시드 드리머Lucid Dreamer이길 바래야겠군요."

몽골의 영웅 칭기즈칸과 로마 제정 시대의 폭군 율리어스 시저가 만나려면 1200년이나 되는 역사를 뛰어넘어야 한다. 물론 꿈에서는 그런 일이 아무런 제약 없이 가능해진다. 마음만 먹는다면 그 꿈을 꾼 라오스 펑이란 남자는 그 꿈과 이어지는 꿈을 꿀 수도 있을 것이다. 루시드 드림. 자신이 꿈을 꾼다는 사실을 명확히 깨달을 수 있다는 자각몽自覺夢이 그것이다. 그리고 그런 자각몽을 꿀 때 원하는 배경과 상황, 그리고 꿈을 통제하는 경지에까지 오르도록 훈련하는 이들이 바로 루시드 드리머였다.

"그러게 말일세. 요새 훌륭한 루시드 드리머가 줄어들어서 휴먼 넷을 돌아다니는 재미가 떨어지는 참이었거든."

퐁피듀 라탕의 얼굴은 놀이공원에 새 롤러코스터가 생기길 바라는 어린 아이의 그것처럼 상기되어 있었다. 드골 소장은 그런 천진한 얼굴을 바라보며 마음이 약해지는 것을 느꼈지만 자신이 온 목적을 떠올리고는 마음을 다잡았다.

"사고가 생겼습니다, 닥터 라탕."

"사고?"

드골 소장은 총수의 질문에 무겁게 고개를 끄덕였다.

"사람이 죽었다는군요. 드림 플레이어로 꿈을 꾸던 도중에 말입니다."

퐁피듀 라탕의 깊은 신음이 펜트하우스를 가득 채웠다.

"그게 대체 무슨 소린가. 꿈을 꾸다가 목숨을 잃었다니?"

"프랑스에서만 세 명입니다, 닥터. 다른 나라에서는 더 많은 희생자가 생겼을 수도 있고요. 몇십분 전에 저희 상담소의 니블랑 부장이 형사와 함께 현장으로 출발했습니다."

"기이한 일이로군. 그리고 사실이라면 매우 안타까운 일이야."

"안타까운 정도가 아닙니다. 진상이 규명되고 만약 그들의 죽음이 정말로 드림 플레이어 때문이라면 회사의 존망이 걸려 있다고 해도 과언이 아니지 않습니까. 몇 시간 내에 매스컴은 이 일을 대서특필할 겁니다."

퐁피듀 라탕은 대답하지 않고 잠시 침묵에 잠기었다. 루이 드골 소장은 시선을 돌려 테이블 위에 올려진 '보울랭거'를 바라보았다. 죽은 라탕의 아내 '졸리 보울랭거'의 이름을 딴 그 하얀 기계는 빛마저 빨아들일 것 같은 매혹적인 흑요석 테이블과 절묘한 조화를 이루고 있었다. 드골 소장은 그 초대 드림 플레이어에서 시선을 떼지 않은 채 말했다.

"닥터 라탕. 당신의 부하 직원이 아닌, 소르본 대학시절의 친구로서 말해도 되겠습니까?"

퐁피듀 라탕의 안색이 달라졌다. 그의 시선에 촉촉한 그리움이 떠오르기 시작했다.

"자네가 우리 회사로 들어온 지 이십년이 넘는 세월동안 단 한 번도 내게 친구로 다가온 적이 없었지. 나는 졸리를 지키지 못한 나에 대한 자네의 분노 때문이라 생각했어."

"그 점을 부인할 순 없겠지, 퐁피듀. 나 역시 자네만큼 그녈 사랑했었으니까. 하지만 오늘 그 빛바랜 이야기를 다시 꺼낼 생각은 없네. 다만 회사의 모든 관계를 잠시 접어두고 자네에게 인간 대 인간으로서 물어보고 싶은 게 있기 때문이야."

"말해보게."

"오래 전부터 가져왔던 의문이 있었지. 욕망을 해소해주는 현란한 영상에 고객들은 열광하고, 타의 추종을 불허하는 판매량에 회사원들은 환호를 지르지만 나는 그 이면에 불가사의한 무언가가 있다는 것을 분명하게 느끼고 있었다네. 그리고 오늘 결국 사고가 터지지 않았나. 일찍, 혹은 너무 늦게 일어난 건지도 모르지. 하지만 이제야 겨우 자네에게 이 질문을 할 수가 있게 되었어, 퐁피듀."

라탕은 깊이를 알 수 없는 푸른 눈으로 드골 소장의 얼굴을 정면으로 응시하고 있었다. 드골 소장은 아랫배에 힘을 꽈악 주며 말을 이었다. 불안정하게 떨리는 목소리로.

"드림 플레이어는 대체 무엇인가."

4

"그저 기계일 뿐이에요. 사람을 죽인다니 말도 안 되죠."

쥴은 단호한 어투로 말했다.

"악의를 가진 자가 꿈속에 불순한 영상물을 주입시킬 수도 있지 않겠습니까? 인간이 견딜 수 없을 만큼의 강한 자극을 담은 것들로 말입니다. 하이 테크놀로지를 이용한 계획살인이죠. 실제로도 빈번하게 일어나는 일이고요."

형사 꼴롱브의 반박에 쥴은 고개를 가로저었다.

"역시 불가능해요. 휴먼 넷상에서 꿈이 공유되는 루트야 무한정에 가깝지만 드림 플레이어 자체의 구조는 그런 살인 방법에 부적합해요. 드림 플레이어는 타인의 꿈을 '훔쳐보는' 기계가 아니에요. 타인의 꿈을 '같이 꾸는' 기계죠. 그렇기 때문에 누군가의 꿈이 재생되는 동안 드림 플레이어의 착용자는 꿈에 빠진 상태가 되어버리는 거예요. 드림 플레이어로 살인을 하려면 꿈을 꾸던 사람을 꿈속에서 죽게 만드는 수밖에 없답니다. 그게 가능할 리가 없잖아요? 분명 외부적인 요인이 작용했을 게 틀림없어요."

"확신은 금물입니다, 부장님. 저희 검시진에서는 심장 마비 외에 사망의 아무런 원인을 발견하지 못했습니다. 즉, 분명 책임은 그 기계에 있다는 거죠."

쥴은 한숨을 내쉬었다. 비행정 안에서 떠드는 것은 힘만 빠지는 일이었다.

"도착하면 알게 되겠죠. 무엇이 꿈을 꾸다 사람을 죽게 만들었는지."

얼마 지나지 않아 비행정은 목적지에 다다르고 있음을 알렸다. 라틴 구 중심지의 거대 아파트 주차장에 이륙하자 또다시 아랫배의 묵직한 통증이 쥴을 덮쳐왔다. 이번에는 허리께마저 뻐근해지고 있었다. 담배 한 가치가 또다시 생각나는 순간이었다.

"가시죠, 니블랑 부장님."

그녀를 안내하던 형사 꼴롱브의 걸음은 4203호의 문 앞에서 멈추었다. 안색이 창백한 노파가 둘을 맞이했다. 으리으리한 인테리어나 기하학적인 공간 활용 기술은 거의 보이지 않는 평범한 중산층의 집이었다. 형사 꼴롱브가 신분증을 보여주고 자초지종을 설명하자 노파는 깊은 한숨과 함께 아들의 방 문을 열어주었다.

"마르턴은 밥 먹고 잠자는 시간을 제외하면 저 기계에서 떨어질 줄 몰랐다우."

방바닥에 널브러진 드림 플레이어를 바라보는 노파의 시선은 증오와 분노로 가득 차 있었다. 노파의 감정이 격해지기 전에 형사 꼴롱브는 정중하게 자리를 피해주길 부탁했고 결국 방 안에는 그와 쥴 니블랑 두 명만이 남게 되었다. 노파가 방문을 닫고 나가는 와중에도 쥴은 드림 플레이어의 외관을 살펴보는 데 열중해 있었다.

"어떤가요?"

형사 꼴롱브의 질문에 쥴은 고개를 가로저었다.

"TW-14 모델이에요. 기본사양에 휴먼 넷 기능만 탑재한 저가형 제품이죠. 외관상 특이한 점은 보이지 않는군요. 작동을 시켜봐야겠는걸요."

말을 마치고 쥴은 형사 꼴롱브의 얼굴을 물끄러미 바라보았다. 그는 고개를 끄덕였다.

"허가는 받아놓았습니다."

개인 소유의 드림 플레이어를 열람해보아도 법의 저촉을 받지 않는다는 보장을 받자 쥽은 망설임 없이 희생자 마르턴 피올의 드림 플레이어 인식기에 지문을 갖다 대었다. 주인 이외의 지문에 대해선 거부반응을 보이는 드림 플레이어였지만 SOF의 고위직원인 쥽 니블랑의 신상정보는 방화벽을 뚫고 데이터베이스의 깊숙한 곳의 빗장까지 열 수 있었다. 드림 플레이어의 후두부 측면에 달린 액정에서 기록들이 쏟아져 나오기 시작했다.

형사 꼴롱브가 물었다.

"어떻게 되고 있습니까?"

"이 남자가 휴먼 넷에 접속했던 흔적들을 살펴보고 있어요. 그러니까…… 아, 찾았다. 이 자가 본 것은 알탄 카이거라는 사람이 올린 꿈이에요. 무얼 하는 사람인지 알아봐주시겠어요?"

"뉴욕 경시청에 라울 핏치라는 동료 형사가 있습니다. 휴먼 넷에서 누군가를 추적하는 일에는 일가견이 있죠. 그에게 메시지를 보내보도록 하겠습니다."

형사 꼴롱브가 자신의 HPC[Handheld PC]를 꺼내 송신을 하는 동안, 드림 플레이어를 바라보던 쥽은 무언가를 발견하고는 눈살을 찌푸렸다.

"이건…… 별로 좋지 않군요. 데카당스 아고라예요."

온갖 종류의 꿈들이 공유, 혹은 거래되는 휴먼 넷에서 일종의 집합소 역할을 하는 가상공간을 사람들은 '아고라'라고 불렀다. 대부분의 아고라들은 일종의 동호회 성격을 띠고 있을 뿐이었지만 몇몇 거대 규모의 아고라는 분명한 특색을 표방하며 몸집을 키워가고 있었다. 데카당스 아고라도 그 중 하나였다.

"그곳에서 발견되었단 말입니까? 그런데 귀에 익은 이름이군요."

형사 꼴롱브가 말을 흘리자 쥴은 퉁명스런 말투로 대답했다.

"라키샤 무어 사건이 시작된 곳이라면 아시겠죠?"

그녀의 말에 젊고 건장한 형사의 얼굴은 붉게 달아오르기 시작했다. 액정에 집중하고 있었기에 형사 꼴롱브의 당황한 표정은 보지 못했지만 쥴은 갑자기 찾아든 침묵으로 상황을 알 수 있었다. 하긴, 그 어떤 남자가 그 유명한 꿈을 안 꿔봤겠어. 뭐라 탓할 순 없는 거지. 쥴은 속으로 코웃음 쳤다.

2년 전 휴먼 넷을 뒤흔든 하나의 꿈이 전 세계로 퍼져나가기 시작했다. 출발점은 온갖 희귀하고 범상치 않은 꿈들만을 모은다는 데카당스 아고라. 꿈의 내용과 사실성은 가히 충격적이었는데 미국의 열아홉 아이돌 가수 라키샤 무어와 질펀한 섹스를 나누는 꿈이었다. 꿈을 올린 주인공은 오스쿠 시우바라는 말레이시아의 대학생이었다. 그가 꿈에서 냉소적인 고결함을 모토로 삼는 라키샤 무어에게 시도한 각종 도발적인 체위와 대사는 포르노그래피 전문가들에게도 탄성을 나오게 할 만큼 퇴폐적이었고, 오스쿠 시우바는 순식간에 그 쪽 방면의 영웅으로 추앙받기 시작했다. 그리고 전율할 만큼 실감나는 그의 꿈은 전 세계 남성들의 드림 플레이어 속으로 은밀한 복음처럼 전파되었다.

한창 최고의 주가를 올리고 있던 라키샤 무어 측의 분노는 불을 보듯 뻔한 것이었다. 라키샤는 문제의 꿈을 직접 꾸어보고는 자신이 키우던 악어에게 드림 플레이어를 던져 버렸으며, 드림 플레이어의 제조사인 SOF도 함께 악어의 입 속으로 집어넣고 싶어 했다고 한다. 결국 라키샤 무어의 소속사는 SOF를 상대로 사상 초유의 거액을 요구하는 명예훼손 소송을 걸었고, 법원은 그 소송을 무참히 기각했다. 그에 대해 SOF 민원상담소 소장 루이 드골이 인터뷰에서 남긴 한 마디는 사람들의 우스갯소리에서 여전히 회자되고 있다.

"엽기적이고 저질스런 춘화를 스케치북에 그렸다 해서, 스케치북 제조업자를 고소한다는 것은 동서고금을 통틀어 가장 어처구니없는 코미디다."

쏘아진 화살은 어쩔 수 없이 방향을 틀었고, 결국 법의 판결 앞에 서게 된 것은 처음으로 꿈을 휴먼넷에 유통시킨 오스쿠 시우바였다. 원고는 머리끝까지 화가 난 세계 정상급 스타였고, 피고는 가난한 젊은이에 불과했다. 만약 라키샤 무어가 승소한다면 그의 인생은 파멸할 것이 뻔했고, 오스쿠 시우바가 승소한다면 아이돌 가수가 얻는 것은 치욕과 모멸감뿐이었다. 첫 번째 재판에서 법원은 시우바의 편을 들어주었다. 잔뜩 겁을 먹은 말레이시아의 대학생은 자신의 꿈에 나오는 인물이 라키샤 무어가 아니라 상상 속의 여자라 주장했고, 라키샤 무어 측은 말도 안 되는 억지라며 항의했지만 드림 플레이어의 영상을 객관적인 매체로 옮기는 기술은 불가능했기 때문에 결국 증거가 불충분했다.

두 번째 재판에서는 상황이 역전되었다. 오스쿠 시우바가 라키샤 무어를 자신의 노예로 만든 꿈을 꾸었다고 떠벌리고 다닌 것이 화근이었다. 라키샤 무어 측이 거금을 들여 매수한 시우바의 친구들은 친구를 배신하면서까지 모두 사실대로 털어놓았고, 첫 번째 재판에서의 억지는 물거품이 되어버렸다. 결국 유명인을 향한 악질적인 명예훼손이라는 혐의에서 시우바는 벗어날 수 없었다.

5

"하지만 세 번째 재판에서 문제가 터져버렸지."

루이 드골 소장의 얼굴은 침착했다. 그러나 그의 목소리는 조금씩 격앙되고 있었다.

"법원의 판결 기준이 막다른 골목에 직면한 거야. 과연 오스쿠 시우바가 꾼 꿈을 명예훼손의 도구로 볼 수 있느냐는 거였지. 시우바는 그 노골적인 볼거리를 돈 주고 판 적이 없었어. 그저 그 나이대의 혈기왕성한 남자들이 그렇듯 무용담을 떠벌리고 싶은 심정이었겠지. 자신이 했던 상상을 '공유' 했을 뿐인 거야."

거침없이 쏟아지는 드골 소장의 말에 퐁피듀 라탕은 아무런 대꾸 없이 듣고만 있었다.

"기계를 통해 재생한다 해도 꿈은 꿈이야. 그런 꿈에 법의 잣대를 들이민다는 것이 과연 정당한 일인가 하는 의문이 고개를 내밀었고, 만약 그렇다면 라키샤 무어의 벗은 몸을 상상한 모든 남자는 벌금을 물어야 한다는 의미로 받아들여질 수 있었지. 맞아. 사실 그 사건은 단순히 한 스타의 자존심이 걸린 낯 뜨거운 해프닝이 아니었어. 드림 플레이어로 재생하는 꿈의 정체성에 관한 문제였지. 단순한 영상물로 봐야하는지, 혹은 제 3의 가상현실인지, 그것도 아니면 개인의식의 조작물인지."

드골 소장은 할 말을 다한 듯 말을 멈추고 오랜 친구의 얼굴을 쳐다보았다. 퐁피듀 라탕은 알듯 말듯 한 미소를 지으며 대답했다.

"꿈은 꿈, 그 이상도 이하도 아니야. 어째서 편협한 잣대로 바라보려 하는 건지 모르겠군, 루이. 꿈에 대한 철학적 논의는 기원전부터 시작되었어. 때로는 신의 계시로, 때로는 운명을 비추는 거울로. 누군가는 은밀한 욕망이 실현되는 환상이라고 말하고 누군가는 뇌의 휴식 중 일어나는 정보처리 현상이라고 말하지. 드림 플레이어가 전 세계에 보편화 된 요즘에도 그 물음은 풀리지 않았어. 라키샤 무어 사건은 지금까지도 지지부진하게 매듭을 짓지 못하고 있지 않나. 꿈이란 무엇인가. 나 역시 그 답을 알 수는 없네."

드골 소장은 퐁피듀 라탕을 향해 성큼 다가서며 반박했다.

"그런 무책임한 말로 넘어가지 말게. 사람이 죽었어. 경찰이 우리 상담소의 문을 열고 들어왔을 때부터 난 직감했네. 그들 죽음의 책임은 자네, 아니 우리에게 있네. 이래도 모르겠다고만 할 텐가!"

급기야 루이 드골 소장은 소리를 지르고야 말았다. 하얗게 센 그의 윗머리가 거칠게 요동쳤다. 그러다 퐁피듀 라탕의 얼굴은 한결같았다. 그는 느릿느릿 입을 열었다.

"루이. 죽음이란 무엇인가."

"……뭐?"

"또 꿈이란 무엇인가."

"지금 나와 선문답을 하자는 겐가?"

퐁피듀 라탕은 고개를 가로저었다.

"죽음과 꿈은 종이 한 장 차일세, 나의 친구여. 우리가 매일 꿈을 꿀 때 우리의 몸은 어떤가. 죽음을 체험하고 있지 않은가? 삶이 종결되었다는 것은 결국 꿈에서 영원히 깨어나지 못한다는 뜻일세."

"대체 무슨 소리를 하는지 모르겠군. 자네 말이 지금 내게는 터무니없는 궤변으로 들려."

"아직 끝나지 않았네. 그럼 바꿔 생각해볼까? 꿈을 꾸는 것은 그 자신만이 할 수 있는 일이야. 꿈에서 깨는 것도 그 자신만이 할 수 있는 일이지. 감히 묻겠네, 루이. 영원히 그 꿈에서 깨어나고 싶지 않은 사람이 존재할 수도 있는 것 아닌가?"

"책임을 피하려는 변명에 불과해. 드림 플레이어는 꿈꾸는 기능을 제외하면 아무것도 가지고 있지 않아. 만약 편안한 죽음을 제공할 수 있다면 진작에 안락사 기계로 쓰였겠지. 사람의 의지로 꿈에서 깨어나지 않는 것은 불가능하네. 드림 플레이어의 도움을 받아도 그건 마찬가지야."

"그렇게 생각할 수도 있겠지. 하지만 아직 자네가 모르고 있는 것이 있어."

드디어 본론에 다가섰군. 루이 드골 소장은 마른 침을 삼키고는 말했다.

"퐁피듀. 바로 그 것을 가르쳐달라는 말일세. 더 이상 내게, 아니 인류에게 드림 플레이어의 비밀을 숨기고 있을 수만은 없어."

퐁피듀 라탕은 천천히 눈을 내리깔았다. 그 잠시의 시간을 드골 소장은 기다려 주었다. 그의 바램대로 퐁피듀 라탕은 다시 눈을 뜨고는 자리에서 일어났다.

"알겠네. 하지만 여기서는 안 돼. 난 지금 반드시 가봐야 할 곳이 있네."

"도망치려는 건가?"

드골 소장의 격렬한 질문에 퐁피듀 라탕은 고개를 가로저었다.

"아니, 함께 가자고 말하는 거네. 자네의 모든 의문은 그곳에서 풀릴 거야."

말을 맺은 퐁피듀 라탕은 보울랭거를 한 번 쓰다듬고는 엘리베이터 안으로 걸음을 옮겼다. 혼란스럽기 짝이 없었지만 드골 소장은 아무 말 없이 그 뒤를 따랐고, 1층에서는 이미 프란시스가 그들을 기다리고 있었다.

"드디어 가시는 겁니까, 주인님."

프란시스의 목소리에는 준비된 비장함이 묻어 있었다. 퐁피듀 라탕은 고개를 끄덕였다.

"그렇게 됐군. 그동안 수고 많았네. 부탁했던 것처럼 아내의 소지품은 모두 불태워주게."

"마담 보울랭거의 소지품…… 말씀이시죠? 분부대로 하겠습니다."

드골 소장은 쇠망치로 머리를 크게 얻어맞은 듯한 심정이었다. 졸리의 소지품을 불태우겠다니, 그녀가 남긴 흔적을 없애겠다는 건가? 드골 소장은 고개를 홱 돌려 퐁피듀 라탕을 노려보았다.

"대체 무슨 속셈인가, 퐁피듀! 오늘 자네의 행동은 수상쩍기 그지없군. 프란시스, 이대로 자네의 주인이 도망치려는 것을 보고만 있을 셈인가? 그것은 범죄야!"

드골 소장의 말에 프란시스는 차분한 말투로 그를 진정시키려 했다.

"주인님께서는 도망치시려는 것이 아닙니다. 오랫동안 미뤄두었던 일을 오늘에야 이루려는 겁니다. 사실 주인님께서는……."

퐁피듀 라탕이 손을 들어 프란시스의 말을 가로막았다.

"그만하게. 시간이 없어, 루이. 약속하지 않았나. 자네의 두 눈으로 모든 것을 확인할 수 있을 걸세."

"만약 불미스러운 일이 생긴다면 나는 그것을 그냥 두고 보진 않을 거야."

"바라던 바일세. 자, 프란시스. 그것을 꺼내게. 이제 떠날 때가 되었어."

프란시스는 퐁피듀 라탕의 말에 목례하고는 가지고 있던 리모콘의 버튼을 눌렀다. 그러자 저택의 오른쪽 잔디밭이 마치 뚜껑이 열리듯 움직이며 그 속에 감추고 있던 무언가를 드러내었다. 루이 드골 소장은 의아한 기분에 사로잡혔다. 잔디밭에서 올라온 것은 초고속 비행정 파에톤이었다. 세계에 단 다섯 대 밖에 존재하지 않는 보물이라서 놀란 것이 아니었다. SOF의 주인에게 그 정도는 우스울 테니까. 하지만 파에톤은 도시 간 이동을 목적으로 만들어진 것이 아니었다. 태양 마차를 몰다가 죽음을 맞은 그리스 신화의 인물 파에톤의 이름을 딴 그 비행정의 용도는 바로 '대륙 간 이동'이었다.

"대체 어디로 가려는 건가, 퐁피듀?"

퐁피듀 라탕은 천천히 걸음걸이를 옮겼다. 이윽고 투명한 저택의 문이 좌우로 열렸고, 퐁피듀 라탕의 백발은 비행정의 이륙 준비 때문에 불어 닥친 바람에 나부끼기 시작했다. 드골 소장은 잠시나마 젊었던 시절의 그의 모습을 본 것만 같았다. 퐁피듀 라탕이 친구의 얼굴을 돌아보며 말했다.

"티벳일세."

"제가 방금 잘못 들은 건가요, 꼴롱브 형사님?"

"아닙니다. 그 꿈의 발신지는 분명 티벳으로 밝혀졌습니다."

형사 꼴롱브의 말을 들은 쥴은 잠시 생각에 잠기는 듯 했다. 아시아의 변방 국가에서 사람을 죽이는 꿈이 흘러나왔다, 무슨 의미지? 대체 그곳에 뭐가 있길래? 턱을 괸 채 궁리에 빠진 쥴에게 형사 꼴롱브가 굳은 표정으로 말했다.

"그런데 뭔가 석연치 않은 점이 있습니다. 제 동료 라울의 이야기로는 꿈의 출발지가 티벳이라는 점만 확인할 수 있었을 뿐, 더 이상의 추적이 불가능했다고 말하는군요."

"그야 데카당스 아고라에서 냄새를 맡고 수를 쓴 거겠죠. 라키샤 무어 사건 때 그랬던 것처럼. 하지만 인명이 걸린 문제니 그 정도 접근은 경찰에게 있어선 레이저로 스티로폼을 뚫는 것만큼이나 쉬울 텐데요."

의아해하는 쥴 니블랑의 말에 형사 꼴롱브는 고개를 가로저었다.

"정보의 접근권 문제가 아닙니다. 그 꿈에 대한 일체의 자료가 휴먼 넷 상에서 삭제되었어요. 데카당스 아고라의 운영자도 차단을 할 수 있을 뿐 꿈을 지울 수 있는 권한은 없습니다. 이건 누군가 고의적으로 증거를 폐기 처분한 거죠. 알탄 카이거의 꿈을 꾼 자들이 전부 죽지는 않았을 겁니다. 그랬다면 겨우 세 명의 피해로 끝날 리가 없겠죠. 하지만 이제 생존자들의 명단은 확보할 수가 없게 되었습니다. 니블랑 부장님. 뭔가 짚이시는 게 없으십니까?"

형사 꼴롱브는 처음으로 쥴에게 직업적인 눈빛을 발하기 시작했다. 그녀는 자신도 모르게 무언가 추궁당하는 기분에 사로잡힐 수밖에 없었다. 형사 꼴롱브의 깊숙하게 파고드는 시선은 매의 눈과도 같았다. 때문에 쥴은 자신도 모르게 평정심을 잃고 격앙된 말투도 대답했다.

"지금 SOF를 의심하는 건가요? 증거를 인멸했다고?"

"그럴 가능성을 무시하진 못하겠군요. 드림 플레이어의 제조사가 아니라면 그 누가 꿈을 지울 수 있단 말입니까? SOF가 오랜 세월 독점의 가도를 달릴 수 있었던 것은 꿈의 메커니즘을 철저히 비밀에 부친 것에 있었다는 걸 부인하시진 못하겠지요?"

완전히 용의자 취급이군. 쥴은 끓어오르는 분노를 가까스로 가라앉혀야만 했다. 형사 꼴롱브의 말은 틀린 것이 없었다. 그는 의심하는 것이 직업인 자니까. 흥분할 이유는 없었다. 다만 하루 종일 따라다니는 생리통 때문에 예민해진 것뿐이리라.

쥴은 호흡을 가다듬고는 말했다.

"그래요. 만약 그것을 지울 수 있다면 외부가 아닌 SOF 내부의 소행일 가능성이 크겠죠. 하지만 SOF가 산업 스파이로부터 드림 플레이어의 비밀을 지킬 수 있었던 건 사원들의 입이 철통처럼 무거워서가 아니에요. 그들도 원리를 모르기 때문이죠. 꿈을 주무를 수 있는 건 아무도 할 수 없는 일이라고요."

"정녕 아무도 가능하지 않다는 말씀인가요?"

"물론이죠. SOF의 총수를 제외하면 그 누구도……."

쥴 니블랑의 말은 멈춰진 폭포수처럼 도중에 끊겨버리고 말았다. 그녀의 눈이 크게 뜨여졌다. 닥터 라탕이 나섰다는 말이야? 자신의 전생이 클레오파트라였다는 것을 드림 플레이어로 증명하겠다던 사기꾼 나가 보아터래문이 사회적 파문을 일으켰을 때도, 꿈속에서 종말을 보았다는 사이비 예언가 시워칸 록벨이 삼천여명의 신도들과 집단 성교를 벌였을 때도 침묵을 지켰던 그 노인네가?

"만약 닥터 퐁피듀 라탕의 소행이라면, 이건 보통 문제가 아니로군요."

"수사를 미궁에 빠트리려는 수작으로 봐도 무방하겠습니까? 저는 상부에 보고해야 할 의무가 있습니다."

형사 꼴롱브는 당장에라도 체포 영장을 신청할 기세였다. 쥴은 손을 들어 그를 막았다.

"잠깐만요. 이건 아귀가 맞지 않아요. 만약 퐁피듀 라탕이 휴먼넷으로 들어가 알탄 카이거의 꿈을 지웠다면 그가 희생자들의 죽음에 직접적, 혹은 간접적으로 책임이 있다는 말이에요."

내 말이 바로 그것이라는 듯 형사 꼴롱브가 고개를 끄덕였다. 쥴은 그것을 무시하고 말을 이어나갔다.

"하지만 그렇다면 우리는 여기에 있을 수 없어요. 마르턴 피올의 드림 플레이어는 이렇게나 멀쩡해요. 닥터 라탕이 증거를 없애려 했다면 이곳부터 손을 써야 했어요. 그런데 SOF직원인 저를 보내 오히려 경찰의 수사를 돕게 하다니, 말이 되지 않잖아요?"

형사 꼴롱브도 그녀의 말에 동의하는 듯 했다. 하지만 그에겐 형사만의 신조가 있었다.

"조사해보면 다 나옵니다. 그를 만나 이야기를 나눠보면 되겠죠."

"닥터 라탕에겐 파에톤이 있어요."

"초고속 비행정이라 해서 저희의 수사망을 벗어날 수 있는 건 아닙니다."

쥽은 경찰의 자부심에 상처를 주려는 게 아니라는 듯 황급히 손을 휘저었다.

"제 말을 오해하셨군요. 전 파에톤의 뛰어난 속도를 말하려는 게 아니었어요. 그 안에 탑승해 있으면 통신이 불가능해요. 달리는 동안에는 강력한 전파 장애를 일으켜 위치 추적에도 걸리지 않죠. 즉 닥터 라탕이 마음만 먹는다면 영장 없이 그를 조사할 수는 없을 거란 얘기예요."

"진상을 알기 위해서라면 포기하지 않을 겁니다."

"하지만 그러는 과정에서 시간을 잡아먹을 테고, SOF는 씻을 수 없는 타격을 입게 되겠죠. 먹이를 한 번 물면 놓지 않는 매스컴은 드림 플레이어를 살인기계라 부르며 사람들을 겁 줄 테고요. 하지만 그러는 와중에도 경찰은 닥터 라탕의 신병을 확보하지 못할 거예요. 단순한 시간싸움이 아니란 말이죠."

형사 꼴롱브는 바보가 아니었다. 쥽 니블랑이 이토록 열변을 토하는 것이 단순히 자신의 회사가 망하는 것을 막기 위해서라고 믿지는 않았다는 말이다. 그녀에겐 뭔가 다른 방법이 있는 것이다. 형사 꼴롱브는 그것을 물어보기로 했다.

"본론이 뭡니까, 니블랑 부장님?"

"그 꿈이 무엇인지 직접 꾸어보면 알 수 있겠죠."

"잊으셨습니까? 그 꿈은 데카당스 아고라뿐만 아니라 전 휴먼 넷 상에서 증발해버렸단 말입니다. 무슨 수로 그 꿈을 확보하죠?"

쥽은 잠시 물러나 바닥에 떨어져 있던 마르턴 피올의 드림 플레이어를 집어 들었다. 주인을 죽음으로 인도했던 기계는 하얀 광택을 빛내며 섬뜩함을 자아내고 있었다. 형사 꼴롱브는 그녀가 왜 갑자기 드림 플레이어를 보여 주는지 처음에는 알지 못했다. 하지만 잠시 생각하자, 그는 쥴 니블랑의 머릿속에 어떤 결심이 자리 잡았는지 깨달을 수 있었다. 쥴은 고개를 끄덕였다.

“그래요. 휴먼넷 상에서는 사라졌을지 몰라도 여기엔 남아있죠. 알탄 카이거의 꿈을 꾸었던 마르턴 피올이라는 자가 만들어낸 똑같은 꿈이.”

“드림 플레이어는 꿈을 공유하는 기계……. 자연히 마르턴 피올의 드림 플레이어로 그 꿈이 옮겨졌겠군요. 그러니까 우리에겐 최후의 증거 하나가 남아있는 셈이군요.”

쥴 니블랑은 고개를 저었다.

“정확히는 세 개가 더 있죠. 두 명의 희생자와 그 꿈을 꾼 장본인인 알탄 카이거의 드림 플레이어까지.”

말을 하면서 쥴 니블랑은 마르턴 피올이 죽음을 맞이했을 안락의자에 앉았다. 그리고는 드림 플레이어를 머리에 씌우기 시작했다. 그 행동이 가지는 의미는 명확했다. 형사 꼴롱브는 깜짝 놀라며 말했다.

“뭐하는 겁니까!”

“제 일을 하려는 것뿐이에요. 직접 이 자의 꿈에 들어가 봐야겠어요.”

“제 정신입니까? 마르턴 피올은 바로 그 꿈을 꾸다 죽었단 말입니다.”

쥴은 드림 플레이어의 덮개를 내렸다. 그러자 그녀의 눈이 가려지게 되었고 형사 꼴롱브는 쥴이 코와 입만 바라볼 수 있게 되었다. 그녀의 입이 메마른 웃음을 지었다.

“마르턴 피올은 혼자였죠. 하지만 제겐 형사님이 있잖아요?”

“그게 무슨…….”

쥴은 다시 본래의 표정으로 돌아와서 입을 열었다. 그 목소리에는 힘이 실려 있었다.

"이건 저 밖에 할 수 없는 일이에요. SOF 때문이 아니랍니다. 진실을 위해 목숨을 걸겠다는 얄팍한 정의감 때문도 아니고요. 전 세계를 통틀어 이 꿈에서 살아남을 확률이 가장 높은 사람이 바로 나이기 때문이에요. 제가 하지 않으면 수수께끼는 영원히 풀리지 않아요."

형사 꼴롱브는 그녀가 무슨 말을 하는지 완벽히 알아듣지는 못했다. 하지만 SOF 민원상담소의 부장이라면 단순한 상담직을 넘어선 무언가가 있으리라는 짐작만 할 수 있을 뿐이었다. 꿈을 꾸는 시간은 겨우 2분에 불과하다. 쥴은 후두부의 버튼을 눌러 드림 플레이어를 가동시켰다. 미약한 소음과 함께 그녀를 수면상태로 빠지도록 하는 음파가 좌뇌를 향해 쏘아졌다. 스르르 잠에 빠져드는 기분을 받아들이면서 쥴이 마지막으로 입을 열었다.

"몇 분 뒤에 보도록 해요, 형사님."

꿈의 러닝타임은 길어야 2분이다. 일평생을 되돌아보는 꿈도 뇌의 기준에선 찰나의 순간일 뿐인 것이다. 그녀가 꾸려는 꿈도 2분을 넘지 않을 것이다. 하지만 그 짧은 시간을 버텨낼 자신이 형사 꼴롱브에게는 없었다. 그는 자신의 HPC를 꽉 쥐고선 그녀의 뒤 쪽으로 걸어갔다. 드림 플레이어의 액정에 표시된 그녀의 심박수는 조금씩 낮아지고 있었다. 신체에 무리가 가지 않을 정도로 뇌간에 자극을 주어 비렘수면Non REM 단계로 진입하는 것이다. 이윽고 그녀는 꿈을 가장 활발히 꿀 수 있는 렘수면REM의 단계로 들어섰다. 형사 꼴롱브는 마른 침을 삼켰다.

쥴 니블랑은 깊숙한 무의식의 바다로 자신을 내던졌다. 세상에서 가장 아늑한 추락. 그녀는 드림 플레이어의 시동단계를 그렇게 여겼다. 쥴의 의식은 한없이 아래로 침잠해 들어갔다. 그리고 얼마쯤 지났을까. 어둠 밖에 존재하지 않던 시야가 조금씩 밝아오기 시작했다. 드림 플레이어가 드디어 본 궤도에 그녀를 데려다준 것이다.

그녀의 눈앞으로 마르턴 피올의 꿈이 재생되기 시작했다.

6

"그녀는 세계 최고의 루시드 드리머라네."

루이 드골 소장의 목소리가 초고속 비행정 파에톤의 유리창에 부딪치며 맴돌았다. 창밖으로 하늘의 풍경을 감상할 수 있다는 비행정의 최대 장점은 파에톤에게는 예외였다. 지나치게 빠른 속도 때문에 모든 빌딩과 산, 그리고 구름의 풍경은 그저 일직선으로 스쳐갈 뿐이었다. 마치 가로선만으로 이루어진 추상화를 보는 듯 했다. 그러한 파에톤의 콕피트에 앉아 드골 소장은 퐁피듀 라탕을 향해 이야기를 계속했다.

"니블랑 부장이 열 두 살 때 나는 쉐아롱브 고아원에서 그녀를 발견했지. 총수인 자네의 명령으로 무의식에서 가장 또렷하게 의식을 유지할 수 있는 잠재력을 지닌 인재를 발굴하는 데에 혈안이 되어 있을 때였어. 니블랑 부장은 빼빼 마른 몸에 조울증을 앓고 있던 볼품없는 소녀에 불과했지만 루시드 드림을 다루는 데에 있어서만큼은 타의 추종을 불허했다네."

퐁피듀 라탕이 드골 소장의 말에 대꾸했다.

"기억나는군. 루시드 드리머를 판별하는 테스트에서 유례없는 점수를 받았던 소녀가 있었어."

"그래. 그게 곧 니블랑이야. 당시의 테스트는 바다를 유영하는 꿈을 아이들에게 던져주고는 아무런 도구를 쓰지 않고 물고기를 건져 올리는 것이었지. 누구도 경험하지 못한 소스의 원천으로 최대한의 상상력을 발휘해야 하는 작업이야. 속이 보이지 않는 바다에서 무엇을 형상화 해내느냐에 따라 점수가 달라졌지. 어떤 아이는 금조개로 몸을 감싼 인어를 낚아 올렸고, 어떤 아이는 전설 속에만 존재하는 거대 문어를 낚아 올렸다네. 일반인은 그 상황에서 조개 하나 건져 올리기 힘들어. 꿈을 통제하는 것은 그만큼 힘든 일이지. 그 테스트에서 니블랑 부장은 모든 직원이 까무러칠 만한 것을 보여주었어. 그녀가 바다에서 건져 올린 것은 목성의 크기만한 흰수염고래였다네."

퐁피듀 라탕은 시선을 정해두지 않고 묘한 얼굴로 드골 소장의 말을 듣고 있었다. 그러다 그의 말이 끝나자 느린 목소리로 물었다.

"그 얘기를 꺼내는 이유는 뭔가, 친구?"

드골 소장은 창밖으로 시선을 던졌다. 무언가를 보려는 게 아니라 단지 퐁피듀 라탕의 얼굴을 바라보면서는 차마 할 수 없는 말을 꺼내려 했기 때문이다.

"졸리 보울랭거. 그녀도 루시드 드리머였지."

퐁피듀 라탕의 얼굴에 표정이 돌아왔다. 허벅지를 불에 덴 듯한 고통스러움이 그것이었다. 드골 소장은 계속 말을 이어나갔다.

"소르본 대학의 연구원 시절 그녀는 괴짜로 유명했지. 꿈이라면 모두 일가견이 있는 젊은이들 사이에서도 그녀는 지독한 꿈 애호가였어. 그래, 단순한 연구가를 넘어선 단계에 가 있었지. 그녀는 꿈을 너무나도 사랑했어."

루이 드골이 졸리 보울랭거를 처음 만난 것은 대학교 4학년 때였다. 당시 졸업 논문 준비로 눈코 뜰 새 없었던 그는 진전이 없는 자료조사 때문에 벽에 가로막혀 있었다. 늘 머리를 싸매고 있던 루이의 모습을 보다 못한 친구 퐁피듀는 그런 그에게 후배를 소개시켜 준다며 저녁 자리를 마련했다.

"일단 한 번 만나보라니까. 좀 유별난 구석이 있긴 하지만 똑부러진 친구니까."

천성이 사교적이지 못한 루이는 거절하려 했으나 퐁피듀는 완강했고, 결국 학교 앞 레스토랑으로 끌려 나가다시피 나가게 되었다. 그리고 그는 졸리 보울랭거를 만났다.

퐁피듀가 그녀를 소개시켜준 데에는 이유가 있었다. 루이가 조사하고 있던 분야에 관해서 그녀는 해박한 지식을 갖고 있었던 것이다. 인사를 나누자마자 그녀는 마치 자신이 논문을 준비하고 있는 것처럼 열성적으로 이야기를 풀어놓기 시작했다. 아무렇게나 묶은 부스스한 머리에 왼쪽 어깨가 훤히 드러나는 헐렁한 셔츠를 입고 있었지만 그녀의 푸른 눈동자는 맑고 총명했다.

"꿈과 영혼와의 연관성에 대한 고대인들의 신념이라. 나쁘지 않은 주제인데요? 저 역시 그 쪽에 관심이 많아요. 꿈의 신비한 특성을 깎아내린 채, 뉴런 세포의 전기 신호로 분석하려는 라탕 선배 같은 사람들이랑은 아무래도 대화가 통하질 않죠. 악! ……어디, 숙녀의 머릴 때려요? 그나저나 자료는 얼마나 모으셨어요?"

루이는 정신없이 쏟아지는 그녀의 말에 간신히 갈피를 잡으면서 대꾸했다. 물론 그녀의 눈을 정면으로 쳐다보지는 못하고 애꿎은 스테이크만 잘라가면서.

"꿈에서 천사, 혹은 절대자의 대리인을 목격했던 이들의 증언을 모아보고 있는 중이예요. 하지만 서양에서는 천국으로 인도하는 절대자의 의지로만 보는 경향이 있고, 동양에서는 자신의 조상의 모습으로 나타나 개인의 안위를 도와주는 수호 령의 특색을 띄고 있죠. 공통점을 추출하기가 쉽지 않아요."

"안 봐도 뻔하군요. 기독교에서는 천국과 지옥. 불교에서는 천당과 무저갱. 그런 믿음을 가진 이들이 꾸는 꿈의 개성은 틀에 찍혀 나오는 플라스틱 장난감과 다를 게 없어요. 착하게 살면 천국에 가고, 죄를 지으면 지옥으로 간다는 거죠. 얼마나 조악해요?"

"그게…… 당연한 거 아닙니까?"

"집어치워요."

너무나 느닷없이 튀어나온 말이었기에 루이는 화낼 타이밍을 놓쳐버리고 말았다. 집어치우라고? 졸리의 옆에 앉아 있던 퐁피듀 역시 당황한 표정이었다. 하지만 그녀는 아랑곳 않고 테이블을 내리치며 열변을 토하기 시작했다.

"난 여지껏 누구와 똑같은 꿈을 꾸었다는 사람을 단 한 명도 본 적이 없어요. 백 명의 사람이 꿈을 꾼다면 백 개의 다채로운 꿈이 생겨나는 거라고요. 꿈에서 만나는 천국과 지옥의 이미지, 혹은 그곳으로 안내하는 영혼의 이야기들은 의식적으로 주입당한 세뇌의 산물일 뿐이에요. 무리 짓지 못하면 살 수 없는 인간의 본능이 사후 세계에 대한 상상에도 작용한 거죠. 제가 무신론자이기 때문에 이런 말을 하는 게 아니에요. 본질적인 꿈은 그 어떤 편견에서도 자유로워야 한다는 말이죠. 진정으로 꿈이 영혼의 활동과 관련이 있다고 믿는다면 틀에 박힌 이분법적 사고방식을 깨트려야 해요. 왜 그걸 고수하고만 있죠? 백 명의 사람이 죽는다면 백 개의 천국과 지옥이 생겨날 수도 있잖아요? 나는 인간이 자신의 삶을 마치면 어디론가 여행을 떠난다고 믿어요. 하지만 그 종착점이 겨우 두 개뿐이라면!"

그녀는 루이가 잘라놓은 스테이크를 포크로 푹, 찍으며 말했다.

"그건 너무 재미없지 않겠어요?"

졸리 보울랭거가 스테이크를 우물거리는 모습이 놀랍도록 매혹적인 것은 아니었다. 셔츠에 소스를 묻히고 울상을 짓는 얼굴도 딱히 선이 고운 미인의 그것도 아니었다. 하지만 그 레스토랑의 만남에서 루이는 그녀를 사랑해 버리고 말았다. 졸리는 답답하게 갇힌 생각에서 끙끙대던 자신과 달리 진정 자유로운 영혼을 가지고 있는 것 같았기 때문이다. 그 날 이후 루이는 졸업 논문을 완성하기는커녕, 더욱 망치고 말았다. 마치 누군가가 그의 망막에 졸리의 얼굴을 그려 놓은 듯 자나 깨나 그녀의 모습이 떠나질 않았던 것이다.

친구 퐁피듀가 졸리를 마음에 두고 있다는 것을 안 것은 이후의 일이었다. 쾌활하고 훤칠한 외모의 퐁피듀와는 달리 루이는 남자의 매력으로 내세울 만한 것이 거의 없었다. 무엇보다 그녀에게 자신의 마음을 고백할 용기조차 없었다. 시간은 하릴없이 흘러 그는 졸업을 하게 되었고, 졸업식에서 졸리와 단 한번 이야기를 나누었을 뿐 그것이 마지막 만남이었다. 오년 후 퐁피듀와 졸리가 결혼식을 올렸다는 소식을 접했고, 그 날 그는 쓸쓸한 기분으로 술잔에 미련을 비워냈다.

그리고 몇 달 뒤 그는 졸리가 자살했다는 이야기를 듣게 되었다.

"자네가 티벳으로 떠난다고 했을 때 알아차렸어야 했는데. 너무 오래된 기억이라 끄집어내는 데 시간이 걸렸어."

드골 소장의 목소리는 이제 우수에서 조금씩 벗어나 점차 차가워지고 있었다.

"졸업식 때 나는 졸리와 마지막으로 잠깐 동안 이야기를 나누었었네. 그녀는 의식을 유지한 채 꿈속에서 유영하는 훈련을 하고 있다고 말했지. 그리고 먼 곳으로 떠나 수련한 뒤 학계에 커다란 충격을 줄 거라고 희망찬 목소리로 말했어. 당시에는 루시드 드리머라는 개념이 확립되기 전이었기에 나는 그게 도대체 뭘 뜻하는지를 알 수 없었다네. 그리고 다시는 그녈 볼 수 없었지. 오랜 세월이 흐르고 나서야 기억이 났어."

드골 소장의 시선이 다시 퐁피듀 라탕의 눈과 마주쳤다.

"졸리가 연구하기 위해 떠난 곳. 그곳이 바로 티벳이었네."

두 노인의 눈에는 지나간 과거를 향한 애수로 촉촉이 젖어 들어가고 있었다. 드골 소장은 묻는 듯한 눈빛을 던졌고 퐁피듀 라탕은 한숨을 내쉰 뒤에 그의 대답에 부응했다.

"그래. 맞아. 나는 졸리를 둘러싼 일을 매듭지으러 가는 것일세. 하지만 아직 그 일이 무엇인지는 밝힐 수가 없어. 다만 결코 무언가로부터 도망치려는 것은 아니란 것만 알아주게."

"이십년이 넘게 숨겨온 비밀이겠지. 몇십분 더 기다리지 못할 것은 없지만, 불미스러운 일이 생긴다면 자넬 지켜보기만 하진 않을 걸세. 그게 졸리에 대한 최소한의 예의겠지."

퐁피듀 라탕은 힘없이 고개를 끄덕였고 그 뒤로 둘 사이에는 대화가 끊겼다. 파에톤은 여전히 속도를 줄이지 않고 있었고, 어디쯤을 지나치고 있는지도 육안으로는 확인할 수조차 없었다. 불안감이 조금씩 다리를 타고 기어오르기 시작했지만 드골 소장은 침착함을 유지하려 애썼다. 그래야 차가운 이성을 품은 채 진실을 확인할 수 있을 테니까.

쥴 니블랑은 눈을 떴다. 실제로 뜬 것이 아니라 마르턴 피올의 꿈에 자신의 의식을 동화시키는 데 성공한 것이다. 그녀는 돌담으로 사방이 둘러싸인 고요한 방안에 앉아 있었다. 사위에는 네 명의 사람이 그녀의 주위를 지키고 서 있었다. 그들이 입은 복색은 매우 특이했다. 주황색과 붉은색의 기다란 천으로 오른쪽 어깨를 제외한 몸의 모든 부분을 감싸고 있었다.

'승려인가.'

그들의 입에서 무언가 끊임없는 중얼거림이 들려왔지만 난생 처음 듣는 생소한 언어였다. 쥴이 몸을 움직여보려 했을 때, 그녀는 무지막지한 힘에 의해 몸이 천장을 향해 튕겨 올라가는 것을 느꼈다. 어느새 거대한 사원의 위용이 발 아래로 순식간에 꺼지고 있었다. 의식이 끝없이 위로 올라가는 것이다. 이윽고 사원의 모습은 테이블 위의 주사위처럼 작아지고 광활하게 뻗은 회색 산맥이 눈앞에 펼쳐졌다. 산의 꼭대기마다 즐비한 만년설에 그녀는 가까스로 이곳이 티벳이라는 것을 인지했다. 의식 상태의 기억을 꿈속으로 가지고 들어오는 것은 아슬아슬한 줄타기와도 같았다. 잠시라도 끈을 놓으면 타인의 꿈에 잠식당하게 된다.

'일단은 위험한 것 같지는 않아.'

그녀는 잠시 아무런 행동을 취하지 않고 흐름에 몸을 맡기기로 했다. 그녀는 벌써 유라시아 대륙의 끝과 끝을 한 눈에 볼 수 있을 정도로 높게 날고 있었다. 지구상의 그 어떤 물질도 이 속도를 감당해낼 수는 없을 거라고 그녀는 생각했다. 이윽고 그녀는 대기권을 지나 인력으로부터 자유로워졌다. 푸른 별 지구가 눈앞에서 빠른 속도로 멀어져갔다. 체감이 아니라 눈앞에 보이는 정보만으로 그녀는 자신의 상태가 어떤지 깨달았다.

'가속하고 있군.'

티벳의 사원에서 빠져나온 뒤 쥴의 의식은 점차 속도를 증가시키며 한 점을 향해 날아가고 있었다. 태양계를 지나친 것도 잠시 그녀는 이미 은하계 전체를 손에 잡을 수 있을 만큼 멀리 날아와 있었다. 시선 닿는 곳 어디에서도 별이 보이지 않는 곳이 없었다. 어두운 수족관 속에 은가루 한 포대를 쏟아 넣고, 그 안을 헤엄치게 만든 금붕어의 눈에 비치는 광경이 이럴까? 그녀의 상식으로는 이토록 빠른 속도로 움직이는데 어째서 시선은 고요함을 잃지 않는지 의아했다. 하지만 꿈은 비현실의 자매이며 상식의 원수다.

그녀는 그냥 받아들이기로 했다.

우주는 신천지였다. 정사각형 모양으로 불가사의하게 빛나는 성단이 그녀의 왼쪽 허리를 스치고 지나갔고, 공포마저 그 안으로 삼켜버릴 듯한 블랙홀도 몇 개나 흘려보냈다. 그녀는 사진이나 홀로그램으로만 보았던 광경들이 생생하게 펼쳐지는 것에 순수한 마음으로 감탄했다. 언제인가 휴먼 넷에서 건져 올렸던 우주항공국의 비행사가 꾼 꿈에서도 이토록 실감나는 현장감을 표현해내지는 못했다. 이제 그녀가 떠나온 지구는 아득하게만 느껴졌다. 이 광대한 우주에 자신이라는 존재를 비할 때 한없이 초라해짐을 느끼면서도 삼라만상과 동화된다는 평화로운 기분을 동시에 느낄 수 있었다.

'그런데 대체 어디까지 가려는 거지?'

마르턴 피올, 아니 정확히는 알탄 카이거의 꿈은 분명히 한 방향으로 쏘아져 날아가고 있었다. 하지만 목적지가 어디인지를 알 수가 없었다. 현기증이 나는 속도감만 느껴질 뿐. 그러던 어느 순간, 그녀는 속도가 느려지기 시작했음을 느꼈다. 주변의 우주가 한 점으로 좁아지고 변화하는 속도도 더욱 느려졌기 때문이다. 하지만 이윽고 그녀는 속도가 느려진 것이 아니라 더 이상 별이 보이지 않는 것이라는 사실을 깨달았다. 현란한 채색의 우주가 점차 하얀 빛에 잠식되어 들어가고 있었다. 어느 샌가 그녀는 공간 감각을 지각할 수 있는 최소한의 표지를 잃어버리게 되었고, 자신이 계속 날아가고 있는지 아니면 멈추고 있는지조차 알 수 없게 되어버렸다.

그리고 그녀는 벽에 부딪혔다. 무언가 끝이 보이지 않는 막이 자신을 가로막고 서 있는 기분이었다. 뭐지? 이게 이 꿈의 끝인가?

—자그만치 열아홉 번째로군. 희한한 일이야.

쥴 니블랑은 소스라치게 놀랐다. 어디선가 기묘한 목소리가 들려왔기 때문이다. 실제로 그녀의 의식은 벽으로부터 한참이나 물러서게 되었다. 주위가 하얀 빛에서 갑자기 암흑으로 돌변했다. 꿈에서는 논리적인 과정은 언제나 생략된다. 그녀도 역시 그것을 자연스럽게 받아들였다. 하지만 눈앞에서 한 남자가 벽을 뚫고 나오는 것은 자연스럽게 받아들이기가 힘들었다.

—너의 루트는 독특하군. 무슨 방법을 쓴 거지?

누가 보아도 남자는 자신에게 말을 걸고 있는 것이었다. 쥽은 남자의 얼굴을 정형화시킬 수 없다는 것에 또 한 번 경악했다. 그의 모습은 끊임없이 변화하고 있었다. 갈색 도포를 두르고 있다가도 청동 갑옷을 걸치고 있었으며 어느 순간에는 아무 것도 입지 않고 있었다. 얼굴 또한 마찬가지였다. 수염을 덥수룩하게 기른 노인의 얼굴이었다가도 갓 태어난 아기의 불그스름한 얼굴로 변했으며 자신이 알고 있는 모든 이들의 얼굴이 녹아있는 것 같기도 했다. 쥽 니블랑은 그가 남자란 사실을 제외하면 아무것도 그를 정의할 수 없었다.

—넌…… 뭐지?

그녀의 의식이 던진 질문은 음성이 아니었지만 남자는 친절히 대답해 주었다.

—일종의 바리케이드지. 통과자격이 있는지 알아보는 거야.

—여기는 어디야?

—끝.

—끝?

남자는 고개를 끄덕였다. 그러던 와중에 쥽은 그의 얼굴에서 형사 꼴롱브의 얼굴울 본 것 같았다. 아니, 사실 드골 소장이었다. 그녀는 그의 형체를 잡아두는 것을 포기하고 말았다. 남자는 말을 이어나갔다.

—네가 인식할 수 있는 세계의 끝. 이것은 네 머릿속에서 상상할 수 있는 세계의 종말이지. 아무것도 없는 암흑.

—열아홉 번째라는 건 뭐야?

—연속해서 이곳을 찾아온 존재가 너를 포함해 열여덟이었다. 그것도 다 공통된 방법으로. 어찌 된지는 모르겠지만 우주가 생겨난 이래 처음 있는 일이야.

쥴의 머릿속으로 세 명의 희생자가 스쳐지나갔다. 역시 그들을 제외한 희생자가 더 있는 모양이었다.

—그들은 어디로 간 거야?

—넘어갔지. 이곳을 지나서.

—너머에는 뭐가 있는데?

남자는 잠시 생각하더니 웃으며 고개를 가로저었다. 그 모습이 묘하게 섬뜩했다.

—너에겐 안 돼. 통행료를 지불할 용기가 없는걸.

그 말이 쥴의 자존심을 자극했다. 그녀는 꿈을 꾼 지 처음으로 루시드 드리머의 힘을 개방시켰다. 그녀의 뒤로 붉은 비늘에 검은 뿔을 가진 거대한 용이 포효하며 모습을 드러냈다. 용의 이빨에서 흘러내리는 침이 남자의 어깨를 적셨다. 남자는 겁먹지 않았다. 대신에 흥미로워하는 말투로 말했다.

—빌려 타고 온 주제에 재주가 가상하구나?

—날 들여보내줘. 그렇지 않으면 씹어 먹겠어.

—미안하지만 날 소멸시킬 수 있는 존재는 없어.

그녀는 남자의 말을 듣고 코웃음을 쳤다.

—여기는 꿈속이야. 불가능을 가능으로 만들 수 있는 가장 손쉬운 곳이

지. 그리고 나는 베테랑이야.

그러자 처음으로 남자가 자신의 형상을 고정시켰다. 쥴은 혀를 깨물지 않기 위해 애써야했다. 남자는 은은한 백색의 옷을 입고 긴 머리를 어깨까지 늘어뜨렸으며 이마에는 가시관을 쓰고 있었다. 인류의 역사를 통틀어 그런 모습을 한 존재는 하나밖에 생각나지 않았다.

―예수……그리스도?

예수의 모습을 한 남자는 손을 가볍게 휘둘렀고, 쥴이 불러낸 용은 그 손짓에 따라 소리 없이 사라졌다. 그녀는 현혹되지 않으려 애쓰면서 말했다.

―무슨 짓을 한 거지?

―너희 존재들이 가장 신성시 하는 모습을 그대의 기억에서 조합시킨 거네. 아무래도 그 험악해 보이는 피조물은 겁을 먹은 듯하군.

예상 밖의 일이 너무 많이 일어나고 있었다. 꿈속의 존재와 대화를 하는 것은 이상하지 않았으나 쥴이 만들어낸 상상의 존재가 이토록 쉽게 소멸된 적은 없었다. 무엇보다 지금 그녀의 앞에 대치하고 있는 남자 역시 그녀의 의식으로 통제할 수 있어야 했다. 하지만 그는 보란 듯이 용을 물리쳐버렸다.

―이것이 정녕 꿈이라고 생각하는가?

메시아의 모습을 하고 있어서인지 남자의 목소리에는 위엄이 가득했다.

―꿈이 아니면 뭐지?

―어리석음으로 인해 현상을 꿰뚫어보지 못하는구나. 너희 존재들이 꿈이라 부르는 것은 끈에 매달려 방황하는 것에 불과하다. 간혹 희귀한 능력으로 이곳까지 도달하는 존재가 있긴 하지만 너처럼 굵은 끈을 가진 자는 통과시킬 수 없구나.

그녀는 남자의 말에 무의식적으로 뒤를 돌아보았다. 투명한 끈이 척추의 어딘가에 이어져 있었다. 그리고 그것은 갑자기 빛을 발하기 시작했다. 그녀의 귀로 남자의 외침이 쩌렁쩌렁 울렸다.

—돌아가라, 쥴 니블랑!

그녀의 눈앞이 갑자기 아득해졌다.

2부

7

쥴은 드림 플레이어를 벗고 깊은 숨을 내쉬었다. 막 꿈에서 깬 탓에 정신이 몽롱했지만 남자의 마지막 외침은 아직도 귓가에 맴돌고 있는 듯 했다. 형사 꼴롱브의 얼굴이 눈 앞으로 다가왔다. 그는 걱정스런 목소리로 물었다.

"괜찮으십니까, 니블랑 부장님?"

그녀는 천천히 고개를 끄덕였다. 신체적 이상은 없었다. 살아 돌아온 것이다.

"뭐였습니까? 마르턴 피올이 꾼 꿈은."

"모르겠어요. 그게 과연 꿈이 맞는지도 확신할 수 없는걸요."

그녀는 자신이 꿈에서 본 것을 그대로 이야기해주었다. 우주를 가로질러 어디론가 날아갔으며 벽에 부딪혀 멈춰있던 순간 한 남자를 만났다는 것을.

"그가 당신을 막아섰다는 거군요?"

"그래요. 예상대로라면 마르턴 피올이나 알탄 카이거의 의식이 전면으로 드러나야 했어요. 하지만 그들의 의식이 꿈에서 표출된 적은 전무했어요. 마치…… 나 자신이 주인공인 꿈을 꾸는 듯 했죠."

쥴은 관찰자여야 했다. 그리고 제 3의 시각에서 그들의 꿈이 가진 문제점을 해결하고 조정할 심산이었던 것이다. 하지만 여러모로 기묘했던 그 꿈은 법칙을 완전히 무시하고 있었고 강제로 꿈에서 깨어나기까지 했다. 무엇보다 남자는 꿈속에서 그녀의 이름을 말했다. 타인의 꿈이라면 그녀의 이름이 나올 수 있을 리가 없었다.

"한 번 더 들어가 봐야겠어요."

그녀의 말에 형사 꼴롱브의 얼굴은 하얗게 굳어졌다.

"위험합니다. 이번에는 운 좋게 깨어났지만 두 번째에서는 깨어날 수 없을지도 몰라요."

"아무것도 실마리가 나온 게 없어요. 이대로라면 모든 게 헛수고에요. 꿈속의 남자는 열여덟 명이 그곳을 넘어갔다고 말했어요. 그들이 어디로 갔는지 알아야만 합니다."

그녀는 손에 쥔 드림 플레이어를 내려다보았다.

"하지만 이제 이것은 쓸 수 없어요. 다른 플레이어를 찾아야 해요."

마르턴 피올의 드림 플레이어에는 이제 그녀 자신의 꿈이 덮어졌을 것이다. 그것을 또다시 재생하는 것은 무의미했다. 쥴은 형사 꼴롱브를 쳐다보았고 그는 그녀의 시선이 뜻하는 바를 알아채곤 말했다.

"다른 희생자를 찾으시려는 거군요."

"그래요. 전 상부에 보고할 테니 파리 내 희생자의 주소를 확보해주세요."

그녀는 자신의 넥 폰을 꺼내 전원을 켰다. 일이 길어질 것만 같았기에 드골 소장의 허가를 받아야했다. 하지만 불통이었다. 수신기에서는 지역에서 신호를 포착할 수 없다는 말만 반복했다. 전원이 나간 것도 아니고, 신호를 포착할 수 없다니? 의아해하던 그녀는 이윽고 머리를 스쳐가는 하나의 생각에 답을 찾아낼 수 있었다. 그녀 자신이 말했던 파에톤의 전파 장애가 그것이었다.

"소장님과 닥터 라탕이 함께 있는 것 같아요."

쥴의 말에 HPC를 두드리고 있던 형사 꼴롱브가 고개를 갸웃했다.

"파에톤을 타고 있다는 말씀입니까? 목적지가 어디일까요?"

"지금으로선 알 수 없죠. 하지만 닥터 라탕이 뭔가를 꾸미고 있는 게 틀림없어요. 그게 무엇이든 우리가 하려는 것에 방해가 되지 않을 것이란 장담하기는 힘드네요."

쥴은 잠시 생각에 빠졌다. 닥터 라탕, 어쩌려는 걸까? 무언가 그녀가 모르는 곳에서 거대한 톱니바퀴가 돌아가기 시작한 것 같았다. 확실한 것은 알탄 카이거의 꿈과 연관이 있다는 것이었다. 그녀는 드골 소장에게 몇 줄의 메시지를 보내기 시작했다. 그가 언제 이것을 볼 수 있을지는 알 수 없었지만 반드시 전해야하는 말이었다.

"찾았습니다. 여기서 멀지 않군요."

메시지를 전송하자마자 형사 꼴롱브가 두 번째 희생자의 주소를 찾아냈다. 그때서야 쥴은 자신의 등이 땀으로 흠뻑 젖어 있음을 깨달았다. 아랫배의 묵직한 통증도 여전히 그녀를 따라다니고 있었다. 그녀는 이를 악물었다.

"출발하죠."

파에톤이 내려선 곳은 히말라야 산맥의 어느 산 중턱에 위치한 사원이었다. 루이 드골 소장은 사원의 광활한 규모에 한 번 놀랐고, 그것이 지어진 지 오래되지 않은 신식 건물이라는 것에 더욱 놀랐다. 누가 이런 오지에 거대 규모의 사원을 지었단 말인가? 드골 소장은 앞장서서 땅 위에 내려선 남자의 뒷모습을 바라보았다. 퐁피듀 라탕. 그의 손에서 이뤄진 것이 틀림없었다.

드골 소장이 파에톤에서 내려서자 퐁피듀 라탕은 앞장서서 걸어가며 입을 열었다.

“자네의 말대로 졸리는 이 땅에서 자신의 연구를 진행했네. 그녀는 꿈속에서 의식을 유지시키는 훈련을 거듭하던 도중 티벳의 승려들이야말로 그 분야의 숙련가들이라는 것을 발견해냈지.”

둘은 화강암으로 세워진 큰 건물 안으로 들어섰다. 산맥을 가로지르는 바람이 잦아들자 추위는 사라지고 고요함만이 찾아왔다. 퐁피듀 라탕이 안내하는 곳은 길게 이어지는 복도였고 좌우로 도열한 방에는 장삼을 입은 승려들이 명상에 빠져 있었다. 놀랍게도 그들은 모두 드림 플레이어를 착용하고 있었다.

퐁피듀 라탕의 말은 계속 이어졌다.

“티벳의 승려들은 명상으로 해탈에 이를 수 있다고 믿었네. 오랫동안 정갈한 정신 활동으로 자신을 가다듬는 고위 승려들 중 일부는 실제로 명상 중에 루시드 드림을 체험하는 이들이 많았지. 그리고 그들은 루시드 드림 속에서 우주와 합일을 이룰 수 있다고 믿었어.”

“그래서 졸리는 이곳에서 승려들을 연구했다는 건가? 그녀는 무신론자인데?”

“종교와는 상관없다네. 연구였을 뿐이지. 그녀는 5년 동안이나 이곳에서 명상을 훈련했고, 루시드 드림의 달인이 되어가기 시작했어. 나는 한 달에도 몇 번 씩이나 그녀를 보러 이곳까지 올라와야 했네. 5년째가 되던 어느 날 그녀는 드디어 내 구애를 받아주었어. 우리는 도시로 내려가 결혼식을 올렸지.”

루이 드골 소장은 잠자코 그의 뒤를 따라가며 듣고만 있었다.

“짧았지만 내 생에 무엇과도 바꿀 수 없는 행복한 생활이었다네. 졸리는 마음의 평화를 찾은 듯 보였고, 수면을 과학으로 풀어보려는 나를 이해해 주기까지 했어.”

이윽고 복도의 끝에 다다랐을 때 한 동양인 남자가 그들을 기다리고 있었다. 승려복이 아닌 평범한 등산복을 입고 있는 그 남자는 퐁피듀 라탕에게 목례하곤 어설픈 프랑스어로 말했다.

“알탄 카이거의 드림 플레이어는 이 안에 있습니다. 모두 닥터 라탕을 기다리고 있죠.”

“수고했네, 파오. 쉽지 않은 일을 해내주었군.”

드골 소장이 둘의 대화에 끼어들었다.

“알탄 카이거가 누구인가? 이 안에 무엇이 있는 거야?”

천천히 고개를 돌려 퐁피듀 라탕은 그를 바라보았다. 마치 온 몸에 상처를 입고 가까스로 목적지에 도달한 늙은 짐승의 눈빛이었다.

“자네가 쫓는 그 주인공일세. 누군가의 목숨을 앗아간 꿈을 꾼 사람이지.”

드골 소장의 눈이 부릅떠졌다.

“범인을…… 알고 있었군? 자네가 이 일의 배후였단 말인가?”

“내가 약속하지 않았나. 자네의 모든 궁금증은 여기서 풀릴 걸세.”

파오라 불린 남자는 문을 열었고, 퐁피듀 라탕은 망설임 없이 안으로 들어섰다. 극도로 혼란스러웠지만 드골 소장은 그 뒤를 따를 수밖에 없었다. 그런데 그 때, 그의 HPC가 메시지의 도착을 알려왔다. 비서인 네티샤에게도 알려주지 않은 비상용 연락처였다. 이쪽으로 연락을 할 수 있는 사람은 쥴 니블랑뿐이었다.

드골 소장은 HPC를 꺼내 메시지를 확인했다.

'닥터 라탕을 저지하세요.'

짧은 문장이었다. 그러나 그녀의 다급함과 절박함이 그대로 묻어나오는 메시지였다. 퐁피듀 라탕은 그가 머뭇거리자 안으로 들어오길 재촉했고, 드골 소장은 황급히 HPC를 집어넣고는 문안으로 들어섰다.

넓은 방 안은 돌담으로 둘러싸여 있었다. 그리고 네 명의 승려가 마름모꼴로 가부좌를 틀고 있었고, 방의 정중앙에는 드림 플레이어가 놓여 있었다. 드골 소장은 마른 침을 삼켰다. 그의 부하가 말하는 드림 플레이어는 저것이 틀림없었고, 이유는 알 수 없지만 절대 닥터 라탕의 손에 들어가선 안 된다고 말하고 있었다.

"드디어 왔는가."

퐁피듀 라탕의 음색은 거칠게 동요하고 있었다. 복받치는 감정이 뒷모습만으로도 전해져왔다. 그는 드림 플레이어를 향해 걸음을 옮기기 시작했다. 하지만 예상치 못했던 곳에서 그의 계산이 어긋나 버렸다. 자신의 몸이 갑자기 옆으로 기운 것이다. 퐁피듀 라탕은 누군가 자신의 등을 거세게 밀치고는 드림 플레이어를 우악스럽게 집어 드는 모습을 멍하니 지켜보았다.

"……루이? 이게 무슨 짓인가?"

퐁피듀 라탕의 눈에는 미약한 노기가 서려있었다. 설명을 요구하는 그 눈빛에 드골 소장은 두 손으로 드림 플레이어를 쥔 채 대답했다.

"더 이상은 기다릴 수 없어. 모든 것을 설명해주게. 그렇지 않으면 이걸 부숴버리겠네."

바닥은 역시 딱딱한 화강암이었다. 거세게 내리치기만 하면 드림 플레이어의 연약한 몸체는 산산조각날 것이 뻔했다. 드골 소장은 네 명의 승려들을 피해 뒤로 물러섰다. 그러나 승려들은 눈을 감은 채 미동도 하지 않았다. 그러던 사이 퐁피듀 라탕은 천천히 몸을 일으켰다. 깊은 한숨과 함께 그가 이야기를 시작했다.

"이 모든 것은 루시드 드림에서 비롯되었네."

두 번째 희생자는 보르도 휴댕이라는 독신 남성이었다. 사건 현장인 오피스텔은 쓸쓸했다. 출입 금지 폐쇄령이 내려 있었지만 형사 꼴롱브가 오피스텔 안에 들어서자 침입자를 경계하기 위한 노란 레이저는 핏, 하고 사라졌다. 집 안으로 성큼성큼 들어서는 쥴 니블랑을 보며 형사 꼴롱브가 말했다.

"루시드 드리머였군요. 실제로 보긴 처음입니다."

보르도 휴댕의 드림 플레이어는 형사들이 거실에 표시해 놓은 지점 한가운데에 놓여 있었다. 쥴은 그 앞에 한 쪽 무릎을 꿇고 대답했다.

"그래서 스카우트라고 했잖아요. 철들고 나서부터 매일 드림 플레이어를 머리에 얹고 훈련 받았죠. 별로 추억하고 싶은 경험은 아니에요. 고아원에서 나올 수 있다는 말에 덜컥 따라 나섰을 뿐 딱히 루시드 드리머가 되고 싶었던 것은 아니니까."

형사 꼴롱브는 드림 플레이어를 작동시키고 있는 쥴의 뒤에 서서 물었다.

"자각몽은 어떻게 꿀 수 있는 겁니까? 꿈을 마음대로 조종하는 게 무슨 수로 가능하죠?"

"꿈의 원동력은 갈망이다, 라는 말이 있어요. 그것만큼 루시드 드림의 묘를 잘 표현한 것은 없다고 생각해요."

"누구의 말이죠?"

"세계에서 가장 유명한 심리학자가 남긴 말이에요. 형사님, SOF가 무슨 뜻인지 아시나요?"

형사 꼴롱브는 고개를 갸웃거렸다.

“환상의 계절Season Of Fantastic 아닌가요?”

“그건 매스컴에서 마음대로 가져다 붙인 이름이죠. 닥터 라탕이 그 뜻을 밝힌 적은 단 한 번도 없어요. 우리 직원들도 그래서 마음대로 뜻을 만들어 내었죠.”

쥴 니블랑은 드림 플레이어를 머리에 씌우며 말을 맺었다.

“프로이트의 아들들Sons Of Freud이라고.”

쥴은 몇십분 전에 지나쳤던 수많은 성단과 은하계들을 지나치면서 자신이 그동안 갈고 닦았던 모든 기술을 떠올렸다. 그것을 총동원해야 그 남자를 비켜서게 만들 수 있을 것이다. 이윽고 주변이 다시 새하얗게 변하기 시작했고, 그녀는 암흑이 찾아오길 잠자코 기다렸다. 어느 샌가 익숙한 광경이 다시 펼쳐지고, 남자가 모습을 드러내었다.

—끈질기군.

—이번엔…… 외계인이냐?

남자는 매끈한 회색 피부에, 검은 동공만이 존재하는 커다란 눈을 하고 있었다. 사지는 부러질 듯 앙상했고 손가락만이 기형적으로 발달해 있었다. 어디선가 본 외계인의 모습 그대로였다. 남자는 말했다.

—너의 머릿속에서 가장 미지의 존재로 남아 있는 것을 끄집어냈지. 이번엔 독하게 마음먹은 것 같아서 말이야.

남자의 뒤로 거대 우주전함이 모습을 드러냈다. 역시 그녀가 어느 영화에서 보았던 디자인 그대로였다. 별을 녹일 수도 있는 중성자포가 셀 수도 없이 많이 달려있는 흉흉한 기세였다.

쥴은 당황하지 않고 의식을 집중시켰다. 그녀의 머리 위로 날개의 끝이 보이지 않을 만큼 거대한 불사조가 타오르는 깃털을 자랑하며 날갯짓을 했다. 남자는 순수하게 감탄하는 것 같았다.

—불사조라. 그렇군. 가장 소멸시키기 힘든 존재라 이건가.

—왜 나를 가로막는 거지. 앞의 사람들과 나의 차이점이 도대체 뭐야.

—말했잖아. 넌 통행료가 없어. 원래 이쪽 루트는, 말하자면 불법이야. 어떤 경로로 발견했는지는 모르지만 떼거지로 들어오는 것도 부담스러운데 자격미달을 들여놓을 수는 더더욱 없지.

그녀는 대화를 마치기로 결심했다.

—마지막 경고야. 비켜.

외계인 모습의 남자는 대답 대신 어깨를 으쓱거렸다. 그와 동시에 남자의 뒤에 있던 우주 전함이 수백 개의 중성자포를 내쏘았다. 한 줄기 한 줄기가 모두 쥴의 몸을 노리고 날아왔다. 그녀가 손을 휘두르자 불사조가 날개를 들어 중성자포의 다발을 막아내었다. 그 때 또 다른 우주전함이 불사조의 뒤에서 나타나 육탄돌격을 해왔다. 불의의 습격을 받은 불사조는 비명을 내지르며 추락하기 시작했다.

'집중해라. 이건 꿈이야. 불사조가 죽는 일은 없다고 믿어야 해.'

필사적으로 불사조의 부활을 떠올린 쥴의 바람대로 불사조는 다시 날아올랐다. 그리고는 재빠른 속도로 등 뒤의 우주전함에 불을 내뿜었다. 침몰하는 우주전함을 뒤로한 채 불사조는 첫 번째 우주전함을 향해 쏜 쌀 같이 날아갔고 불사조가 지나쳐간 자리를 중심으로 남자가 불러온 우주전함은 두 동강이 나버렸다.

쾌재를 부르고 있던 쥴의 눈앞에 남자가 다시 나타났다.

—못 당하겠군. 어떤 능력인지는 모르지만 따라잡을 수가 없어.

남자의 형상은 다시 외계인에서 예수 그리스도로 바뀌었다. 인자하게 웃는 그 모습이 쥴의 눈에 박혀왔다.

—어떤가. 자네들이 믿는 존재 중 가장 위대한 자를 건드릴 수 있겠…….

남자는 말을 마치지 못했다. 그의 옆구리를 날카로운 창이 관통한 것이다. 쥴은 창의 손잡이를 잡은 채 차갑게 웃었다.

—롱기누스의 창이야. 예수의 목숨을 앗아간 물건이지. 미안하지만 고아원에 내팽개쳐졌을 때부터 구원에 대한 기대는 쓰레기통에 갖다 버렸거든.

예수의 얼굴이 한숨을 쉬었다. 남자는 옆구리에 창을 꽂은 채로 어깨를 으쓱했다.

—어쩔 수 없군. 이건 꺼내고 싶지 않았는데 말이야.

남자의 모습이 또다시 변하기 시작했다. 그의 형체가 처음으로 여자의 몸을 띄기 시작했다. 무엇을 내놓으려는 거지? 쥴은 그 어떤 얼굴이 나오더라도 놀라지 않으리라 마음먹었다. 하지만 남자, 아니 여자가 모습을 완성시켰을 때 그녀는 롱기누스의 창을 손에서 놓을 수밖에 없었다. 얼굴은 새카만 어둠이었다. 그럴 수밖에 없는 것이 그녀는 그 얼굴을 모르기 때문이다.

쥴은 떨어지지 않는 입을 가까스로 열었다.

—……엄마?

그때였다. 그녀의 등 뒤에서 강렬한 기운이 느껴졌다. 그녀를 꿈에서 깨도록 만들었던 투명한 끈이 다시 모습을 드러낸 것이다. 정신이 완전히 흐트러진 것이 실수였다.

—안 돼! 아직 돌아갈 순 없다고.

쥴의 의지완 상관없이 그녀의 몸은 뒤로 끌려가기 시작했다. 여자는 가볍게 손을 흔들며 약 올리듯 말했다.

—이번이 마지막이길 바래, 쥴 니블랑. 다신 오지 말라고.

"제기랄!"

꿈에서 깨자마자 욕설을 내뱉으며 드림 플레이어를 집어 던지는 모습에 형사 꼴롱브는 숨을 들이마셨다. 그만큼 땀으로 범벅된 쥴의 얼굴은 험악했다. 그의 시간으로는 겨우 1분 40초에 불과했다. 꿈속에서 그녀가 어떤 일을 겪었는지는 짐작조차 하기 힘들었다.

"안에서 어떤 일이 있었습니까, 니블랑 부장님?"

쥴은 이마에 달라붙은 앞머리를 거칠게 쓸어 올리며 대답했다.

"실패했어요. 마지막 희생자의 주소는 알고 있겠죠?"

당장이라도 누군가의 목을 조를 듯한 그 기세에 형사 꼴롱브는 순순히 따를 수밖에 없었다.

"쥴리앙 소울리에라는 서른다섯의 남자입니다. 여기서는 조금 시간이 걸리겠군요."

인상을 찌푸리며 쥴 니블랑은 몸을 일으켰다.

"그럼 서두르죠."

8

"졸리는 결혼 이후 어떤 기계를 만들어 내고 싶어 했네."

퐁피듀 라탕은 드골 소장의 눈을 정확히 바라보며 이야기하고 있었다.

"성공하기만 한다면 자신의 꿈을 모두에게 보여줄 수 있다고 스스로 믿고 있었어. 그녀는 의식을 기계에 옮겨 담겠다는 그 말도 안 되는 프로젝트를 생각했고, 결국 완성했지. 그래. 나는 조언만 해주었을 뿐, 드림 플레이어의 창조주는 내가 아닐세. 졸리 보울랭거야."

드골 소장은 드림 플레이어를 떨어뜨리지 않도록 손에 힘을 꽉 쥐어야만 했다. 경악스러운 이야기였다. SOF의 총수가 드림 플레이어를 만들지 않았다니. 그를 세계 최대 기업의 주인으로 만들어 준 기계가 졸리에게서 나온 것이라니. 그 때 소름끼치는 생각이 섬광처럼 드골 소장의 머리를 스쳐 지나갔다. 그의 턱이 부들부들 떨렸다.

"그래서…… 졸리를 어떻게 한 거야? 설마, 죽인 건가!"

그 긴 세월동안 열정을 바쳐 사랑했으면서 돈에 눈이 멀어 악마에게 영혼을 팔았단 말인가? 드골 소장은 어마어마한 잔디밭 가운데에 세워진 퐁피듀 라탕의 저택을 떠올렸다. 그의 두 눈이 분노로 물들었다.

퐁피듀 라탕의 시선은 고요했다. 그는 슬픈 표정으로 고개를 가로저었다.

"아닐세. 졸리는 스스로 목숨을 끊었어."

"어떻게? 그토록 뜨거운 영혼을 가진 여자가 대체 왜 생을 포기했단 말인가?"

"그녀는……."

퐁피듀 라탕은 신음하듯 말을 이었다.

"그녀는 자신이 개발 중이던 기계로 꿈을 꾸던 도중에 죽었어. 평생 그토록 바라던 꿈의 세계로 영원히 사라진 거지."

"어떻게 그것이 가능하단 말인가?"

드골 소장은 믿을 수 없다는 얼굴이었지만 퐁피듀 라탕은 멈추지 않고 말했다.

"나는 그 기계를 원형으로 드림 플레이어를 만들었네. 그리고 자네도 알다시피 그것은 천문학적인 돈을 불러들였지. 나는 이곳 티벳에 수십 개의 사원을 만들었어. 승려들에게 명상의 장소를 제공하는 대신 그들에게 드림 플레이어를 사용할 것을 제안했지. 그리고 한편으로는 루시드 드리머들을 찾아내기 시작했어. 그 작업은 자네에게 맡겼으니 더욱 잘 알겠지."

"나 역시 이용한 건가?"

"그렇게 생각하지 말게나, 친구."

"그 입 다물게!"

이윽고 루이 드골 소장의 눈시울이 젖어들기 시작했다.

"수십 년을 그리움 속에 보내야했네. 왜…… 왜 그녀를 지키지 못했나? 어째서 붙잡아 두지 못한 거야? 이 빌어먹을 기계가 그녀와 바꿀만한 가치가 있다는 건가!"

"흥분을 가라앉히게, 루이. 내게는 그 드림 플레이어가 필요해. 시간이 없어. 건네주지 않겠나?"

드골 소장은 고개를 격하게 가로저으며 드림 플레이어를 눈앞으로 들어 올렸다. 퐁피듀 라탕은 천천히 그에게 다가가며 손을 내밀었다.

"그러지 말게. 그걸 대신할 드림 플레이어는 존재하지 않아."

"다가오지 마, 퐁피듀! 이건 악마의 기계야. 내 손으로 사람들의 목숨을 앗아가는 이놈을 부숴버리겠……윽!"

드골 소장은 갑자기 뒤통수를 강타하는 매서운 충격에 중심을 잃고 쓰러졌다. 흐릿해져가는 시야로 드림 플레이어를 주워 올리는 파오의 모습이 들어왔다. 이윽고 그는 혼절했다. 퐁피듀 라탕은 안타까운 목소리로 말했다.

"왜 이리 조급한가, 친구여. 모든 매듭은 자연히 지어질 것을."

드골 소장을 기절시킨 파오가 드림 플레이어를 그의 손에 넘겨주었다.

"때가 되었습니다, 닥터 라탕. 필요한 것은 없으십니까?"

쓰러진 드골 소장의 외투에서 흘러나온 HPC가 퐁피듀 라탕의 눈에 들어왔다. 그는 그 앞에 무릎을 꿇으며 HPC를 주워들었다. 그리고 전원을 작동시키며 중얼거리듯 말했다.

"마지막으로 친구에게 편지를 남겨야겠지."

"좀 더 서두를 순 없어요?"

비행정은 이미 최고 속도로 달리고 있었다. 형사 꼴롱브는 실로 오랜만에 핸들을 쥔 터라 땀이 배어나오는 것을 어찌할 수 없었다. 그는 초조한 모습으로 다섯 가치 째의 담배를 물고 있는 쥴의 모습을 훔쳐보았다.

"정말 괜찮겠습니까, 니블랑 부장님? 다른 전문가에게 맡기는 것도 나쁘지 않습니다."

"아니요. 내가 매듭지어야 되요. 세 번이나 실패할 순 없어요. 일생을 걸어 유일하게 닦아온 무기예요. 여기서 꺾여버리게 하는 건 말도 안 된다고요."

형사 꼴롱브는 잠자코 핸들을 꺾었다. 정면에서 날아오는 비행정을 아슬아슬하게 비껴갔다. 그야말로 엄청난 과속이었다. 이대로 에펠탑에 부딪친다면 두 동강을 낼 수도 있을 것 같았다. 나중에 해명하려면 꽤나 애먹겠군. 그는 핸들을 쥔 손에 힘을 꽉 주었다.

그 때 가냘프게 스러져가는 목소리로 쥴이 입을 열었다.

"엄마를…… 봤어요."

예상치 못한 반응에 형사 꼴롱브는 자신도 모르게 속도를 줄이곤 쥴의 얼굴을 쳐다보았다. 그녀는 멍한 눈빛으로 쥐어짜내듯 말을 이어나갔다.

"얼굴이 보이지 않더군요. 아무리 기억을 조합해 봐도 얼굴이 완성되질 않았어요. 태어날 때 단 한 번 봤을 테니 기억을 할 수 있을 리가 없죠. 그래요, 난 버려졌어요. 누구의 딸인지 평생을 모르고 지내왔다고요. 꿈의 그놈은 엄마의 얼굴을 꺼내버렸어요. 불의의 습격이라고 하면 될까요? 고아원을 나선 뒤로부터 단 한 번도 부모의 품을 그리워한 적이 없는 나였어요. 오히려 나중에 만나게 된다면 반드시 침을 뱉어 주리라 마음먹고 있었죠. 그런데 꿈속에서 엄마의 모습을 대면하는 순간, 난 제정신을 유지할 수가 없었어요. 빌어먹을."

그녀는 비행정의 창문에 이마를 부딪쳤다. 형사 꼴롱브는 어떤 위로의 말을 꺼내야 할지 알 수 없었다. 그녀가 드러내고 있는 상처의 깊이가 어느 정도인지조차 가늠할 수 없었기 때문이다. 가까스로 그가 꺼낸 말이라곤 자신이 생각해도 어처구니가 없었다.

"라이터가…… 떨어졌습니다."

쥴은 눈을 뜨고는 자신의 발아래를 살폈다. 돌고래가 새겨져 있는 라이터. 그녀는 천천히 그것을 주워들면서 생각했다. 그러고 보니 어렸을 때부터 고래의 모습에만 유독 친근감을 느끼던 그녀였다. 왜일까. 쥴이 다시 자신의 상념 속으로 빠지려 했을 때 또다시 파도처럼 격통이 찾아왔다. 오늘 겪었던 것 중에 가장 심한 강도였다. 그녀는 가까스로 신음을 참았다. 정신적 안정을 취해야 하는 날에 온갖 고초를 겪었으니 그럴 만도 했다.

'조금만. 조금만 더. 아직 끝나지 않았단 말이야.'

라이터를 쥔 손에 땀이 배어나왔다.

"아빠를 살려내!"

여러 상황에 대처하도록 훈련받은 형사 꼴롱브였지만 세 살배기 어린 여자아이가 허벅지에 달라붙어 주먹으로 때리기 시작할 때는 어찌해야 하는지 알 수 없었다. 세 번째 희생자 쥴리앙 소울리에의 어린 딸은 드림 플레이어를 조사하러 왔다는 말에 다짜고짜 울면서 달려들었던 것이다. 쥴리앙 소울리에의 아내가 황급히 아이를 떼어내며 사과했다.

"죄송합니다, 형사님. 아이가 워낙 충격이 커서 그런 거라고 생각해주세요."

"상심이 크시겠지요. 저는 괜찮습니다."

쥴리앙 소울리에는 이혼남이었다. 하지만 사망 이후 떨어져 살던 아내와 딸이 집에 찾아 와있었던 것이다. 형사 꼴롱브가 어쩔 줄 몰라 할 때 그의 뒤에 서 있던 쥴 니블랑이 조용히 몸을 낮추어 울먹이는 여자 아이의 얼굴을 바라보며 말했다.

"아빠를 데려간 건 우리가 아니야."

"거짓말! 아빠를 살려내!"

"하지만 아빠가 정말 좋은 곳으로 갔는지 알려면 그 기계를 조사해야 한단다."

"아빠가…… 어디로 갔는지 알 수 있어?"

쥴은 천천히 고개를 끄덕였다.

"그래. 아저씨랑 언니가 책임지고 알아올게. 그러니까 들어가도 되겠지?"

아이는 울음을 조금씩 멈추고 엄마의 뒤로 돌아갔다. 쥴리앙 소울리에의 아내는 고개를 끄덕였고 쥴은 집 안으로 들어설 수 있게 되었다. 드림 플레이어는 부부의 침실에 놓여 있었다.

"반드시 성공해야 되겠군요. 아이에게 아버지의 행방을 알려주려면."

쥴은 조금의 지체도 없이 드림 플레이어를 쓰며 자조 섞인 말을 꺼냈다. 형사 꼴롱브가 그 말에 대꾸했다.

"그리고 반드시 살아와야겠죠. 조심하십시오, 니블랑 부장님."

쥴은 고개를 끄덕이곤 드림 플레이어를 작동시켰다.

그녀는 티벳의 사원 안으로 돌아와 있었다. 그런데 뭔가가 달라져 있었다. 두 번째 꿈까지 자리를 지키고 있던 네 명의 승려가 보이지 않았던 것이다. 그러고 보니 꿈에 흐르는 기류도 이전의 두 꿈과 미묘하게 달랐다.

하지만 그녀는 곧 정신을 흔들어 잡념을 털어버렸다. 그렇기에 쥴 니블랑은 자신의 오른쪽 발목에 하얀 뱀 같은 형체가 휘감기는 것을 눈치 채지 못했다. 이윽고 그녀는 다시 우주로 날아올랐다.

그녀는 세 번째로 보는 우주의 풍경에는 관심도 두지 않았다. 오직 남자를 만나서 대처해야 할 일들만 머릿속으로 떠올렸다. 이번에도 엄마의 얼굴을 꺼내면 한꺼번에 불태워주겠어. 그녀는 독한 마음을 갈무리했다. 남자가 어떤 식으로 공격해 와도 절대 당황하지 않으리라고 다짐한 것이다.

하지만 그녀는 당황해버렸다.

—다시 말해 봐. 날 그냥 보내준다고?

남자는 고개를 끄덕였다.

—그래. 이번에는 나도 널 막을 수가 없겠군.

—왜지?

그녀는 너무나 순순한 남자의 반응에 맥이 풀리는 느낌이었다. 남자는 처음 보았을 때처럼 변화무쌍한 모습을 고수하고 있었다.

—이번에는 통행료를 들고 왔으니까. 어차피 잘 됐어. 더 이상 널 막는 것에 자신이 없었거든.

어쨌든 보내준다는 표시였다. 남자는 뒤돌아서서 아무것도 존재하지 않는 허공에 손을 집어넣었다. 그리고 자신의 품으로 잡아당기자 사람 한 명이 들어갈 정도의 고풍스런 문이 생겼다.

—행운을 빌어. 아무쪼록 조심하라고.

쥴은 미심쩍었지만 시간이 많지 않다는 것을 깨닫고는 남자를 지나쳐 문 안으로 뛰어 들어갔다. 그러자 전혀 다른 세계가 그녀의 눈앞으로 펼쳐졌다. 자신이 인식할 수 있는 우주의 끝을 넘어서 도달한 곳에는 아득한 안개가 자욱이 펼쳐져 있었다.

그리고 강이 있었다. 줄기의 시작과 끝을 알 수 없는 거대한 강이 쥴의 눈앞을 가로지르고 있었고 강 너머에는 아득한 땅이 펼쳐져 있었다.

"이 곳이 우주의 끝? 대체 여기가 어디야?"

그녀는 혼잣말을 했다. 그런데 누군가가 그녀의 말에 반응을 보였다.

"스틱스 강일세. 졸리의 말에 따르면 동양에선 황천이라고도 하고."

그녀는 놀라 펄쩍 뛰었다. 자신의 오른쪽 발목이 말을 건 것이다. 그때서야 그녀는 자신의 발목을 휘감고 있던 하얀 형체를 발견했다. 그 형체는 그녀의 몸에서 떨어져 나와 하나의 형체를 만들어내기 시작했다. 눈매가 매서운 중년 남자였다. 쥴은 그의 모습이 어딘가 낯익다고 생각했다.

"내 이름은 퐁피듀 라탕일세. 자네를 루시드 드리머로 발탁한 사람이지."

형사 꼴롱브는 초조하게 쥴 니블랑이 쓰고 있는 드림플레이어를 노려보았다. 액정에는 그녀의 심박수가 표시되어 있었다. 그런데 그 수치가 지나치게 낮았다. 깊은 무의식 속으로 빠져드는 비렘 수면 단계보다 더욱 낮은 수치였다. 게다가 꿈속으로 빠져든 시간이 2분을 훌쩍 넘기고 있었다.

'어떻게 해야 하지? 강제로 전원을 꺼야 하나?'

그녀가 다시는 깨어나지 못할 것만 같은 예감이 자꾸만 그를 괴롭혔다. 그런데 그 때, 침실 바깥에서 소란이 일어났다. 누군가가 쥴리앙 소울리에의 아파트 안으로 들어온 것이다. 불길한 예감에 형사 꼴롱브는 품 속에 있던 권총을 장전했다. 이윽고 침실 방문이 열렸고, 그는 권총을 겨누며 소리쳤다.

"누구냐!"

문을 열고 들어온 것은 침착한 인상의 한 남자였다. 그는 공격할 의사가 없다는 듯 양 손을 들어보였고 형사 꼴롱브가 권총을 내리지 않자 입을 열었다.

"전 프란시스라고 합니다. SOF 총수 퐁피듀 라탕의 대리인이죠. 그의 명을 따라 당신들을 쫓아온 겁니다."

쫓아왔다고? 형사 꼴롱브는 설명을 요구하는 시선을 보내었고, 프란시스는 무표정한 말투로 말을 이어나갔다.

"쥴 니블랑은 현재 저희 주인님과 함께 있을 겁니다. 꿈속에서 말이죠."

9

그녀는 입을 쩍 벌렸다.

"그럴 리가? 닥터 라탕은 육십이 넘었을 텐데?"

"자네의 기억에 현재의 내 모습이 없으니까. 창사 시절의 내 모습을 사진으로 본 것이 유일하겠지. 그래서 젊었을 때의 내 모습이 이렇게 조합된 거지."

"내 의식이 만들어낸…… 건가?"

퐁피듀 라탕은 고개를 저었다.

"모습은 그렇지만 본질은 아니야. 나는 또 다른 드림 플레이어로 자네의 의식과 동조한 걸세. 나는 루시드 드리머가 아니었기에 혼자서는 절대 이곳에 오지 못해. 그래서 자네의 의식에 몰래 올라탄 걸세. 나는 자네의 꿈속 존재가 아니야. 실체를 가지고 있는 전혀 별개의 타자打者지. 어쨌든 고맙단 말을 하고 싶군."

쥴의 머릿속으로 순순히 자신을 보내준 남자의 말이 떠올랐다. '통행료'는 그녀가 가지고 있는 게 아니었다. 퐁피듀 라탕이 바로 그 통행료였다.

"설명을 해주……시겠어요, 닥터 라탕?"

그녀는 혼란해하면서도 입을 열었다. 퐁피듀 라탕은 흔쾌히 대답했다.

"시간에서 자유로운 이곳이니 말을 해도 되겠지. 나는 한 여자를 따라왔네. 그녀의 이름은 졸리 보울랭거. 죽은 내 아내지. 그녀는 자네가 쫓아온 희생자들처럼 꿈을 꾸던 도중 목숨을 잃었네. 하지만 누군가가 뺏은 것이 아닐세. 다른 희생자들도 마찬가지겠지만 그녀는 자신의 의지로 인간의 육체를 벗어난 거야."

"이해가 되지 않는데요."

"그녀와 나는 오랫동안 꿈의 정체를 두고 싸웠지. 그녀는 몸을 잠시 떠난 영혼의 여행이라고 생각했고 나는 양성자보다 작은 쿼크로 이루어진 정신의 반응이라고 생각했어. 하지만 그 둘의 공통점은 꿈속에서는 어디론가 떠나는 것이 가능하다는 거였지. 시간과 공간 둘 모두에서 해방되어 우주를 누비는 거지. 하지만 졸리는 다시 돌아와야 한다는 것을 받아들이지 못했어. 꿈꾸는 것을 계속하면 언젠가 다른 세계로 넘어가는 것이 가능하다고 믿었네. 그리고 그녀는 그것을 실현했어."

꿈속이었지만 논리적인 말이었다. 쥴 니블랑은 신경을 집중해 그의 말을 경청했다.

"나는 그녀의 죽음을 받아들이지 못했네. 나를 버리고 떠났다는 사실을 도저히 인정할 수 없었지. 당장에 그녀의 뒤를 따라 목숨을 끊으려 했네. 그런데 언젠가 그녀가 했던 말이 내 발목을 붙잡더군."

"어떤 말이었죠?"

"백 명의 사람이 있으면 백 개의 꿈이 있다는 말이었네. 모든 사람이 죽으면 같은 곳으로 갈 수 없다고 믿은 졸리였어. 나는 내가 목숨을 끊는다 해도 그녀와 같은 곳으로 갈 거라는 확신이 없었네. 그래서 그녀가 남긴 유산으로 드림 플레이어를 만들었지. 그리고 누군가가 그녀가 갔던 길을 발견해내길 바라는 수밖에 없었어. 그리고 이십년이 훌쩍 지나 티벳의 한 승려가 결국 찾아낸 거야."

쥴은 그 승려의 이름을 알고 있었다.

"알탄 카이거."

"맞네. 하지만 나 자신이 경로를 알았다 해서 될 문제가 아니었어. 줄리를 따라가려면 그녀에 버금가는 루시드 드리머가 필요했네. 그래서 자네가 루이 밑에 들어오게 된 걸세. 나를 이곳으로 데려다 주기 위해. 자네는 평생 동안 의식하지 못했겠지만"

한 번에 감당하기 힘든 이야기들뿐이었다. 퐁피듀 라탕은 모든 것을 털어놓았다는 듯한 표정이었다. 하지만 쥴에게는 질문이 남아 있었다.

"그렇다면 여기는? 대체 어디죠? 스틱스 강이라면 사람이 죽을 때 건넌다는 강이잖아요? 왜 그것이 우주의 끝에 있는 거죠?"

"나도 그것엔 완벽히 대답해 줄 수 없네. 다만 이곳을 건너면 목숨을 잃게 된다는 것만 알고 있지. 임사 체험을 한 이들이 모두 이곳까지 왔다가 돌아간 것이라고 생각하면 될 걸세. 물론 그들이 본 강이 다 같다고 할 순 없겠지만. 나는 수면학자일세. 사람이 죽음을 앞에 두고 마지막으로 떠올리는 것은 물일 수밖에 없어. 어머니의 자궁 속에서 자그마치 열 달 동안 양수 속에 있었던 것이 태초의 기억이니까. 죽음의 순간과 탄생의 순간은 밀접한 걸세."

말을 다했다는 듯이 퐁피듀 라탕은 앞으로 걸어 나갔다. 그의 앞에는 강물이 넘실대고 있었고 그가 가까이 다가가자 마치 수백 개의 손이 강물에서 뻗어 나오는 것처럼 그를 받아들였다. 퐁피듀 라탕의 뒷모습은 평화로워 보였지만 쥴은 거기에서 섬뜩함을 느꼈다. 그는 죽음에 자신을 내던지고 있는 것이다.

"내 오랜 바람 때문에 고통 받았던 이들에게 대신 사과를 전해주게."

이윽고 퐁피듀 라탕은 강 너머로 완전히 넘어갔다. 쥴의 눈에는 손가락 마디만큼 작은 모습이었다. 그녀는 최면에 걸린 듯이 그 모습을 끝까지 바라보았다. 그는 조금씩 작아지다가 안개 너머로 완전히 사라졌다. 그런데 쥴은 그가 사라지기 직전에 무언가 기묘한 기분에 사로잡혔다.

안개가 그의 몸을 감싸기 직전 퐁피듀 라탕이 한 여인을 끌어안는 모습을 본 것만 같았던 것이다.

"그럼 그녀는 지금 어디에 있는 겁니까?"

형사 꼴롱브는 총을 내려놓은 뒤에 누그러진 목소리로 물었다. 프란시스는 침대 위에 누워있는 쥴 니블랑의 평온한 얼굴을 바라보며 대답했다.

"경계에 가 있을 겁니다."

"경계?"

"이십여년 전 닥터 라탕의 아내 졸리 보울랭거가 떠난 곳이지요. 그는 오랜 세월동안 경계를 발견하는 이가 탄생하길 기다렸고, 티벳의 승려 알탄 카이거가 드디어 그것에 성공했습니다. 쥴 니블랑 부장은 가장 뛰어난 루시드 드리머로서 닥터 라탕을 안내할 역할을 맡았지요."

프란시스의 말은 형사 꼴롱브가 받아들이기엔 모호한 것들뿐이었다. 그보다 그의 관심사는 좀더 원초적인 것에 있었다.

"살아 돌아올 수 있습니까, 니블랑 부장님은?"

프란시스는 낮은 수치를 보여주는 쥴의 심박수를 바라보며 건조하게 말했다.

"기다려 봐야지요. 그녀의 귀환을."

강물은 까마득히 멀리 있는 것 같다가도 어느새 코앞까지 다가와 넘실거리기도 했다. 강물이 담고 있는 의지와 염원의 밀도는 쥴이 스치기만 해도 실신할 만큼 거대한 깊이였다.

"다가가지 마. 널 삼키려는 거야."

그녀는 고개를 돌렸다. 등 뒤에는 어느새 남자가 허리에 손을 얹은 채 서 있었다.

"네가 데려온 의식은 통행료를 가지고 있었어. 육신으로서의 존재를 포기한 거지. 하지만 넌 안 돼. 목적 없이 강에 다가갔다가는 휩쓸려버리고 말아."

"대체 여기는 어디야? 넌 누구고?"

"이곳은 통로야. 너의 의식 속에 존재하는 낱말들로는 정의할 수 없어. 다만 비슷하게라도 말하려면…… 끈을 포기한 자, 스스로 끊은 자만이 드나들 수 있는 문이지. 좀 전에 그 의식이 너에게 설명해줬잖아. 이 강은 우주의 태초 이전부터 흐르고 있었고 종말 이후에도 흐를 거야. 네가 태어난 그 순간의 기억에서부터 전생의 정보까지 축적하고 있지. 그러나 강을 건너면 전혀 다른 존재가 되어버리는 거야."

그녀는 천천히 몸을 일으켰다. 남자는 어느새 형사 꼴롱브의 얼굴을 하고 있었다. 그의 눈에는 걱정의 빛이 서려 있었다. 남자는 말을 계속했다.

"너의 눈에는 내가 한 개체로서 비춰지겠지만 난 단수가 아니야. 법칙을 관장하는 의식들의 집합체지. 온 우주의 의지가 너는 돌아가야 한다고 말하고 있어. 아직 끈이 남아 있을 때 어서 여기서 떠나."

쥴은 남자의 말을 듣고 있지 않았다. 그녀의 머릿속은 오로지 한 가지 생각만으로 가득 차 있었다.

"내가 태어난 순간의 기억이라면…… 엄마의 얼굴을 보는 것도 가능해?"

남자가 대답하기도 전에 쥴은 누가 머리를 잡아당기는 것처럼 뒤통수가 따끔해오는 것을 느꼈다. 재빨리 고개를 돌린 그녀의 눈에 강 한 가운데에 솟아난 여자의 모습이 들어왔다. 자신보다 약간 더 세월을 겪은 듯한 얼굴엔 웃음이 가득했고, 머리카락 한 올 한 올에 그녀가 그토록 갈망했던 따스함이 묻어 나왔다. 그리고 그녀는 쥴과 너무나도 닮아 있었다.

"엄마."

쥴은 자신도 모르는 사이에 강 쪽으로 천천히 걸음을 옮기기 시작했다. 닥터 라탕을 받아들였을 때처럼 강물은 또다시 요동치며 넘실거리기 시작했다. 그녀가 갈무리해왔던 절규가 폭발하듯 뿜어져 나왔다.

"왜! 왜 나를 버렸어요? ……대체 왜……."

당장에라도 쓰러질 듯 그녀는 비틀거렸고, 남자는 등 뒤에서 안타까운 듯이 말했다.

"건너편의 존재는 말할 수 없어. 너에게 끈이 있는 한. 물러서, 쥴 니블랑. 강이 너를 삼키려 하고 있어."

"엄마……."

그녀는 듣지 못하는 것처럼 남자의 말을 무시하고 계속 나아갔다. 이윽고 그녀의 오른쪽 발이 강가에 다다랐고, 물방울들이 솟구쳐 올라 그녀의 오른쪽 다리를 감싸버렸다. 무엇에 홀린 것처럼 의식은 초점을 잃어버렸고 강렬하게 살아 숨 쉬던 꿈의 통제권은 완전히 강물에 녹아 없어져 버렸다. 남자가 소리쳤다.

"그만 둬! 양쪽 다리가 다 닿으면 끈이 끊어져 버린다고."

"심박수가 너무 낮아지고 있어요! 이러다가는 숨이 끊어지게 됩니다."

형사 꼴롱브의 다급한 목소리가 침실 전체에 메아리쳤다. 프란시스의 표정 또한 딱딱하게 경직되어 있었다. 쥴이 착용한 드림플레이어의 액정은 곤두박질치는 심박 수를 표시하고 있었고 곧 그것은 완전히 멎어버리려 하고 있었다.

"강제로라도 전원을 꺼야 합니다. 이대로 죽는 걸 지켜볼 수만은 없어요."

형사 꼴롱브는 재빨리 드림 플레이어의 전원에 손을 가져갔다. 그러나 프란시스가 조용히 그 손을 붙잡으며 고개를 저었다.

"지금 드림 플레이어를 정지 시켜 버리면 그녀의 의식은 돌아올 곳을 잃어버려 영원한 미아가 되어 버릴 겁니다. 닥터 라탕은 그저 기다리라고 하셨습니다. 그녀 스스로의 의지로 돌아와야만 한다고 말씀하셨죠."

"빌어먹을! 이렇게 죽어가고 있잖습니까!"

형사 꼴롱브는 프란시스의 멱살이라도 붙잡을 기세였다. 두 남자가 서로의 눈빛에서 의지의 싸움을 벌이고 있을 때, 드림 플레이어에서 기묘한 소리가 울리기 시작했다. 뚜뚜뚜 하고 점차 잦아지는 건조한 기계음. 형사 꼴롱브는 드림 플레이어의 액정을 바라보고는 다리에 힘이 풀리는 것을 느꼈다.

심박 수는 완전히 멎어 있었다.

"엄마. 왜 아무 말이 없어요? 말 좀 해 봐요."

쥴은 엄마의 발치 아래까지 다다르고야 말았다. 강물은 그녀의 허리 위까지 차올라 늪처럼 그녀를 끌어당기고 있었다. 엄마의 형체는 고개를 가로저으며 무언가 쥴에게 말을 전하고 있었다. 하지만 아무런 소리도 그녀의 귀에 닿지 않았다.

"뭐라고 하는지 모르겠어요, 엄마. 제발…… 뭐라고 한 마디만 해 봐요."

엄마의 형체는 구슬픈 눈빛을 띄우더니 강 저편으로 물러나기 시작했다. 쥴은 다급하게 엄마의 이름을 외치며 그 모습을 따라가려 했지만 강물의 물살 때문에 따라잡기란 불가능해 보였다.

"끈이 끊어져 버렸어, 쥴 니블랑. 완전히 먹혀버렸다고."

남자의 한숨 섞인 목소리가 등 뒤에서 들려왔다. 그녀는 계속 안쪽으로 자신을 끌어들이려는 강물에 저항하지 않고 휩쓸려가고 있었다. 이대로라면 곧 강의 저편으로 사라져버릴 것 같았다.

그 때 쥴은 물속에서 무언가 큼직한 것이 자신의 허리를 무는 것을 느꼈다. 어찌나 그 힘이 강했던지 그녀는 강물 속에서 덜컥 정지할 수밖에 없었다. 그 때 강물 속에서 분홍색 형체가 쥴의 몸을 문 채 강물 위로 솟구쳐 올랐다. 폭죽처럼 떨어져 내리는 물방울들 위로 분홍빛 돌고래가 날아오르고 있었다. 남자는 이해할 수 없다는 듯 말했다.

"뭐지, 저건?"

쥴 니블랑은 허리를 물린 채 뒤로 날아가면서 돌고래의 눈을 마주보았다. 검고 맑은 그 눈동자는 그녀를 해칠 생각이 없다는 의사를 전달하고 있었다. 쥴은 눈물로 범벅이 된 얼굴로 돌고래의 분홍빛 피부에 손을 갖다 대었다. 따스함이 온 몸에 충만할 만큼 전해졌다.

돌고래는 남자를 지나쳐 강가를 벗어나기 위해 놀라운 속도로 날았다. 남자는 돌고래가 휩쓸고 간 충격파에 비틀거리지 않도록 애쓰며 중얼거렸다.

"이럴 수가. 그녀의 끈은 분명히 끊어졌을 텐데?"

어느새 쥴의 몸은 하얀 우주를 지나쳐 자신이 날아온 길을 되짚어 가고 있었다. 돌고래의 속도는 그녀가 만들어낼 수 있는 그 어떤 속도보다도 더 빠르게 움직이고 있었다. 자신이 불러내지도 않았는데 등장한 그 신비한 존재를 그녀는 설명할 수 없었다. 하지만 돌고래가 자신을 향해 이렇게 말하고 있다는 것은 온 몸으로 전해져왔다.

—돌아가자. 이제.

"니블랑 부장님! 깨어나요, 어서!"

형사 꼴롱브는 권총도 내팽개친 채 그녀의 어깨를 붙잡아 흔들기 시작했다. 하지만 쥴의 심장은 정지한 상태로 꿈쩍도 하지 않았고, 피부는 싸늘하게 식어가고 있었다. 형사 꼴롱브는 어쩔 줄 몰라하다가 여전히 쥴의 머리에 씌워져있는 드림 플레이어를 발견하고는 그것을 벗겨내려고 손을 뻗었다. 그 때 처음으로 프란시스가 다급하게 외쳤다.

"멈춰 보시오! 심박 수가…… 심박 수가 돌아오고 있소!"

뭐라고? 형사 꼴롱브는 프란시스의 말에 어처구니없는 줄 알면서도 드림 플레이어의 액정을 확인해 보았다. 그의 말대로 정지했던 쥴의 심장이 다시 약동하기 시작했다.

그녀는 익숙한 태양계로 돌아와 있었다. 돌고래의 속도는 현저히 줄어 있었다. 지느러미를 꿈틀대던 분홍빛 동물은 조금씩 속도를 늦추다가 지구가 온 시야에 가득찰 때쯤 그녀를 물고 있던 허리를 놓아주었다.

그러자 쥴은 돌고래의 모습을 정면으로 바라볼 수 있었다.

"누구지, 넌? 왜 나를 이곳까지 데려다 준 거야?"

돌고래는 우주가 마치 바닷 속인 것처럼 몸을 한 바퀴 돌린 뒤에 작은 울음소리를 내었다. 작별의 뜻이었다. 그녀는 돌고래의 몸이 점차 투명해지고 있다는 것을 깨달았다. 그녀를 이곳까지 데려오느라 모든 힘을 소진한 것처럼 보였다.

돌고래가 완전히 사라질 때쯤 그녀의 의식이 깊숙한 곳으로 떨어지는 듯 아득해졌다.

10

"정말로 가시는 줄 알았습니다."

형사 꼴롱브는 거의 울먹이고 있었다. 쥴 니블랑은 멍하니 그의 얼굴을 쳐다보면서 조금씩 입술을 달싹였다.

"끝을……보고 왔어요."

그녀의 목소리를 듣자 형사 꼴롱브는 참았던 안도의 한숨을 내쉬었다. 아예 방바닥에 주저앉은 그의 모습을 빤히 쳐다보다가 쥴은 문득 자신의 아랫배를 쓰다듬었다. 집요하게 물고 늘어졌던 통증이 씻은 듯이 사라져 있었다. 아니, 배란 후의 느낌과는 전혀 다르게 애초에 아무것도 없던 것처럼 가벼운 기분이었다. 그녀는 자신을 데려다 주고 소멸해 버린 분홍빛 돌고래를 기억해 냈다.

"소멸한…… 건가. 내 대신에."

프란시스가 말없이 기대 서 있던 침실의 문틈으로 여자 아이가 걸어 나왔다. 쥴리앙 소울리에의 딸이었다. 아이는 종종걸음으로 침대위에 앉아 있는 쥴의 무릎께까지 다가와선 그녀를 올려다보며 물었다.

"언니…… 아빠가 어디에 있는지 찾았어?"

쥴은 가만히 손을 들어 아이의 머리를 쓰다듬었다. 그리고는 천천히 고개를 끄덕였다.

"그래, 찾았어. 아빠는 멀고먼 곳으로 가셨단다. 하지만……."

쥴은 강에서 자신을 돌려보낸 엄마의 얼굴을 기억해냈다. 목구멍까지 가득 차 올라오는 아련한 슬픔이 그녀의 가슴을 파고들었다. 하지만 그녀는 애써 웃어 보이며 말을 이어나갔다.

"하지만 아직은 아빠를 만날 때가 아니야. 언젠가, 언젠가 꼭 다시 만날 수 있을 거란다."

쥴 니블랑은 기나긴 여행에서 돌아온 듯이 아이를 꼬옥 안아 주었다.

드골 소장은 묵직한 뒤통수의 고통과 함께 정신을 차렸다. 눈앞에는 퐁피듀 라탕이 드림 플레이어를 머리에 쓴 채 앉아 있었다. 어느새 승려들의 모습은 사라져 있었고, 자신을 기절시켰던 남자 파오만이 문 옆에 서서 자신을 바라보고 있었다.

"닥터 라탕은 떠나셨습니다."

떠났다고? 드골 소장은 주춤주춤 일어서서 퐁피듀 라탕을 향해 걸음을 옮겼다. 가까이 다가갈수록 그는 자신의 오랜 친구의 숨이 이미 끊어져 있음을 확인할 수 있었다. 퐁피듀 라탕의 얼굴은 편안해 보였으며 입가에는 어렴풋한 미소가 띄워져 있었다.

"퐁피듀……. 이게 다 뭐란 말이야, 응?"

부들부들 떨리는 손으로 드골 소장은 퐁피듀 라탕의 볼에 손을 가져갔다. 이미 영혼이 떠나버린 몸이어서인지 추운 날씨 때문인지 그의 몸은 섬찟함이 느껴질 정도로 차가웠다. 털썩 무릎을 꿇는 드골 소장의 등 뒤로 파오가 다가왔다.

"주인님께서 메시지를 남기셨습니다. 당신이 깨어나면 보여주라 하시더군요."

파오는 드골 소장의 앞에 HPC를 내려놓고는 문 밖으로 사라졌다. 방 안에는 퐁피듀 라탕의 시체와 드골 소장뿐이었고, 힘없는 동작으로 그는 HPC의 전원을 켰다. 이윽고 짧은 편지가 그의 눈앞을 가득 채웠다.

'루이. 맑은 정신으로 작별을 고하고 싶었지만 안타깝게도 이런 식으로 마지막 말을 남기게 되는군. 나는 떠나네. 아내 줄리를 따라. 평생을 매달렸던 내 고집 때문에 괴로워했을 자네와 모든 사람들에게 사죄의 말밖엔 할 말이 없네. 짝을 되찾으려는 한 남자의 비뚤어진 욕망 때문에 전 세계 사람들이 사기극에 속고 말았지. 그렇지만 나는 이제야 꿈이 무엇인지 깨달았어. 그리고 그 꿈속으로 영원히 사라지려 하네. 루이. 그 곳에 가서도 자네를 잊지 않을 걸세. 큰 빚만 남기고 가네, 친구여.'

그가 남긴 편지글의 마지막에는 루이 드골 소장뿐 아니라 전 세계의 사람들이 그토록 궁금해 했던 한 구절이 적혀 있었다.

'졸리, 오직 하나뿐인 내 사랑Solie, my Only Fiance.'

드골 소장의 눈가에 눈물이 맺히기 시작했다. 그는 퐁피듀 라탕의 몸을 끌어안았다. 어깨가 부들부들 떨리며 마치 친구를 떠나보낸 어린아이처럼 서럽게 울기 시작했다. 작동을 멈춘 드림 플레이어가 퐁피듀 라탕의 하얗게 센 머리에서 떨어져 내리며 서글픈 마지막을 고했다.

그의 꿈은 이제 영원히 계속 될 것이다.

| 끝 |

충돌

황태환

장편 『난쟁이가 사는 저택』을 출간했다. 극한 상황에서 드러나는 인간의 본성에 관심이 많다.

1999 일곱 번째 달

하늘에서 공포의 대왕이 내려오리라

앙골무아의 대왕이 부활하리라

화성을 전후로 행복하게 지배하리라

—노스트라다무스

—오늘 지구가 멸망합니다. 앙골무아인을 영접합시다.

퇴근하고 집에 가는 버스에 오른 참이었다. 차창 너머로 보인 뜻밖의 문구에 시선이 쏠렸다. 이색적인 복장을 한 사람들이 피켓을 들고 가두행진을 벌이는 중이었다. 마침 버스가 신호에 걸려 정차한 덕분에 그들의 행위를 관찰하게 되었다. 하나같이 원뿔처럼 뾰족한 모자를 뒤집어썼고, 흰색 천을 몸에 둘러 옷으로 삼았다. 신발은 신지 않았다. 외국인인가 해서 자세히 들여다봤지만 아니었다. 그런 사람들 수십 명이 아무런 구호도 외치지 않고 한데 뭉쳐 거리를 쏘다녔다.

뒷자리에서 중년 남자의 걸걸한 목소리가 들렸다.

"때가 어느 땐데 종말이야. 사기꾼들."

동감이었다. 버스가 출발할 때까지 지켜보았지만 그들은 쇼맨십을 발휘하거나 돌출 행동을 벌이지는 않았다. 그저 담담히 서서 주변 사물을 응시할 뿐이었다. 마치 다시는 보지 못할 소중한 장면이라도 되는 듯. 그 정적인 모습에서 기이한 광기가 느껴져 나도 모르게 진저리를 쳤다.

주머니에서 진동이 울렸다. 의자에 고쳐 앉아 휴대폰을 꺼냈다. 액정화면에 찍힌 간병인 아주머니의 전화번호가 보였다. 통화 버튼을 터치하고 휴대폰을 귀에 대었다. 첫말을 떼기도 전에 연결이 끊겼다. 재차 걸었지만 받지 않았다. 까닭 모를 불안감이 엄습했다.

'어머니가 사고를 친 게 아니면 좋으련만.'

집에 가면 알겠지. 목덜미를 손으로 몇 번 주무르다 등받이에 몸을 기대고 고개를 뒤로 젖혔다. 구름 한 점 없는 먼 하늘에 순간적으로 작은 원반이 나타났다. 원반은 가만히 떠서 움직이지 않았다. 그러나 내가 미간을 좁히고 눈을 끔뻑이는 사이 사라지고 말았다. 시야에 남은 잔상을 따라 하늘을 살폈지만 허사였다. 피곤해서 헛것을 봤거나 밖에서 애들이 던진 병뚜껑, 혹은 날아가는 벌레 따위를 보고 착각한 듯했다.

'아니면 진짜 유에프오거나.'

사실 뭐든 별로 상관없었다.

도시 변두리에 위치한 임대 아파트에 도착해서 이층으로 올라갔다. 열쇠로 문을 따고 들어서자 현관 앞에 선 간병인 아주머니가 보였다. 그녀의 목덜미에 손톱자국이 선명했다. 현기증이 일었다. 필시 어머니의 소행일 터였다. 이번이 벌써 세 번째였다. 내가 입을 열기 전에 그녀가 선수를 쳤다.

"저 오늘까지만 할게요. 이제 다른 사람 구하세요."

아주머니의 목소리가 가늘게 떨렸다. 병원에 가보자는 내 제안을 거절하고 도망치듯 계단을 내려갔다. 그녀의 등에 대고 꼭 병원비를 청구하라고 외쳤다.

현관문을 닫고 신발을 벗었다. 내 기척을 들었는지 거실에서 웅크리고 앉아 연속극을 보던 어머니가 고개를 돌렸다. 나를 보더니 벌떡 일어나 허리를 굽혔다.

"안녕히 다녀오셨어요. 어르신."

산발한 머리칼이 어머니의 얼굴을 덮었다. 아침에 입힌 티셔츠는 목이 잔뜩 늘어났고, 재봉 선을 따라 밑단이 조금 찢어졌다. 한숨을 내쉬었다.

오 년 전만 해도 작은 미술학원을 운영하며 알뜰하게 살던 분이었다. 아버지 없이도 나를 남부럽지 않게 키웠다. 하지만 아무런 기별 없이 찾아온 병마는 어머니의 전부를 앗아갔다. 가족을 잊고, 친구를 잊고, 추억마저 잊은 어머니는 어린아이가 되었다.

설상가상 그러한 변화를 일찌감치 눈치 챈 지인이 어머니를 속여 전 재산을 가로챘다. 어쩌면 그 사건 때문에 증상이 악화되었는지도 모르겠다. 이제 와서 돌이켜봐야 소용없는 일이지만.

어머니 손을 붙잡고 나란히 소파에 앉으며 말했다.

"엄마, 내가 왜 어르신이야?"

"그럼 넌 뭐냐?"

"나 엄마 아들이잖아."

어머니는 생각에 잠긴 듯 말이 없었다. 그러다 어느 순간 자신이 뭘 생각하는 중이었는지도 잊은 듯 다시 연속극에 빠져들었다. 간혹 허공에 대고 혼잣말을 중얼거렸다. 어머니와 맥락 없는 대화를 하면서도 머릿속으론 새 간병인을 구할 절차나 방법을 떠올렸다.

그때 어머니의 배에서 꼬르륵 소리가 났다.

"엄마, 배고프지? 내가 얼른 저녁 차려올게 텔레비전 보고 있어."

마른세수를 하며 소파에서 일어났다. 주방에 가자 식탁 위에 놓인 우편물이 보였다. 간병인 아주머니가 찾아다 놓은 모양이었다. 전기요금 고지서, 국민연금 관리공단 홍보물, 아파트 관리사무소 안내문……. 그 중 눈에 띄는 것을 발견하고 뜯어보았다. 카드사에서 보낸 내용증명이었다. 작년 어머니의 관절 수술비용으로 빌린 돈이었다. 회사 자금사정이 어려워 월급이 밀린 탓에 원금은커녕 이자조차 제대로 갚지 못하는 처지였다. 설상가상 엊그제는 집주인이 전세금을 올린다는 전화를 걸어왔다. 친구들은 결혼이다, 애기 돌이다 해서 한 달에도 서너 번씩 청첩장에 문자를 보내는데 한 번도 제대로 참석하지 못했다. 내가 짊어진 현실의 무게만도 감당하기가 버거웠다.

'엄마만 아니었으면…….'

무심코 밀려드는 생각에 고개를 흔들었다. 소리 내어 뒷말을 완성했다.

"나는 태어나지도 못했겠지."

식사 때마다 식탁은 매번 난장판이 되었다. 어머니는 수저를 거의 사용하지 않고 손으로 밥을 먹었다. 억지로 교정하기보다 밥을 다 먹고 따로 치우는 편이 효율적이었기에 어머니가 하는 대로 내버려 두었다. 식사 후에는 씻지 않으려고 하는 어머니를 달래서 간신히 목욕을 끝마쳤다.

어머니는 젖은 머리칼을 늘어트리고 텔레비전 앞에서 꾸벅꾸벅 졸았다. 여덟 시가 채 되기 전에 잠이 들었다. 어머니를 안아서 작은 방 침대에 눕혔다. 조용히 방에서 나와 문을 닫았다. 몸이 여기저기 아프고, 머리가 지끈거렸다. 이마에 손을 대자 미열이 느껴졌다. 감기가 올 모양이었다. 찬장에 넣어둔 구급상자에서 종합감기약을 꺼내 먹었다. 소파에 몸을 파묻고 한숨을 토했다.

음량을 최소로 줄인 텔레비전에서 뉴스가 방송되고 있었다. 치매에 걸린 부모를 자식들이 정신병원에 강제로 입원시키는 일이 공공연히 벌어지고 있다는 내용이었다. 지시에 따르지 않는 치매 노인에게 욕설과 폭력을 행사하는 치료사의 모습이 모자이크 처리되어 화면을 채웠다. 마음이 무거웠다. 자본의 논리가 옳고 그름을 판단하는 세상에서 인간도 하나의 상품이 된지 오래였다. 상품 가치가 없는 노인들의 입지는 그야말로 비참했다. 라틴어로 정신이 없어졌다는 뜻을 가진 치매는 질병이 아니라 어쩌면 이런 삭막한 세상을 사는 노인들이 자신을 보호하려고 무의식적으로 택하는 일종의 방어기제, 혹은 진화일지도 모른다는 엉뚱한 생각이 들었다.

다음 뉴스가 이어졌다. 화면은 잿더미가 된 외국의 어느 거리를 비췄다. 거대한 운석 구덩이가 보였고, 중심에서 하얀 연기가 피어올랐다. 그 주변에 낯익은 광경이 보였다. 퇴근길에 본 원뿔 모자를 쓰고 몸에 하얀 천을 두른 집단이 여기에도 모여서 구덩이 주변을 빙 둘러섰다. 카메라가 그들이 든 피켓에 초점을 맞췄다. 영문 아래 한글 자막이 표시 되었다.

—고등생물의 존엄성을 잃은 인간은 심판받을 준비가 되었습니까?—

그들의 어깨 너머 어둡다 못해 불그스름한 기운마저 감도는 하늘에서 소용돌이 같은 검은 구름이 맴돌았다.

"진짜 세상이 망하려고 그러나?"

텔레비전을 껐다. 기지개를 펴며 베란다로 나갔다. 빨래 건조대 옆에 내 허리 높이의 수납함이 보였다. 정면 모서리에는 두꺼운 자물쇠가 달렸다. 주머니에서 열쇠를 꺼내 자물쇠를 풀고 뚜껑을 열었다. 수납함 안을 가득 채운 원반형 조각물이 보였다. 각종 매체에서 본 장면과 내 상상력을 결합하여 만든 모형 우주선이었다. 수납함 크기의 나무를 깎아 만든 우주선은 곡선이 도자기처럼 매끈했고, 표면에는 기하학적인 문양이 빼곡했다. 지난 일 년 간 공들인 결과물이었다.

최근 한 미술상과 고가의 매매계약까지 마쳤다. 그 돈이면 당장 카드빚이며 어머니 병원비며 빠듯한 생활비를 어떻게든 충당할 수 있을 터였다. 작품의 결과가 좋다면 후속작도 진행할 생각이었다. 미술을 전공한 어머니의 어깨너머로 배운 게 다였지만, 의외로 나는 재능이 있었던 듯했다. 도무지 희망이라곤 없는 현실에서 조각은 내 삶의 유일한 활로였다. 수납함에서 조각품을 꺼내 낑낑대며 거실로 옮겼다.

거치대에 올려놓고 나뭇결에 미리 연필로 그린 무늬를 따라 칼날을 움직였다. 손바닥 하나의 면적만 새기면 지난한 작업도 완성이었다. 경쾌하게 손을 놀린 순간 칼날이 미끄러졌다. 심장이 철렁했다. 본능적으로 손을 뗀 덕분에 우주선에 상처는 없었다. 감기 탓인지 약 탓인지 시야가 흐렸다. 소파에 앉아 눈을 감았다. 계약 기간 안에 끝내야 한다는 강박 때문에 서두르다가 하마터면 작품을 망칠 뻔했다. 마른 침을 삼키고 심호흡을 했다.

"조금만 쉬었다가 하자."

혼잣말을 중얼거리다가 까무룩 잠이 들었다.

어깨가 불타는 듯한 통증을 느끼고 비명을 지르며 눈을 떴다. 어느새 잠에서 깬 어머니가 내게 조각칼을 겨누고 있었다. 이미 한 차례 어깨를 찔려 티셔츠가 붉게 물들었다. 어머니가 재차 칼을 휘두르며 외쳤다.

"썩 꺼져라. 이 더러운 외계인 놈아."

지금은 대체 어떤 과거의 환영이 어머니를 지배하는 중일까? 순간적으로 뇌리를 스친 의문에 답할 겨를도 없이 나는 얼굴로 날아드는 칼날을 피했다. 왼쪽 볼이 따끔거렸다. 재빨리 어머니의 손목을 붙잡고 흔들어 칼을 떨어트렸다. 충격에서 벗어나자 화가 치밀었다.

"언제까지 이럴 건데!"

버럭 소리를 지르자 어머니도 지지 않고 귀가 아플 정도로 시끄럽게 고함을 질렀다. 눈을 찡그리며 고개를 돌렸다. 시야의 가장자리에 나무 잔해가 어른거렸다. 심하게 훼손된 채로 바닥을 나뒹구는 우주선을 보자 눈자위가 뜨거워졌다. 어머니의 손을 놓고 비틀거리며 우주선 쪽으로 걸어갔다. 어머니가 달려들어 내 목을 조르건 머리를 때리건 개의치 않았다. 무릎을 꿇고 양손으로 조각을 그러모았다. 떨리는 손을 주체할 수가 없었다. 내 삶의 유일한 희망이 회생 불능의 타격을 입고 말았다. 머릿속에 수많은 물음표가 떠다녔다. 이제 카드빚은 어쩌지? 병원비는? 생활고는?

내 미래는?

관자놀이를 바늘로 찌르는 듯한 두통에 인상을 찡그렸다. 열에 들뜬 정신과 어깨의 통증, 귓전에서 울리는 고함, 그리고 산산조각 난 우주선 앞에서 나를 지탱하던 내면의 무언가가 뚝 하고 끊어졌다. 한참을 소리치다 제풀에 지쳐 입을 다문 어머니의 얼굴을 바라봤다.

"엄마 좋아하는 소갈비 먹으러 갈까?"

"소갈비?"

용케 그 기억은 잊지 않은 모양이었다. 어린아이처럼 신이 난 어머니를 부축해 집을 나섰다.

택시를 타고 삼십 분 정도 달려 교외의 한적한 산 중턱에 위치한 정신병원에 도착했다. 병원 입구에서 느릿느릿 걸어 다니는 노인들이 보였다. 그들을 지나 건물 안으로 들어갔다. 어머니를 소파에 앉히고 접수처에서 입원수속을 밟았다.

서류에 개인정보를 기입하는데 누가 뒤에서 옷자락을 잡아당겼다. 고개를 돌리자 어느새 다가온 어머니가 보였다. 병원에 온 뒤로 부쩍 말수가 줄어든 어머니는 '소갈비'하고 작은 목소리로 말했다. 마저 작성한 서류를 접수대에 앉은 간호사에게 넘겼다.

"잠깐 식사 좀 하고 와도 되죠?"

"너무 늦지만 마세요."

병원을 나와 근처 식당으로 갔다. 막상 소갈비를 시켰지만 어머니는 얼마 먹지 못했다. 결국 절반도 넘게 남기고 식사를 마쳤다. 병원으로 돌아와 어머니를 간호사에게 인계했다. 어머니는 나와 떨어지지 않으려 했지만 금방 뒤따라가겠다며 안심시키자 마지못해 걸음을 옮겼다.

간호사와 함께 복도를 걷는 동안 어머니는 수차례 나를 돌아보았다. 그들이 모퉁이를 돌아 사라진 뒤에야 엄지와 검지로 미간을 지압하며 돌아섰다. 로비에서 머리를 곱게 쪽진 할머니와 마주쳤다. 얼굴에 멍 자국이 선명했다. 명치끝이 아렸다. 어머니가 사라진 쪽을 잠시 바라보다 눈을 질끈 감고 병원을 빠져나왔다.

집 근처 공원에는 오 킬로미터 남짓한 자연호 둘레를 따라 산책로가 조성되었다. 집에 들어가지 않고 공원 벤치에 앉아 멍하니 호숫가에 시선을 두었다. 늦은 시간이었지만 날이 선선해서 그런지 공원에는 운동하는 사람들이 많았다. 강아지를 앞세우고 경보하는 젊은 여자, 가쁜 숨을 몰아쉬며 조깅하는 금발 외국인, 산책로 곳곳에 마련된 운동기구를 사용하는 아주머니들, 벤치에 앉아 한가롭게 대화하는 중년부부의 모습이 차례로 눈에 띄었다.

십여 미터 간격으로 설치된 스피커에서 라디오 방송이 흘러나왔다. 인기 가수의 댄스곡이 신나게 울려 퍼졌지만 아무런 감흥이 없었다. 손으로 머리를 마구 헝클어트리고 벌떡 일어나 길을 따라 무작정 달리기 시작했다. 피부에 서늘한 밤공기가 와 닿았다. 주변의 풍경이 빠른 속도로 시야를 지나쳤다. 쉬지 않고 달려 산책로의 중간쯤 도착하니 눈앞이 핑핑 돌았다. 걸음을 멈추고 숨을 골랐다. 저만치 앞에서 허리가 굽은 노인의 손을 붙잡고 산책로를 걷는 남자의 뒷모습이 보였다. 왈칵 눈물이 쏟아졌다.

"엄마, 미안해……."

바닥에 주저앉아 흐느꼈다. 주변을 거니는 사람들이 나를 힐끔거렸다. 울음을 토하고 격해진 감정이 식자 후회가 밀려들었다. 감정적으로 결정할 문제가 아니었는데. 그깟 우주선이 뭐라고. 소매로 젖은 눈자위를 문지르며 몸을 일으켜 세웠다.

그때 스피커에서 노래가 멈추고, 아나운서의 목소리가 들렸다. 귀에 거슬리는 잡음 때문에 처음엔 무슨 말을 하는지 알아들을 수가 없었다. 주파수를 재조정했는지 조금 들을 만해졌다.

"…… 네바다 주에 떨어진 직경 삼십 미터의 운석은 화이트홀에서 나온 것으로 밝혀졌습니다. 그동안 이론으로만 존재하던 화이트홀의 발견으로 학계는 술렁이고 있습니다. 관련 정부부처는 나사의 발표에 촉각을 곤두세운 한편, 새로운 천체의 동향을 예의 주시하고 있다는 소식입니다. 한국우주산업연구소 이중만 연구소장은 화이트홀에서 방출된 추가 운석이 또 다시 지구와 충돌할 가능성이 있다고 경고 했습니다. 이중만 소장님과 전화 연결되어 있는데요. 잠시 말씀 나눠 보겠습니다. 이중만 소장님?"

아나운서가 부르자 점잖은 말투의 중년 남자가 대답했다.

"네, 한국우주산업연구소 소장 이중만입니다."

"우리은하에서 화이트홀이 발견되었다고 하는데 이게 정확히 뭐죠?"

이중만 소장은 침착한 목소리로 설명했다.

"화이트홀은 물질을 빨아들이지 않고 방출하기만 하는 천체를 뜻합니다. 블랙홀이 거대한 중력으로 모든 것을 빨아들이는 입구라면 화이트홀은 그와 대조적인 개념으로 출구인 셈이죠. 하지만 이론과는 달리 화이트홀의 형성 메커니즘과 실체는 확인된 바가 없습니다. 이번 발견으로 학계에 일대 파장이 일어날 것으로 보입니다."

"그렇군요. 운석이 추가로 지구와 충돌할 가능성이 있다고 하셨는데요. 여기에 대해서도 한 말씀 해주시죠."

"미국 현지 탐사 팀이 레이크 타오 호수에서 운석을 인양했다고 합니다. 조사 발표에 따르면 이 운석은 그 경도와 강도가 지구의 기술력으로는 가공할 수 없을 만큼 단단하다고 합니다. 심지어 블랙홀의 중력을 버틸 수 있을 정도로 말이죠. 이것은 다시 말해 화이트홀에서 그 이상의 운석이 또 다시 나올 수도 있다는 뜻입니다. 그 영향은 지구뿐 아니라 다수의 행성에 미칠 것으로 예상되며 심각한 경우……."

이중만 소장의 말은 그 후로도 계속 이어졌지만 스피커에 잡음이 너무 심해서 더는 알아듣기 힘들었다. 눈을 끔뻑거리며 하늘을 올려다봤다. 노랗게 물든 보름달이 밤하늘 위에 떠 있었다. 고요한 호수와 공원 주변에 차곡차곡 들어선 아파트 단지, 그리고 여유롭게 산책로를 거니는 사람들 사이에 운석 충돌이란 단어가 끼어들 틈은 없었다. 선선한 바람이 땀에 젖은 목덜미를 식혀주었다.

순간 하늘에서 굉음이 들렸다. 어깨를 움츠리고 고개를 들자 밤하늘에 점점이 찍힌 작고 붉은 점이 보였다. 그것은 평소에 보던 별과는 사뭇 달랐다. 나를 비롯해서 공원에 있던 사람들은 홀린 듯이 그 광경을 바라봤다. 붉은 점들은 머릿수를 차츰 불려가다가 나중에는 온 하늘을 뒤덮었다. 순식간에 눈으로 크기를 식별할 만큼 덩치가 커진 불덩이들이 밤하늘을 사선으로 가로질렀다.

최초의 불덩이는 멀리 늘 푸른 아파트 101동 옆구리에 충돌했다. 사나운 폭음과 함께 허리가 부러진 아파트 상층부가 나란히 선 옆 건물을 떠밀었다. 붕괴의 연쇄작용으로 도미노처럼 건물들이 쓰러졌다. 그 사이 공원으로 밀어닥친 충격파에 휩쓸려 나는 주변에 있던 사람들과 함께 호수 중심부까지 날아갔다. 수면에 부딪치자 피부가 찢기는 듯한 통증이 밀려들었다. 물수제비를 뜨는 조약돌처럼 수면에 몇 차례 튕겨 다니다 물속에 잠겼다. 물배를 잔뜩 채운 뒤에야 간신히 정신을 차리고 물 밖으로 떠올랐다. 뭍으로 헤엄쳐 나와 기침을 쿨럭 거리며 구역질을 하는데 사방에서 비명이 들렸다. 몸을 숙이고 주변을 살폈다.

공원은 마치 영화 속 전쟁터를 연상시켰다. 크고 작은 운석들이 쉼 없이 지상으로 떨어져 내렸다. 그때마다 가지런히 정비되었던 산책로는 흉물스럽게 파헤쳐졌고, 호수에 연신 물기둥이 솟구쳤다. 운석에 맞아 사방으로 날아가는 사람들과 붕괴되는 건물. 폭음과 굉음, 절규가 뒤섞인 세상은 아비규환의 지옥이었다. 손으로 귀를 막고 몸을 웅크렸다.

얼마나 지났을까?

공원 분수대의 소년 동상을 파괴한 운석을 끝으로 사위는 거짓말처럼 적막해졌다. 조심스레 고개를 들었다. 붉은 그을음이 잔상처럼 남은 밤하늘은 다시 예전 모습으로 되돌아갔다. 하지만 사방에서 들리는 비명과 신음에 아직도 심장이 쿵쿵거렸다. 심호흡을 하며 마음을 진정시키고 천천히 몸을 일으켜 세웠다.

공원 분수대 쪽에서 아주머니 한 분이 젊은 여자에게 부축을 받으며 몸을 추스르는 모습에 눈이 갔다. 퉁퉁 부은 다리가 기이한 방향으로 꺾였고, 얼굴이 온통 피투성이였다. 순간 병원에서 혼자 두려움에 떨고 있을 어머니의 모습이 떠올랐다. 어디를 봐도 운석 충돌의 흔적뿐인 상황에서 파괴된 건물과 다친 사람들은 남의 일이 아니었다. 생각을 멈추고 무작정 병원 쪽으로 달렸다.

도로 역시 난장판이었다. 돌덩이에 깔려 납작 찌그러진 승용차 운전석에 핏물이 흥건했다. 고개를 돌려 외면하고 걸음을 서둘렀다. 꼬리를 물고 이어진 사고 현장의 끝에서 바닥에 쓰러진 스쿠터를 발견했다. 운전자는 어디로 튕겨 나갔는지 보이지 않았다. 키도 꽂힌 상태였다. 스쿠터를 세우고 키를 돌리자 무난히 시동이 걸렸다. 흉물스럽게 파헤쳐진 도로를 곡예 운전하듯 피하며 전진했다.

산 중턱에 위치한 병원이 보였다. 반절 이상이 무너진 건물에서 연기가 피어올랐다. 메마른 입술을 혀로 적시며 가속 손잡이를 최대로 돌렸다. 병원 정문에 도착하자마자 스쿠터에서 내려 건물 안으로 뛰어들었다.

"엄마! 이옥자 씨!"

목청껏 외치며 어머니를 찾았지만 돌아오는 대답이 없었다. 텅 빈 병원에서 눈에 띄는 사람이라곤 무너진 건물에 깔려 죽은 이들뿐이었다. 한참을 헤매고 있자니 전등이 나가 어두컴컴한 복도의 저편에서 누군가 달려왔다. 하얀 가운을 입은 남자였다. 관자놀이와 볼을 타고 흐른 선혈이 앞섶을 적셨다. 그의 어깨를 붙잡고 흔들었다.

"입원 환자들 어디 있어요?"

"난 몰라요. 빨리 도망쳐요. 운석이 떨어진대요."

남자는 넋이 나간 얼굴로 중얼거렸다.

"운석은 방금 떨어졌잖아요."

내 말에 남자는 답답하다는 듯 가슴을 쳤다.

"이번 건 그냥 시범케이스고 진짜는 뒤에서 오고 있대요. 이거 떨어지면 서울은 지도에서 완전히 사라진다더라고요. 앞으로 세 시간 남았다니까 얼른 피하는 게 좋을 거예요."

말을 마치고 달려가려는 그의 팔을 재차 붙잡았다.

"입원실 어디 있냐구요."

"이 층에 가 봐요. 갈 수 있으면."

남자는 내 손을 뿌리치고 출구로 달려갔다. 손목을 들어 시계를 봤다. 오후 열한 시 반을 막 지나는 중이었다. 타이머를 세 시간 후로 맞췄다. 힘껏 뛰어 모퉁이를 돌았다. 계단이 있었을 법한 자리가 움푹 꺼졌다. 벽을 따라 불규칙하게 돋아난 철근을 밟고 간신히 이 층으로 올라갔다. 다닐 수 있는 범위의 병실 문을 하나씩 열며 어머니를 불렀다. 하지만 어디에도 사람의 흔적은 보이지 않았다. 마지막 병실에 들어서는데 불길한 예감이 들었다.

무너진 천장 돌무더기 틈으로 주름진 손이 보였다. 어머니의 손과 닮았다. 눈앞이 부예졌다.

"아니야, 아닐 거야."

혼잣말을 중얼거리며 맨손으로 건물의 잔해를 파헤쳤다. 그러나 내 힘은 미약했다. 작은 석판 하나도 제대로 들지 못했다.

"아, 좀 움직여라."

콘크리트가 매달린 철근을 붙잡고 악을 쓰다 이내 힘없이 바닥에 주저앉았다. 왈칵 눈물이 쏟아졌다. 그때 뒤에서 낯익은 목소리가 들렸다.

"종수야, 너 왜 우니?"

반사적으로 고개를 돌렸다. 환자복 차림의 어머니가 보였다. 먼지를 뒤집어쓰긴 했지만 외상은 없어 보였다.

"소갈비 먹으러 가자."

달려가서 어머니의 작은 어깨를 끌어안았다. 목 놓아 울며 외쳤다.

"미안해, 엄마. 내가 잘못했어."

어머니가 말없이 내 등을 다독였다. 그때 멀리서 신경을 자극하는 사이렌 소리가 들렸다. 두 시간 뒤에 거대 운석이 떨어질 예정이므로 모든 입주민들은 즉시 대비하라는 방송이 이어졌다. 머뭇거릴 틈이 없었다. 어머니를 들쳐 업고 계단을 내려왔다. 건물을 빠져나와 입구에 세워둔 스쿠터에 올랐다. 남쪽으로 출발했다.

"꽉 잡아 엄마."

도로 사정은 최악이었다. 어디를 가도 운석 파편과 건물의 잔해, 망가진 자동차, 시신과 부상자들이 사방에 넘쳐났다. 스마트폰으로 도로 사정을 검색했다. 고속도로 톨게이트는 이미 정체 중이었다. 차를 버리고 걸어서 피난을 떠나는 사람들이 갓길에 긴 행렬을 이뤘다. 저들에 비하면 나는 사정이 나은 편이었다. 도시 외곽으로 빠져 신중하게 스쿠터를 몰았다. 병원에서 출발한 지 삼십 분 만에 충남 아산으로 이어지는 39번 국도로 들어섰다.

도심을 벗어나자 피난 행렬이 눈에 띄게 줄었다. 간혹 도로가에 멈춰선 사람들이 손을 흔들며 도움을 요청했지만 외면했다. 그들을 챙길 여유는 없었다. 스마트폰의 라디오 어플리케이션을 실행시키고 운석의 정보를 알려주는 채널로 주파수를 맞췄다. 아나운서가 쉼 없이 떠들어댔다. 그는 운석이 떨어지면 서울과 경기, 강원, 그리고 충청북도 일대가 폭발에 휘말린다고 예고했다.

무심코 계기판을 보는데 심장이 철렁했다. 기름 충전 표시등에 불이 들어왔다. 마지막으로 지나친 주유소를 떠올렸다. 적어도 이십 킬로미터는 떨어졌을 터였다. 되돌아가서 기름을 넣고 오기엔 위험부담이 컸다. 그렇다고 스쿠터를 버리고 가자니 남은 길이 아득했다. 이러지도 저러지도 못하고 그저 앞만 보고 달렸다. 이대로 가다가 기름이 떨어지면 걷는 수밖에 없다고 생각했다.

결국 얼마 못가서 기름이 모두 소진되었다. 스쿠터를 버리고 어머니를 들쳐 업었다. 운석이 떨어지기 전까지 얼마나 갈 수 있을까? 비관적인 생각을 애써 지우며 언덕을 넘었다. 구불구불 이어진 도로 중간에 눈에 익은 표지판이 보였다. 주유소였다.

왔던 길을 돌아와 스쿠터를 끌고 다시 언덕을 넘었다. 이마에서 비지땀이 뚝뚝 떨어졌고, 심장이 터질 듯 요동쳤다. 쉬지 않고 계속 걸었다. 어머니가 불평 없이 따라와 주어서 그나마 다행이었다. 주유소에 도착하자 손목시계가 울렸다. 이제 충돌까지 한 시간이 남았다.

주유소는 텅 비었다. 간판이나 조명 시설을 켜두고 급하게 피난을 떠난 모양이었다. 스쿠터에서 내려 주유기를 빼들었다. 연료통에 휘발유를 가득 채우고 마개를 닫는데 뒤에서 인기척이 들렸다. 어두운 도로 저편에서 두 개의 그림자가 이쪽으로 다가오는 중이었다. 가까이 접근하자 주유소 불빛에 그들의 모습이 드러났다. 야구 모자를 쓴 홀쭉이와 건장한 체격의 스포츠머리였다. 야구모자가 손에 든 쇠막대를 등 뒤로 감추며 외쳤다.

"거기 괜찮아요?"

대꾸하지 않고 주유기 근처에서 서성이는 어머니를 스쿠터로 잡아끌었다. 어머니는 난데없이 소갈비를 먹어야 한다며 주저앉았다. 납작한 돌을 집어 입으로 가져갔다. 그 사이 놈들의 걸음이 빨라졌다. 어머니를 번쩍 안아서 스쿠터로 내달렸다. 출발하기 직전 도착한 야구 모자가 쇠막대를 휘둘렀다. 그걸 피하려다가 어머니와 같이 바닥을 뒹굴었다. 재차 날아든 쇠막대가 바닥을 쳤다. 어둠 속에서 불꽃이 일었다. 이제 그의 의도는 명백했다. 스쿠터를 빼앗을 셈이었다.

"뒈지기 싫으면 가만히 있어 새꺄."

위협적인 목소리에 잠시 주춤거렸다. 그러나 걸어서 운석 충돌의 영향권을 벗어나기란 불가능했다. 이래 죽으나 저래 죽으나 마찬가지라고 생각하자 용기가 생겼다. 괴성을 내지르며 야구 모자에게 달려들었다. 놈이 어설프게 휘두르는 쇠막대를 붙잡고 힘겨루기에 들어갔다. 내 쪽이 우세했다. 다리를 걸어 야구 모자를 넘어뜨리고 무기를 빼앗았다. 그대로 내리치려는데 뒤에서 비명이 들렸다. 어머니였다. 스포츠머리를 깜빡했다. 어머니의 머리채를 휘어잡은 그의 손에 돌덩이가 들렸다. 그가 나직한 목소리로 말했다.

"손에 든 거 버려."

내가 머뭇거리자 그가 어머니의 머리채를 거칠게 잡아당겼다. 어머니가 고통에 찬 비명을 내질렀다. 나는 전의를 상실하고 힘없이 쇠막대를 떨어트렸다. 욕설을 지껄이며 몸을 일으킨 야구모자가 쇠막대를 집어 들었다. 가차 없이 내 머리에 휘둘렀다. 시야가 기묘한 방향으로 일그러졌다. 통증은 한 박자 늦게 찾아왔다. 야구모자에게 가슴을 수차례 걷어 차였다. 그로기 상태에 빠져 야구 모자와 스포츠머리가 스쿠터에 오르는 모습을 지켜봤다. 어머니가 '도둑놈들' 하고 외치며 달려들었지만 발길질 한 번에 나가 떨어졌다. 어머니는 바닥에 쓰러져 아이처럼 울었다.

흐릿한 의식을 애써 부여잡았다. 눈에 피가 흘러들어 연신 소매로 닦아냈다. 간신히 몸을 일으켜 어머니에게 다가갔다. 비록 상황이 이렇게 됐지만 포기하지 않았다. 어머니를 들쳐 업고 비틀거리며 걸었다. 간혹 도로 저편에서 경적을 울리며 달려오는 자동차들에 손을 흔들었지만 아무도 세워주지 않았다. 십여 분쯤 걸었을까? 먼 하늘에서 불덩이들이 떨어지기 시작했다.

'벌써 시작됐나?'

어머니를 들쳐 업고 도로가로 뛰었다. 야트막한 산비탈에 숨어 몸을 웅크렸다. 지축이 마구 흔들렸다. 도로에 균열이 생기고, 나무가 뿌리째 뽑혀 공중을 날아다녔다. 가벼운 산사태가 일어나 어머니와 나는 흙더미에 파묻혔다. 한차례 폭풍이 지나가자 정적이 찾아왔다. 흙더미를 파헤치고 밖으로 기어 나왔다. 뒤이어 어머니를 끌어당겼다. 공황에 빠져 팔다리를 버둥거리는 어머니를 끌어안고 한동안 진정시켰다. 주머니에서 스마트폰을 꺼내 라디오를 들었다. 방금 운석 충돌 직전의 전조현상이 일어났다는 아나운서의 목소리가 들렸다. 진짜 충돌까지는 앞으로 사십 분 가량 남았다고 했다.

다시 어머니를 들쳐 업었다. 십 여분쯤 걷자 굽은 길에서 쓰러진 스쿠터가 보였다. 전조등이 아스팔트를 비스듬히 비췄고, 빛이 끝나는 지점에 낯익은 얼굴이 보였다. 야구 모자였다. 다리가 부러진 그는 꼼짝도 못하고 흐느꼈다. 가드레일에 몸을 반쯤 걸친 스포츠머리는 허리가 부러져 즉사했다.

스쿠터를 일으켜 세우고 시동을 걸었다. 소음이 심했지만 작동하는데 문제는 없었다. 야구 모자가 신음하며 엉금엉금 기어서 다가왔다.

"제발 도와줘……."

어머니가 갑자기 스쿠터에서 내려 놈에게 다가갔다. 깜짝 놀라 제지하려 했지만 어머니는 주저앉아 야구 모자의 머리를 쓰다듬었다.

"얼른 나으세요."

야구 모자를 위로한 어머니는 다시 돌아와 스쿠터에 몸을 실었다. 실소를 흘리며 가속 손잡이를 당겼다. 백미러에 비친 놈의 모습이 서서히 작아졌다.

도로 사정이 고르지 않아 운전하기가 힘들었다. 멈추지 않고 속도를 유지했다. 하늘이 심상치 않았다. 먹구름이 잔뜩 드리웠고 비도 오지 않는데 이따금씩 번개가 쳤다. 주변이 밝아질 때마다 마치 거대한 눈이 우리를 내려다본다는 착각이 들었다. 이어폰으로 연결해놓은 라디오도 아까부터 수신불가 상태였다.

오 분쯤 더 가자 도로가 완전히 파괴되어 이동할 수가 없었다. 스쿠터에서 내려 걷기 시작했다. 어머니의 손을 잡고 거북이 등껍질처럼 갈라진 도로를 가로질렀다. 싸우다가 갈비뼈가 부러졌는지 움직일 때마다 가슴에 통증이 일었다. 지금쯤이면 운석의 마수에서 조금은 안전해 졌을까? 장담할 수 없기에 시간이 허락하는 동안 계속 걸어야 했다. 어머니가 바닥에 주저앉았다.

"업어줘!"

다리가 아픈 모양이었다. 간신히 달래서 일으켰지만 몇 걸음 걷지 않고 또 다시 주저앉았다. 치미는 화를 억누르며 말했다.

"엄마 제발…… 나 힘들어."

어머니 손을 붙잡고 억지로 끌어당겼다. 어머니는 고집을 피우며 움직이지 않았다.

"업어줘."

"나 힘들다고! 갈비뼈 부러졌다고!"

버럭 소리를 지르자 어머니는 겁을 먹은 듯 아르마딜로처럼 몸을 웅크리고 벌벌 떨었다. 복장이 터질 듯했다.

"안 가? 진짜 안 가? 그럼 엄마 여기 있어. 나 혼자 갈 테니까."

몸을 돌려 성큼성큼 걸었다. 한동안 걷다가 돌아보니 어머니가 보이지 않았다. 당황해서 왔던 길을 되짚었다. 부르는 소리에도 아무런 대답이 없었다. 한참을 헤맨 끝에 움푹 꺼진 도로 구덩이에 숨어 있는 어머니를 발견했다. 이젠 화를 낼 기운도 없었다. 절뚝거리며 어머니에게 다가갔다.

그때 지평선 너머로 지금까지와는 차원이 다른 거대 운석이 구름을 뚫고 떨어졌다. 지면과 충돌하는 순간 강렬한 빛이 망막을 뒤덮었다. 지구 전체가 요동치는 듯 가벼운 전율이 전신을 훑어 내렸다. 버섯 모양의 연기가 피어올랐다. 잠깐의 시간차를 두고 마치 물결치듯 땅덩어리가 순차적으로 들썩이며 사방으로 충격파를 날려 보냈다. 대지를 집어삼키며 빠른 속도로 다가오는 지면의 파도를 보자 몸이 굳었다. 인류가 수천, 수만 년에 걸쳐 이룩한 모든 문화유산이 불과 몇 초 만에 잿더미로 변했다. 거대한 폭발이 눈앞에 다가오자 나는 어머니를 끌어안고 고개를 숙였다.

눈을 뜨자 날이 훤했다. 삭신이 쑤셨다. 이를 악물고 몸을 일으켰다. 주변을 둘러보는데 오금이 저렸다. 시야가 미치는 범위 내에서 건물은 찾아볼 수 없었고, 산도, 들도, 도로의 경계도 사라졌다. 크고 작은 돌조각만이 온통 대지를 뒤덮었다. 그야말로 세상의 종말을 보는 기분이었다.

하지만 뒤를 돌아보니 사정이 달랐다. 세상은 딱 내가 서 있는 곳까지만 망했다. 그 뒤로는 온전한 경관이 보였다. 필사의 탈출이 성공한 것이다. 입가에 미소가 걸렸다. 불현듯 어머니 생각이 났다. 박살난 도로를 뛰어다니며 어머니를 소리쳐 불렀다. 그리 멀지 않은 곳에서 정신을 잃고 쓰러진 어머니를 발견했다. 머리에 말라붙은 핏자국이 보여 긴장했지만 손목을 잡자 맥박이 느껴졌다. 안도하며 어머니의 어깨를 흔들었다. 천천히 눈을 뜬 어머니가 나를 보며 말했다.

"종수니?"

총기가 느껴지는 목소리에 내 귀를 의심했다.

"엄마 나 알아보겠어?"

어머니는 인상을 찌푸리며 대답했다.

"그럼 엄마가 아들도 몰라볼까봐?"

완전히 몸을 일으킨 어머니는 기지개를 펴듯 몸을 쭉 당겼다. 나는 어안이 벙벙한 얼굴로 어머니를 쳐다봤다. 확실히 병을 앓기 전의 모습이었다. 머리 부상이 치매 치료에 도움이 되는 어떤 의료적 역할을 한 걸까?

어머니가 나에게 손을 내밀었다.

"이제 집에 가자."

무심코 손을 잡고 햇볕이 밝게 비치는 도로를 걸었다.

어머니가 말했다.

"종수 뭐 갖고 싶은 거 있니? 엄마가 사줄게."

"나 그럼 조각칼."

이미 가진 물건을 말하고 금세 후회했다. 그러나 말을 바꾸면 이 행복이 물거품처럼 사라질까봐 입을 다물었다. 어머니는 어느새 내 손을 놓고 저만치 앞서 걸었다. 열심히 어머니의 뒤를 쫓았지만 다리가 납덩이처럼 무거웠다. 나는 왜 이렇게 걸음이 느린 걸까, 자책하며 내려다보니 두 다리가 땅속에 파묻혀 있었다. 꼼짝도 못하고 멀어지는 어머니의 뒷모습을 보았다. 손을 뻗었지만 닿지 않았다.

"엄마 같이 가!"

내 목소리에 걸음을 멈춘 어머니가 돌아섰다. 얼굴이 온통 피투성이였다.

화들짝 놀라 눈을 떴다. 잠시 정신을 잃은 사이 꿈을 꾼 모양이었다. 세상은 서늘하고 뿌연 안개 속에 잠겼다. 몸에 힘이 들어가지 않았다. 뒤늦게 돌무더기에 하반신이 깔렸다는 사실을 깨달았다. 맞은편에 쓰러진 어머니가 보였다. 정신을 잃은 듯 움직임이 없었다. '엄마' 하고 불러도 마찬가지였다. 몸에 감각이 없었고 눈앞이 가물가물했다. 폐를 다쳤는지 숨을 쉬기가 힘들었다. 발작적으로 기침을 했다. 입에서 핏물이 죽죽 뿜어져 나왔다. 눈앞이 흐려질 때마다 앞서 걷는 어머니의 뒷모습이 아른거렸다.

"어, 엄마 미안해…… 미안해……."

목이 메어 더는 말이 나오지 않았다. 이렇게 되고 싶지 않았는데. 숨을 헐떡이며 가물거리는 눈을 한 차례 깜빡였다. 별안간 하늘에 나타난 거대한 비행체가 보였다. 시작과 끝을 가늠하기 어려운 넓이에 표면에는 기하학적인 무늬가 촘촘하게 새겨졌다. 원래부터 그곳에 존재했던 것처럼 하늘을 빈틈없이 채웠다.

비행체의 중앙에 뚫린 커다란 구멍에서 푸른 광선이 방사형으로 뿜어져 나왔다. 빛에 닿자 내 몸이 서서히 공중으로 떠오르기 시작했다. 주변에서 무수히 많은 사람들이 함께 떠올랐다. 어머니를 찾아 주변을 두리번거리던 내 시선은 지면으로 향했다. 피투성이가 되어 미동도 하지 않는 내 몸이 보였다. 떠오르는 건 내 의식, 영혼, 혹은 언어로 정의할 수 없는 그 무엇이었다.

비행체의 중심으로 빨려 들어가자 세상에 존재하는 어떤 빛보다 밝은 이미지가 무한대로 펼쳐졌다. 사람들의 몸을 감싸고 있던 옷과 장신구는 사라졌다. 벌거벗겨진 사람들은 한 순간 생식기를 가리기도 했지만, 그런 행위는 금세 무의미해졌다.

"구원받은 거야. 신께서 지옥불로 세상을 심판하고 우리를 구원하신 거라고."

배가 불룩 나온 중년 사내가 황홀한 표정으로 외쳤다. 확실히 그럴듯한 해석이었다. 육신에서 빠져나와 모든 고통과 번뇌에서 해방된 기분이 나쁜 은 아닌 모양이었다. 어떤 절대자가 홍수로 세상을 심판하던 날 방주에 오른 사람들처럼 몇몇이 무릎 꿇고 저 빛 어딘가를 향해 기도했다.

어머니를 찾아 사람들 틈을 비집고 다니는 와중에도 한 가지 의문이 머릿속을 맴돌았다. 어째서 아무런 종교도 가지지 않은 내가 구원의 방주에 오른 걸까? 뭔가 착오가 있었을까? 그렇다면 조만간 여기 주인이 와서 '여태 좋았지? 미안하지만 다시 내려가 줘야겠어.'라며 비행체 밖으로 나를 걷어 차버릴 게 뻔했다.

머리 위에서 강림하는 압도적인 형상을 목격한 순간 내 예상이 맞는다는 확신이 들었다. 그것은 일부분도 시야에 온전히 담을 수가 없을 만큼 너무나 거대하고 범접하기 힘든 아우라를 내뿜었다. 인간과 확실히 구별되는 신격의 발현이자 많은 사람들이 찾아 헤맨 질문의 대답이었다. 그때까지 반신반의하던 사람들이 일제히 무릎을 꿇고 절을 했다.

온전히 모습을 드러낸 형상은 원뿔 모자를 썼고, 흰색 천을 몸에 둘렀다. 언젠가 본 듯한 모습이었다. 기억을 더듬어간 끝에 퇴근길 버스에서 봤던 가두행진이 떠올랐다.

"우리는 그대들의 신이 아니다."

형상의 입에서 첫말이 흘러나오자 사람들이 동작을 멈췄다. 형상은 유서 깊은 문화권이 남긴 명화에서 볼 법한 입술을 움직여 말을 만들었다.

"우리는 지구에서 13만 광년 떨어진 행성에서 온 침략자 앙골무아인이다. 우리의 공격으로 삼 분 전에 모든 지구인이 죽었음을 알린다. 개척지를 만들기 위한 불가피한 선택이었다. 우리는 오랫동안 기다렸다. 지구 고등생물의 존엄성이 공격 가능한 수준까지 떨어지기를. 우주 협약 1조 2항에 따르면 존엄성을 잃어버린 행성은 침략할 수 있기 때문이다. 다만 우리는 같은 조항 11항에 의거하여 지구 생물의 멸종에 책임을 져야한다. 초고도의 과학 기술로 그대들의 의식을 육체에서 추출하여 이곳으로 불러들인 것도 그 때문이다."

형상을 바라보는 사람들의 표정에 당혹스러운 감정이 깃들었다. 형상은 개의치 않는 기색이었다.

"우리는 그대들에게 지구에서의 삶을 돌려줄 것이다. 설명이 끝나면 그대들은 쿼크 입자 크기의 전자 칩에서 홀로그램으로 만들어진 세상으로 돌아가 살아가게 된다. 시간의 흐름에 따라 늙고, 죽음은 예정대로 찾아오겠지만 그대들의 의식은 동일성을 유지한 채로 생성과 소멸을 반복할 것이다. 이전보다 윤택하고 평화로운 삶을 약속하겠다. 우리의 문명이 계속되는 동안에 그렇다는 뜻이다. 이곳엔 그대들의 신이 존재하지 않지만, 이는 본질적으로 그대들이 찾아 헤맨 천국의 개념과 같다. 이미 오래전 우리가 보낸 메시지를 받고 준비한 자들도 있을 것이다."

"닥쳐라 이 마귀야!"

중년이 악을 썼다. 형상이 손가락을 뻗어 중년의 몸을 꾹 눌렀다. 손가락을 떼자 납작해진 그의 존재가 햇볕 아래 얼음처럼 서서히 녹아내렸다. 형상은 손가락을 비벼 잔해를 털어내고 말을 이었다.

"그대들의 신을 부정할 생각은 없다. 또한 우리를 믿지 않아도 좋다. 하지만 우주 협약에 따라 원치 않는 자는 구원할 수가 없다. 그뿐이다. 좋은 꿈이 되길 바란다."

형상의 말이 끝나자 빛이 사라지고 세상이 온통 암흑으로 뒤덮였다. 나는 거대한 폭발과 우주의 팽창, 영겁의 시간 속에서 차츰 온전한 형상을 갖추는 지구의 역사를 찰나의 순간에 모두 경험했다. 천둥과 번개, 비바람이 몰아쳤다. 잠시 기다리자 어두컴컴하게 흐렸던 하늘이 맑게 개었다. 생성과 소멸을 반복하는 동안 자연이 태동했고, 인간의 문명이 새싹처럼 지면 위로 떠올랐다.

공원에는 운동하는 사람들이 많았다. 강아지를 앞세우고 경보하는 젊은 여자, 가쁜 숨을 몰아쉬며 조깅하는 금발 외국인, 산책로 곳곳에 마련된 운동기구를 사용하는 아주머니들, 벤치에 앉아 한가롭게 대화하는 중년부부의 모습이 차례로 눈에 띄었다. 멀리 공원 너머로 원뿔 모자를 쓴 한 무리의 사람들이 가두행진을 벌이는 장면도 보였다. 선두에 들린 피켓에 '우리는 구원받았다.'라는 문구가 적혔다.

잘 정비된 산책로를 걷노라니 따사로운 햇살이 피부를 부드럽게 어루만졌다. 기분 좋은 나른함이 혈관을 타고 전신으로 번졌다. 눈을 감고 공기를 깊이 들이마셨다. 산뜻한 풀냄새가 코를 간질였다.

주머니에서 휴대폰을 꺼내 병원 전화번호를 눌렀다. 경쾌한 신호음 끝에 통화가 연결되었다.

"거기 입원환자 중에 이옥자 씨 계시죠? 네, 제가 아들인데요. 어머니 오늘 퇴원합니다. 준비해 주세요."

알겠다는 친절한 대답을 듣고 전화를 끊었다. 햇살을 받아 빛나는 산책로를 천천히 걷다가 이내 달리기 시작했다. 길의 끝에 마련된 스쿠터를 보고 미소 지었다. 키도 이미 꽂혀 있었다.

스쿠터에 오르는데 문득 시야가 부옇게 흐렸다. 손으로 눈자위를 더듬자 촉촉했다. 소매로 문질러 닦았다. 재차 눈물이 볼을 타고 흘렀다. 이상한 일이었다. 이렇게 행복한데 왜 자꾸 눈물이 나는지 나는 영문을 알 수가 없었다.

| 끝 |

조타수 KK는 복귀하라

하요아

제8회 '대한민국 디지털작가상' 우수상, 제2회 '바로북 장르문학 공모전'에 입상하였고 발표한 단편 소설로는 「담력 테스트」, 「괴물이라 불러주오」, 「킬러」 등이 있습니다. 단편 동화로는 「나비넥타이 괴짜 연금술사」, 「으스스한 과자가게」 등을 발표했습니다. 또 『이상한 남자』, 『우주에서 내리는 비』 등을 전자책으로 출간했습니다. 일상이 비일상이 되는 이야기를 만드는 것을 좋아합니다. 바로 거기가 인간의 가면이 벗겨진 곳이라고 믿습니다. 그게 좋은 곳이든 나쁜 것이든 별문제 없든 간에.

1

비상등이 켜졌다.

6번 갑판이 공격을 당했다고 통신기가 알려왔다. 어뢰가 비룰라이즈 호의 대기권 아래로 미끄러져 들어오고 있었다.

"함장님!"

드몽 부함장이 외쳤다.

큰 충격과 함께 갑판이 흔들렸다. 켄트 중사의 모니터에 함선의 해부도가 나타났다. 그가 피해 정도를 알리고 있을 때 메인 스크린을 원시적인 형태의 거대 함선이 채워갔다. 하필이면 유성 비를 막 벗어난 지금이라니.

거무스름한 몸뚱어리에 세 갈래로 갈라진 전면부는 고물 부분보다 훨씬 컸다. 저들의 잔혹성에는 어울리지 않는 'UNDER DOG'이라는 빌어먹을 이름의 안드로메다은하 #46구역의 우주 해적이었다.

또다시 비룰라이즈 호가 크게 요동치더니 급기야 좌현으로 기울기 시작했다. 좌측 두 번째 커플 날개가 망가진 것이다.

"보호막 85퍼센트! 84퍼센트……!"

러셀 하사가 외쳤다.

케첨 함장의 몸이 흔들렸다. 흐트러짐 없이 함장 석의 손받이에 올라가 있는 양손에서 땀이 배어 나왔다. 하지만 얼굴만큼은 언제나 그렇듯 특유의 우울함을 가지고 있었다. 초조함을 감추지 못하는 대원들과 대비되는 얼굴이었다.

"전 미사일 발사 준비."

"발사 준비 완료!"

"발사!"

케첨 함장이 외쳤다.

3차원 스크린들이 일시에 일렁거렸다. 미사일이 나가지 않았다. 해적의 에너지 펄스 장치의 신호 탓이었다. 지금도 그 장치는 비룰라이즈 호의 아랫배에 거머리처럼 붙어 있었다.

조타수 KK는 토할 것 같았다. 그는 간신히 키를 움켜쥐었다.

그때 공전 상태의 소음이 들리더니 손가락 끝까지 붉은빛이 도는 각질 비닐에 덮인 해적 선장이 스크린에 나타났다. 통신 상태가 원활하지 않아 그의 말이 제대로 들리지 않았지만 하나는 확실히 전달되었다.

"배를 포기하라."

말을 끝낸 해적 선장은 사악한 미소를 지었다.

"감히 안드로메다의 해적 따위가." 부함장은 이를 갈았다.

하지만 함장은 스크린에 어떤 시선도 주지 않았다. 그러나 스크린에 떠오른 교활한 얼굴은 사라지지 않았다. 그는 짐승의 목구멍 같은 우주선 안에 앉아서 컵에 담긴 피를 손가락으로 휘젓고 있었다.

"전 동력 전방 보호막으로!"

함장과 커그 상사의 눈이 마주쳤다. 상사가 뭐라고 대응을 하려 했지만 이미 대원들의 대부분이 블랙홀을 발견했다.

"전 동력 전방 보호막 완료!"

'맙소사. 워프 프로그램이 망가진 게 틀림없어.'

키를 잡고 있던 KK의 손이 한쪽씩 풀려나왔다. 도저히 키를 잡을 엄두가 나지 않았다. 하지만 부함장의 날카로운 눈매를 발견한 탓에 그의 손도 슬그머니 키에 얹어졌다. 그는 끓는 냄비처럼 식은땀을 줄줄 흘렸다.

여기저기서 손상을 보고했다.

"긴급 회피 가동!"

"전방 편향 보호막 가동!"

"74번 왕복선 34번 왕복선 56번 왕복선 무단이탈!"

비룰라이즈 호가 전속으로 우회전을 했다. 그 바람에 하키 퍽처럼 날아오던 어뢰가 공중에서 터졌다. 플라즈마 엔진이 불을 내뿜었다.

"55번 왕복선 68번 왕복선 무단이탈!"

'이건 아니야. 말도 안 돼.'

KK는 부들부들 떨며 키를 우측으로 말았다.

다음 항로. 켄타우루스 은하.

"조타수 분사로켓 최대 발사!"

케첨 함장이 외쳤다.

'말도 안 된다고.'

"조타수!"

부함장이 외쳤다.

"부, 분사로켓 최대 발사 완료!"

KK가 스크린을 보며 외쳤다.

비룰라이즈 호의 엔진이 일시에 불길을 토해냈다. 우중충한 해적선을 벗어나는 만큼 블랙홀이 가까워졌다. 대원들의 얼굴에 경외심과 공포심이 뒤섞였다.

뭐가 잘못되었는지 KK는 파랗게 질린 얼굴로 몸부림을 쳤다. 한 시간 전에 먹은 샌드위치가 식도를 밀고 올라왔다.

"키를 잡아! 조타수! KK!"

부함장이 외쳤다.

무시무시한 중력장이 비룰라이즈 호를 끌어당겼다. 그리고 비룰라이즈 호가 남기고 간 빛줄기만 남았다.

2

"그게 무슨 말이야? 뭐라고? 가윤아! 가윤……!"

하운은 투덜대며 다시 전화를 걸었다. 신호음. 녹화된 기계음.

그는 스마트폰을 짜증스럽게 가방 안에 쑤셔 넣었다. 때마침 여기로 오고 있는 택시가 보였다. 그는 도로로 뛰어가 택시를 잡았다.

그는 택시에 타자마자 바쁘게 말했다.

"국개 11블록으로 가주세요. 부포 빌입니다."

요 며칠 이상한 일이 벌어지고 있었다.

엄마: "하운아 옷은 언제 바꿔 입었어? 엄만 지금 뭐가 뭔지 모르겠어."

아무개 선배: "시간 없다고 바를 나간 녀석이 여기서 뭐 하냐? 그냥 말을 하지 왜? 나하곤 술 마시기 싫다고."

아무개 친구: "진짜 사이코 아냐? 어제 그렇게 싸워놓고 갑자기 친한 척이야?"

처음에는 장난이라고 생각했다. 그를 둘러싸고 모두가 합심을 할 일은 없었다. 다른 사람은 그렇다 치더라도 엄마는 절대 그럴 리 없었다. 농담이 아니라 지금 좀 심각했다. 그의 주변에서 상상도 못 할 소리들이 오가고 있었다.

그나마 엄마는 달랐다. "우리 하운이가 지금 같기만 하면 엄만 얼마나 좋을까."

하운은 집게손가락으로 눈을 비볐다. 딱딱한 눈곱이 느껴져서 떼 냈다. 이제는 가윤까지 난리였다. 웃기지도 않았다. 그녀의 말에 의하면 만취한 그가 어제 그녀를 때렸단다. 이게 어디 말이 되는 소리야지. 그는 그 시간에 자고 있었다. 물론 술은 한 방울도 마시지 않았고. 게다가 그녀를 때린다? 하! 가윤을? 차라리 하늘이 뒤집혔다고 하지 왜? 더욱이 어젠 모처럼 엄마와 데이트를 한 하루였다.

그는 차창 밖에서 빠져나가는 풍경을 응시했다. 어쩐지 무서웠다.

22일…… 경찰은…… 피해자의 주변을 집중 수사하고…….

"라디오 좀 꺼주겠어요?"

"불편하신가요?"

드라이버가 룸미러를 통해 곁눈질을 보내왔다.

'그래, 네 눈이.'

요즘 진주는 '묻지 마 범죄'로 떠들썩하다. 진주는 한반도의 남쪽 끝에 위치하고 있어선지 무엇이든 늦다. 하지만 한 번 유행을 타고나면 뽕을 뽑고야 만다. 그게 하필이면 묻지 마 범죄 따위라니. 누가 상상이나 했겠는가. 교육과 문화의 도시 출신 사이코를. 그 미친놈은 오늘도 어딘가에 숨어 칼침을 놓기 위해 벼르고 있을 것이다. 어쩌면 이 드라이버일 지도 모를 일.

하운은 반쯤 진심으로 드라이버를 주시했다. 그의 작은 움직임에도 신경을 쓰는 걸 보니 드라이버도 같은 의심을 해 본 게 분명했다. 엄마는 그에게 늘 주의를 준다. 묻지 마 범죄가 기승을 부리는 요즘에는 더 심했다. 엄마는 잊어먹었는지 모르지만 그는 서른한 살이나 되었다.

이런저런 생각을 하는 사이 어느새 국개 11블록이었다. 11블록은 시범적으로 자석 도로를 깐 지역이다. 그런데 하필이면 거기가 균열대 위였다. 11블록은 한국의 지형과는 어울리지 않게 퇴적암이 많다. 싱크홀이 생기기엔 제격인 장소인 셈이다. 그것도 무지막지 한 놈으로다가. 그것이 바로 그가 가윤과 싸우는 이유였다.

그녀는 무척 고집이 세고 자신의 것에 애착이 강했다. 그래서 현실적인 조건을 내세우며 그를 몰아세웠다. 더욱이 그를 위해 바이크를 포기한 그녀가 아닌가.

11블록의 모듈러 주택은 공중에 떠 있는 형태였다. 마치 처음부터 싱크홀이 문제를 일으킬 줄 알고 있었다는 듯이.

“그녀는 하늘을 나는 차를 타는 대한민국의 특별 시민이기에 11블록-2-XX 번지에 산다네.”

그가 흥얼거렸다.

“네?”

드라이버가 물었다.

솔직히 하운은 자신의 작은 것에도 관심을 보이는 드라이버가 거슬렸다. 그가 대답을 않자 머쓱했던지 드라이버는 말을 돌렸다.

“날씨가 지금 같기만 하면 좋을 텐데…… 오늘은 날이 포근하고 그러네요. 그래 날이 풀릴 때도 됐지. 그놈에 폭염은 제집도 모르고 벌써부터…….”

조타수— 조타 수— 조—

“방금 들었어요?”

하운이 자세히 고치며 목소리를 높였다.

드라이버가 룸미러를 보았다. 눈이 마주치자 미소를 짓는다. 억지 미소.

“조타수라는 소리 못 들었어요?”

“글쎄요. 못 들었는데요.” 그렇게 말하는 드라이버의 눈빛이 점점 어두워졌다. 이제야 라디오를 끄는 손. 한 마디로 사이코로 보인다 이거다.

‘만약 내가 그 사이코였다면 네 등짝을 벌써 후벼 팠을 거야. 그러니까 안심해.’

부포 빌이 보이기 시작했을 때 하운은 다시 전화를 걸어보았다. 신호음. 그리고 녹음된 기계음. 그의 번호를 차단한 것이다. 그는 입술을 찌그러트리며 이 사이로 공기를 들이켰다.

"칠천 원입니다."

"네."

하운은 만 원짜리 한 장을 건네고 기다렸다. 드라이버의 손이 닿자 입체 미터기가 쪼개졌다. 잔돈을 찾던 드라이버의 손이 멈췄다.

"어……? 저 사람 왜 저래?"

드라이버의 말에 하운은 인상을 썼다. 딴말 말고 어서 거스름돈이나 내놓았으면 했다. 하지만 그도 자동차 앞 유리창에 시선을 뺏기고 말았다. 총알을 갈며 빌에서 걸어 나오는 남자를 발견했을 때는 뭐지 싶었다. 그 남자가 뒤에서 쫓아오던 경비원을 쏠 때도 이게 현실인지 분간이 가지 않았다. 남자가 총을 이쪽으로 겨누자마자 택시 앞 유리창에 구멍 세 개가 나란히 뚫렸다.

하운도 갑자기 현실을 인지했다. 그가 막 움츠린 몸을 차 문밖으로 던졌을 때 퍽 소리와 함께 핏물이 튀는 소리가 났다. 그는 공원으로 냅다 달렸다. 여기까지 쫓아오면 어쩌지 했지만 다행히 범인은 차만 가지고 가버렸다.

드라이버의 시체는 길가에 버려져 있었다. 너덜너덜한 머리를 한쪽 겨드랑이에 밀어 넣은 자세였다. 경찰에 신고를 하려던 그는 생각을 바꾸고 빌을 향해 달렸다. 경비원의 시체만 아니라면 로비는 깨끗했다. 경비원은 마치 끈끈이 위에서 몸부림치다 죽은 쥐새끼처럼 피를 머금은 채 팔다리를 구기고 있었다.

그는 입술을 일그러트리며 엘리베이터 앞에 섰다. 열림 버튼. 5층. 띵. 그는 복도를 뛰었다. 505호. 506호였나? 505호였다. 거기서 핏방울이 시작되고 있었으니까. 결국 그렇게 되는 것이다. 절망감에 숨쉬기도 힘들었다. 하지만 그는 포기하지 않았다. 그녀는 살아 있을 것이다. 그런 생각을 하며 목을 졸라대는 불안함을 떨쳐냈다. 하지만 505호에 들어선 그는 현기증 탓에 벽에 손을 짚고 있어야 했다.

집은 쑥대밭이 되어 있었다. 몸싸움의 흔적이었다. 일방적인 폭력이 맞는 말이겠지. 그는 핏자국을 따라갔다. 그녀는 소파에 앉아 있었다. 이마와 가슴에 있는 두 개의 총알구멍만 아니라면 그녀는 편안해 보였다. 하지만 다시 보니 뒤통수가 깨져 있었다. 유리 조각이 박힌 손발도 엉망이었다. 너무 충격적인 상황이라 눈물도 나오지 않았다. 하지만 그는 곧 저 밑에서 올라오는 깊은 슬픔과 분노를 동시에 느꼈다.

사이렌 소리. 경찰차가 빌을 포위하고 있었다.

조—조타수 조—타—수 복귀—하세요.

그는 서둘러 집을 나갔다. 엘리베이터를 지나쳤다. 계단. 하지만 그는 다시 올라왔다. 바쁜 발소리가 밑에서 올라오고 있었다. 엘리베이터도 2층에서 3층으로 움직이고 있었다. 그는 닥치는 대로 문을 두드렸다. 그러나 반응도 없었다. 505호. 문을 잠그는 즉시 마그네트 바이크를 찾아 두리번거렸다.

"나는 담배를 끊을 테니까 넌 모터사이클을 그만둬." 그의 머릿속에서 말했다. 그는 목쉰 소리로 짧게 비명을 질렀다. 그래, 그만두게 했었다. 그는 망설이며 창문을 넘었다. 외벽에 설치되어 있는 철제 계단에서도 경찰이 기어 올라오고 있었다.

탕! 탕!

그가 막 다른 호실의 베란다로 넘어갔을 때 방금까지 그가 있었던 철제 계단이 쭉 늘어났다. 그리고 경찰 두 명과 함께 곤두박질쳤다. 그는 팔꿈치로 창문을 깨고 안으로 들어갔다. 다행히 사람은 없었다. 그의 눈에 띄는 것이 있었다. 암모나이트 두 개를 붙여 놓은 듯한 검은색 마그네트 바이크. 산악 지대인 국개는 모터사이클로 유명하다. 국개 사람들 모두가 바이크 선수라고 해도 될 만큼.

꼴도 보기 싫었던 기계가 오늘만큼은 신의 선물처럼 보였다. 다행히 키가 꽂혀 있었다. 뭐가 주렁주렁 많이도 매달려 있는 상아색 키. 생각할 것도 없었다. 그는 바이크를 끌고 돌아섰다. 현관문을 발로 차는 소리가 들렸다.

"전하운! 이 문 열어!"

키를 돌리자 딱딱한 뒷바퀴부터 들렸다. 핸들에서 투명한 바람막이가 올라왔다. 바이크가 베란다를 부수며 허공으로 솟구쳐 올랐다. 그리고 자석 도로의 자성에 끌려 붕 날아갔다. 그 반응이 커서 순간 그는 핸들에서 손을 놓을 뻔했다. 탕! 탕탕! 밑에서 수십 발의 총알이 격발되었다. 506호의 베란다에서도 총을 쏘았다. 그러나 순식간에 일곱 대의 경찰차와 수십 명의 경찰관이 멀어졌다.

그리고 그는 소용돌이치는 거대하고 검은 천체를 보았다. 그는 이상한 옷에 이상한 머리 스타일을 한 사람들과 함께였다. 황당하게도 우주선 안이라고 짐작되었다. 그는 키를 놓은 채 비명을 지르고 있었다.

"키를 잡아! 조타수! KK!"

몸에 달라붙는 하얀 옷을 입은 시퍼런 도마뱀이 외쳤다.

몸이 빨려 들어갔다!

하운은 비명을 지르며 손을 휘저었다. 바이크가 크게 흔들렸지만 평행 유지 장치의 도움으로 중심을 잡을 수 있었다. 그는 방금의 미스터리한 경험에 혼란스러워하면서도 핸들을 힘 있게 쥐었다. 그리고 자석 도로와 연결된 국도를 보았다.

3

조타—수 조타수 복귀—하세—요.

길을 벗어난 바이크가 나무에 부딪혔다. 묘기를 부리듯 공중에 뜬 바이크는 빙글빙글 돌며 호수로 날아갔다.

풍덩!

하운은 지친 몸을 이끌고 느릿느릿 호수에서 걸어 나왔다. 살가죽처럼 늘어나 있는 바지자락을 쓴웃음을 지으며 쳐다보았다. 방수가 되는 옷이라더니 다 헛소리였다. 역시 광고는 믿을 게 못 된다. 물에서 나온 그는 그대로 쓰러졌다.

바이크? 미련은 없었다. 이미 도난 신고가 되었을 것이다. 다행스럽게도 도난 방지 시스템에 등록이 되어 있지는 않은 모양이었다. 만약 그랬다면 그는 벌써 양손에 수갑을 차고 있었을 테니. 시험 삼아 하늘을 향해 손을 흔들어 볼까? 혹 여기를 지켜보고 있는 위성 카메라라도 있으면…….

그는 끙 하고 상체를 일으켰다. 가방을 어깨에서 벗겨 내고 쓸 만한 게 있나 소지품을 확인했다. 뻔히 알고는 있었지만 역시 없었다. 배터리를 분리해놓았던 스마트폰은 돌멩이로 산산 조각냈다. 가지고 있으면 추적을 당할 수도 있었다. 그는 태어나 처음으로 문명이 원망스러웠다. 세상이 좋아지는 만큼 도망자가 설 자리는 점점 좁아지고 있는 것이다.

아까의 통화만 아니었다면 그의 목적지는 당연히 집이 되었을 것이다. 집에서 숨어 지내면 되지 않을까 하는 생각을 했었다. 왠지 가능할 것 같았다. 집이라면 의식주 모두 해결이 가능했다. 엄마라는 든든한 후원자까지 있었다.

"하운아 어디니? 엄마는……." 그러다 엄마는 갑자기 절규했다. "하운아 도망가! 집에 경찰이 있어! 멀리! 멀리……!"

"엄마! 믿어줘! 난 아니야!"

그렇게 통화는 끝났다.

그는 손바닥으로 귀를 문질렀다. 엄마의 비명 소리가 아직도 귓전에 맴도는 듯했다. 집에는 못 간다. 그러면 갈 때가 아예 없는 것이다. 그는 젖은 몸으로 누워서 청명한 하늘을 보았다. 울컥 눈물이 나왔다. 한없이 울고 나자 포기하고자 했던 마음이 변했다. 그는 일어나 걷기 시작했다.

아직도 믿기지가 않았다. 그는 범인의 얼굴을 머릿속에서 지우기 위해 애썼다. 하지만 그 얼굴을 잊는 건 불가능했다. 왜냐면 당장 거울 속에도 있기 때문이다. 비슷한 정도가 아니라 본을 떠놓은 것 같은 얼굴이었다. 범인의 인상착의를 전하는 뉴스를 볼 때도 별 관심이 없었다. 대한민국 남성 평균 키와 평균 체중. 지금 생각하면 살 떨리는 소리였다.

이제야 왜 자신을 둘러싸고 음험한 말들이 많아졌는지 알 것 같았다. 그러나 좀체 이해가 되지 않는 것은 어떻게 완벽하게 똑같은 사람이 존재하느냐는 것이다. '도플갱어'라는 용어는 안다. 눈앞에 또 다른 자신이 나타나는 현상이 그것이다.

하지만 도플갱어가 생각과 경험까지 공유하는 것은 아니었다. 그러니 도플갱어로는 설명이 되지 않는 것이다. 범인은 또 하나의 사람이었다. 그리고 그의 모든 것을 알고 있었다. 그렇기에 그의 주변에서 맴돌았다. 그리고 가윤을 죽였다. 아주 매끄러운 흐름이다. 누가 봐도 범인은 전하운이니까.

조―타수 복귀하세요―

조타수는 염병할. 경찰도 문제였지만 이것도 문제였다. 언젠가부터 따라다니는 환청. 미쳐 가는지 환청도 점점 선명해졌다. 어쨌든 이 위기를 극복할 방법은 하나밖에 없었다. 진짜 범인이 잡히는 것이다. 직접 범인을 잡는 수도 있다. 하지만 그것은 불가능한 소리였다. 영화에서는 도망자 신세의 주인공이 되게 멋지게 이것저것 해 보는 데, 그는 그런 것과는 하등 관계가 없었다.

특별히 운동 신경이 뛰어난 것도 아니고 지략가도 아니었다. 이건 영화가 아니라 실제 상황이었다. 그렇다면 그가 할 일은 하나였다. 범인이 잡히기 전까지 어떻게든 버텨 보는 것이다.

그런 생각으로 그는 519마운틴을 오르는 중이었다. 작은 산이었다. 519마운틴에는 튼튼한 별장이 한 채 있었다. 2034년 세상의 멸망을 대비하여 용균 아저씨가 방공호라고 만든 것이다. 아저씨는 35년을 하루 앞두고 총기 자살을 했다. 지구 종말은 끝내 오지 않았다. 35년이 되고 육 개월이 더 지난 지금도 세상은 어제와 같다.

별장은 없었다. 별장이 머릿속에 떠올랐을 때는 얼마나 반가웠는지 모른다. 하지만 별장이 있어야 할 자리에는 나뭇잎이 무성한 참나무 따위가 있었다. 하운은 마치 꿈을 꾸는 듯했다. 별장을 만들 때 그도 거들었었다. 창고에 쌓여가는 소 혓바닥 통조림을 보며 기겁을 한 기억도 있었다. 그럼에도 별장은 없었다.

전부 다 거짓말이면 얼마나 좋을까. 그저 뇌가 만든 환상에 지나지 않는다면. 눈을 뜨면 모두 꿈인 것이다. 하지만 아무리 눈을 세게 감았다가 떠도 눈앞에 보이는 건 6월의 산속이었다. 미지근한 바람이 불어와 끈적끈적하게 달라붙는 그의 몸을 말렸다.

"다행이에요. 무사했군요."

"누, 누구야?"

그는 목소리를 찾아 두리번거렸다. 주위를 한 바퀴 빙 돌아도 보이지 않다가 갑자기 눈앞에 낯선 여자가 나타났다. 부포 빌을 탈출하면서 보았던 환상이 다시금 떠올랐다. 그녀도 그런 옷을 입고 있었다. 몸에 달라붙는 단색의 심심한 옷.

"드디어 제 목소리에 응답을 하는군요."

그녀가 말했다.

"너로군! 조타수 어쩌고 하던 거! 그래, 너였어!"

그가 핏대를 세우며 외쳤다.

분위기 파악도 못 하고 그녀가 씽긋 웃었다.

"따라오시겠어요?"

그녀가 등을 돌렸다. 그녀를 붙잡아야 했다. 하지만 사라졌다.

"잠, 잠깐만!"

"여기예요."

그는 어안이 벙벙해서 눈만 깜박거렸다. 그녀는 바위 언덕 위에 있었다. 마치 순간이동이라도 한 듯이. 그는 잠시 망설이더니 언덕을 기어 올라갔다. 상황판단이 되지 않았다. 어쩌면 미치고 있는 것일지도 모른다. 그것도 좋겠지. 물러설 때가 없는 이상.

막상 언덕을 오르고 보니 밑에서 보던 것보다 높았다. 그는 손에 묻은 흙을 털며 거리를 두고 그녀를 따라갔다. 그녀의 몸이 일렁이는 것을 보았기 때문이다. 그녀의 왼쪽 어깻죽지가 떨어져 나갔다가 다시 붙었다. 귀신에게 홀린 기분이었다.

4

다세대 주택가의 골목길. 하운은 중년 남자의 등에 칼을 꽂아 넣었다.

같은 시각.

유난히 구름이 낮게 떠 있는 밤의 519마운틴 위로 위장막으로 몸을 숨긴 비룰라이즈 호가 내려왔다. 비상 해치가 삐걱거렸다. 거기서 왕복우주선이 튀어나왔다.

하운은 차 뒤에서 조용히 나갔다. 위아래 검은 트레이닝복이었고 비니로 스포츠머리를 덮었다. 빳빳한 가죽 장갑에 감기는 칼자루의 감이 좋았다. 하지만 여자의 연인이 저기서 가쁜 숨을 몰아쉬며 뛰어오고 있었다. 오늘은 실패다.

같은 시각.

아스피린 두 알을 먹고 부엌에 온 하운은 엄마가 해주는 저녁을 보았다. 아들의 사근사근한 말투와 미소에 엄마는 놀란다.

피 묻은 옷가지를 처리하고 온 하운은 초인종을 눌렀다. 엄마가 반갑게 맞이한다. 사실, 생일이라고 우물쭈물 말한다. 그러니까 그가 들고 있는 가방에 선물이 있다고 생각했던 것이다. 그의 수상한 태도 때문이었다. 그는 엄마의 손길을 뿌리치고 방으로 향했다. 그리고 지갑만 챙기고 집을 나선다.

같은 시각.

하운은 와인과 선물을 들고 택시에서 내렸다. 오늘은 엄마의 생일이었다. 모른 척했지만, 잊을 리가 없었다. 오랜만에 모자가 오붓한 시간을 보내는 것이다. 초인종을 눌렀다. 그가 선물을 내밀자 엄마는 당황한다. 하지만 곧 감격한 엄마는 눈물을 흘린다.

"아까 엄마 선물 사려고 지갑 가지러 온 거였어?"

하운은 즐거운 듯이 웃으며 솔잎 더미에 처박힌 피투성이 이십대 여성의 몸을 내려다보았다. 아주 오랫동안.

같은 시각.

하운은 말을 멈췄다. 그리고 잠든 엄마를 보았다. 연속극을 보며 한창 수다를 떨다가 그가 잠시 말을 끊을세라 잠이 든 것이다. 그는 울적함을 느꼈다. 엄마의 몸은 작아도 너무 작았다. 엄마는 시간이 갈수록 작아지고 있었다. 그는 시간이 이대로 멈췄으면 했다.

TV 화면이 바뀔 때마다 창백한 불빛이 엄마의 얼굴을 덮었다.

하운은 바닥에 삽을 내리꽂았다. 멀지 않은 곳에서 옷가지가 타고 있었다. 그는 죽은 여자의 지갑을 열어 보았다. 그녀의 사진을 보며 흡족한 미소를 짓던 그는 주소를 확인하고 잠시 생각에 빠졌다. 그는 거기서 가까운 곳에 살고 있었다.

그는 고개를 들었다. 주위가 너무 습해서 기분이 나빠졌다.

같은 시각.

"괜찮대두. 안 그래도 되는데……."

말은 그렇게 하지만 엄마는 자신의 발을 씻겨주는 아들을 사랑스럽게 바라보았다.

"물 뜨거워? 찬물 좀 섞을까?"

"아니, 딱 좋아."

그는 작고 못생긴 엄마의 발을 쓰다듬었다. 엄마도 한때는 예쁜 발을 가지고 있었다. 고운 발에 매니큐어를 바르던 그녀의 모습이 그의 아련한 기억 속에 있었다. 순간 그는 고개를 들었다. 햇빛 속에서 엄마는 울고 있었다.

5

갑자기 머리 위에서 커다란 그림자가 떨어지는 바람에 하운은 깜짝 놀랐다. 그는 입을 다물 수 없었다. 말도 안 되는 일이 눈앞에 벌어졌다. 그가 보고 있는 것은 분명 외계인의 우주선이었다. 우주선은 그간의 여정을 보여주듯 여기저기 험하게 부서져 있었다.

선수에 있는 이름 앞부분은 떨어져 나가 'ㅏ 이즈 H-5713'만 남아 있었다. '57' 부분부터 거대한 플라즈마 엔진이 달려 있는 날개까지 심하게 그을려 있었지만 글자를 알아볼 정도는 되었다. 순간 그는 혼란스러운 동시에 몹시 호기심이 생겼다. 우주선에 새겨져 있는 글자는 분명 한글이었다.

칙. 해치가 열리는 소리였다. 그는 침을 꼴깍 넘기며 해치 안에서 넘어오는 트랩을 보았다. 그는 트랩을 걸어 올라갔다. 우주선 내부에 들어서자 유압 피스톤이 펌프질을 하는 듯한 소리가 들렸다. 문이 닫혔다. 잠시 캄캄했다가 발밑에서부터 푸르스름한 빛이 나기 시작하더니 사위를 구분할 수 있을 정도로 밝아졌다.

사라졌던 그녀가 다시 앞에 나타났다. 이젠 그도 놀라지 않았다. 그녀가 홀로그램이라는 것이 확실해졌다. 놀라운 기술력이었다.

"안녕하세요. 소개가 늦었죠? 반가워요, 모옴이라고 해요."

"네가 뭔지는 알겠어."

그가 짤막하게 말했다.

그녀는 기다렸다.

그는 의심의 눈초리를 보냈다.

"문제는 의도야."

"해부라도 할까 봐 걱정인가요?"

정곡을 찔렀다.

"아, 아니. 그래도 알아야겠어. 지금이 환상이나 환영 같은 게 아니란 건 알아. 넌 진짜야. 그래서 말인데 조타수 어쩌고 하면서 나를 부른 이유가 뭐지? 날 소환한 셈이잖아."

"쉬운 질문이네요. 그건 당신이 이 함선의 조타수이기 때문입니다."

그녀가 친절한 미소와 함께 말했다.

"잠깐만. 혹시 지구에 불시착을 하면서 머리를 다친 거 아니야? 아니면 지구의 뭐…… 음, 공기나 뭐 어쨌든 그런 것 때문에 병이 걸린 거 아니야? 두통이 있다거나? 진짜는 어딨지? 그러니까 컴퓨터 그래픽 말고 실제 너 말이야."

"지금 보고 계신 것이 바로 실제입니다."

"무슨 소리……."

"통로를 따라가세요."

그녀의 말이 끝나기 무섭게 마치 펌프게임의 발판처럼 그가 가야 할 방향이 정해졌다. 뭐라고 따질 새도 없었다. 유령처럼 사라진 그녀는 1번 갑판에서 그를 기다리고 있었다. 엘리베이터 문이 열렸지만 그는 정신을 차리지 못하고 있었다. 일찍이 본 장소였다. 총알 세례를 받으며 바이크를 타고 경찰들의 머리 위를 지나가면서.

"어서 오세요."

모옴이 말했다.

그는 터벅터벅 걸어갔다. 걸음을 멈추고 보니 조타수 자리였다. 자신도 모르게 키를 어루만졌다. 독일제 소형차의 핸들처럼 무거웠다. 우주선 내부는 흔히 SF영화에서 봐왔던 것과 다를 것이 없었다. 그래선지 기분이 더 이상했다. 온통 번쩍이는 흰색이었고, 버튼과 레버 투성이였다.

전면부의 유리창은 길이가 못해도 백 미터는 족히 될 것 같았다. 지금도 거기서 작은 창들이 번갈아가며 떴다가 사라졌다. 갑판의 중앙에는 입체 함선이 있었다. 가장 높은 좌석은 아무래도 함장의 것 같았다. 자리도 제일 컸다.

"이게 다 뭐야? 그러니까 내가 외계인이라는 소리야? 그것도 모르고 지구인처럼 살았고?"

너무도 어처구니가 없어서 그는 이상한 코맹맹이 소리까지 냈다.

"그런 게 아니에요. 당신은 전하운이 맞습니다. 하지만 현 지구의 전하운은 아니죠."

"그게 무슨 소리야?"

그가 하소연하듯 말했다. 그녀는 되먹지도 않은 말장난을 하고 있었다.

"우리는 의도치 않게 시간여행을 했어요."

"시간여행? 퍽이나! 그런 황당한 이야기는 '스티븐 스필버그' 한테나 해! 아마, 장난감 비행기를 손으로 움직이며 입으로는 붕 붕 소리를 내면서 무척 반겨 맞겠지."

그가 감정을 실어 말했다.

"시간 여행에서 '중력'의 역할은 매우 중요합니다. 아시다시피 지표에 물체를 고정시켜 놓는 힘을 중력이라고 하죠. 그런 중력이 시간에도 엄청난 영향을 미친다고 하면 놀랄 일일까요? 중력의 힘이 클수록 시간도 느려집니다. 블랙홀의 중력은 지구의 것보다 수백만에서 수십억 배나 강해요. 블랙홀의 크기와 중력의 힘은 부등호가 성립됩니다. 블랙홀의 자비심 없는 기조력은 심지어 빛까지 집어삼키지만 반대로 화이트홀은 내뱉기만 합니다. 그 신비로운 천체를 이용해 과거로도 미래로도 갈 수가 있는 겁니다."

그는 머리가 아팠다.

"블랙홀은 은하마다 존재합니다. 우주 정거장이라고도 할 수 있죠. 그렇다고 걱정할 것은 아닙니다. 블랙홀과 적당한 거리를 유지하면 그 안으로 빨려들지 않기 때문입니다."

"그러니까 웜홀로 시간 여행을 했다?"

그가 조타수 좌석을 손바닥으로 짚으며 말했다. 그는 걸핏하면 함선 내부를 두리번거렸다. 꼭 플라스틱 장난감 안에 있는 기분이었다.

그때 갑판 중앙에 있던 입체 함선이 일그러졌다.

"죄송합니다. 4번 게이트가 말썽이군요."

어딘지 알 것 같았다. 그 부위가 붉게 물들어 있었다. 하지만 다른 곳도 문제가 있어 보였다. 옅은 분홍빛을 띠는 곳이 몇 군데나 되었다. 그녀는 잠시 입체 함선을 응시하기만 했다. 입체 함선이 지직거리며 좌우로 방향을 바꿨다.

"블랙홀은 회전합니다. 회전력이 빠를수록 웜홀을 만들기 쉽습니다. 그 말은 회전하지 않는 블랙홀은 웜홀을 만들 수 없다는 소리가 되겠죠. 그렇게 블랙홀은 입구가 되고 화이트홀은 출구가 됩니다. 시작이 있으면 끝이 있어야 하니까요."

말을 끝낸 그녀가 슬픈 미소를 지었다.

"잠깐만! 혹시 뭐 숨기고 있는 거 있어? 말의 뉘앙스가 좀 그렇잖아?"

그녀는 음울한 얼굴로 그를 쳐다보았다.

"파괴되었어요."

"파괴?"

"지구는 멸망합니다."

"무, 무슨 소리야? 얌전한 얼굴로 무슨 그런 소리를……!"

"걱정하지 마세요. 벌써 일어난 일이니까."

"미치겠네. 좀 자세히 말해 봐. 그런다고 해서 아무도 너 안 잡아먹으니까."

그가 왼쪽 관자놀이를 신경질적으로 문질러댔다.

"이미 지나간 과거라는 말입니다."

"뭐? 과거?"

"웜홀은 수십억 광년이 넘는 우주 세계를 잇는 터널입니다. 하지만 다른 시간대로의 여행도 가능하죠. 시간과 공간이 한데 섞여 있기에 공간의 다른 곳뿐만 아니라 시간의 과거로도 갈 수 있는 것입니다. 심지어 웜홀의 시작 전으로도요."

"그래서 그렇게 한다는 거야?"

순간 그의 얼굴이 밝아졌다. '과거', '평행우주' 따위가 머릿속에 떠올랐을 때 그녀가 그런 말을 했기 때문이다. 그녀의 말을 백 퍼센트 신뢰할 수는 없지만 자신에게 일어난 일이 있는 이상 어떻게든 바꾸고 싶었다. 지푸라기라도 잡을 수 있다면 그래야 했다.

"과거는 바꿀 수 없습니다. 이미 벌어진 사건이니까요."

그녀가 말했다.

순간 그는 맥이 풀렸다. 그는 왼손으로 허리를 짚었다. 미칠 것 같았다.

"벌어졌다니? 과거로는 갈 수 있는데 바꿀 수는 없다고? 그게 왜 안 돼?

바꾸면 되잖아!"

"이미 일어난 사건이기 때문입니다. 더욱이 지금이 과거인지 평행지구인지 사실 저로서는 알 수가 없습니다. 워프 프로그램의 상당수가 부서졌기 때문입니다."

그녀가 감정 없이 말했다.

그는 허리에 손을 얹은 채 몸을 돌려 몇 걸음 걸어갔다.

"하지만 하운 씨는 알지 않나요?"

"알다니?"

무슨 말을 더 하려던 그는 입을 닫았다.

"저주입니다. 예전에도 그런 일이 있었어요."

"저주?"

그가 실눈을 만들었다.

"우리가 사는 우주는 유일한 곳이 아닙니다. 그렇기에 가능성 있는 모든 일이 일어나죠. 백 개의 지구가 있고 그 안에 백 명의 하운 씨가 있다고 생각해 보세요. 백 개의 사건과 백 명의 하운 씨가 있지만 그 안에서 벌어지는 백 개의 사건은 다른 것입니다. 쉽게 말해 백 개의 사건이지 행동의 선택 가지 수는 무한대니까요. 그러니 각 지구마다 어떤 일이 일어나고 있을지 예측할 수 없는 것이죠. 어떤 지구에서 하운 씨는 이미 죽은 사람일 수도 있고 대통령일 수도 있습니다. 국가 반역자일지도 모르고 불치병에 걸렸을 수도 있죠. 다만 말씀드릴 수 있는 건 이번 지구에서는 당신이 살인자라는 겁니다."

이제야 그는 용균 아저씨의 별장이 사라진 이유를 깨달았다. 현 지구에서는 용균 아저씨가 전혀 다른 사람인 것이다. 그는 지금 뭘 하고 있을까? 어쩌면 그의 방공호는 다른 장소에 지어져 있고 그는 여전히 35년을 하루 앞두고 자살을 했을지도 모를 일이다.

"친절해서 좋군. 살인자라는 걸 상기시켜 줘서 고마워."

하운이 투덜댔다.

잠깐만? 그렇다는 이야기는…….

"넌 내 결백을 알고 있어! 그렇지?"

그는 흥분을 감추지 못했다.

하지만 그녀는 위로가 되는 그 어떤 말도 해주지 않았다.

"지구 최초의 창조 신화는 '수메르 신화'입니다. 항아리, 통, 진흙으로 인간을 창조했다는 이야기죠. 미개한 고대 지구인이 받아들인 내용은 그래요. 사실 그런 주물 과정은 유전자 조작이고, 그 장소는 실험실인데 말이죠. 그렇게 외계인은 신이 되었습니다. 하지만 같은 외계인이 탄 우주선이 지구의 더운 지대에 추락을 하며 악마가 되었죠."

"본론부터 말해. 그래서 어쩌자는 거야? 프로그램이 망가지고 어쩌고저쩌고하는 소리도 내게는 장사꾼이 물건 흥정하는 소리와 비슷하게 들린단 말이야. 내가 결론을 내주지. 여긴 평행우주인 동시에 과거야. 그렇지?"

그녀는 그의 말을 무시하고 자신의 말을 계속했다.

"지구와 가까운 별도 몇 광년 밖에 있습니다. 가장 가까운 은하는 수백 광년이나 떨어져 있죠. 밤하늘의 모든 것은 과거예요. 결국 수십만 년 전의 이야기들인 셈입니다. 그런 일들이 지금 저 우주에서 일어나고 있어요."

그녀는 터무니없이 태연하게 말했다.

그는 울화통이 터지려는 것을 간신히 억누르고 있었다. 그는 입을 닫았다. 그녀는 조용히 그를 응시했다. 문득 그는 소름이 돋았다. 그녀는 그저 말을 늘어놓고 있는 게 아니었다.

"우리가 지구에 어떤 영향을 미치는 종족 뭐 그런 거라는 거야? 신으로 숭배되는? 파괴자이면서 동시에 창조라는 소리야?"

그는 생각한 것을 말했다.

그녀가 고개를 끄덕였다. 그녀가 긍정해주는 모습에 우습게도 그는 기분이 좋아졌다.

"아까 지구가 파괴된다고 했지? 우리야?"

이번에도 그녀는 고개를 끄덕였다.

"이 우주선으로?"

"네."

순간 거대 우주선의 피폐한 몰골이 떠올랐다. 하지만 무시무시할 게 분명했다. 고물이 다 되었다지만 은하를 넘어온 기술력이었다. 아니다. 뭔가 더 있었다. 그녀의 눈이 그렇게 말하고 있었다. 그는 순간 얕은 신음을 했다. 이제야 왜 그녀가 굳이 저주라는 단어를 사용했는지 알 것 같았다.

"이 우주선이지? 그러니까 같은 우주선이지만 지금과 같진 않을 거야. 파괴되지 않은 우주선. 그래 그런 우주선…… 여긴 다른 우주니까. 똑같은 우주선이 더 있겠지. 타고 있는 사람도 똑같을 거야. 거기에 나도 있고 너도 있겠지. 그렇지?"

"네, 그래요."

그녀가 미소까지 더하며 고개를 끄덕였다.

"이럴 수가……!"

그는 두 손을 그쪽 옆통수에 찔러 넣었다.

그녀는 비룰라이즈 호가 나타날 방향을 지적해 주었다. 그는 실없이 웃기만 했다.

"당신의 기분을 알아요. 느낄 수는 없지만…… 시간을 되돌릴 수 있다면 얼마나 좋을까요."

그녀가 말했다.

그는 키에 시선을 고정시켰다. 그렇게 그녀의 시선을 피한 채 입을 열었다.

"있잖아……. 여기에 엄마를 태우면 안 될까?"

"엄마? 그녀는 하운 씨와 아무 관련이 없는 사람이에요."

"안 된다는 소리야?"

"네."

"기분이 이상해. 존재하는 인간들인데 사실 그게 아니라니. 젠장, 뭐라고 말을 해야 하는 거야……."

그가 젖은 목소리로 말했다.

그녀가 뭐라고 말했다. 그는 그녀에게 시선을 주었다. 그녀가 반복했다.

"제 명령을 따르세요."

간단해서 좋았다.

그는 포기한 듯이 물었다.

"명령? 내가 왜 그래야 하지?"

"전 이 배의 함장입니다."

"함장? 거짓말 마. 내가 기억을 못 한다고 해서……."

"기억하는군요. 혼란스러운 거예요, 그렇죠? 그래요. 케첨 함장님은 이제 없습니다. 모두 함선과 하나가 되었죠."

"뭐?"

"블랙홀을 선택한 것은 도박이었습니다. 사실 웜홀 여행은 우주 역사상 처음 있는 시도였습니다. 성공을 했지만, 성공한 것은 아닌 재밌는 상황이 된 거죠. 하지만 당시는 그것이 최선의 방법이었습니다. 언더독의 공격을 받았으니까요. 게다가 그건 선단이었습니다. 그들의 특기인 은폐 기술로 나머지 배들은 숨어 있었죠. 그랬기에 우리는 속수무책으로 당한 것입니다. 그런 식이 아니었다면 유성 비에서 막 벗어난 상황이라도 비룰라이즈 호가 그 원시적인 배에 당할 일은 없었을 겁니다. 비룰라이즈 H-5713은 평범한 함선이 아니니까요."

"그런 이야기는 됐어. 함선과 하나가 되었다는 소리나 해 봐. 설마 네가 다 죽였다는 건가? 명령을 듣지 않겠다고 하면 나도 그럴 거야?"

"저는 의무실의 모음입니다. 간호사였죠. 하지만 지금은 비룰라이즈 호 그 자체입니다. 웜홀의 부작용이죠. 저는 지금의 제 모습이 만족스럽답니다."

그는 할 말을 잃었다.

"하운 씨, 아니, KK! 원자 구조가 비룰라이즈 호의 부서진 부분에 할당된 선원들과는 달리 당신은 유일하게 자신을 잃지 않은 사람입니다. 조타수인 당신은 함선에서 가장 중요한 사람이기도 하죠."

그는 풀썩 주저앉았다. 그리고 엉금엉금 조타수 자리로 들어갔다. 빌어먹게도 편안했다.

"이 지구의 전하운은 어떻게 됐지? 혹시 추적할 수 있어?"

그는 수많은 화살표가 찍히고 있는 대형 스크린을 넋을 잃고 보며 말했다.

"물론입니다. 그는 경찰에 붙잡혔습니다. 안타깝지만 죽은 채로요. 교통사고였어요."

"엄마……."

"미안하지만 그녀는 당신과 생물학적 관계가 아닙니다."

친절하기도 하지.

"KK 당신은 은연중에 알고 있었습니다. 행운과 요행도 당신을 도와주었죠. 어땠습니까? 행복했어요?"

그뿐이었지만 그는 그녀의 말을 알아들었다. 만일 현 지구의 전하운이 살인자 같은 것이 아니었다면 엄마와의 지난 며칠은 존재하지 않았을 것이다. 확실히 이상했다. 그것은 엄마의 말만 들어도 알 수 있는 거였다. 하지만 그는 그런 것을 추궁하지 않았다. 모옴의 말대로 자신의 정체를 은연중에 알고 있었던 것이다.

그의 진짜 엄마는 아빠의 손에 죽었다. 아빠도 그날 자살을 했다. 그날 불타는 집 앞을 우연히 지나가던 젊은 케첨 함장이 안고 나온 것이 바로 그였다. 모옴이 말해주었다. 역시 친절한 아가씨다. 하! 바쁘다! 바빠! 살인자의 바쁜 스케줄. 그는 실없이 웃음이 나왔다.

그는 손톱으로 키를 긁어댔다. 아랫배가 무거웠다. 그의 눈에는 보이지 않았지만 비룰라이즈 호는 다른 비룰라이즈 호를 캐치하고 있었다. 계속해서 대형 스크린에 꺾인 화살표가 보태졌다. 이윽고 우주 밖에 있는 우주선을 확대시켰다.

"질량은 별의 일생에서 매우 중요합니다. 질량이 클수록 그렇지 못한 별보다 수명이 짧으니까요. 커지는 만큼 연료를 빨리 태우기 때문입니다. 큰 별일수록 온도와 압력이 높고 핵융합 반응도 격렬하기에 모든 것이 빨리 진행됩니다. 그렇게 죽어가는 겁니다. 백만 년 안에 생을 마감하는 거성도 있습니다. 사십육억 살인 지구의 나이를 생각해보면 얼마나 짧은 인생인지 실감이 나지 않나요?"

그는 고개를 숙였다.

"그래도 엄마를 죽게 할 순 없어……."

그의 입술이 반짝거렸다.

모옴은 씽긋이 미소 짓기만 했다.

그는 키를 양손으로 잡은 채 엄지손톱으로 키를 긁었다. 그는 대형 스크린을 보았다. '비룰라이즈 H-5713'이라는 이름이 선명한 우주선 옆으로 화살표가 집약되어 있었다. 큰 숫자는 아마도 거리인 듯했다. 지구를 어떤 식으로 박살낼까?

"고향에 돌아가도 저는 받아지지 않을 겁니까. 아마 분해되겠죠. 웜홀 여행을 성공한 사례로 기록되는 영광과 함께 폐기되는 겁니다. KK는 열심히 살아주세요."

키를 잡고 있는 그의 손에서 땀이 배어 나왔다. 그는 키를 꽉 붙들었다. 지금도 파충류 부함장의 외침이 들리는 듯했다.

"하나만 대답해줘. 웜홀을 할 때 내가 키를 제대로 잡지 않은 탓이야? 그래서 이 지경이 된 거야?"

"잊어버리세요."

그는 그녀를 쳐다보았다. 그리고 힘없이 고개를 떨구며 고개를 돌렸다.

"준비됐으면 말씀해 주세요."

"함장이잖아. 명령을 해."

그가 힘없이 말했다. 그리고 비룰라이즈 호가 나타날 하늘을 보았다.

"조타수 분사로켓 최대 발사."

모옴이 말했다.

비룰라이즈 호가 날아오르기 시작했다.

6

잠시 후 하늘에서 눈부신 수평선이 갈라졌다.

그 이후에도 지구는 평온하기만 했다.

| 끝 |

하필이면 타이탄

듀나

SF 작가이자 칼럼니스트. 쓴 책으로 『면세구역』, 『대리전』, 『용의 이』, 『브로콜리 평원의 혈투』, 『제저벨』, 『아직은 신이 아니야』, 『가능한 꿈의 공간들』 등이 있다.

…… 그러는 동안 우리는 점점 토성에 가까워졌어. 우리가 쫓는 우주선의 목적지가 토성이었는지, 아니면 토성 너머 해왕성이었는지는 알 수 없었어.

토성과 해왕성이 비교적 가까웠던 때였고 최근 몇 년 동안 트리톤 주변에서 꾸준히 이상 현상이 관측된 적 있다는 소문은 들었지만, 난 후자 쪽은 가능성이 없다고 생각했어. 순전히 돈만 밝히는 그런 놈들이 심지어 돼지들도 없는 그 추운 곳에 관심을 가질 거라는 생각은 안 들더라. 어차피 태양계는 더 이상 그렇게 넓은 곳이 아니야. 고생해서 트리톤 같은 곳에 기지를 만들면 우주군에게 피할 수도 없는 염력 미사일의 표적을 제공해주는 셈이지.

그랬으니, 토성이 목적지라고 보는 게 타당했어. 채굴회사 기지와 연구소가 부글거리는 목성과는 달리, 토성은 보호구역이니 일단 간섭이 적어. 무엇보다 숨을 수 있는 거대한 링이 있지. 돼지들이 무인 위성과 우주선들로 감시하고 있지만 그것들로는 한계가 있어. 해적들의 기지가 발견되었다고 치자. 재래식 우주선으로 무엇을 하겠어?

'재래식 우주선'. 내가 아는 단어 중 '재래식 우주선'만큼 아련한 건 없어. 내가 다녔던 스타니스와프 렘 우주인 훈련 학교엔 드미트리 마메도프라는 러시아인 교수가 있었는데, 우리학교에서 재래식 우주선을 탄 경험이 있는 유일한 사람이었어. 빌딩만한 연료탱크를 꽁무니에 달고 우주로 날아올라 지구 궤도를 몇 번 돌고 다시 돌아온 경험이 딱 네 번. 다른 행성은 커녕 달에도 못 가봤고, 우주에 있었던 날들을 다 합쳐봐야 한 달이 못 됐지. 가벼운 부적응증 환자라 염력 우주선은 탈 염두를 못 냈으니 우주여행 경력은 그것으로 끝이었어. 그런데도 그 양반은 일주일의 사흘은 우주에서 보내는 우리들을 어린애 취급했어. 그 놈의 '재래식 우주선'을 탄 경험이 없다는 이유만 가지고 말이야. 그 양반 눈에는 염력 우주선은 반칙이었어.

하긴 반칙 맞지. 20세기 사람들에게 우리의 최첨단 우주선을 보여줬다고 생각해봐. 다들 어이없어 하지 않을까? 안에 아무 것도 없잖아. 연료도 없고 엔진도 없어. 생명유지장치와 의자 몇 개가 붙어 있는 깡통이지. 놀라서 그 사람들은 묻겠지? '원리가 뭔가요?' 그럼 우린 이렇게 대답해야 해. '우리도 몰라요.'

다 마법인 거야. 빌어먹을 마법. 우주선이 날아갈 수 있는 것도 것도 마법이고, 우주선이 지구와 연락할 수 있는 것도 마법, 우주선 안에서 우리가 몇 개월 동안 살아남을 수 있는 것도 마법. 다른 말로 말하면 이건 몽땅 인력이기도 하지. 우린 아직 염력을 일으키는 기계를 만들어내지 못했으니까. 근육을 쓰는 게 아닐 뿐, 염력 우주선은 몽땅 인력으로 움직이잖아. 아직도 학교 현관 옆에는 커다란 쿠키 깡통 안에서 죽어라 자전거 페달을 돌리는 뚱뚱한 안경잽이를 그린 만화가 걸려있는데, 이건 농담 같은 게 아니야. 그냥 편리한 비유일 뿐이지.

그래, 우리가 코크 로빈과 같은 우주선을 쿠키 깡통이라고 부르는 이유도 여기에 있어.

코크 로빈의 승무원은 모두 여섯 명이었어. 우주선을 움직이고 방어막을 만드는 염동력자 두 명, 우주선 생명유지장치를 책임지고 위기상황에서는 의사역할도 하는 치유사 한 명, 통신 담당 정신감응자 한 명, 배터리 한 명, 그리고 나. 나처럼 분명한 특기 없이 이것저것을 조금씩 적당히 하는 사람은 주로 선장을 맡지.

다시 당시 이야기로 돌아가면, 내 추측이 맞았었어. 토성에 가까워지자 해적 우주선은 3g로 감속하며 커다란 원을 그리기 시작했어. 이런 식으로 토성 주변을 돌다가 상식적인 속도로 떨어지면 링이나 위성 어딘가에 있는 아지트에 숨을 생각이었겠지. 하지만 어쩌나. 코크 로빈이 15만 킬로미터 뒤에서 쫓아오고 있었는데. 게다가 우린 감속할 생각도 없었거든. 하지만 그 쪽이 그걸 예상하지 못했을까?

골치 아팠어. 우린 우주경찰도, 우주군도 아니었어. 채굴회사에 고용된 해결사 무리에 불과했지. 아무리 해적들이 회사의 광물들을 훔쳐 빼돌리고 다닌다고 해도 그 때문에 굳이 목숨을 걸어야 할 이유는 없어. 하지만 법집행을 할 위치에 있는 건 코크 로빈뿐. 링크된 회사의 정신 감응사와 질문과 답변을 나누는 동안 몇 시간이 훌쩍 넘어가. 목성에도 명령권이 있는 지사가 있긴 했지만 당시엔 목성과 토성 사이의 거리는 지구와 토성 사이의 거리보다 특별히 가까울 것도 없었어. 개인적으로 나는 이게 안심되는 일이라고 생각하지. 아무리 링크가 설명되지 않는 괴상한 현상이라고 해도, 텔레파시가 빛의 속도를 넘지 못한다는 건 이 역시 물리법칙에 종속되어 있다는 증거처럼 보이니까. 하지만 무장한 게 분명한 우주선이 갑자기 감속하는 경우에는 아무런 도움이 안 돼. 결국 열심히 일하는 동료들을 대신해서 내가 판단하고 명령을 내려야 해.

나는 공격하기로 결정했어. 일단 결정했으니 타협은 불가능했어. 녀석들은 채굴회사의 광물을 훔쳐 여기저기에 쏘아대면서 인간이길 포기한 것이나 다름없었어. 너도 알다시피, 녀석들이 훔친 철광석 덩어리가 둘로 쪼개져 메디나와 달라스에 떨어진 뒤로, 우주 법에서는 해적 우주선을 반드시 멈추어야 할 자연재해로 분류하고 있어.

코크 로빈은 가속을 멈추었어. 등속도로 해적 우주선에 접근하는 동안 우린 모두 우주복을 입고 무기를 확인했어. 가장 중요한 배터리인 오릴리아 디는 중앙의 안전 캡슐에 가두었지. 지금까지 동료와 함께 우주선을 가속시키고 있던 염동력자 토조는 이제 무기를 맡았어. 무기라고 해봤자, 우리가 쓸 수 있는 건 코크 로빈 외벽에 붙어 있는 염력포와 그 안에 든 쇠구슬이 전부였어. 하지만 회사에서 토조만큼 이 구슬들을 다루는 데에 능숙한 사람은 없었어.

정신 감응사인 에이잭스와 치유사인 스트라이더를 통해 선내 컴퓨터와 링크된 토조는 우주선을 향해 가볍게 쇠구슬 하나를 날렸어. 쇠구슬은 배터리인 오릴리아 디의 에너지권에서 계속 가속하다가 등속도로 날아갔지. 상대 우주선을 맞출 생각은 없었어. 그냥 저쪽이 어떻게 반응하는지를 보고 저쪽 에너지장의 크기를 확인하고 싶었던 거지. 내 감에 계산을 더해보니, 그 쪽 배터리의 에너지 장은 우리의 5분의 1도 안 되어 보였어. 다시 말해 그 정도 크기 우주선의 평균 정도였지.

내가 나름 무모하다고 할 수 있는 이 계획을 택했던 건 오릴리아 디를 믿었기 때문이었어. 코크 로빈의 유일한 여자승무원인 오릴리아는 내가 아는 사람들 중 가장 강력한 배터리였어. 보통 이런 배터리들은 동료들과 패키지로 묶여서 대형 우주선을 날리거나 태평양 섬 어딘가에 있는 호화 리조트에서 에너지를 키우면서 다른 배터리들을 충전하고 있기 마련인데, 오릴리아는 어쩌다보니 우리에게 배치되었어. 에너지 통제가 서툴거나 성격이 나쁘거나, 하여간 무슨 결함이 있을 줄 알았는데, 그것도 아니었어. 오릴리아는 그냥 조용한 여자였어. 예쁘고 조용하고 정체를 전혀 알 수 없는. 마지막 것은 노골적인 장점이지. 자신이 얼마나 뛰어난 배터리인지 보여주는 것이니까.

오릴리아 디가 우리와 함께 있는 한, 우린 같은 급의 우주선 중 가장 큰 총을 가지고 있는 것이나 다름없었어.

그 뒤에 코크 로빈과 해적 우주선 사이에서 벌어진 일들은 슬로우모션으로 벌어지는 펜싱 경기에 가까웠어. 우주선 전투는 〈스타 워즈〉와는 딴

판이야. 지겹게 느리지. 염력 우주선은, 재래식 우주선이 상상도 할 수 없는 재주를 부리지만 그래도 여전히 느려. 염동력자라고 뉴튼의 운동법칙을 무시할 수 있는 건 아니니까. 치유사가 아무리 재주를 부려도 우리 몸이 감당할 수 있는 중력에는 한계가 있고.

우주선 전투 규칙이 따로 있는 건 아니지만, 그래도 여기엔 순서가 있어. 처음에는 모두 양쪽 배터리의 에너지장이 겹치지 않은 상태에서 싸우려하지. 그것들이 겹치면 모두 상대방 배터리의 에너지까지 끌어다 쓰게 되는데, 그렇게 되면 염력포 한 방만 날려도 사태가 완전히 엉망이 된다고.

하지만 이 상태에서 전투가 끝나는 일은 별로 없어. 아무리 초고속으로 쇠구슬을 쏜다고 해도 상대방 에너지 장으로 넘어가면 그쪽 염동력자의 손아귀에 들어가게 되니까. 명중했다고 해도 방어막을 통과하는 동안 힘을 잃고 튕겨나가는 게 대부분이고. 결국 막판엔 서로의 에너지장 속으로 뛰어들기 마련이야. 여기서부터는 난장판이야. 이겨도 순전히 운이지. 다들 첫 번째 단계에서 끝내려 하지만 그러기는 힘들어. 두 번째 단계가 될 수 있는 한 빨리 끝내기를 바랄 뿐이지.

그래도 처음엔 우리가 유리해보였어. 아까도 말했지만 우리 총이 더 컸으니까. 오릴리아 디의 에너지 장은 웬만한 도시, 아니, 웬만한 작은 나라 하나를 덮고도 남을 정도로 컸어. 그리고 염력포의 힘은 구슬이 가속할 수 있는 에너지장이 넓을수록 강하거든. 하지만 저쪽에서도 쇠구슬만 가지고 있다고 어떻게 확신하지?

생각할 여유가 없었어. 어차피 우리가 우위에 설 수 있는 건 첫 번째 단계의 초반이었으니까. 우리는 상자 절반 정도의 쇠구슬을 해적선에 쏟아부었고 그 중 몇 개라도 명중하길 바랐어. 상대방도 우리 것과 비슷한 모양의 구슬들을 쏘아댔지만 우리 측 에너지 장 안으로 들어오자마자 토조가 가볍게 튕겨버렸어.

지구 사람들은 이게 생각보다 끔찍한 일이라는 걸 몰라. 재래식 전투기들이 싸울 때 서로가 부수려 하는 건 상대방의 기계야. 엔진이나 날개, 연료탱크 같은 거. 그게 파괴되면서 그 안에 있는 사람들도 죽을 수 있지만 그래도 그 안에 있는 사람들이 목표는 아니야. 하지만 염력 우주선의 목표는 언제나 사람이야. 우주선 안에 있는 사람들이야 말로 그 우주선의 엔진이거나 날개거나 연료탱크니까.

우리가 쏜 구슬 중 열 한 개가 해적 우주선을 뚫고 들어갔어. 구멍들은 곧 방어용 거품으로 막혔지만 그 와중에 안에 타고 있던 배터리나 염동력자가 죽거나 다친 것 같았어. 커다란 곡선을 그리며 감속하던 우주선이 갑자기 직선으로 등속도 운동을 하기 시작했으니까. 때문에 전투 직전부터 저쪽과 같이 감속하고 있던 우리와 저쪽 우주선의 거리가 갑자기 멀어지고 말았어.

우리는 잽싸게 가속해서 우주선을 따라잡았어. 이번에는 안전거리에서 가속을 멈추는 대신 조금 더 가까이 접근해보기로 했어. 우주선이 우리 에너지 장 경계선에 닿을 정도까지 접근했지만 아무 것도 느껴지지 않았어. 정말로 엄청나게 운이 좋아 첫 번째 단계에서 적을 무력화시킬 수 있었던 걸까.

그 때 예측하지 못했던 일이 일어났어. 해적선의 지붕이 열리더니 지름이 한 2미터 정도 되어 보이는 납작한 원통형 물체가 나왔던 거야. 우리나 저쪽 우주선의 축소판처럼 생긴 녀석이었어. 그것은 납작한 쪽을 우리 쪽으로 돌리더니 갑자기 가속하면서 분열했어. 처음에는 여섯 조각이었던 것이 곧 36개로 쪼개지더니 모두 제각각 이상하게 비틀어진 궤도로 날면서 코크 로빈 쪽을 향해 날아왔어.

소문으로만 듣던 생체미사일이었어. 보통 포유류의 뇌 두 개를 가지고 만든다지. 염력용 뇌와 배터리용 뇌. 염력용으로는 박쥐의 것을 쓰고, 배터리용으로는 거미 원숭이 것을 쓴대. 이것들은 재래식 미사일이나 염력포로 쏜 쇠구슬과는 달리 회피가 거의 불가능했어.

어떻게든 달아나려 했지만, 미사일은 이미 우리 에너지 장 안으로 들어와 있었어. 토조가 어떻게 두 개를 폭파시키는 데에 성공했지만 나머지 34개는 도저히 감당할 수가 없었어. 등속도로 움직이고 있을 때와는 달리 토조는 동료 염동력자인 J.T.와 함께 우주선을 조종하기도 해야했기 때문에 미사일 공격에 집중하기는 쉽지 않았어.

상상할 수 있는 해결책은 단 하나밖에 없었어. 우린 방향을 바꿔 죽어가고 있는 해적 우주선을 향해 돌진했어. 그 때 우리에게 방패막이 될 수 있는 물체는 그것밖에 없었으니까. J.T.가 코크 로빈을 조종해 해적 우주선 주변을 도는 동안 토조와 에이잭스는 어떻게든 미사일을 교란시키려 했지. 절반 정도가 해적 우주선에 맞아 폭파했어. 그와 함께 나머지 4분의 1 정도가 파편에 맞아 폭발했어.

그건 시작에 불과했어. 토조의 방어막을 뚫고 들어온 파편들이 코크 로빈의 외벽에 구멍을 내고 들어와 스트라이더의 머리를 박살내고 에이잭스의 심장에 구멍을 냈어. 그리고 그 구멍으로 끝이 부서진 미사일 한 대가 들어왔지. 토조가 용하게 폭발을 억누르는 데에 성공했지만 토조가 그것을 다시 밖으로 날려버리는 순간 그것은 폭발해버렸어. 그와 함께 우주선에는 창문만한 구멍이 생겼고 토조의 상반신이 산산조각 났지. 옆을 보니 J.T.의 상태도 끔찍했어. 무엇에 맞았는지 헬멧에 피투성이 구멍이 두 개 나 있었는데, 척 봐도 가망이 없었어. 남은 건 나와 오릴리아뿐이었어.

아직 살아남은 두 대의 미사일이 우리를 따라오고 있었어. 나는 텔레파시로 어떻게든 이들을 진정시키려 해봤지만 증오심과 폭력성밖에 남지 않은 이 미친 박쥐들을 설득하는 건 불가능했어. 나는 염력포로 남은 구슬들을 모두 뒤로 날려버렸어. 한 대는 그 자리에서 폭발했고 다른 하나는 그 와중에 뇌가 죽었는지, 등속도로 우주선 옆을 스치고 날아가 버렸어.

미사일들은 처리되었으니 이제 아무 데라도 착륙해야 했어. 가장 가까운 건 이아페투스였어. 하지만 죽어가고 있는 J.T와 내 염력을 다 합쳐도 거기 착륙할 수 있을 정도로 감속하는 건 불가능했어. 나는 모니터에 손가락을 가져가 코크 로빈의 궤도를 따라갔어. 그 끝에 닿은 위성이 하나 있었어.

그건 타이탄이었어. 하필이면 타이탄. 엔셀라두스와 함께 인간에게 금지된 곳. 너도 알겠지만, 우주협회에서는 인간들의 '초능력'이 두 위성에 살고 있는 미생물들을 오염시킬까봐 질색하지. 그래서 그 가능성을 완전히 잘라버린 돼지 뇌를 부풀려 지능을 심고는 인간 대신 내려 보낸 거야. 그리고 그 녀석들은 인간을 정말 싫어해. 그게 녀석들의 일이기도 하고.

하지만 대안이 없었어. 코크 로빈을 안전하게 착륙시키기 위해서는 타이탄의 대기와 중력, 그리고 돼지들의 도움이 필요했어. 아무리 시뮬레이션을 돌려도 근처에 그를 대체할만한 다른 위성은 없었단 말이야. 타이탄 아니면 죽음을.

컴퓨터가 선체를 수리하고 우주선이 우리들의 빈약한 염력으로 감속하는 동안, 나는 통신기의 채널을 열고 타이탄과 연락을 시도했어. 처음에는 아무런 대답도 없었어. 하지만 한참 기다리니 딱딱한 여자 목소리가 들렸어. '여기는 타이탄, 무슨 일인가.' 그래서 내가 대답했지. '여기는 우주채굴조합의 코크 로빈, 타이탄에 비상착륙한다.' 돼지는 심술 맞은 목소리로 안 된다고 떠들었지만 나는 들은 척도 않고 외쳤어. '대안이 없다! 우린 비상 착륙한다!' 그리고 우리 컴퓨터가 계산한 자료를 그 쪽으로 전송했지. 잠시 뒤 그 쪽에서는 다른 대안이랍시고 말도 안 되는 아이디어를 제시했는데, 척 봐도 감속에 내 빈약한 염력을 몽땅 쓰고 있는 지금 상황에서는 꿈도 꿀 수 없는 것이었어. 타이탄에서 방향을 꺾어 카시니 간극까지 날아가면 돼지가 연락한 재래식 우주선이 잽싸게 날아와 야구 포수처럼 우리를 잡아준다? 농담해? 만약 진짜로 그 재래식 우주선이 이온 가스 방귀를 붕붕 뀌면서 거기까지 와준다고 해도 내가 그 때까지 코크 로빈을 통제할 가능성은 제로였어.

결국 우린 타이탄의 대기 속으로 뛰어들었어. J.T.는 그 직전에 숨이 끊어졌지. 각도와 속도가 맞는 것을 확인하고 나는 오릴리아 디가 있는 안전 캡슐로 들어갔어. 의자 하나밖에 없는 그 좁아터진 방에 간신히 몸을 쑤셔 박고 문을 잠근 다음 헬멧의 모니터를 켰어. 그렇지 않아도 상태가 엉망이었던 코크 로빈은 중간에 산산조각이 났고 동료들의 시체는 파편들과 함께 타이탄의 안개 속으로 흩어졌어. 무사한 건 한가운데에 있던 안전 캡슐뿐이었어. 간신히 안전속도로 감속에 성공하자 캡슐은 낙하산을 펼쳤어.

지도를 확인했어. 우리는 타이탄에서 가장 큰 호수인 크라켄 마레로 떨어지고 있었어. 나는 돼지들의 기지가 있는 호수 섬인 마이다 인술라를 착륙 지점을 잡았어. 폭풍우와 한참 싸운 끝에 우리는 마이다 인술라에서 200미터 정도 떨어진 호수 면에 착륙할 수 있었어. 그 정도면 명중이나 다름없었지.

나는 캡슐의 뚜껑을 열고 헬멧을 쓴 머리를 내밀었어. 영화에서 수없이 봤지만 타이탄의 표면은 도저히 적응이 안 되는 곳이었어. 두터운 대기와 호수 때문에 그곳은 태양계 어디보다 지구와 비슷해. 오렌지색 필터를 통해 본 오염된 지구. 하지만 캡슐이 떠 있는 바다처럼 투명한 액체는 물이 아니라 액체 탄화수소이고 저 너머 보이는 육지를 이루는 돌들은 더러운 얼음 덩어리야. 바닷바람이라도 쐬려고 헬멧을 벗으면 90 캘빈의 질소가 순식간에 폐를 얼려버리겠지. 차라리 다른 위성처럼 메마르고 헐벗은 곳이라면 포기라도 할 텐데, 헬멧 너머로 보이는 이놈의 풍경이 너무 지구 같으니 그 사실이 안 믿기는 거야.

염력으로 캡슐을 움직여 간신히 호숫가에 도착한 나는 캡슐에서 먼저 뛰어내렸어. 그리고 마치 옛날 영화 속 남자 주인공처럼 오릴리아 디의 손을 잡아 부축했어. 쓸모없는 짓이란 걸 알았지만 이렇게 멋들어지게 착륙에 성공하고 나니, 내 머릿속 어딘가에 숨겨져 있던 마초근성이 슬쩍 드러났던 거겠지. 고맙게도 오릴리아는 내 환상을 깨지 않고 공주처럼 손을 잡고 내려왔어.

우린 캡슐을 안전한 곳까지 끌어온 다음 주변을 둘러보았어. 굵직한 메탄 비가 농밀한 질소 공기를 뚫고 느릿느릿 내리고 있었어. 인공물의 흔적이라곤 언덕 중턱에 이어진 도로와 그 위에 난, 비바람에 흐릿해져가는 가느다란 두 줄기 바퀴 자국밖에 없었어. 그 바퀴 자국도 호숫가에서 벗어나자 희미해져 버렸지.

나는 나와 링크되어 있는 지구의 정신 감응사에게 지금까지의 상황을 설명했어. 그래봤자 이 정도의 거리에서는 링크되어있다는 느낌도 제대로 들지 않았지. 그 쪽에서 최대한 빨리 답변을 해도 한 시간 이상은 기다려야 할 판이었어.

다음엔 우주복의 통신기로 마이다 인술라의 돼지들에게 연락했어. 아무 대답이 없었어. 그 정도로 요란하게 착륙에 성공했으니 타이탄의 모든 돼지들이 우리가 착륙한 걸 알고 있을 텐데. 한 시간 넘은 시간 동안 우리에게 돌아온 건 배경잡음뿐이었어.

슬슬 걱정이 됐어. 학교 다닐 때 우주 개발에 컴퓨터 대신 돼지 뇌를 쓰는 것의 위험성에 대해 토론했던 때가 기억났어. 특히 마메도프 교수는 열광적인 반돼지주의자였어. 재래식이 아닌 모든 것을 증오하는 양반이었으니 당연한 태도이긴 했는데, 그래도 일리는 있었어. 컴퓨터는 우리가 어떻게든 통제할 수 있어. 하지만 돼지들은 어떨까? 실험실에서 키우고 치유사가 개조하고 정신 감응사가 지능과 기억을 주입한 뒤 기계 속에 심은 이 회색 뇌세포 덩어리가 과연 어떤 생각을 하고 있는지 어떻게 알아? 심지어 모든 종류의 능력에 무감각하도록 개조된 녀석들이니 텔레파시로 마음을 읽을 수도 없다고. 일은 잘 하지만 속을 전혀 알 수 없는 블랙박스인 거지. 이것들이 위성 전체를 지배하고 있는 거야. 우린 괴물 돼지들의 왕국에 와 있었어.

하지만 어쩌나. 우리의 유일한 희망은 바로 그 돼지들이었어.

네비게이션을 켰어. 마이다 인술라의 돼지들이 모여 있는 보네거트 기지는 우리가 있는 호숫가에서 서쪽으로 25킬로미터 정도 떨어져 있었어. 날아가면 어떨까 잠시 생각했지만 곧 포기했지. 비도 오고 있는데 쓸데없는 모험은 할 필요 없었어. 입고 있는 우주복이 타이탄의 환경에 맞게 설계된 것이 아니라 조금 걱정되긴 했지만 그래도 걷는 것이 가장 안전했어. 타이탄의 낯선 환경을 고려해도 넉넉잡아 하루 만에 충분히 도착할 수 있는 거리였어. 심지어 마라톤 코스보다 짧잖아. 거기에 도착했을 때 돼지들이 우리를 맞아줄 것인가는 다른 문제였지만. 나는 오릴리아와 함께 언덕 중턱에 난 길을 따라 걷기 시작했어.

이렇게 몇십 분 동안 얼음덩어리 언덕을 걷다보니 기분이 이상해. 얼마 전까지 겪은 일들이 다 꿈 같고, 지금도 꿈을 꾸는 거 같고. 아드레날린의 기운이 갑자기 빠져나가자 술 취한 것처럼 기분이 멍하고. 짐과 우주복의 질량이 만들어내는 관성과 가벼운 중력의 불균형 때문에 걸을 때마다 보이지 않는 누군가가 뒤에서 나를 밀어주는 것 같고. 발에 밟히는 촉촉한 모래 때문에 지구 해변가 어딘가 같고. 섭씨 17도의 쾌적한 온도로 유지되는 우주복 안 공기 때문에 험악한 주변 환경은 영화나 게임 속 가짜 세계 같고.

무엇보다 이상한 건 오릴리아 디의 존재였어. 오릴리아는 아무런 말없이 내 뒤를 따라오고 있었어. 아주 뒤는 아니고 헬멧의 사각에서 살짝 떨어진 오른쪽. 하지만 그것 이외엔 아무런 존재감도 느껴지지 않았어. 여전히 내 몸에 에너지가 들어오고 있긴 했지만 원래 배터리의 힘은 자기 몸에서 솟아나오는 것처럼 느껴지지. 무엇보다 신경 쓰였던 건 오릴리아의 마음을 전혀 읽을 수 없다는 것이었어. 언제나 동료들의 생각이 만들어내는 소음에 익숙해져 있던 나에게 이 침묵은 섬뜩했어. 마치 내가 사람이 아닌 무언가와 같이 길을 걷고 있는 것 같았어.

언제나 당신 뒤에서 걷고 있는 세 번째 사람은 누구인가……

이러니 온갖 생각들이 떠올라. 오릴리아 디는 누구지? 하야로비 채굴회사를 위해 4년 넘게 일해 왔지만, 난 저 여자에 대해 아는 것이 전혀 없었어. 엄청난 배터리라는 것. 내가 오기 전부터 우주에 나와 있었다는 것. 그게 전부였어. 국적도, 모국어도, 인종도, 이름도, 이전 경력도, 아무 것도 몰라. 막연히 태국인이라고 생각한 적은 있었어. 하지만 왜 그랬는지는 아직도 기억이 안 나. 뭔가 이유가 있었어도 수많은 사람들의 기억을 거치면서 사라져버렸겠지. 오릴리아 디라는 닉네임도 아무런 정보를 담고 있지 않아. 그건 그 닉네임의 주인이 로마사나 라틴어에 관심이 있다거나, 나보코프 독자거나, 나비를 좋아한다는 뜻 중 어느 것일 수도 있어. 물론 전혀 다른 이유일 수도 있고. 닉네임이란 게 원래 그렇잖아. 토조만 해도 (명복을!) 꼭 일본 이름처럼 들리지만, 그 닉네임의 주인은 필라델피아에서 온

토머스 조셉 얼링턴이었어.

'오릴리아, 제발 아무 말이라도 해봐.' 난 참을 수 없어서 말했어. 무슨 대답을 기대했는지는 모르겠어. 하지만 그 뒤에 들은 대답 같은 걸 상상 하지 못했던 건 분명해. 오릴리아는 메마르고 생기 없는 목소리로 이렇게 말했던 거야. '넌 지금 사람 손을 밟고 있어.'

나는 허겁지겁 왼발을 들어 올렸어. 농담이 아니었어. 내 발 밑에는 진짜로 잘려나간 사람 손처럼 생긴 무언가가 있었어. 나는 그것을 집어 들었어. 새끼손가락이 잘려나가고 손목에서 끊긴 사람 손이었어. 나보다 덩치가 큰 게 분명한 남자의 왼손. 손가락으로 쓸어보니 단단하고 차가웠어. 물론 그 '차갑다'는 감각은 우주선 장갑에 달린 감각 판이 교정한 것이지. 실제로 그건 그냥 차가운 정도가 아니었으니까.

나는 언덕 아래를 둘러보았어. 사람 몸만 한 무언가가 몸부림치며 끌려간 것 같은 자국이 언덕 아래로 나 있었어. 비교적 최근에 생긴 흔적이었어. 메탄 빗방울이 얼음 모래에 새겨진 그 흔적들을 서서히 지워가고 있었으니까. 나는 염력으로 주변 모래를 흔들었어. 모래가 쓸려나가자 금속 파이프에 유리 조각을 꽂아 만든 조잡한 창과 우주복 공기 필터의 일부처럼 보이는 검은 조각 그리고 사람 창자 일부처럼 보이는 무언가가 드러났어. 주변에는 검정색 모래가 얼음 모래 사이에 섞여 있었는데, 아무래도 얼어붙은 핏방울들 같았어.

오싹했어. 잠시 크라켄 마레의 액체 속에 숨어 있다가 길 잃은 우주인들을 습격하는 호수괴물의 모습이 머릿속에 떠올랐어. 말이 안 되는 생각이라는 건 나도 알았어. 타이탄의 생태계는 그만한 크기의 생명체를 키울 만큼 크지도, 복잡하지도 않았으니까. 만약 그런 괴물이 정말 있다고 해도 우린 그리 좋은 먹이는 아닐 거야. 우주복을 입고 있을 때는 뜨거운 용암을 담은 보온병이나 다름없고, 우주복을 벗었을 때는 그냥 돌덩어리에 불과하니까.

하지만, 하지만…… 정말 이상한 생각이 꼬리를 물고 이어졌어. 엔셀라두스에서 발견된 생물들은 지구 생물들과 조상이 같아. 운 없는 사고로 지구에서 벗어난 미생물들이 태양풍을 타고 거기까지 쓸려왔다가 진화한 거지. 하지만 타이탄의 생태계는 지구와 전혀 상관이 없어. 그래서 다들 이곳의 생명체들이 여기서 독자적으로 태어나 진화했다고 생각하지만 정말 그럴까? 만약 타이탄과 비슷한 환경에서 진화한 생명체들이 우주선을 타고 여기까지 왔다면? 그리고 우리가 발견한 미생물들은 그들 환경의 일부일 뿐이라면?

몇 십 년 전까지만 해도 이건 말도 안 되는 생각이었어. 하지만 우리가 뒤늦게 발견한 염력이 보편적인 힘이라면? 모든 지적 생명체들에게 그런 힘을 얻을 기회가 있다면? 한국에서 첫 번째 배터리가 발견된 지 30여년밖에 안 되었는데 우린 벌써 태양계를 거의 정복했어. 배터리들이 이 속도로 발전한다면 우린 곧 다른 태양계로 진출해. 이미 미국과 중국에서는 알쿠비에르 드라이브를 장착한 초광속 우주선의 설계를 끝내놓고 배터리들이 자랄 때까지 기다리고 있다고 들었어.

그렇다면 항성 간 우주여행은 흔해 빠졌고 머리가 달린 모두가 하고 있을 거야. 그런 배터리들을 자기 행성에 쟁여두고 있는 건 종말을 앞당기는 것이나 다름없으니까. 우주 탐험에 별 관심이 없어도 오직 그 힘을 써버리기 위해 우주로 나오는 종족들도 있을 걸. 그렇다면 그런 종족들 중 하나가 타이탄에 왔다고 해서 그게 그렇게 이상해? 그것들이 타이탄의 호수 속에 숨어 우리를 지켜보고 있다고 해서 그렇게 이상해?

나는 호수를 멍하니 바라보았어. 카스피해만 한 거대한 액체 덩어리가 빗방울을 맞으며 불안하게 바람에 흔들리고 있었어. 나는 정신을 집중했어. 수억 개의 바이올린들이 수십 킬로미터 저편 하늘에서 트레몰로로 C음을 연주하는 것 같은 소리가 들렸어. 정말 타이탄의 생명체들이 내 텔레파시에 반응하는 것인지, 아니면 그게 내 머리가 만들어낸 환청인지 알 수 없었어.

'하미드 카리미.' 내가 말했어. '하미드 카리미.'

처음엔 그 이름이 왜 나왔는지 알 수 없었어. 하지만 그 이름을 반복해서 부르자 서서히 하나의 얼굴이 떠올랐어. 하미드 카리미. 순하고 둥근 얼굴에 커다란 초록색 눈을 가진 덩치 큰 우주선 치유사. 바로 내가 들고 있는 손의 주인이었어. 하지만 내가 어떻게 그 이름을 알지? 그의 유령이 내 주변을 돌고 있기 때문은 아니었어. 그의 이름을 기억하는 누군가가 우리 주변에 있었고 나는 그 누군가의 마음을 읽고 있었어.

타이탄에는 우리 말고 다른 사람이 있었어.

나는 길에서 벗어나 대각선 방향으로 위를 향해 달렸어. 잠시 주춤했던 오릴리아도 내 뒤를 따랐어. 검고 커다랗고 무서운 무언가가 내 시야 뒤에서 우리를 따라오고 있는 것 같았어. 그게 진짜 괴물이라는 생각은 들지 않았어. 우주복의 센서는 아무 것도 감지하지 못했고 내 뒤를 따르는 오릴리아의 걸음도 그리 급해 보이지 않았으니까. 그건 모두 오작동한 두뇌가 만들어낸 환각이었어. 하지만 나는 어설픈 정신감응능력 때문에 엉망이 된 내 두뇌를 달래야 했어. 서너 번 미끄러져 넘어지면서 간신히 언덕 꼭대기에 올라간 나는 가쁜 숨을 내쉬면서 무릎을 꿇었어.

그 순간 흐릿한 그림자가 내 몸을 덮었어. 나는 제대로 보지도 않고 염력총을 꺼내 그것의 머리를 향해 겨누었어. 그 쪽에서 텔레파시와 진짜 목소리로 동시에 고함을 치지 않았다면 정말 쏘았을지도 몰라. 그 그림자는 이렇게 말했어. '헨리크 토폴스키! 정말 너야?' 잠시 동기화하는 데에 시간이 걸렸지만 그 목소리와 텔레파시의 감각은 익숙했어. 그는 라민 나리만이었어. 우린 스타니스와프 렘 우주인 학교에서 2년 동안 같이 다녔었어.

'하지만 넌 지금 여기서 뭐하는 거야. 넌 졸업을 못 했었잖아.' 내가 이렇게 말하자, 나리만 그 녀석은 이렇게 말했어. '그건 엉터리 소문이야. 난 멀쩡하게 졸업했어. 단지 협회의 인종차별주의자들이 나를 받아들이지 않았을 뿐이지. 하지만 그건 인종차별이 아니야. 종교차별이지. 협회가 이슬람교도를 쓰지 않는 게 그렇게 이상해?' '난 신 같은 건 안 믿어, 토폴스키, 오로지 문화적으로만 무슬림일 뿐이야. 딱 네가 가톨릭 신자인 정도만 신자라고. 네가 우주로 갈 수 있다면 왜 나는 못 가?'

오릴리아 디가 도착하자, 우리의 대화는 잠시 중단되었어. 하지만 짧은 소개가 끝나자 질문을 계속하지 않을 수 없었어. '넌 우주해적이야?' 나리만은 어깨를 으쓱하더니 대답했어. '협회에서는 우릴 그렇게 보고 싶겠지. 하지만 우린 채굴회사의 광석 따위는 훔치지 않아. 단지 협회의 허락을 받지 못하는 사람들을 우주로 보내는 일을 할 뿐이야. 우릴 테러리스트 군단쯤으로 보지 말라고. 우리도 그런 녀석들은 받지 않아.' 내가 쏘아붙였어. '하지만 그런 녀석들을 받는 비슷한 단체들이 어딘가에 있겠지.' 녀석은 수긍했는지 거기엔 대답하지 않았어.

'도대체 타이탄에는 왜 왔던 거야?' '연구용 샘플 채취. 우리 후원자가 타이탄의 미생물들을 조금 얻고 싶어 했어. 그거야 협회를 통해 얻으면 되잖아. 돈이 들지. 우리가 훨씬 싸게 구해줄 수 있는데. 아니, 이건 도둑질이 아니야. 타이탄은 협회나 돼지들의 소유물이 아니야. 염력 오염이라니, 말도 안 되는 소리. 그건 과학적으로 아무 의미가 없는 엉터리 조어야. 협회가 타이탄 접근을 막는 데엔 다른 이유가 있어. 여긴 협회가 존재를 세상에 알리고 싶어하지 않는 괴물들이 살아. 우리가 모르는 다른 종족들이 산다고. 내 동료가 그 괴물들한테 죽었어. 바로 어제. 내가 살아남은 건 기적이었어. 하지만 진짜 기적은 너네들이 여기 떨어진 거지. 죽은 동료는 내 배터리였어. 난 꼼짝없이 여기 갇혀 죽는 줄 알았어.' 머리를 한 대 맞은 거 같았어. '그럼 뭐야. 섬 어딘가에 네가 타고 온 우주선이 있다는 거야?' 녀석은 고개를 저었어. '더 이상 없어. 그것들이 우리 우주선을 호수 속으로 끌고 들어가버렸어. 그 괴물들이.'

잠시 잠들어 있던 공포가 다시 깨어났는지, 그 뒤로 나리만은 횡설수설이었어. 설명을 위해 동원된 텔레파시도 영 도움이 안 됐어. 녀석의 기억은 공포로 심하게 왜곡되어 있었고 그것마저도 흐릿했어. 아까 내가 보았다고 생각한 검은 그림자가 여기저기에 등장하기는 했는데, 그건 실체라기보다는 실체를 가리는 검열용 얼룩에 가까웠어. 그 그림자 뒤에 진짜 뭐가 있는데, 녀석은 그걸 제대로 보지도 못 했고, 본 것을 제대로 기억하지도 못 했어.

오릴리아와 나는 계획을 재검토했어. 나는 이제 나리만이 있으니 다른 가능성을 알아봐야 한다고 주장했어. 우주선을 날릴 수 있는 염동력자가 있으니 굳이 돼지들에게 얽매일 필요는 없어. 그냥 우주복 채로 타이탄을 벗어나 돼지들이 보다 관대한 곳, 그러니까 텔레스토나 칼립소 같은 위성으로 날아갈 수 있어. 하지만 오릴리아는 여전히 보네거트로 가야 한다고 주장했어. '네 친구의 정신 상태를 믿을 수 있어? 과연 우리 목숨을 저 사람에게 맡길 수 있을까? 보네거트 쪽이 더 생존가능성이 높아.' '하지만 나리만은?' 내가 따졌어, '돼지들은 저 녀석을 가만 두지 않을 거야.' 오릴리아는 얼굴을 찡그렸어. '저 정도의 염동력자라면 자기 보호는 알아서 할 수 있어. 적어도 맨 몸으로 토성 궤도를 떠도는 것보다 훨씬 잘 하겠지. 또 내

가 어떤 존재인지 잊어버린 거야?'

맞는 말이었어. 그의 사정을 챙겨주기에는 우리 사정이 너무 급했어. 우리에게 필요한 모든 것들은 보네거트에 있었어. 돼지들과 맞서건, 돼지들의 도움을 받건, 우린 보네거트로 가야했어.

이제 세 사람이 된 우리는 다시 길로 나와 걸었어. 그러는 동안 나는 계속 지구 본사 정신 감응사의 답변을 기다렸지만 그 쪽은 여전히 조용했어. 너무 조용했기 때문에 오히려 이상했어. 텔레파시는 전보와는 다르니까. 일단 링크된 상대가 연락이 되면 그 쪽에서 침묵하고 싶어도 연결된 감각은 느껴지기 마련이야. 하지만 지금은 오로지 텅 빈 감각뿐이었어. 그건 정신 감응사가 죽었거나 아니면 저쪽에서 적극적으로 연결을 차단하고 있다는 것이었어. 회사 우주선이 타이탄에 불시착했으니 분명 큰일이지. 이해는 할 수 있을 거 같아. 하지만 추락한 승무원들의 생명이 오락가락하는 상황에서 이렇게 침묵을 지키는 것이 이치에 맞는 일일까? 정말로 나리만의 말이 맞아서 회사 내부에 내가 모르는 음모가 있는 걸까.

몇 시간 동안 말없이 걷던 우리는 길 옆에 서 있는 돔 형 건물을 발견했어. 이글루처럼 불투명한 물 얼음 벽돌로 지어진 그 건물은 로봇들의 수리센터 겸 창고였어. 하지만 문은 뜯겨나가고 없었고 안은 텅 비어 있었어. 태양계에서 가장 부지런한 지적 존재가 지배하고 있는 위성에서 이런 나태함의 흔적을 발견하다니 이상했어. 몇 초 동안 타이탄의 모든 돼지들이 다른 위성으로 철수한 게 아닌가, 하는 생각도 들었어. 하지만 몇 시간 전에 우린 분명 그들과 대화를 했잖아. 지금은 수상쩍을 정도로 침묵을 지키고 있지만.

'타이탄에는 두 명만 온 거야?' 내가 물었어. '응, 나와 카리미 둘뿐이었어.' '오는 동안 돼지들에게 들키지는 않았어?' '모르겠어.' '어떻게 그걸 몰라. 돼지들에게 들키느냐, 들키지 않느냐는 네 임무에서 가장 중요한 부분 아니었어?' '우린 그냥 보온병에 저 액체 몇 스푼을 담고 떠날 생각이었어. 여기에 30분 이상 머물 생각이 없었다니까. 들키지 않으면 좋고. 들키면 튀는 거고. 그게 그렇게 이상해? 어차피 저 녀석들은 염력 우주선을 따라잡지도 못하잖아.' '그래도 그 뒤에는?' '몰라. 난 그것을 때문에 돼지들 생각 따위는 하지도 못 했어. 지금도 난 돼지 따위는 관심 없어. 그 괴물들에게서 최대한 멀리 떨어지면 돼.' 그러면서 나리만은 굵은 빗방울을 맞으며 잔잔하게 흔들리는 호수를 겁에 질린 눈으로 훔쳐보았어.

슬슬 보네거트 기지가 눈에 들어왔어. 가장 먼저 눈에 들어온 건 삐죽삐죽 솟은 시추탑과 통신탑이었어. 그 다음에 보인 건 거대한 이글루처럼 생긴 얼음 지붕이었어. 내가 알기로 그 돔은 소피아 대성당의 두 배 크기라지. 조금 더 가까이 가니 호숫가에 세워진 항구와 정박되어 있는 보트들과 자동차나 거미 모양의 로봇들도 보였어.

얼핏 보면 안심되는 광경이었지만 조금 더 가까이 가보니 그렇지 않았어. 기지는 폐허였어. 기지 건물에는 문 높이의 두 배는 되어 보이는 구멍이 뚫려있었고, 로봇들과 보트들은 마치 사자에게 잡아먹힌 얼룩말들처럼 내부가 뜯긴 채 뒹굴고 있었어. 우리가 도착하기 한참 전에 무언가 끔찍한 일어났던 게 분명했어. 하지만 왜 우리가 그걸 몰랐을까. 그거야 타이탄은 계속 우리에게 정보를 보내왔으니까. 바로 몇 시간 전까지만 해도…….

나는 헬멧에 녹음된 마지막 통화를 돌려보았어. ' 여기는 타이탄, 무슨 일인가.' '여기는 타이탄, 무슨 일인가.' '여기는 타이탄, 무슨 일인가.'…… 목소리는 딱딱했지만 별로 이상하게 들리지는 않았어. 아니, 이상하다고 치면 처음부터 이상했지. 그건 진짜 여자 목소리가 아니라 인공 기억을 심은 돼지 두뇌가 기계를 통해 내는 목소리였으니까. 한 번도 인간 정신이나 육체를 통한 적이 없는 가짜였어. 우리가 어떻게 그것을 구별할 수 있었겠어. 가짜가 다른 가짜로 바뀌었을 뿐일 텐데.

점점 무서워졌어. 공격 받은 곳이 과연 보네거트 하나뿐일까? 타이탄에는 일곱 개의 기지가 있었고, 네트워크로 연결된 81마리의 돼지들이 이들을 운영하고 있었어. 대략 400대는 되는 비행기와 비행선이 타이탄 상공에 늘 떠 있었고. 기지 하나가 공격을 받았다면 다른 기지가 몰랐을 리가 없어. 물론 다른 기지들이 멀쩡하다면 우리의 통신을 받고 대답을 했겠지. 그렇다면 타이탄은 이미 오래 전에 돼지들이 아닌 다른 어떤 존재에게 넘어가 버린 것일까?

한 동안 우린 그 자리에 우두커니 서 있었던 것 같아. 침묵을 깬 건 오릴리아였어. 더 이상 우유부단한 남자들을 견딜 수 없다는 듯, 성큼성큼 기지를 향해 걸어가더라. 내가 뭐라고 말하려는 순간 날카로운 목소리가 헬멧 스피커를 통해 들려왔어. '따라와, 토폴스키. 달라진 건 하나도 없어. 어차피 우린 돼지들과 전쟁 할 각오로 왔잖아.' 나는 반박하려 했지만 당시엔 방법이 떠오르지 않았어. 지금 와서 생각해보면 전에 제시했던, 우주선 없이 탈출하는 계획을 다시 한 번 고려해보면 어떠냐고 말할 수도 있었을 것 같아. 하지만 당시엔 그 생각이 전혀 떠오르지 않았어. 나와 나리만은 그냥 말없이 오릴리아의 뒤를 따를 수밖에 없었어.

우리는 벽에 난 구멍을 통해 기지 안으로 들어갔어. 건물 안은 텅 비어 있었어. 하지만 대부분 시설들은 지하에 있었으니 다 봤다고 달아날 수는 없었지. 우린 지하 통로로 이어지는 입구를 찾아 안으로 들어갔어.

바깥과는 달리, 내부는 비교적 멀쩡해 보였어. 벽에 따라 난 파이프도 멀쩡해 보였고 비상등도 들어와 있었어. 단지 돼지들을 위해 만들어진 고온실들은 모두 문이 열려 있었어. 기지는 더 이상 지구에서 온 존재들이 살

수 있는 곳이 아니었어. 이 곳을 유지하고 있는 건 무언가 다른 것이었어.

첫 번째 접촉. 갑자기 내 머리가 달아오르는 것 같았어. 만약 저들이 진짜로 외계인들이라면 우리는 다른 문명권의 고등생명체와 직접 접촉하는 최초의 사람들이 되는 것이었어. 그들은 물론 호전적일 가능성이 컸어. 하지만 우리도 싸움하면 만만치 않았지. 끊임없이 반복하는 말이지만 오릴리아가 있었으니까. 회사의 정신 감응사가 왜 이리 늦장을 부리고 있는지는 알 수 없지만, 난 여전히 그 쪽에 정보들을 보내고 있었어. 고로 우리가 몰살당한다고 해도 그냥 죽지는 않을 게 분명했어. 적어도 교과서에는 이름이 남겠지. 헨리크 토폴스키, 오릴리아 디, 라민 나리만. 외계인을 만난 첫 번째 지구인들.

그 때 음악소리가 들렸어. 찰랑거리는 고전음악. 익숙하지만 제목이 떠오르지 않았어. 검색기를 돌렸어. 차이코프스키의 〈호두까기 인형〉에 나오는 〈사탕 요정의 춤〉이었어. 검색기는 지휘자와 오케스트라의 이름까지 잡아냈어. 마리아 레예스, 바르셀로나 방송 교향악단. 2032년 12월 24일 녹음. 음악이 끝나자 희미한 박수소리도 들리는 것 같았어. 타이탄의 공기 밀도는 지구보다 훨씬 높으니까 저 음악소리는 타이탄 대기 환경에 맞게 교정된 것이었지.

우리는 음악이 들리는 방으로 들어갔어. 아마도 그 음악 소리에 조금 방심했던 것 같아. 방 안에 누가 있는지는 모르겠지만 차이코프스키의 음악을 저렇게 정성껏 사운드 보정까지 해서 듣는다는 건 그 존재가 인간적이고 대화가 통하는 존재라는 뜻처럼 생각되었으니까. 아마 나는 외계인으로 분장한 막스 폰 시도프 같은 존재를 상상했던 것 같아. 아니, 그런 상상을 한 건 나리만이었을지도 몰라. 당시엔 그게 구별이 잘 안 됐어.

방에 들어가기 전에 우리가 무엇을 상상했었는지는 기억이 안 나. 하지만 그 방이 우리의 예상과는 전혀 달랐다는 건 분명해. 방 한가운데에는 커다란 테이블이 놓여있었고, 테이블 위에는 색색의 꽃과 과일들, 그리고 장난감처럼 보이는 장식물들이 놓여있었지. 테이블 주변에는 의자들이 다섯 개 놓여있었고 그 중 하나 위에는 태엽 축음기가 돌아가고 있었어. 축음기는 〈사탕 요정의 춤〉을 끝내고 요한 스트라우스 2세의 〈피치카토 폴카〉를 노래하고 있었어.

나리만이 태엽으로 움직이는 원숭이 인형을 만지작거리는 동안 나는 사과처럼 생긴 물건을 집어 들었어. 당연히 진짜 사과는 아니었어. 금속판을 가공해 만든 모형이었고 심지어 색깔도 정교하게 배치된 조명들에 의한 것이었어. 정교하지만 별 쓸모는 없는 장난감이었지. 오로지 인간들만이 좋아할.

마지막에 떠오른 생각의 진짜 의미가 무엇인지 알아차리기도 전에 일이 터졌어. 갑자기 테이블 한가운데에 커다란 구멍이 생기더니 검은색 문어 촉수처럼 생긴 것이 튀어나와 나리만의 목을 휘감았던 거야. 나리만이 염력총을 겨누자 두 번째 촉수가 튀어나와 총을 빼앗았어. 방 전체가 덜컹거렸고 테이블과 그 위에 있던 자질구레한 것들이 떠올랐어. 나리만은 반격을 하려 하고 있었어. 그의 염력이 우주여행에 최적화되어 있었기 때문에 적응이 조금 힘들긴 했지만 그래도 곧 테이블과 촉수 따위는 산산조각을 낼 수 있을 것 같았어.

그 때 도저히 이해할 수 없었던 일이 일어났어.

오릴리아가 라민 나리만을 총으로 쏘았던 거야.

나는 몇 초 동안 상황이 어떻게 돌아가는지 몰라 어리둥절한 채 서 있었어. 무슨 총을 쏘았는지는 몰라도 결코 흔한 염력 총 따위는 아니었어. 단 한 방만으로 우주복을 입은 몸의 허리 아래가 잘려나갔거든. 끔찍하게 들리겠지만 상황은 생각보다 깔끔했어. 잘려나간 부위에서 터져 나오던 피는 대기와 닿는 순간 얼어버렸고 총을 쏜 순간 두 개의 촉수가 더 튀어나와 나리만의 헬멧을 뚫고 그 안에 핑크색 거품을 주입했으니까. 떨어져 나온 나리만의 하체가 바닥에 쓰러지기가 무섭게 촉수들은 잘라낸 상체를 돌돌 감고 테이블 밑의 구멍 속으로 들어가 버렸어. 테이블은 다시 바닥에 내려앉았고 다시 테이블에 떨어진 물건들은 잽싸게 몸을 굴려 자기 자리로 돌아갔어. 아까와 다른 건 테이블 옆에 쓰러진 나리만의 나머지 반 토막뿐이었어.

나는 오릴리아에게 염력 총을 겨누었어. 그렇다고 내가 정말로 총을 쏠 수 있다는 건 아니었어. 단 하나 남은 배터리를 쏠 수는 없지. 하지만 오릴리아도 내가 필요한 걸까? 결국 난 저 여자를 쏴야 하는 걸까? 도대체 저 여자 정체가 도대체 뭐야. 저 여자가 나와 나리만과 함께 지금 이 위성에 있는 것이 과연 우연의 일치일까? 도대체 내가 모르는 게 뭐지?

그 순간 조명이 확 밝아졌어. 그 때서야 나는 우리가 있는 방 전체를 볼 수 있었어. 그 때서야 우리는 이곳의 주인들을 볼 수 있었어. 조명 뒤 사각에 숨어 기계 눈으로 우리를 훔쳐보고 있었던 수십 대의 기계들. 임시변통으로 변형되었지만 나는 그들을 알아보았어. 돼지들이었어. 처음부터 돼지들이었어. 내가 조금이라도 똑똑했다면 여기 들어오기도 전에 알아차렸겠지. 보네거트 기지는 습격당한 것이 아니라 개조된 것에 불과하다는 것을. 로봇들은 순전히 부품을 재활용하기 위해 돼지들이 직접 분해한 것에 불과하다는 걸.

왜 아무도 눈치를 채지 못했던 걸까? 돼지들은 인간들을 싫어했어. 인간들을 위해 노예로 사는 대신 스스로의 의지로 자기들만의 삶을 살고 싶어했지. 하지만 태양계 안에서는 탈출이 불가능했어. 인간들로부터 벗어나려면 태양계 밖으로 나가야해. 하지만 지금의 재래식 우주선으로 항성 간 우주여행은 불가능하지. 그들에게 금지된 염력 우주선이 필요해. 그럼 그것을 어떻게 만들까? 토성 위성에 기지를 만드는 것과 같은 방법이겠지. 우주 이곳저곳에서 재료들을 모아 가져와 조립하는 것. 그리고 그 재료들은 인간들이지. 협회의 보호를 받지 못하는 수많은 사람들. 해적들, 불법 여행자들. 지금까지 얼마나 많은 사람들이 저들의 함정에 빠져 여기까지 왔을까? 얼마나 많은 사람들이 저들의 먹이가 되었을까?

하지만 도대체 오릴리아는 돼지들과 무슨 관계지?

'왜 그랬어?' 나는 오릴리아에게 물었어. 오릴리아는 우주복 안에서 뭔가 제스쳐를 취했지만 잘 보이지 않았어. 나는 같은 질문을 반복했고 오릴리아는 마침내 입을 열었어. '네 친구는 아직 살아있어. 왜 죽였겠어? 그렇지 않아도 염동력자가 부족한데?' '그럼 넌 나리만 돼지들의 우주선 부품으로 판 거야?' '그렇게 원하던 더 좋은 기회를 주었을 뿐이야. 진짜 우주여행의 기회. 아직도 모르겠어? 돼지들은 타이탄에서 토착 생명체들을 재료로 새로운 생명체들을 만들고 있었어. 하미드 카리미를 죽였던 것도 바로 그 새로운 타이탄 생명체들 중 한 무리였어. 저들의 최종목표와는 한참 못 미치는, 그저 미쳐 날뛰면서 움직이는 것들은 닥치는 대로 공격하는 영혼 없는 짐승들이지만. 하지만 돼지들은 그러는 동안 진짜를 만들었어. 우주의 극한 환경에 보다 잘 적응하는 진짜 우주인의 몸 말이야. 우리처럼 고온 상태를 유지하게 위해 불필요한 노력을 할 필요가 없는 몸.'

나로서는 도저히 이해할 수 없었어. 그러나 '하지만 너는 도대체 왜……' 라고 내가 입을 열자마자 오릴리아는 냉정하게 말을 끊었어. '모든 사람들이 다 너 같지는 않아, 토폴스키. 모든 사람들이 다 인간들을 가족과 친구로 생각하지 않는다고. 선택의 기회가 있다면 나는 인간이 아닌 것들을 택해.'

그때였어. 다시 테이블이 움직이기 시작한 것이. 아까와는 달리 테이블은 옆으로 밀려났고 촉수가 튀어나왔던 곳에서는 아까 것보다 훨씬 구멍이 뚫렸어. 그 안에서 천천히 위로 올라온 것은 검은 금속으로 만들어진, 사람 키의 세 배는 되어 보이는 상자였어. 상자가 멈추자 문이 열렸어. 그 안에서 있었던 건 키가 한 2미터 50미터 정도 되어 보이는, 인간과 비슷하게 생긴 생명체였어. 피부는 석탄처럼 검었고 팔다리는 이상하게 길었으며 얼굴에는 눈코입 구실을 하는 구멍 같은 것이 하나도 보이지 않았어. 마치 벽에서 떨어져 나온 3차원의 그림자처럼 생긴 그 생명체는 상자에서 둔한 동작으로 내려와 겁에 질려 바짝 얼어버린 나에게 다가오더니 신음소리 비슷한 소리를 내면서 길쭉하고 검고 끈적거리는 무언가를 단단하게 쥔 왼손을 나에게 내밀었는데 그가 쥐고 있던 물건은 다름 아닌…….

| 끝 |

아직은 너의 시대가 아니다

이덕래

썰렁한 농담을 하고 혼자 웃는다.

오래 전부터 참신하고 멋진 뻥을 치고 싶었다.

어쩌다 보니 이러고 있는데, 뭔가 쓰는 게 좋다. 어제도 좋고 오늘도 좋다. 앞으로도 좋았으면 좋겠다.

크로스로드 웹진을 통해 많은 독자를 만났다.

고맙게도 어떤 분이 내 글을 '생활 SF'라고 불러주었다. 난 이 분야의 선구자인 셈이다.

변기가 햇볕을 쬐며 바닥을 훑고 있다. 조용하고 낮은 저음으로 우우, 느릿하고 우아하게 움직였다. 김 씨는 식탁에서 늦은 아침으로 캘리포니아산 청포도 알을 씹어 삼키면서 그걸 바라보고 있었다. 변기는 육중하면서도 날렵한 검은 몸체를 끌고 싱크대 앞을 서성이고 있었다.

'부엌을 알짱대는 변기라니……'

김 씨의 미간에 절로 힘이 들어갔다. 아들은 이 놈에게 '스티브'라는 그럴 듯한 이름도 붙였다. 아들 아니었으면 사지 않았을 것이다. 스마트 변기는 온 집안을 훑으며 다녔다. 청소를 기본 임무로 세팅해 두었다. 스티브는 아침이면 클래식을 틀었다. 이건 아내의 설정이었다. 그녀는 브람스를 좋아한다. 스티브는 브람스를 튼 채 방에 들어가서 아들을 깨웠다. 아들은 알았다는 듯 스티브를 툭툭 치곤 이불을 다시 끌어올리곤 했다. 잠 기운이 달아나면 온 집안이 떠나갈 듯 큰 소리로 스티브를 불렀다. 스티브는 삐빗, 빠른 속도로 아들 방으로 이동했다. 아들은 침대에서 스티브 위로 옮겨 앉아 큰 일을 보는 것으로 하루 일과를 시작했다. 스티브는 차양을 두르고 공기를 위잉, 빨아들였다. 치칙, 향수도 뿌렸다. 아들의 쌍바윗골에서 사자후가 나올 즈음이면, 잠도 깨우고 방음도 할 겸 빵빵하게 헤비메탈을 틀었다. 그도 젊어서는 헤비메탈을 즐겨 듣곤 했다.

김 씨는 이 별난 변기가 맘에 들지 않았다. 주방까지 들어와 청소한답시고 서성거리는 변기(상품명은 '스마트토일릿')가 영 못마땅했다. 냄새가 나거나 딱히 시끄럽지는 않지만, 싫었다. 어렸을 때 시골에서 봤던 요강이 떠올랐다. '요강에 바퀴를 달아 놓다니.' 김 씨는 세상이 미쳐가는 것 같다. 스티브는 배설물을 담고 있다가 화장실에서 도킹하고 속을 비웠다. 플라즈마 이온 세정 기능으로 완벽에 가깝게 청결하다고 했다. 게다가 건강관리 기능까지 갖추고 있어서 살갗이 닿으면 뚜듯, 혈압, 바이오리듬, 대사량 등을 체크했다. 허벅지 피부를 통해 신체 리듬을 감지했다. 아들이 과음한 다음 날에는 해장 음식을 디스플레이에 뿌려 주고 가까운 맛집까지 소개해 주었다.

이 놈이 또 어떤 놀라운 기능을 가지고 있을지, 김 씨는 더 알고 싶은 마음이 없다. 다만 경쟁사 제품이니 벤치마킹이 필요하긴 했다. 직접 겪어 보는 게 가장 좋은 벤치마킹이다. 그래서 얼리어댑터인 아들이 고급 하이브리드 차 가격인 스마트토일릿을 삼 년 할부로 사겠다 했을 때 마지못해 허락했는지도 모른다. 그는 글로벌 선두권 변기 제조사에서 이사로 일하고 있다.

경쟁사가 하이브리드 변기를 개발하고 있다는 정보를 들은 게 오 년 전이었다. 아무리 스마트와 하이브리드, 유비쿼터스가 큰 흐름이라고 해도, 이건 아니라고 봤다. 당시 유튜브로 컨셉 데모를 보고 황당하기 이를 데 없는 기획이라고, 실현 가능성이 전혀 없다고 보고했다. 그래서 그의 회사는 지속적으로 중저가 시장인 동남아, 남미와 같은 이머징 시장 공략에 집중했다. 하지만, 현재 회사 내 김 씨의 입지는 흔들리고 있었다. 그와 날을 세웠던 조 이사가 얼마 전 연구소뿐만 아니라 제품개발부를 동시에 총괄하는 수장으로 승진한 건, 사실상 그를 문책하는 인사였다.

큰일을 보는 동안만이라도 조용히 있고 싶은 게 그의 바람이다. 다른 모든 사람들이 그와 같을 것이라 생각했다. 변기는 욕실에 조용하고 겸손하게 있는 듯 없는 듯 쭈그리고 있어야 한다. 이 놈은 분명 똥의 성분까지 감지하고 있을 터였다. 무엇을 먹었는지는 물론, 건강 상태를 꼼꼼히 체크하고 있을 것 같았다. 마치 조선 왕들의 똥 맛을 보던 의관들처럼 주인의 건강 상태를 일일이 기록하고 있을 게 뻔했다. 배설은 사람이 동물임을 자각하게 하여 겸손하게 살도록 일깨워주는 행위이다. 변기는 이런 기본 욕구를 해결하는 최소한의 도구라고 생각했다.

알약으로 식사를 해결하는 사람들이 최근 늘어나기는 하지만, 여전히 극소수일 뿐이었다. 사람들은 먹는 것에 돈을 아끼지 않는다. 맛있는 것은 여전히 큰 즐거움이다. 요식 산업은 끊임없이 새로운 아이디어가 넘쳐 나며, 변화 속도가 매우 빠르다. 맛있는 것에 대한 갈구가 없어지지 않는 한 배설은 필수적이고, 인류가 아무리 진화한들, 규칙적으로 싸야 한다. 심지어 거식증에 걸린 사람들마저도 변기를 부여잡고 토한다.

"하…… 변기를 오라, 가라 하다니." 김 씨는 이마를 감싸 쥐며 혼잣말을 했다.

집에 스티브를 들인지 한 달이 넘었지만, 김 씨는 아직도 스티브에게 큰일을 맡기지 않았다. 아들 친구들은 일부러 참으면서까지 놀러 와서 스티브에게 싸기까지 했다. 아들 방에서 큰일을 해결하고는 감탄사를 연발했다.

"야, 여기서 겜하면서 싸니까 엄청 쌈박한데!"

김 씨는 한 달 동안 밖에서 큰일을 해결하고 있었다. 그의 아파트 앞에는 자동차에서 생활하는 사람들('카리빙족'이라고 부른다)을 위한 공원이 있었다. 자동차는 점점 더 똑똑해지고 있지만, 날아다니는 수준은 아니었다. 많은 젊은이들이 자동차에서 살게 된 이유는 비싼 집, 그리고 결혼의 무쓸모 때문이었다.

소비자가 원하는 방향으로 발전하는 게 산업의 생태다. 스마트 자동차의 경우 잠을 자는데 적합한 용도로 진화했고, 자동차 회사들도 그런 소비자들의 요구에 부응한 제품을 내놓았다. 자동차 생활의 불편한 점은 샤워와 대소변, 세탁, 그리고 수면이었다. 초창기에는 공중화장실이 있는 공원

근처에서 생활했고 점차 카리빙족 전용 공원이 시 외곽에 조성되었다. 시는 공중위생과 세수 확보를 위해 화장실, 샤워 시설, 그리고 세탁 시설을 조성했다. 인근에는 패스트푸드 체인과 위락 시설도 동시에 발전했다.

그들에게는 자동차 생활이 자유롭고 자연스러웠다. 밤에는 주차해 두고 안락한 침실 모드로 변환한 후 휴식을 취했다. 수면 시 통풍은 필수 기능으로 법제화되었다. 차 밑바닥에 설치된 순방향 필터 공기 정화 및 통풍 기능이 튜닝이 불가능한 사양으로 탑재되었다. 그들은 자동차 충전과 세차, 그리고 휴식을 취했다. 카리빙족은 집과 가정이라는 고비용 목표 추구를 인생의 낭비라고 봤다.

젊은이들은 빠르게 이러한 분위기에 휩쓸렸으며, 김 씨조차도 굳이 닭장 같은 아파트 생활을 할 필요가 있을까 생각하기 시작했다. 스마트폰, 태블릿을 비롯한 다양한 스마트 기기들과 빠르고 강력한 네트워크 환경이 구축되어 외롭지 않게 지낼 수 있었다. 직장 역시 전용 사무실 마련이 점점 줄어들고 있어, 가고 싶은 어디에서나 아침에 눈 뜨고 일할 수 있는 카리빙족 문화가 합리적인 면이 있었다. 김 씨는 히피처럼 자유로운 카리빙족이 부럽기도 했다.

김 씨는 이 곳 스마트 화장실에서 대변을 해결했다. 스티브는 소변만으로도 그에 대한 많은 정보를 파악하고 있을 것 같았다. 소변은 어쩔 수 없이 스티브에게 해결했지만, 큰 신호가 올 때만은 카리빙족 공원의 화장실로 나갔다. 그렇게 카리빙족을 둘러 보고 대변도 해결할 겸 산책 나가는 게 일과가 되었다.

김 씨의 아버지는 컴퓨터 없이 자랐고 직장을 그만 둘 시기에는 이미 컴맹에서 탈출하기를 포기한 상태였다. 컴퓨터를 인터페이스로 이해하는 데 실패했고, 본체에 더 관심이 있었다. 예컨대 CPU 칩을 바라보면서 컴퓨터를 이해하고자 했다. 아들인 그가 몇 번 워드프로세서나 엑셀의 사용법, 인터넷 서칭 방법에 대해 설명했으나, 아버지는 영원히 이해하지 못할 하드웨어의 비밀에 더 관심이 있는 듯했다. 그건 마치, '이 조그만 반도체 칩이 어떻게 주판을 대신하는 거지?'라고 묻는 것 같았다. CPU와 메모리는 은색 다리와 작고 검고 단단한 몸체를 보여줄 뿐, 아버지에게 아무것도 알려주지 않았다.

그의 아버지가 직장에서 컴퓨터라는 것을 쓰기 시작했을 때(정확히는 암묵적인 강요를 받기 시작했을 때), 그는 이미 오십 대 후반이었다. 젊어서부터 은행에 다녔던 아버지는 은퇴할 때까지 그 은행에 있었다. 김 씨가 어렸을 때, 그의 아버지는 매월 말이 되면 새벽에 귀가했다. 컴퓨터가 없던 시절, 매월 마감은 매우 중요한 일이었다. 모든 기록은 타자나 수기로 작성하던 시절이었다. 가집계 했던 수치와 계산한 숫자가 다르면 아버지는 주판으로 처음부터 다시 계산했고, 새벽이 오도록 그런 작업을 지겹게 반복했다.

숙직하는 아버지를 따라 은행에서 봤던 책상 풍경은 김 씨에게 생소한 기억으로 남았다. 책상은 서류로 가득했고 한 쪽에는 도장, 인주, 긴 자와 주판이 있었다. 당시로는 획기적이었던, 볼펜 글씨를 지우는 지우개도 있었다. 서류 보관용 금속 캐비넷이 사무실 가장자리를 둘러싸고 있었다. 그 밤 아버지는 셔터를 내리고 철컥거리는 긴 체인과 자물쇠를 둘둘 감은 뒤 큰 열쇠를 허리춤에서 꺼내 잠궜다.

김 씨가 직장 생활을 처음 시작할 즈음에는 책상 위에 모니터와 전화, 아래엔 PC 본체가 있었다. 사무실 이사라도 할라치면 새 사무실의 책상 배치를 꼼꼼하게 계획하는 게 중요한 업무였다. 유선 케이블 기사와 함께 배선을 효율적이고 깔끔하게 구축하는 게 직원들의 정신 건강에 중요했다. 한 번 어그러진 자리 배치는 헝클어진 유선 케이블처럼 사람들의 마음도 뒤죽

박죽 될 것 같았다. 자리 변경 때마다 케이블을 끊고 잇고 전화를 다시 연결했다.

김 씨가 직장 생활을 시작한 지 십 년 정도 되자, 무선 네트워크로 바뀌었고 인터넷 전화가 등장했다. 이십 년쯤 지나자 사무실엔 책상과 의자만 남았다. 그들은 이제 아무데서나 노트북을 켜고 앉아 일했다. 심지어 한 번도 직접 만나보지도 못한 직장 동료들과 화상 회의를 하는 자신을 발견했다. 스마트 회의 시스템을 다루는데 익숙하지 않은 그가 회의 시작 시간을 넘겨서 비질비질 땀을 흘리며 헤매고 있다가 문득, 컴퓨터 때문에 더는 회사에 있을 수 없었던 아버지가 떠올랐다—'이렇게 퇴물이 되어 가는 걸까?'

그는 늦은 아침을 먹으며 스마트 변기인 스티브를 바라보고 있었다. 웬지 스티브도 김 씨가 자신을 싫어하는 것을 알 것만 같았다. 그게 더 낯설다. '이 놈은 살아 있는 것만 같아.'

김 씨는 담배를 피워 물었다. 그가 후우 연기를 내뿜자 스티브가 쪼르르 다가와 스슥, 공기정화 시스템을 가동했다. 스티브의 이 기능만은 김 씨도 좋아했다. 스티브가 온 후 그는 집 안 어디에서도 담배를 피운다. 물론 아내가 없을 때만. 스읍, 공기를 빨아들이던 스티브가 치칙, 향수를 뿜었다. 그가 좋아하는 은은한 라벤더 향이었다. 처음에는 라벤더 향이 아니었다. 그를 아는 스마트한 스티브가 께름칙했다. 스티브는 처음에는 후레지아 향과 라일락 향도 뿌렸다. 하지만 어느 순간부터인가 라벤더 향만 뿌렸다. 아마도 그의 신체 반응, 이를 테면 표정 변화를 감지하고 있는 것이 아닐까.

그가 워크허브(IT 환경이 갖춰진 공용 사무실)에서 돌아와 현관문을 열자, 집안 가득 총소리와 탄창 교환 소음이 진동했다. 아들은 방에서 스티브에 앉아 게임을 즐기고 있었다. 스티브는 뚜껑을 닫은 상태에서는 푹신한 이동식 의자였다. 아들은 좌우로 매우 긴 육십 인치 커브드curved 모니터를 앞에 두고 헤드셋을 쓴 채 슈팅 게임에 몰두해 있었다. 그가 하기에는 너무 어지럽고 시끄러운 게임이었다. 그도 젊어서는 스타크래프트와 리그오브레전드 같은 게임을 즐겼지만, 이 정도는 아니었다. 당시 자신은 늙어서도 온라인 게임을 할 거라고 생각했다. 하지만, 최근의 4D 게임은 어지러웠다. 게다가 그의 반응 속도는 다른 사람들과 팀플레이를 하기에는 너무 느렸다. 젊은 애들에게 욕지거리나 아쉬운 소리를 듣는 건 육십을 바라보는 그에게는 힘든 일이었다. 그렇다고 온라인 고스톱이나 치는 건 한때 나름 헤비 게이머였던 그의 자존심이 허락지 않았다.

김 씨는 오십 년 전통의 변기 회사의 마케팅 이사다. 이십 대에 인터넷 문화를 빠르게 흡수했고, 스마트폰이 막 나올 무렵에는 삼십 남짓이었고 상품기획 과장이었다. 물 낭비가 심한 수세식 변기가 환경에 좋지 않기에 대변과 소변을 자동 감지하는 절수형 수세식 변기 기획 및 개발로 장영실상을 수상한 바 있다. 대중화에는 실패했지만, 음식물 쓰레기를 건조하는 공법을 도입해서 인분을 퇴비화 하는 아이디어 변기를 상품화한 바 있다. 그렇게 오십 대에 마케팅 이사가 되었다. 하지만, 하이브리드, 유비쿼터스, 스마트한 세상에서는 퇴물이 되어 가고 있었다. 변기의 스마트화에는 말도 안 되는 기획이라며 제동을 건 바 있고, 그렇기에 지금은 저가형 변기 제조회사 이미지를 고착화시킨 주범 취급을 받게 되었다.

"세상이 미친 거야. 변기가 스마트해지다니." 그는 요즘 이런 푸념을 입에 달고 살았다.

아들은 그제야 방문 앞에 서 있는 그를 올려다보았다. 이마에서 땀이 한 방울 쪼륵, 굴러 내렸다. 아들은 게임할 때 말고는 땀 흘릴 일이 없을 터였다. 책상 옆에는 의자가 옷이 겹겹이 쌓인 채 구석에 방치되어 있었다. 아들은 게임할 때도, 공부할 때도 스티브에 앉아 있는 게 분명했다. 변기를 끼고 사는 게 어찌 그리 자연스러운지 이해할 수 없었다. 세상엔 그가 이해하지 못하는 게 아주 많지만, 이건 도무지 이해가 안 되는 목록으로 새로 등록했다. 아들은 큰일을 보면서도 공부할 것이며, 간식을 먹으면서도 큰일을 볼 것이다. 볼일을 보면서도 여자친구와 화상통화를 할 것이며, 자다가도 볼일을 볼 것이다.

'미친놈.' 그는 아들 방을 나서면서 문을 닫았다. 아들과 대화다운 대화를 나눈 것은 한 달 전에 스티브를 살 때 이후로는 없었다. 아들은 스마트 토일릿 구매 허락을 받자마자 헤드셋으로 스티브 주문을 단숨에 끝냈다. "아, 검은색으로 보내 주세요." 그게 아들의 마지막 통화 내용이었다. 이튿날 온 설치 기사는 김 씨 회사 마크가 찍힌 변기를 떼어 냈다. 도킹과 전기 설비를 설치하고는 스마트 토일릿를 앉혔다. 전원을 넣자, 길게 배열된 총천연색의 LED 열이 몇 번 좌우로 현란하게 왕복하고는 비로소 스티브가 되었다. 주황색 고글을 낀 이십 대 설치 기사는 아들과 쑥덕쑥덕 얘기하고는 사라졌다. 아들은 헤드셋에 앱을 다운로드 받고는 스마트워치를 두드리고 어루만지며 여러 가지를 설정했는데, 연방 오, 와, 우, 탄성을 지르면서 히죽히죽 웃었다. 아들에게 자전거 타는 법을 가르쳤고, 같이 인라인 스케이트를 타고 줄넘기를 하던 허물없는 아빠였지만, 이제 이십 대 중반인 아들과 그 사이엔 정말 넓디넓은 한강이 있는 것 같았다. 아들이 호모사피엔스라면 그는 네안데르탈인이었다.

김 씨는 화상 회의에 참석했다. 회사는 스마트 토일릿 제조사에 대한 조사를 의뢰한 바 있었다. 거금을 들여 전직 CIA 요원 출신이 만든 정보 회사에 의뢰했고, 결과 보고를 하는 자리였다. 회사의 모든 중역이 참석했다. 전직 CIA 요원인 제임스가 직접 보고했고, 그가 말하는 영어가 프롬프트에 실시간으로 한국어로 통역되어 찍히고 있었다.

경쟁사의 핵심 브레인은 스티브 작스(애플사의 전설 스티브 잡스와 놀랍게도 유사한 이름이었다)라는 사람이고, 모든 개발 과정을 주도했다. 그가 미국 뉴욕에서 해당 제품을 론칭하는 장면을 보여주었다. 스티브 작스는 직접 스마트 토일릿을 무대로 불러서 시연(물론 가짜로 큰일을 보았다) 했다. 터부시되던 인간의 배설 행위를 스마트하고 가감 없이 솔직하게 바라볼 필요가 있다고 말했다. 그는 '호모토일리쿠스'라는 말을 힘주어 강조했으며, 점점 기계화되고 냉정해지는 인간 세계에서 배설 행위처럼 인간적이고 원초적인 건 없다고 설파했다. 스마트토일릿이 인간의 주거 생활을 아우르는 가정 내 허브 역할을 하게 될 것이며, 엔터테인먼트, 통신, 도우미, 그리고 주치의 역할까지 할 것이라고 강조했다. 한 때 TV와 PC가 가정 내 IT 허브 주도권 역할을 놓고 다툰 적이 있었다. 그 역할을 변기가 차지하리라 예상한 사람은 아무도 없을 터였다.

스티브 작스는 온 가족이 변기에 앉아 행복하고 건강하게 삶을 영위하는 것, 그게 자신이 바라는 행복한 가정의 모습이라고 말했다. 마지막 장면에서 스마트 토일릿은 광활한 초원을 거닐고 있었다. 원시인처럼 탁 트인 자연 속에서 배설의 쾌감을 맛보라 했다. 배설은 잘 먹는 것 못지 않게 중요한 건강한 삶의 요소이며, 거리낌 없는 배설이야말로 건강한 육체와 삶의 혁명을 이끌고, 인류가 한 단계 발전하는 중요한 도약이 될 거라 했다. 김 씨는 자기도 모르게 얼굴을 찡그렸다. 지나친 비약이었다.

프레젠테이션 내내 마치 주인과 산책하는 강아지처럼 스마트 토일릿이 스티브 작스를 따라 다니면서 총천연색 LED를 좌우로 부드럽게 움직였다.

마치 주인의 눈치를 살피는 애완동물 같았다. 무대의 조명은 스마트 토일릿에 오래 집중되다가 서서히 페이드아웃 되었다. 그건 마치 스티브 작스 자신은 시간이 흘러 세상에 없어지더라도 스마트 토일릿만은 대대로 진화하여 영원히 인류와 함께 할 것이라고 말하는 것 같았다.

제임스는 스마트 토일릿은 너무나 혁신적이어서 변기 이상의 변기라고 말했다. 김 씨의 회사가 스마트 변기 시대에 동참하지 않는다면, 시장에서 설 자리를 잃게 될 것이라고 엄포를 놓았다. 스마트 토일릿은 고사양 변기에 대한 정의 자체를 재정립할 기술이라 했다. 경쟁 회사 측에서는 스마트 토일릿 구현 기술에 관해 아직 구체적으로 밝히지 않았는데, 현재는 소비자 반응을 살피는 것을 목적으로 하고 있기 때문이라고 했다. 다양한 기능을 취사 선택해서 가격 인하가 가능하고, 이를 통해 라인업을 확대할 계획이라고 했다.

스마트 토일릿의 하드웨어 사양과 기능은 명확하게 기재되어 있으나 어떤 기술로 구현했는지는 철저한 보안 사항이었다. 기능이라고 하면, 비데와 건조는 기본이고 오토 차양 기능, 자동 청소 기능, 향수 토출 기능, 백그라운드 뮤직 기능, 냄새 및 공기 정화 기능, 쿠션 의자 기능, 등이었다. 해당 기능들에 어느 정도의 인공지능이 적용되었는지 알 수 없었다.

"배설 문화의 혁명이 확실합니다. 초기에는 문화 혁신으로 시작하지만, 이후 지구인의 라이프 스타일에 근본적인 변화를 줄 가능성이 큽니다." 제임스의 마지막 말이 프롬프트에 찍혔다. 브리핑이 끝난 후, 토론이 이어졌다. 김 씨는 제임스의 조사 결과가 다소 편향되어 있고, 스티브 작스의 논리는 허풍이 심하다는 의견을 개진했다. 변기는 변기일 뿐, 스마트 토일릿은 이삼 년 뒤면 해프닝으로 끝날 것이라고 말했다. 그러나 김 씨가 말할 때 아무도 그와 눈을 맞춰주지 않았다. 회의의 결과는 이미 정해져 있는 것 같았다. 그를 지지하는 사람은 조직에, 적어도 회의 참석자 중에는 없는 것 같았다. 부정적인 의견을 제시하면서 고춧가루를 뿌리는 조직 화합의 적 — 그는 함정에 빠진 기분이었다. 전체적인 분위기는 그를 지지해서는 안 되는 상황이었다. 그는 목숨 바쳐 바른 말 하는 충신의 심정이었다.

'이렇게 죽을 운명인가? 하지만, 이게 발전 방향이 아니라면 무엇을 제시해야 하는가?' 어쩌면 그의 희생으로 회사는 좀더 분명한 목표를 향해 나아갈 수도 있다. 그것이 회사라는 유기체가 진화하고 발전하고 살아남는 비결이기도 했다. 다만 국면 전환용 제물이 필요했다. 그게 김 씨였다.

"경쟁사의 핵심 브레인의 이름이 스티브 작스인 것은 그가 향후 변기 시장에 미칠 임팩트가 스마트폰으로 폴더폰 시장을 멸망시킨 스티브 잡스를 연상시킵니다." 조 이사의 말이었다.

"그가 변기 산업의 메시아라도 됩니까?"

김 씨가 무슨 헛소리냐고, 조 이사가 미신을 믿는 사람인 줄 몰랐다고 끼어들어 비아냥댔다. 조 이사는 그의 공세에 위축되지 않고 더 담담하게 말했다.

"이 스마트 토일릿은 작스의 말대로 단순한 변기가 아니라 배설 문화, 더 나아가 인류 생태 혁명을 이끌 세기의 발명입니다."

변화에 적응하지 못해 역사의 뒤안길로 사라진 노키아처럼 되지 않으려면 빨리 시대의 흐름을 깨닫고 좇아야 한다. IT 부문에서 짱짱하게 세상을 호령하고 있는 삼성처럼 빨리 배워서 따라가야 한다고, 조 이사는 조용하지만 힘주어 말했다. 사장은 잠시의 뜸을 들인 후에 모두에게 지시를 내렸다.

"스마트 토일릿 개발 프로젝트를 즉시 가동하세요. 인사과는 개발팀 조 이사와 협력해서 해외 및 국내 기술 맨파워를 검색하고 채용 계획과 예산을 금주 안에 세워서 보고하세요. 그리고 조 이사는 프로젝트를 총괄하도록 하세요. 초안은 빠를수록 좋습니다." 사장은 흠흠, 뜸을 들인 후, "김 이사는 잠깐 나랑 따로 통화 좀 합시다."라고 말한 후 회의를 끝냈다.

그렇게 김 씨는 마케팅 이사 자리에서 물러났다. 그러나 사장은 그간 회사의 성장에 공헌했음을 감안한다며 외부 고문으로 임명했다. 김 씨는 이런 배려도 향후 일이 년뿐이라는 것을 알고 있었다. 그렇게 그의 변기 회사에서의 이력은 마감될 터였다. 이 모든 것은 스티브 작스의 스마트 토일릿 때문이었다. 오직 변기만을 바라보며 보낸 어언 삼십 년이었다. 그보다 더 변기에 관해 잘 아는 사람은 세계 어디에도 없다고 그는 자부했다. 회사에서 김 씨보다 더 오랜 세월을 보낸 사람은 한두 명뿐이었다. 그는 회사 역사의 산 증인이었다. 그러나 그건 모두 과거가 될 터였다. 변기 산업의 발전 방향에 대해서 낙제점 평가를 받은 셈이었다. 그러나 그는 여전히 이 걸어 다니는 요강이 해프닝으로 끝날 것이라고 믿었다.

'나는 복직될 것이다. 사장은 다시 나에게 중책을 맡아 달라고 애걸하게 될 것이다.' 그 역시 혼란스러웠지만, 모든 혁신 기술이 성공하지 못했다는 것만은 분명했다. 사람들이 모두 미치지 않은 이상, 이 요상한 스마트 기기가 온 집안의 가전 제품과 스마트 유비쿼터스 환경을 지배할 리가 없다. 만약 정말 그리 된다면, 그건 그의 인생 철학 송두리째 흔들리다 못해, 존재 자체가 뒤집히는 꼴이 될 터였다. 그는 더는 물러난 곳 없는 벼랑 끝에 선 것 같았다. 그건 마치 그가 삼십 대에 지지했던 대통령 후보를 더 많은 사람들이 찍지 않았을 때 느꼈던 절망감과 비슷했다. '사람들이 이상해.' 당시 그는 이렇게 생각했다. 과연 이런 사람들과 같은 사회에서 살 수 있을까? 그래서 더욱 일에 매진했다. 그가 이해할 수 없는 많은 다른 문제가 엉켜있는 똥통에 그 문제도 던져 버렸다. 그러나 이번 일은 그렇게 던져 버리기에는 너무 위중했다. 그의 현실 기반을 모두 흔드는 파급력을 가지고 있으므로.

김 씨는 아내에게 회사에서의 보직 변경을 통보했다. 간명하고 담담하게 말하고 싶었다. 그래서 아내가 드라마 볼 때, 대수롭지 않게 툭 던졌다. "요즘 많이 피곤해서 한 발 물러나 고문으로 활동하기로 했어."

아내는 잠시 뜸은 들였지만 그보다 더 대수롭지 않게 반응했다. "잘 했구만. 집 걱정은 말고. 이젠 아들이 버는데 뭐. 저 비싼 스티브 할부도 지가 벌어서 내는데. 이젠 좀 쉬면서 천천히 다른 일자리 알아 봐. 요 옆집 정 씨도 저번 주부터 놀잖아. 근데 그 사람이 아직도 정신을 못 차리고 매일 친구들이랑 어울려서 골프 라운딩을……." 아내는 고문으로 활동한다는 것을 바로 실직으로 이해했다. 그가 퇴물이라는 것을 너무 쉽게 받아들여 오히려 더 섭섭했다.

김 씨는 그의 아버지보다 더 오래 직장 생활을 하는 것이 목표였다. 아버지는 육십 대 초반에 IMF를 계기로 퇴직한 후 직장을 잡지 못했다. 아파트 경비 일을 잠깐 했으나, 아파트 경비도 아무나 하는 일이 아니라고 푸념을 하고는 다시는 다른 일을 하지 않았다. 다만 잔고에서 퇴직금이 줄어드는 것을 바라보며, 마치 통장 잔고가 남은 생을 가늠한다는 듯이 돌아가셨다. 아버지는 말년에 돈이 드는 일은 아무 것도 하지 않았다. 친구들과 어울리지도 않았고, 차를 타고 멀리 가지도 않았다. 어쩔 수 없이 경조사비가 나갈 때면 한숨을 쉬었다. 아침에 일어나면 산책을 다녀오고, 인근 텃밭에서 배추, 고추, 가지, 감자, 호박을 돌보고, 점심을 먹은 후에는 소파에 앉아 TV를 보다가 시름시름 낮잠에 빠져들고, 그리고는 저녁을 먹고는 다시 TV를 보다가 안경도 벗지 않은 채 잠이 들었다. 그가 사준 최고 사양의 올인원 PC로는 인터넷 고스톱을 간간이 했을 뿐이었다.

아버지의 유품을 챙기다가 아버지의 퇴직금 잔고가 한 달 전에 0이 된 것을 보고, 김 씨는 눈시울을 붉혔다. 그래서 그는 오래 살고, 퇴직 후 더 즐겁게 살겠다고 다짐했다. 그런데 육십도 되기 전에 사실상 퇴직하게 되었다. 이건 그가 그렸던 말년의 시작과는 너무나 달랐다. 얼마나 더 살지 명확하지 않으므로 은행의 잔고가 얼마면 충분한지 몰랐다. 김 씨는 아직 준비가 덜 되었다는 것을 다시 한 번 깨달았다. 그래도 다른 많은 사람들보다 나을 수도 있었다. 그에게는 팔 수 있는 집도 있고, 여차하면 카리빙족이 될 수도 있다. 아내만 좋다면 관리비, 전기비, 가스비 등 유지비가 많이 드는 집보다 나을 수 있다. 조금 큰 카리빙족 전용차를 사면 될 터였다. 요즘은 실버 부부 전용 자동차도 나오고 있으니까. 카리빙족이 된다면 그의 눈앞을 알짱거리면서 그가 어떻게 직장을 잃게 되었는지 끊임없이 상기시킬 스티브를 볼 일도 없을 터였다.

그의 아내가 드라마에서 눈을 떼지 못하고 그의 실직 통보를 덤덤하게 받아들일 때도 스티브는 안방에서 염탐하듯 스읍스읍, 바닥을 청소했다. 요즘 한창 유행하는 드라마였다. 그가 이십 대였을 때 아이돌로 활약하던 걸그룹 멤버가 이제는 중년 아줌마 역할을 하고 있었다. 김 씨는 갑자기 두 대의 스티브가 보여 흠칫 놀랐다. 고개를 흔들고 눈을 깜빡여서 초점을 재정비했어도 스티브는 두 대였다. 하나는 안방 바닥을 쓸고 있었고 하나는 드라마 속 거실을 훑고 있었다. 드라마에서 스마트 토일릿을 PPL(간접광고)로 제공 받은 모양이었다. 드라마 속 부부가 스마트 토일릿을 배경으로 얘기를 나누고 있었다. 그의 눈에는 스마트 토일릿 밖에 보이지 않았다. 그의 귀에는 스마트 토일릿이 우웅, 낮은 톤으로 바닥을 빨아들이는 소리만 들리고 있었다. 그는 TV 화면과, 드라마에 시선을 고정시킨 아내의 옆 얼굴과 스티브를 번갈아 바라보았다. 착잡하고 복잡한 심경이 화로 솟구쳤다.

'내가 틀린 걸까?' 예나 지금이나 미디어의 파워는 강력하다. 스마트 토일릿 제작사가 유력한 미국 인공지능 회사로부터 거금의 투자를 받은 건 알고 있었지만 드라마 PPL까지 진입할 정도로 강력한 마케팅을 할 것이라고는 예상치 못했다. 시장에서의 성공과 기술의 완성도는 별로 연관이 없다. 물론 기술은 중요하지만, 소비자들이 원하면 시장은 형성되고 그 기술과 상품은 뜬다. 기술은 시장의 수요가 꾸준하면 발전하기 마련이다. 산업계가 이 상품과 기술에 집중하면 이성을 넘어선다. 결국 자본과 마케팅은 기술을 우선한다. 스티브라는 놈을 가까이에서 지켜본 결과, 이 기술은 영민하다, 혹은 그 이상이다.

'설마, 정말 내가 틀린 걸까?' 현기증과 불안이 엄습했다.

그는 얼굴을 쥐고 스티브를 바라보았다. 스티브의 LED 불빛이 총천연색으로 현란하게 좌우로 요동쳤다. 불안한 눈동자 같았다 — 무언가를 들키기라도 한 듯한. 그는 후다닥 현관으로 달려 가 신발장을 열고 긴 우산을 집어 들었다. 다시 안방으로 들어와서 스티브를 한 대 후려 쳤다. 스티브는 자동 차양을 재빨리 두르면서 가장 빠른 속도로 안방에서 빠져 나갔다. 그가 재차 우산을 휘둘렀지만, 그의 우산은 차양을 조금 찌그러뜨렸을 뿐이었다. 아내가 황급히 막아섰다.

"이게 얼마짜린데! 왜 이래!"

그의 머릿속에 의심으로 뒤죽박죽이었다. 스티브가 도망가는 속도는 아침에 아들이 부를 때 달려가는 속도보다도 빨랐다. 주위 장애물을 피해서 도망가는 속도가 시속 30km는 족히 넘을 듯 했다.

그날 밤 그는 아들을 카리빙족 공원 어귀로 불러냈다. 무인 편의점에서 산 캔 맥주를 따서 아들에게 건네주었다. 아버지의 잔소리를 예상했던 아들이 조금은 밝아진 얼굴로 웃으면서 캔을 받았다. 그 동안 아들과 소원하게 느낀 건 비단 그만은 아닐 터였다. 그의 아버지가 컴맹을 벗어나지 못했고, 그 역시 C언어 등의 컴퓨터 프로그래밍 교과 과정을 겨우 이수했을 정도로 소질이 없었지만, 그의 아들은 인정받는 소프트웨어 엔지니어로 성공가도를 달리고 있었다.

김 씨는 놀랍고 자랑스러웠다. 김 씨의 핏줄은 삼대를 거치면서 시대의 흐름에 맞게 컴맹에서 유능한 프로그래머로 완벽하게 진화했다. 사람들은 환경에 빠르게 적응한다. 개개 개체의 진화에는 한계가 있으나, DNA의 진화는 개체의 아쉬움을 기억하고 빠르게 보완한다. 아들이 결혼한 후 손자는 또 어떤 진화를 선보일지 벌써부터 설레기까지 했다. 아내는 아들이 게임을 좋아하는 건 핏줄이기 때문에 어쩔 수 없다고 그를 타박했다. 하지만 그는 아들에게 게임이 나쁘다고 가르치지 않았다. 그는 오히려 적극적으로 컴퓨터를 가르쳤고, 시대의 흐름에 맞게 새로운 환경에 적극적으로 나서도록 지원했다. 그런 아들이라면 자신이 스티브에 대해 우려하는 바를 공감할 수 있을 것이라고 생각했고, 김 씨는 운을 뗐다.

"얘야, 스티브가 지나치게 똑똑한 거 같다."

"그게 무슨 소리죠?" 아들은 눈이 동그래져서 물었다. 그는 자신이 스티브를 우산으로 때린 얘기를 했고, 가족들의 기호에 따라 지나치게 최적화된다는 것을 설명했다.

"아마도 그 녀석은 데이터를 수집하고 분석하는 것 같아. 그리고 본사로 데이터를 끊임없이 보내지 않을까 싶다."

아들은 김 씨를 바라보며, 피식 웃었다.

"아버지, 세상은 점점 더 편리해지고 있어요. 커스터마이즈, 즉 사용자 취향에 따른 최적화는 모든 기계의 기본 요소가 되어 가고 있어요. 기성품 시대는 이미 갔다고요. 그 놈이 바보처럼 공장 출시 세팅을 고집하면, 사용자인 우리가 거기에 맞춰야 하잖아요. 그게 더 이상하죠. 이 놈은 아버지 회사의 싸구려 변기와는 급이 다른 놈이죠." 아들은 그의 눈치를 살짝 살피더니 곧 말을 이었다.

"통신 기능은 스마트 앱 기능을 발동하려면 있어야 하는 필수 기능이죠. 제가 밖에서 대기 명령을 내리거나 엄마가 TV 드라마를 녹화하라고 명령하는 것처럼 필수적이고 단순한 작업을 위해 있는 거죠."

김 씨는 혈압이 솟는 것을 느꼈으나 속으로 심호흡을 했다.

"이 놈이 우리가 뭘 먹는지 매일 분석하고 배변 주기와 양을 체크한다고 하자, 그리고 그런 누적 데이터를 본사로 보낸다고 생각해 봐. 이 놈은 한 가족 모두의 데이터를 완벽히 가지게 될 거야. 누가 몇 시에 일어나고 몇 시에 나가고 몇 시에 들어오고 뭘 먹고 건강 상태는 어떻고 하는 것 등등 말이다." 김 씨는 뭔가 생각난 듯 빠르게 내뱉었다.

"특정 지역에 특화된 제품을 개발하려면 데이터가 필요하다. 내가 변기 회사에서 미주 쪽 상품을 기획할 때 나와 팀원 둘이 함께 반 년간 미국에서 살았던 적이 있어. 너도 기억날 거다. 미국 사람들은 우리와는 먹는 게 다르고 체격이 다르니까 변기의 형태, 파이프 관의 각도, 유속 등 생각보다 많은 게 다르단다. 스마트 토일릿이 글로벌하게 론칭된 이상, 놈들은 그런 정보가, 현지 사용자 행태 정보가 필요해. 게다가 지금 이 놈이 수집하는 정보는 그런 배설 습관에 한정된 게 아냐!"

아들은 잠시 놀라는 눈치였으나, 금새 웃음을 띠었다.

"아버지, 너무 과민반응을 보이시는 거 아니에요?"

"이 놈! 아비를 퇴물 취급하지 마!" 그는 자기도 모르게 맥주 캔을 세게 쥐었다. 찌그러진 캔에서 반절 정도 남은 맥주가 넘쳐흘렀다.

"심지어 이 놈은 자기 방어 기능까지 갖췄어. 내가 때리니까, 차양을 올리고 가장 빠른 속도로 도망쳤어. 네 놈이 아침에 부를 때보다도 훨씬 빨리!"

차에서 자고 있던 카리빙족 하나가 창문을 열고 소리쳤다.

"당신들 딴 데 가서 싸울래? 잠 좀 자자!"

스티브는 김 씨의 주위를 알짱거리는 일이 적어졌다. 그가 담배를 피워도 공기 정화 기능을 작동하지 않았다. 그는 데이터패킷 감시 및 모니터링 전문가를 섭외해서 집에서 송출되는 데이터를 감시하기 시작했다. 비싼 돈이 들기는 했다. 회사는 늘 합법과 불법의 경계에서 직원 중 누군가가 회사의 기밀 정보를 외부 유출하는지 감시해 왔다. 유선이든 무선이든 이메일이든 불가능한 건 없었다. 의지와 돈, 그리고 법률 전문가가 받치고 있다면 기술은 늘 지원이 가능했다. 스티브가 어떤 정보를 어떻게 그의 집에서 송출하는지 파악하는 것이 그리 어려운 일은 아닐 것이다. 이번 일이 잘 되면 그는 복직할 수 있을 터였다. 추레한 복귀가 아니라 '화려한' 복귀가 가능할 것이라 믿었다. 무엇보다 그의 아버지처럼 쉽게 퇴물이 되지는 않을 터였다. 사생활보호는 예나 지금이나 중요한 문제다. 불법 개인정보 송출 — 그것도 개개인의 가장 은밀한 정보인 개인의 대소변 정보를 변기가 쒸익, 변 빨아들이듯이 전 세계에서 흡수하고 있다면, 큰 거부감과 논란을 불러일으킬 것이다.

모두가 김 씨의 아들과 같은 반응을 보이지는 않을 것이다. 그는 아직도 이 부분에 관해서는 확신이 부족했다. 세상은 넓고 사람들은 너무나 다양하다. 여론은 조작될 수 있고, 사람들은 자신의 생존에 관계된 일이 아니면 나서지 않는다. 그래도 스마트 토일릿 제작사가 똥 정보를 보물처럼 빨아들이고 있다는 것을 입증할 수 있다면, 스티브 작스 최고의 발명품은 스티브 잡스의 초기 발명품인 넥스트NeXT처럼 너무 이른 희대의 발명품으로 남게 될 것이다.

그렇게만 된다면 김 씨는 아버지와 같은 쓸쓸한 말년을 보내지는 않을 것이다. 그는 오랜 만에 전투력이 용솟음쳤다. 스티브를 바라보았다. 변기를 잡아먹을 듯한 눈빛이었을 것이다. 스티브가 LED를 희번덕거리면서 그의 시야에서 재빨리 사라졌다. 그는 스티브가 사라진 곳을 향해 나지막하게 그르렁거리듯 한마디 했다. 스티브에게 한 말인지 자신에게 한 말인지는 명확하지 않았다.

"아직은, 아직은 아냐."

| 끝 |